AF274429

Sarah Morgan

El ático de la Quinta Avenida

Una noche sin retorno

Tiffany

Cualquier forma de reproducción, distribución, comunicación pública o transformación de esta obra solo puede ser realizada con la autorización de sus titulares, salvo excepción prevista por la ley.
Diríjase a CEDRO si necesita reproducir algún fragmento de esta obra.
www.conlicencia.com - Tels.: 91 702 19 70 / 93 272 04 47

Editado por Harlequin Ibérica.
Una división de HarperCollins Ibérica, S.A.
Avenida de Burgos, 8B - Planta 18
28036 Madrid

© 2024 Harlequin Ibérica, una división de HarperCollins Ibérica, S.A.
N.º 170 - 5.6.24

© 2016 Sarah Morgan
El ático de la Quinta Avenida
Título original: Miracle on 5th Avenue

© 2012 Sarah Morgan
Una noche sin retorno
Título original: A Night of No Return
Publicados originalmente por Harlequin Enterprises, Ltd.
Estos títulos fueron publicados originalmente en español en 2018 y 2013

I.S.B.N.: 978-84-1062-950-9
Depósito legal: M-8407-2024
Impreso en España por: BLACK PRINT
Fecha impresión Argentina: 2.12.24
Distribuidor para México: Distibuidora Intermex, S.A. de C.V.
Distribuidores para Argentina: Interior, DGP, S.A. Alvarado 2118. Cap. Fed./Buenos Aires y Gran Buenos Aires, VACCARO HNOS.

ÍNDICE

El ático de la Quinta Avenida 7

Una noche sin retorno 361

EL ÁTICO DE LA QUINTA AVENIDA

SARAH MORGAN

Querido lector:

Si ya has leído alguno de mis libros, no te sorprenderá saber que me encantan los finales felices. Soy una persona bastante optimista y normalmente me gusta que mi taza esté medio llena (a ser posible, con café bien cargado). Leo mucho, aunque rara vez leo ficción catalogada como «terror». No me van ni el suspense que da miedo, ni los asesinos en serie, ni las cosas que hacen ruidos misteriosos en mitad de la noche, lo cual me asemeja en cierto modo a la protagonista de este libro.

Eva es una romántica que siempre mira el lado positivo, así que cuando un encargo de trabajo la obliga a pasar algo de tiempo con Lucas, un escritor de novelas de crímenes que explora el lado más oscuro de la naturaleza humana, hará lo posible por que funcione, a pesar de tener claro desde el principio que son personas opuestas. Por mucho que esté buscando un romance, es obvio que Lucas no es su tipo, ¿o sí?

Lucas no solo escribe sobre los demonios de otras personas, sino que tiene los suyos propios, pero la bondadosa Eva está decidida a iluminar los rincones más oscuros de su vida.

Este es un libro sobre segundas oportunidades, pero también sobre la esperanza y el poder del amor. ¡Espero que disfrutes de El ático de la Quinta Avenida! *Si aún no lo has hecho, no olvides leer las historias de Paige y Frankie en* Noches de Manhattan *y* Atardecer en Central Park. *Espero que me visitéis en* Facebook.com/authorsarahmorgan. *para charlar un poco.*

Con cariño,
Sarah

www.sarahmorgan.com

Para Sue. Escribo sobre amistades de ficción, pero la nuestra es de verdad. ¡Qué suerte tengo!

Dale a una chica un buen par de zapatos y podrá conquistar el mundo.

Marilyn Monroe

1

Hay muchos peces en el mar, pero eso no sirve de nada si vives en la ciudad de Nueva York.

Eva

–¡No podemos soltar dos tórtolas! Sé que le va a pedir matrimonio en Navidad y que le parece romántico, pero no será romántico cuando la sala se llene de cagadas de pájaro. El dueño del local nos pondrá en su lista negra y el amor de su vida le responderá que no, lo cual nos dejará sin el final feliz que todos esperamos –colocándose el teléfono en una posición más cómoda, Eva Jordan se cubrió más con su abrigo. Al otro lado de las ventanillas del taxi, la nieve seguía cayendo sin cesar desafiando a esos que intentaban retirarla de las calles. Cuanto más la quitaban con las palas, más caía, o eso parecía. En una lucha entre el hombre y los elementos, el hombre, sin duda, era el que tenía más probabilidades de salir perdiendo. La tormenta de nieve prácticamente le impedía ver la Quinta Avenida, con sus iluminados escaparates velados por los copos de nieve–. Le ayudaré a replantearse su idea del romanticismo y, por mucho que lo diga el villancico, no incluirá ni mirlos, ni gallinas de ninguna nacionalidad, ni ocas, ya sean ponedoras o no. Y ya que estamos hablando del tema, una alianza de oro es más que suficiente. ¿Quién necesita cinco? Quiere algo excepcional, no excesivo. No es lo mismo.

Como siempre, Paige fue práctica.

–Laura lleva soñando con este momento desde que era pequeña y él se siente presionado para hacer que sea perfecto.

–Estoy segura de que el sueño de Laura no incluye un zoológico. Se me ocurrirá un plan y será espectacular. A nadie se le da mejor que a mí el romanticismo.

–Excepto cuando es para ti.

–Gracias por recordarme que mi vida amorosa es inexistente.

–De nada. Y ya que estamos de acuerdo en ese dato, a lo mejor te gustaría contarme qué tienes pensado hacer al respecto.

–Nada en absoluto. Y no vamos a volver a tener esta conversación –Eva rebuscó en su bolso y sacó su libreta–. ¿Podemos volver al trabajo? Nos queda un mes para Navidad.

–No tenemos suficiente tiempo para crear nada demasiado elaborado.

–No tiene por qué ser elaborado. Tiene que ser emotivo. Ella se tiene que sentir abrumada por las palabras de él y por el significado que hay tras ellas. Espera... –dijo Eva tamborileando sobre la hoja con el boli–. Se conocieron en Central Park, ¿no? ¿Paseando a los perros?

–Sí, pero Ev, el parque está enterrado bajo más de medio metro de nieve y sigue nevando. Una proposición de matrimonio allí terminaría con una visita a las urgencias del hospital. Podría ser memorable en el mal sentido.

–Déjamelo a mí. Tendré mucho tiempo para pensar en ello durante los próximos dos días porque voy a estar sola en el piso de ese chico decorándolo y llenándole la nevera para cuando vuelva a casa del campo –anotó algo y después se guardó la libreta en el bolso.

–Estás trabajando demasiado, Ev.

–No me puedo creer que eso me lo estés diciendo tú.

–Hasta yo me tomo algún rato libre para distraerme y descansar de vez en cuando.

–Pues no he debido de darme cuenta. Y, por si no lo has notado, nuestro negocio está creciendo deprisa.

–Que te tomes una noche libre para quedar con un tío bueno no va a impedir que sigamos creciendo.

–Gracias, pero tu plan tiene un diminuto inconveniente. No tengo un tío bueno con quien salir. Ni siquiera tengo un tío corriente con quien salir.

–¿Crees que deberías volver a probar a quedar por Internet?

–Odio quedar por Internet. Prefiero conocer a gente de otra forma.

–¡Pero si no estás conociendo a nadie de ninguna forma! Trabajas y después te vas a la cama con tu osito de peluche.

–Es un canguro de peluche. Mi abuela me lo regaló cuando tenía cinco años.

–Eso explica por qué parece tan agotado. Ya es hora de que lo sustituyas por un hombre de carne y hueso.

–Me encanta ese canguro. Nunca me abandona.

–Cielo, tienes que salir. ¿Y aquel banquero? Te gustaba.

–No me llamó después de decir que me iba a llamar. La vida ya es bastante estresante sin tener que estar esperando a que un tipo que ni siquiera sabes si te gusta te llame y te invite a salir cuando ni siquiera sabes si te apetece.

–Podrías haberlo llamado tú.

–Lo hice. Me desviaba las llamadas –dijo Eva mirando por la ventana–. No me importa ir detrás de un sueño cuando se trata de construir nuestro negocio y nuestro futuro, pero no pienso ir detrás de un hombre. Y, de todos modos, todo el mundo sabe que nunca se encuentra el amor cuando lo estás buscando. Tienes que esperar a que el amor te encuentre a ti.

–¿Y si no te puede encontrar porque nunca sales de casa?

–¡He salido de casa! Estoy aquí, en la Quinta Avenida.

–Sola y para meterte en otra casa. Sola. Piensa en todo el sexo fantástico que te estás perdiendo. A este paso, conocerás a tu Príncipe Azul cuando tengas ochenta años y estés sin dientes y con problemas de caderas.

–Mucha gente disfruta del buen sexo a los ochenta. Solo hay que ser creativo –ignorando la sensación de vacío en la boca del estómago, Eva se inclinó hacia delante para hablar con el taxista–. ¿Puede hacer una parada en Dean & DeLuca? Si esta tormenta es tan mala como están pronosticando, tengo que comprar algunas cosas más.

Paige seguía hablando.

–Apenas te he visto en las últimas dos semanas, el volumen de trabajo que hemos tenido ha sido una locura. Sé que es una época del año dura para ti. Sé que echas de menos a tu abuela –su tono se suavizó–. ¿Quieres que vaya después del trabajo y te haga compañía?

Eva se vio muy tentada a decir que sí.

Abrirían una botella de vino y se acurrucarían a charlar con los pijamas puestos. Le confesaría lo mal que se sentía todo el tiempo y después...

¿Y después qué?

Eva bajó la mirada. No quería ser esa clase de amiga que no paraba de quejarse y gimotear. No quería ser una carga. Y, de todos modos, decirles a sus amigas lo mal que se sentía no iba a cambiar nada, ¿verdad?

Su abuela se sentiría avergonzada.

—Tienes reuniones en el centro y después la cena con Jake.

—Lo sé, pero podría...

—No vas a cancelarla –se apresuró a decir antes de verse tentada a cambiar de opinión–. Estaré bien.

—Si no hiciera tan mal tiempo, podrías venir a casa y pasar la noche allí y después volver mañana, pero dicen que va a ser una gran tormenta. Por mucho que odie imaginarte allí sola, creo que es mejor que no viajes.

Eva se mordió el labio. No importaba dónde estuviera, sus sentimientos seguirían siendo los mismos. No sabía si era normal sentirse así. Nunca había perdido a nadie tan cercano y su abuela y ella habían estado más que unidas. Hacía poco más de un año que se había ido y la herida seguía tan fresca y dolorosa como si la pérdida la hubiera sufrido hacía solo un día.

Gracias a ella, Eva había crecido sintiéndose segura y a salvo. Se lo debía todo a su abuela, aunque sabía que no había forma de ponerle un valor a algo tan inestimable. Aunque sabía que su abuela nunca había querido ni esperado que le devolviera nada de lo que le había dado, ella sentía que al menos le debía salir de la cama cada día y vivir la vida que su abuela había querido que viviera. Tenía que hacerla sentirse orgullosa.

Si ahora mismo estuviera allí, su abuela no se sentiría orgullosa de ella.

Le diría que estaba pasando demasiadas noches en su apartamento acompañada únicamente por Netflix y un chocolate caliente.

A su abuela le había encantado oír sus aventuras románticas. Habría querido que saliera y conociera a gente por muy triste que se sintiera. En un principio lo había intentado, pero últimamente su vida social giraba en torno a sus amigas y socias, Paige y Frankie. Era una relación sencilla y cómoda, a pesar de que ahora las dos estaban locamente enamoradas.

Qué ironía que la romántica del grupo fuera la que tuviera la vida menos romántica.

Miró el oscuro cielo a través de la ventanilla y del torbellino de copos de nieve. Se sentía desconectada. Perdida. Ojalá no lo sintiera todo tan profundamente.

Aun así, al menos estaba ocupada. Era su primera temporada navideña desde que habían abierto Genio Urbano, su negocio de eventos y servicios de asistencia personal.

Su abuela habría estado orgullosa de lo que había logrado en el trabajo.

«Celebra incluso las cosas pequeñas, Eva, y vive el momento».

Eva parpadeó para contener las lágrimas.

No lo había estado haciendo, ¿verdad? Vivía esperando, planificando, haciendo muchas cosas a la vez, pero nunca se detenía a tomar aliento o a valorar el momento. Se había pasado el año corriendo, pasando por un invierno helado, una primavera cálida, un sofocante verano, y ahí estaba ahora, cerrando el círculo y volviendo a otro invierno. Había ido dejando las estaciones atrás, con empeño, avanzando paso a paso, pero no había vivido el momento porque no le había gustado el momento que estaba viviendo.

Había hecho todo lo posible por mantenerse fuerte y seguir sonriendo, pero había sido el año más duro de su vida.

La tristeza era una compañía horrible.

–¿Ev? –la voz de Paige resonó por el teléfono–. ¿Sigues ahí? Estoy preocupada por ti.

Eva cerró los ojos y se recompuso. No quería que sus amigas se preocuparan por ella. ¿Qué le había enseñado su abuela?

«Sé el sol, Eva, no la lluvia».

Ella nunca nunca quiso ser la nube que tapara al sol de nadie.

Abrió los ojos y sonrió.

–¿Por qué te preocupas por mí? Está nevando. Si la tormenta cesa, iré al parque y haré un muñeco de nieve. Si no puedo encontrar a un hombre en la vida real, al menos puedo hacerme uno de nieve.

–¿Vas a hacer un hombre sexy?

–Sí. Con los hombros anchos y unos abdominales fantásticos.

–Y seguro que la zanahoria no la vas a usar para la nariz.

Eva sonrió.

–Para esa parte de su anatomía estaba pensando más bien en un pepino.

Paige también se estaba riendo.

–Eres tan exigente que no me extraña que estés soltera. Y, por cierto, tienes el sentido del humor de una niña de cinco años.

–Por eso llevamos toda la vida siendo amigas.

–Me alegra oírte reír. La Navidad solía ser tu época favorita del año.

Era cierto. Siempre le había encantado. Le encantaban los Santa Claus sonrientes, la música alegre que sonaba en las tiendas y los brillantes copos de nieve. En especial, los copos de nieve. Le hacían pensar en trineos y muñecos de nieve.

La nieve siempre le había parecido algo mágico.

«Ya basta», pensó. «Ya basta».

–Sigue siendo mi época favorita del año.

No le hizo falta esperar a Nochevieja para formular un propósito de Año Nuevo.

Iba a salir y a vivir cada día tal como su abuela habría querido que hiciera. Y empezaría ya mismo.

Navidad.

La odiaba. Odiaba los Santa Claus sonrientes, la discordante música que resonaba en las tiendas y los gélidos copos de nieve. En especial, los copos de nieve. Se arremolinaban con engañosa inocencia, cubriendo árboles y coches y aterrizando en las palmas de las manos de niños que, encantados, veían la nieve caer y pensaban en trineos y muñecos de nieve.

Lucas pensaba en otra cosa.

Estaba sentado en la oscuridad de su ático de la Quinta Avenida mirando la glacial extensión de Central Park. Llevaba días nevando sin parar y había más nieve en camino. Se decía que sería la peor tormenta de nieve de la historia reciente de Nueva York, y las calles, que quedaban muy por debajo de donde se encontraba él, estaban inusualmente vacías. Todos los que no estaban ya en sus casas se dirigían hacia ellas lo más rápido posible, aprovechando el transporte público mientras aún funcionaba. Nadie miraba arriba. Nadie sabía que estaba ahí. Ni siquiera su bien intencionada pero entrometida familia, que creía que estaba aislado en Vermont escribiendo.

Si hubieran sabido que estaba en casa, habrían estado pendientes de él, yendo a verlo y obligándolo a participar en sus planes navideños.

«Ya es hora», decían. «Ya ha pasado demasiado tiempo».

¿Cuánto era demasiado tiempo? No daba con la respuesta. Lo único que sabía era que para él no había pasado demasiado.

No tenía ninguna intención de celebrar la temporada navideña. Estaba deseando que pasara, como cada año, y no veía motivos para contagiarles su tristeza a los demás. Estaba sufriendo. Por dentro y por fuera, estaba sufriendo. Había quedado aplastado y destrozado bajo los escombros de su pérdida y había logrado salir arrastrándose para seguir viviendo, pero poco más.

Podría haber viajado a Vermont, haberse encerrado en una cabaña en un bosque nevado tal como le había dicho a su familia, o podría haberse ido a algún lugar cálido donde no cayera ni un copo de nieve, pero sabía que no le habría servido de nada porque seguiría sufriendo igualmente. Hiciera lo que hiciera, el dolor viajaba con él. Lo infectaba como un virus que no tenía cura.

Y por eso se había quedado en casa mientras la temperatura descendía y el mundo que lo rodeaba se volvía blanco y transformaba su edificio en una fortaleza helada.

Para él, perfecto.

El único sonido que le molestaba era el del teléfono. Había sonado catorce veces en los últimos días y había ignorado cada una de las llamadas. Algunas habían sido de su abuela, otras de su hermano, y la mayoría, de su agente.

Pensando en lo que sería su vida si no tuviera su trabajo, Lucas agarró el teléfono y por fin le devolvió la llamada a su agente.

–¡Lucas! –la voz de Jason sonó jovial y enérgica. De fondo se oían los ruidos de una fiesta, risas y música navideña–. Estaba empezando a pensar que estabas enterrado bajo un montón de nieve. ¿Qué tal los páramos nevados de Vermont?

Lucas miró al horizonte de Manhattan con sus bordes afilados cubiertos de nieve.

–Vermont es precioso.

Y lo era, a menos que hubiera cambiado desde su última visita un año antes.

–La revista *TIME* te acaba de nombrar el escritor de novela negra más fascinante de la década. ¿Has leído el artículo?

Lucas miró la montaña de correo sin abrir.

–Aún no lo he podido leer.

–Por eso estás en lo más alto. Nada de distracciones. Contigo siempre lo primero es el libro. Tus fans están emocionados con este, Lucas.

El libro.

El miedo lo removió por dentro. Un sudoroso pánico eclipsó los oscuros pensamientos. No había escrito ni una palabra. Tenía la mente vacía, pero no se lo había confesado ni a su agente ni a su editor. Aún esperaba un milagro, una chispa de inspiración que le permitiera liberarse de los venenosos tentáculos de la Navidad y perderse en un mundo ficticio. Resultaba irónico que las mentes retorcidas y enfermas de sus complejos personajes fueran una alternativa mejor que su propia y oscura realidad.

Miró el cuchillo que había sobre la mesa. El filo resplandecía, provocándolo.

Llevaba gran parte de la semana mirándolo a pesar de saber que no era la respuesta. Él valía más que todo eso.

–¿Por eso has estado llamando? ¿Para preguntar por el libro?

–Sé que odias que se te moleste cuando estás escribiendo, pero los de producción me están acosando. Las ventas de tu último libro superaron incluso nuestras expectativas –dijo Jason con tono alegre–. Tu editor va a triplicar la tirada para el siguiente. ¿Me vas a dar alguna pista sobre la trama?

–No puedo –si supiera sobre qué iba a tratar el libro, lo estaría escribiendo.

Pero su mente estaba aterradoramente en blanco.

No tenía crimen. Y, peor aún, no tenía asesino.

Para él todos los libros empezaban con el personaje. Era conocido por sus giros impredecibles, por ser capaz de generar un impacto que ni el lector más perspicaz podía preveer.

Ahora ese impacto lo provocarían las páginas en blanco.

Este año era peor que el anterior. En aquella ocasión, el proceso había sido largo y doloroso, pero, de algún modo, en noviembre ya había logrado arrancarse de dentro cada palabra, antes de que los recuerdos lo hubieran paralizado. Era como intentar llegar a la cumbre del Everest antes de que arreciara el viento. Lo esencial era elegir un buen momento. Ese año no lo había logrado y estaba empezando a pensar que lo había dejado para demasiado tarde. Iba a necesitar que le prolongaran la fecha de entrega, algo que nunca antes había pedido. Y por si eso no fuera ya bastante negativo, peor aún serían las preguntas que vendrían después. Las miradas compasivas y los gestos de comprensión.

–Me encantaría ver unas páginas. ¿El primer capítulo?

–Te avisaré –respondió Lucas antes de felicitarle las fiestas, tal como era de esperar, y poner fin a la llamada.

Se frotó la nuca. No tenía un primer capítulo. No tenía ni una primera línea. Hasta ahora lo único asesinado era su inspiración. Yacía inerte, le habían arrancado la vida. ¿Podría resucitarla? No estaba seguro.

Se había sentado frente al ordenador horas y horas y no había surgido ni una sola palabra. Lo único que tenía en la cabeza era Sallyanne. Ella llenaba su cabeza, sus pensamientos y su corazón. Su dañado y magullado corazón.

Fue en un día tal como ese, tres años antes, cuando había recibido la llamada que había hecho descarrilar su vida aparentemente privilegiada. Había sido como una escena de uno de sus libros, con la diferencia de que en esa ocasión no había sido ficción. Había sido él, y no uno de sus personajes, el que había identificado el cuerpo en el depósito de cadáveres. Ya no tenía que intentar ponerse en su lugar e imaginar lo que estaban sintiendo porque él mismo lo estaba sintiendo.

Desde entonces había ido tirando a duras penas, día a día, minuto a minuto, mientras por fuera hacía lo que tenía que hacer para que la gente se pensara que estaba bien. Pronto había aprendido que la gente necesitaba verlo así, que no querían ser testigos de su dolor. Querían creer que lo había asimilado y había «seguido adelante». Por norma general, lograba satisfacer sus expectativas, excepto en esa época del año, cuando llegaba el aniversario de la muerte de Sallyanne.

Al final tendría que acabar confesándoles a su agente y a su editor que no había escrito ni una sola palabra del libro que con tanto anhelo esperaban sus fans.

Ese libro no iba a hacer que su editor ganara una fortuna. No existía.

No tenía ni idea de cómo invocar la magia que lo había lanzado al primer puesto de las listas de superventas en más de cincuenta países.

Lo único que podía hacer era seguir haciendo lo que había estado haciendo durante el último mes. Se sentaría frente a la pantalla en blanco con la esperanza de que en algún rincón recóndito de su torturado cerebro brotara alguna idea.

Seguía esperando un milagro.

Al fin y al cabo, era la época de los milagros, ¿no?

–¿Es aquí? –preguntó Eva mirando por la ventanilla del taxi–. Es increíble. Tiene vistas a Central Park. Lo que yo daría por vivir tan cerca de Tiffany's.

El taxista se dirigió a ella mirándola por el espejo.

–¿Necesita ayuda con las bolsas?

–Yo me apaño, gracias –respondió mientras le pagaba.

Hacía muchísimo frío y la nieve seguía cayendo con fuerza en forma de densos copos que reducían la visibilidad y se posaban sobre su abrigo. Unos cuantos encontraron la pequeña zona de su cuello que quedaba desprotegida y se le colaron bajo el abrigo deslizándose como dedos helados. Al cabo de un instante, las bolsas y ella estaban cubiertas de nieve, aunque peor aún estaba la acera. Los pies le patinaron sobre la tupida alfombra de nieve y hielo y resbaló.

–¡Ay! –exclamó agitando los brazos, y el portero se adelantó y la agarró antes de que cayera al suelo.

–Tranquila. El suelo está muy peligroso.

–Y que lo diga –se agarró a su brazo con fuerza y esperó a que se le calmara el pulso–. Gracias. No me habría gustado pasarme la Navidad en el hospital. He oído que la comida es terrible.

–La ayudaremos con esas bolsas –el portero levantó una mano y dos hombres uniformados aparecieron y colocaron las bolsas y las cajas en un carrito de equipaje.

–Gracias. Voy al último piso. Al ático. Imagino que me estaban esperando. Voy a pasar unos días aquí decorando un piso para un cliente que está fuera de la ciudad. Lucas Blade.

Era un escritor de novela negra con una docena de libros que habían sido superventas en todo el mundo.

Eva no había leído ninguno.

Odiaba el crimen, tanto real como ficticio. Prefería centrarse en el lado positivo de la gente y de la vida. Y prefería poder dormir por las noches.

La calidez del edificio la envolvió cuando entró; resultaba reconfortante después del frío de la tormenta de nieve que estaba azotando la Quinta Avenida. Le escocían las mejillas y, a pesar de llevar guantes, tenía los dedos dormidos por el frío. Ni siquiera el gorro de lana con el que se había tapado hasta las orejas había podido protegerla del feroz mordisco del invierno neoyorquino.

–Necesitaré ver su identificación –dijo el portero con tono enérgico y profesional–. Hemos tenido varios robos por esta zona. ¿Cómo se llama la empresa?

–Genio Urbano –aún le resultaba algo tan novedoso que se enorgullecía al pronunciar el nombre. Era su empresa. La había levantado junto a sus amigas. Le entregó el carné de identidad–. No llevamos mucho tiempo en activo, pero estamos arrasando Nueva York –se sacudió nieve de los guantes y sonrió–. Bueno, si comparamos con la tormenta que hay ahora mismo ahí fuera, a lo mejor más que arrasando solo estamos levantando un ligero viento, pero tenemos esperanzas para el futuro. Tengo la llave del señor Blade –la agitó para demostrárselo y la mirada del hombre se suavizó al ver primero la llave y después la identificación.

–La tengo en mi lista. Simplemente necesito que firme.

–¿Me podría hacer un favor? –preguntó Eva al firmar–. Cuando llegue Lucas Blade, no le diga que he estado aquí. Se supone que es una sorpresa. Cuando abra la puerta se encontrará el piso listo para Navidad. Será como llegar a una fiesta sorpresa de cumpleaños.

De pronto pensó que no a todo el mundo le gustaban las fiestas sorpresas, pero ¿quién era ella para discutir con la familia de él? Su abuela, que había sido una de sus primeras clientas y ahora se había convertido en una buena amiga, le había dado unas instrucciones muy claras: preparar el piso y dejarlo listo para Navidad. Al parecer, Lucas Blade estaba en Vermont, volcado de lleno en un libro y con una fecha de entrega pendiente; el mundo a su alrededor había dejado de existir. Además de decorar, tenía que cocinar y llenarle la nevera, y tenía todo el fin de semana para hacerlo porque él no volvería a casa hasta la semana siguiente.

–Por supuesto, no le diremos nada –dijo el portero sonriendo.

–Gracias –respondió Eva y después de mirar el nombre en su chapa, añadió–: Albert. Me ha salvado la vida. En algunas culturas eso significaría que ahora le pertenezco. Por suerte para usted, estamos en Nueva York. No se imagina de la que se ha librado.

El hombre se rio.

–La abuela del señor Blade ha llamado antes y nos ha dicho que había enviado su regalo de Navidad. No me esperaba que fuese una mujer.

–Yo no soy el regalo, lo son mis habilidades. Decir que soy su regalo de Navidad hace que parezca que me voy a envolver en papel plateado y me voy a poner un gran lazo rojo.

–¿Entonces se va a quedar en el ático un par de noches? ¿Sola?

–Así es –y no era ninguna novedad. A excepción de alguna que otra noche en la que Paige se quedaba a dormir con ella, siempre pasaba las noches sola. No recordaba la última vez que había estado en posición horizontal con un hombre, pero estaba decidida a que eso cambiara. Cambiarlo era lo primero en su lista de deseos de Navidad.

–Lucas no vuelve hasta la semana que viene y con el tiempo tan malo que está haciendo no tiene sentido que esté desplazándome de un lado para otro –veía la densa nieve caer al otro lado de los cristales tintados–. Supongo que esta noche nadie hará viajes largos.

–Está siendo una tormenta de las malas. Dicen que la nieve podría llegar a acumularse hasta medio metro y que habrá vientos de ochenta kilómetros por hora. Son días para abastecerse de comida, comprobar la batería de las linternas y sacar las palas quitanieves –Albert miró sus bolsas, rebosantes de adornos navideños–. Parece que a usted no le va a preocupar mucho este tiempo. Ahí dentro hay mucha alegría navideña. Seguro que es una de esas personas que adora estas fiestas.

–Lo soy –o lo era. Y estaba decidida a volver a ser esa persona. Mientras se lo recordaba, intentaba ignorar el profundo dolor de su corazón–. ¿Y usted, Albert?

–Estaré trabajando. Hace dos veranos perdí a mi mujer, con la que llevaba cuarenta años casado. Nunca tuvimos hijos, así que en Navidad siempre estuvimos los dos solos. Y ahora estoy solo yo. Trabajar aquí me vendrá mejor que tomarme un plato precocinado solo en mi apartamento. Me gusta estar con gente.

Eva se sintió totalmente identificada. Comprendía lo que era la necesidad de estar rodeada de gente. A ella le pasaba lo mismo. No era que no pudiera estar sola, porque sí podía. Pero si le daban a elegir, siempre prefería estar con otras personas.

Movida por un impulso, metió la mano en el bolsillo y le dio una tarjeta.

–Tome.

–¿«Restaurante Siciliano Romano's» en Brooklyn?

–Tienen la mejor pizza de todo Nueva York. La dueña es la madre de un amigo mío y, el día de Navidad, Maria cocina para todo el que se presente allí. Yo la ayudo en la cocina. Soy cocinera, aunque ahora la mayor parte del tiempo organizamos grandes eventos y subcontratamos a empresas externas y proveedores –«demasiada información», pensó y señaló la tarjeta–. Si está libre el día de Navidad, debería venir a vernos, Albert.

Él se quedó mirando la tarjeta.

–Me acaba de conocer hace cinco minutos. ¿Por qué me invita?

—Porque me ha salvado de caerme de culo y porque es Navidad. Nadie debería estar solo en Navidad –«solo». Ahí estaba otra vez. Esa palabra. Parecía colarse por todas partes–. Yo tampoco me voy a encerrar. En cuanto la nieve cese lo justo para que me pueda ver la mano si me la pongo delante de la cara, voy a ir a Central Park y voy a hacer un muñeco de nieve del tamaño del Empire State Building. El Muñeco de Nieve Empire State. Y hablando de estructuras gigantes, luego me van a traer un árbol. Con suerte, llegará antes de que la tormenta lo bloquee todo. Va a pensar que he robado el que ponen en el Rockefeller Center, pero le aseguro que no.

—¿Es grande?

—Este tipo vive en el ático y el ático requiere un árbol grande. Solo espero que podamos subirlo ahí arriba.

—Eso déjemelo a mí –dijo el portero frunciendo el ceño–. ¿Está segura de que no debería marcharse a casa con su familia mientras aún puede?

Esas palabras hurgaron en la herida que había estado intentando ignorar.

—Estaré bien aquí, a salvo y caliente. Gracias, Albert. Es usted mi héroe.

Fue hacia el ascensor intentando no pensar en todos los habitantes de Nueva York que estarían volviendo a casa para reunirse con sus familias. Volviendo a la calidez, a las risas, a la conversación, a los abrazos del hogar...

Todos menos ella.

No tenía a nadie.

Ni a un solo pariente vivo. Tenía amigos, claro, y grandes amigos, pero por alguna razón eso no aplacaba el dolor.

Sola.

¿Por qué ese sentimiento siempre se magnificaba en Navidad?

El ascensor subió por el edificio con suavidad y en silencio hasta que las puertas se abrieron.

El piso de Lucas Blade estaba justo enfrente. Entró, les dio las gracias a los dos hombres que le habían llevado todas sus bolsas y paquetes, cerró la puerta y echó el cerrojo.

Se giró y, al instante, se quedó hipnotizada por las espectaculares vistas que ofrecían los ventanales que iban de suelo a techo y que ocupaban toda una pared del piso.

No se molestó en encender las luces. Se quitó las botas para evitar dejar un rastro de nieve por toda la casa y, ya en calcetines, fue hacia la ventana.

No sabía qué más tendría Lucas Blade, pero estaba claro que tenía gusto y estilo.

Y, además, tenía calefacción por suelo radiante; sintió el lujoso calor atravesándole la gruesa lana de los calcetines y descongelándole lentamente los pies.

Contempló el altísimo perfil de la ciudad mientras el frío y los copos de nieve que la habían cubierto se iban desvaneciendo.

A lo lejos, bajo ella, veía la hilera de luces de la Quinta Avenida y unos cuantos taxis intrépidos que, probablemente, estaban haciendo el último recorrido atravesando Manhattan. Pronto las carreteras estarían cerradas. Viajar sería imposible o, como mínimo, una imprudencia. Nueva York, la ciudad que nunca duerme, se vería obligada a tomarse un descanso.

Al otro lado de la ventana grandes copos de nieve danzaban por el aire antes de posarse perezosamente sobre la ya profunda capa que cubría la ciudad.

Eva se rodeó con los brazos mientras contemplaba la plateada y blanca extensión de Central Park.

Era una estampa invernal neoyorquina de ensueño. Por qué Lucas Blade había sentido la necesidad de refugiarse en otro lugar para escribir era algo que desconocía. Si esa casa fuera suya, jamás saldría de ella.

Aunque tal vez él había necesitado salir.

Estaba sufriendo, ¿no? Había perdido a su amada esposa tres años antes, por Navidad. Su abuela le había contado cuánto le había cambiado ese suceso. ¿Y cómo no? Había perdido al amor de su vida. A su alma gemela.

Eva apoyó la cabeza contra el cristal. Se le partía el alma por él.

Sus amigas le decían que era demasiado sensible, pero había llegado a aceptar que era su forma de ser. Otras personas veían las noticias y lograban desligarse de ellas. Eva lo sentía todo profundamente y sentía el dolor de Lucas incluso a pesar de no conocerlo.

¿No era una crueldad conocer al amor de tu vida y perderlo después?

¿Cómo podías reponerte de eso y seguir adelante con tu vida?

No sabía cuánto tiempo había pasado allí de pie ni en qué momento exactamente había notado que no estaba sola. Todo empezó con un ligero cosquilleo en la nuca que, rápidamente, tras un sonido metálico, se convirtió en un escalofrío de miedo.

Se estaba imaginando cosas, ¿verdad? Por supuesto que estaba sola. Ese bloque de pisos tenía uno de los mejores sistemas de seguridad de la ciudad y había tenido la precaución de echar el cerrojo.

No podían haberla seguido hasta el interior, así que dentro no podía haber nadie más a menos que...

Tragó saliva mientras pensaba en otra explicación.

«A menos que ya hubiera habido alguien dentro».

Giró la cabeza despacio deseando haber encendido las luces al entrar. La tormenta había oscurecido el cielo y el piso estaba lleno de sombras cavernosas y misteriosas esquinas. Se le despertó la imaginación e intentó razonar consigo misma. El sonido que había oído podía haber sido cualquier cosa. Tal vez había provenido del exterior.

Contuvo el aliento y después oyó otro ruido, uno que se había producido claramente dentro de la casa. Sonó como una pisada. Una sigilosa pisada, como si el dueño de la misma no quisiera revelarse.

Alzó la mirada y vio algo moverse en las sombras.

Un miedo intenso la paralizó.

Había interrumpido un robo. Los cómos y los porqués no importaban. Lo único que importaba era salir de allí.

La puerta parecía estar muy lejos.

¿Podría llegar hasta ella?

Tenía el corazón acelerado y le sudaban las manos.

Ojalá no se hubiera quitado las botas.

Llegó a la puerta al mismo tiempo que se sacó el teléfono del bolsillo; le temblaba tanto la mano que por poco no lo tiró al suelo.

Pulsó el botón de Emergencias, oyó a una mujer decir «Policía...» e intentó susurrar al teléfono.

—Ayuda. Hay alguien en mi piso.

—Tendrá que hablar más alto, señora.

La puerta estaba ahí. Justo ahí.

—Hay alguien en mi piso —tenía que bajar y llegar hasta Albert. Él...

Una mano le tapó la boca, y antes de que ella pudiera llegar a soltar un grito, cayó boca arriba en el suelo y un poderoso cuerpo masculino la aplastó.

El hombre la sujetó contra el suelo. Le tapaba la boca con una mano y con la otra le sujetaba las muñecas con una fuerza brutal.

Mierda.

Si hubiera podido gritar, lo habría hecho, pero no podía abrir la boca.

No se podía mover. No podía respirar, aunque, curiosamente, sus sentidos aún estaban lo suficientemente alerta como para darse cuenta de que su atacante olía muy bien.

Qué ironía que, por fin, después de casi dos años soñando y esperando, estuviera en posición horizontal con un hombre. Y qué pena que ese hombre estuviera intentando matarla.

Una pena y un trágico desperdicio.

«Aquí yace Eva, cuyo deseo de Navidad era estar cerca de un hombre, aunque no especificó en qué circunstancias».

¿De verdad ese iba a ser su último pensamiento? Sin duda, la mente era capaz de generar pensamientos extraños justo antes de quedarse sin oxígeno. Y después de haber escrito su elegía, iba a morir, ahí mismo, en la oscuridad de ese ático vacío a escasas semanas de Navidad y aplastada por ese tío bueno y macizo que olía de maravilla. Si Lucas Blade decidía posponer su vuelta, tardarían semanas en hallar su cuerpo. Se encontraban en plena tormenta de nieve, o «emergencia invernal» como la llamaban oficialmente.

Ese pensamiento la hizo activarse.

¡No! No quería morir sin despedirse de sus amigas. Había encontrado unos regalos de Navidad perfectos para Paige y para Frankie y no le había dicho a nadie dónde los había escondido. Además, tenía su apartamento hecho un absoluto desastre. Llevaba siglos con la intención de ordenarlo, pero no había encontrado tiempo para hacerlo. ¿Y si la policía quería buscar pistas entre sus cosas? La mayoría de sus posesiones estaban tiradas por el suelo. Sería terriblemente embarazoso. Pero por encima de todo, no quería perderse Nueva York en Navidad y no quería morir sin disfrutar de un sexo alucinante e increíble al menos una vez en su vida.

No quería que esa fuera su última experiencia con un hombre encima.

Quería vivir.

Con un enorme esfuerzo, intentó darle un cabezazo, pero él la esquivó. Oyó el tono áspero de su respiración, vio un atisbo de un cabello negro azabache y de una mirada ardiente y entonces se oyeron golpes en la puerta y gritos de la policía.

Aliviada, notó cómo se le aflojaron los músculos de las extremidades.

Debían de haber rastreado la llamada.

En silencio dio gracias por ello y al momento oyó al asaltante maldecir, justo antes de que los policías irrumpieran en el piso seguidos de Albert.

No había palabras que pudieran describir el amor que Eva sintió por Albert en ese momento.

–¡Policía de Nueva York, no se mueva!

El piso de pronto se inundó de luz y el hombre que la aplastaba por fin la liberó de su peso.

Respirando hondo para llenar sus pulmones hambrientos de oxígeno, entrecerró los ojos ante el reflejo de la luz y notó cómo el hombre le arrancó el gorro de la cabeza. Su melena, liberada de la calidez de la lana, se soltó y le cayó sobre los hombros.

Por un instante sus miradas chocaron y ella vio incredulidad e impacto en la expresión del hombre.

–Eres una mujer.

Tenía una voz sexy y profunda. Una voz sexy, un cuerpo sexy... Qué pena que fuera un criminal.

–Lo soy. O, al menos, lo era. Ahora mismo no estoy segura de estar viva –Eva estaba allí tendida, impactada, comprobando con cautela las distintas partes de su cuerpo para asegurarse de que seguían unidas a ella. El hombre se puso de pie con un movimiento ágil y fluido y ella vio la expresión del agente de policía cambiar.

–¿Lucas? –preguntó asombrado–. No sabíamos que estabas aquí. Hemos recibido una llamada de una mujer desconocida informando de la presencia de un intruso.

¿Lucas? ¿Su asaltante era Lucas Blade? ¡No era un criminal, era el dueño de la casa!

Lo miró fijamente por primera vez y se dio cuenta de que le resultaba familiar. Había visto su cara en las portadas de algunos libros. Y era una cara digna de recordar. Observó sus pómulos cincelados y la marcada línea de su nariz. Tenía el pelo y los ojos oscuros. Su aspecto era tan bueno como su olor y en cuanto a su cuerpo... No le hizo falta fijarse ni en la anchura de sus hombros ni en la potencia de esos músculos para saber lo fuerte que era. Había estado pegada al suelo bajo su peso, así que ya sabía todo lo que tenía que saber al respecto. Recordarlo le produjo un cosquilleo en el estómago.

¿Qué le pasaba?

Ese hombre había estado a punto de matarla y estaba teniendo pensamientos eróticos sobre él, lo cual era una prueba más de que llevaba demasiado tiempo sin sexo. Definitivamente, tendría que ponerle remedio esas Navidades.

Mientras tanto, apartó la mirada de sus magnéticos ojos e intentó ser práctica.

¿Qué estaba haciendo ahí? No debería estar en casa.

–Ella es la intrusa –dijo Lucas con gesto adusto y Eva se dio cuenta de que todo el mundo la estaba mirando. Todos menos Albert, que parecía tan confundido como ella.

–No soy una intrusa. Me dijeron que el piso estaba vacío –dijo afectada por la injusticia–. Usted no debería estar aquí.

–¿Y eso cómo lo sabes? ¿Has investigado qué pisos están vacíos por Navidad?

Por muy sexy que fuera, ese hombre no regalaba sonrisas a la ligera.

Eva se preguntó cómo, de pronto, se había convertido en la mala de la película.

–Claro que no. Me pidieron que viniera.

–¿Tienes un cómplice?

–Si fuera una intrusa, ¿habría llamado a la policía?

–¿Por qué no? Al darte cuenta de que había alguien en casa, habría sido el modo perfecto de parecer inocente.

–Soy inocente –dijo Eva mirándolo con incredulidad–. Tiene usted una mente rara y retorcida –dijo mirando a la policía en busca de apoyo, aunque no lo encontró.

–Póngase de pie.

El tono del agente fue frío y brusco, y Eva, con el cuerpo magullado y aplastado, se incorporó hasta sentarse.

–Eso es más fácil de decir que de hacer. Por lo menos tengo cuatrocientos huesos rotos.

Lucas alargó la mano y la ayudó a levantarse.

–El cuerpo humano no tiene cuatrocientos huesos.

–Los tiene cuando la mayoría se han partido por la mitad –la fuerza de Lucas al levantarla no debería haberla sorprendido, dado que ya la había aplastado contra el suelo bajo su cuerpo–. ¿Por qué me está mirando todo el mundo? En lugar de interrogarme como si hubiera cometido un allanamiento de morada, deberían estar arrestándole a usted por atacarme. Y, además, ¿qué está haciendo aquí? Debería estar en Vermont, no merodeando por aquí.

–Soy el dueño de este piso. Una persona no puede «merodear» en su propio piso –frunció el ceño–. ¿Cómo sabías que debería estar en Vermont?

–Su abuela me lo dijo –respondió Eva tocándose el tobillo con cuidado–. Y, sin duda, estaba merodeando. Acechando en la oscuridad.

–Eres tú la que estaba acechando en la oscuridad.

–Estaba contemplando la nieve. Soy una romántica. Que yo sepa, eso no es un crimen.

–Eso lo juzgaremos nosotros –apuntó el oficial dando un paso al frente–. La llevaremos a comisaría, Lucas.

–Espera... –Lucas apenas movió la mano, pero bastó para que el policía se detuviera en seco–. ¿Has dicho que mi abuela te dijo que estaba en Vermont?

–Así es, señor Blade –interpuso Albert–. Es Eva y está aquí a petición de su abuela. Yo mismo lo he comprobado. Ninguno sabíamos que usted se encontraba en casa –añadió con un ligero tono de reproche que Lucas ignoró.

–¿Conoces a mi abuela? –le preguntó a Eva.

–Sí. Me ha contratado.

–¿Para hacer qué exactamente? –su mirada se oscureció y para Eva fue como estar mirando un cielo amenazante antes de una tormenta muy mala.

La abuela de Lucas le había contado muchas cosas de su nieto. Había mencionado que era un experto esquiador, que una vez pasó un año viviendo en una cabaña en el Ártico, que hablaba francés, italiano y ruso con fluidez, que conocía al menos cuatro disciplinas distintas de artes marciales y que nunca enseñaba sus libros a nadie hasta que no estaban terminados.

Lo que no le había mencionado era lo intimidante que podía resultar.

—Me ha contratado para preparar su casa para la Navidad.

—¿Y?

—¿Y qué? Eso es todo. ¿Qué otras razones podría haber? —vio un brillo sardónico en su mirada—. ¿Está insinuando que he entrado aquí sin permiso para poder conocerle?

—No sería la primera vez.

—¿Las mujeres hacen eso? —preguntó con una mezcla de indignación y fascinación. Ni siquiera ella se podía imaginar llegando tan lejos para encontrar a un hombre—. ¿Y cómo funciona eso exactamente? ¿Una vez entran aquí se abalanzan sobre usted y le aplastan contra el suelo?

—Tú sabrás —respondió él cruzándose de brazos y mirándola expectante—. ¿Qué plan has estado cocinando con mi abuela?

Ella se rio y después se dio cuenta de que él no estaba bromeando.

—Se me da bien la cocina, pero ni siquiera yo he sido capaz nunca de «cocinar» un romance. ¿Me pregunto cuál sería la receta? ¿Una taza de esperanza mezclada con una pizca de falsa ilusión? —ladeó la cabeza–. No soy de esas mujeres que piensan que es el hombre el que tiene que dar el primer paso, pero tampoco he llegado nunca al extremo de colarme en el piso de uno para llamar su atención. ¿Tan desesperada me ve, señor Blade? –en realidad sí que estaba desesperada, pero eso él no lo podía saber a menos que buscara en su bolso y encontrara su único y solitario preservativo. Había tenido la esperanza de darle un final espectacular a su hasta ahora tranquila vida, pero eso parecía cada vez menos probable.

–La desesperación tiene muchas caras.

–Si quisiera colarme en el piso de un hombre con la intención de seducirlo, ¿de verdad piensa que lo haría con botas de nieve y un jersey de lana gorda? Estoy empezando a entender por qué necesita un piso tan grande a pesar de vivir solo. Su ego debe de ocupar mucho espacio y necesitar su propio baño, pero le perdono su arrogancia porque es rico y guapo, así que probablemente esté diciendo la verdad sobre sus experiencias pasadas. Sin embargo, el fallo en su razonamiento es que debería estar en Vermont.

Él la miraba fijamente.

–No estoy en Vermont.

–Eso ahora ya lo sé. Tengo magulladuras que lo demuestran.

El agente de policía no sonrió.

–¿Crees la historia, Lucas?

–Por desgracia, sí. Suena exactamente como lo típico que organizaría mi abuela –maldijo en voz baja y se ganó una mirada de respeto del curtido policía de Nueva York.

–¿Cómo quieres que nos ocupemos de esto?

–No hagáis nada. Os agradezco que hayáis venido tan deprisa, pero ya me ocupo yo. Y si pudierais olvidar que me habéis visto aquí, también os lo agradecería –habló con la serena autoridad de alguien a quien rara vez se cuestionaba y, fascinada, Eva vio cómo todos se esfumaban.

Todos excepto Albert, que se quedó allí en la puerta, firme como un tronco.

Lucas lo miró expectante.

–Gracias por tu preocupación, pero ya me ocupo yo.

–Me preocupo por la señorita Eva –dijo Albert manteniéndose firme y mirándola–. Tal vez sería mejor que viniera conmigo.

Ella se sintió conmovida.

–Estaré bien, Albert, pero gracias. Puede que no sea muy alta, pero resulto mortífera cuando me veo acorralada. No se preocupe por mí.

–Si cambia de opinión, estoy de turno hasta medianoche –dijo el hombre y miró a Lucas como diciéndole que estaría vigilante–. Vendré a verla antes de irme.

–Es usted muy amable.

La puerta del piso se cerró.

–¿Resultas mortífera cuando te ves acorralada? –dijo Lucas; su oscuro tono ocultaba un matiz de humor–. Perdóname si me cuesta creerlo.

–No me subestime, señor Blade. Cuando le ataque, no lo verá venir. Estará tan tranquilo pensando en sus cosas y de pronto estará tirado en el suelo, indefenso.

–¿Como hace un momento?

Ella ignoró el sarcasmo.

–Eso ha sido distinto. No me esperaba encontrarme a nadie aquí. No estaba preparada. La próxima vez lo estaré.

–¿La próxima vez?

—La próxima vez que se abalance sobre mí e intente estamparme en su suelo. Ha sido como el Paseo de la Fama de Hollywood, con la diferencia de que ha usado mi cuerpo entero en lugar de solo mi mano. Probablemente ahora su suelo parezca la escena de un crimen, con la silueta de mi cuerpo ahí puesta.

Lucas se la quedó mirando un momento.

—Parece tener una relación estrecha con el portero de mi edificio. ¿Hace mucho tiempo que lo conoce?

—Unos diez minutos.

—¿Diez minutos y él ya está dispuesto a defenderla a muerte? ¿Produce ese efecto en todos los hombres?

—Nunca en los hombres adecuados. Nunca en los jóvenes, atractivos y que son un buen partido —cambió de tema—. ¿Por qué la policía no ha llevado a cabo ningún arresto?

—Según tú, no estabas cometiendo ningún crimen.

—Me refería a usted. Deberían haberle arrestado. Me ha tirado al suelo y me ha dado un susto de muerte —recordó lo que había sentido al notar su cuerpo contra el suyo. Aún recordaba la dura presión de su muslo, la calidez de su aliento sobre su mejilla, y su peso.

Lo miró y, al ver cómo la estaba mirando él, pensó que Lucas también debía de estar recordando ese momento.

—Estabas merodeando por mi casa. Y si hubiera querido matarte, ahora mismo estarías muerta.

—¿Se supone que eso debe tranquilizarme? —se frotó sus doloridas costillas mientras se recordaba que por mucho que su imaginación estuviera jugando con la realidad, el suyo no había sido un encuentro romántico. Lucas Blade le estaba lanzando una mirada de acero. Había algo en él que no la hacía sentir del todo segura–. ¿Ataca a todo el mundo que entra en su piso?

–Solo a los que entran sin haber sido invitados.

–¡A mí me han invitado! Y usted lo habría sabido si se hubiera molestado en preguntar. Suponía que un hombre con su experiencia en el mundo del crimen habría podido diferenciar a una mujer inocente de un criminal.

Él le dirigió una mirada especulativa.

–Los criminales no siempre son tan fáciles de identificar. No vienen con un bigote enroscado y una etiqueta. ¿Crees que puedes reconocer a uno de los malos con solo mirarlo?

–Se me da bastante bien identificar a los fracasados y sin duda sé reconocer a un tío bueno, así que estoy segura de que un chico malo no escaparía a mi radar.

–¿No? –él se le acercó–. Los malos viven entre nosotros, pasan desapercibidos. Normalmente son la persona que uno menos se esperaría. El taxista, el abogado –se detuvo antes de añadir–: el portero.

¿Pretendía asustarla?

–Su portero, Albert, resulta ser una de las personas más agradables que he conocido en mi vida, así que si intenta convencerme de que tiene un pasado criminal, no le voy a creer. Según mi experiencia, la mayoría de las personas son bastante decentes.

–¿No ves las noticias?

–Las noticias solo muestran el lado malo de la humanidad, señor Blade, y lo hacen a escala global. No informan sobre los millones de pequeños actos de bondad que pasan desapercibidos y que suceden a diario en las comunidades. La gente ayuda a mujeres ancianas a cruzar la calle y lleva té a sus vecinos cuando están enfermos. No se oye hablar de eso porque una buena noticia no genera espectáculo, ni siquiera a pesar de que son esos actos los que unen a la sociedad. Las malas noticias son un artículo de consumo y los medios comercian con ello.

–¿En serio crees eso?

–Sí, y no me voy a disculpar por preferir centrarme en lo positivo. Soy de esas personas que ven el vaso medio lleno. Eso no es un crimen. Usted ve lo malo en la gente, pero yo veo lo bueno. Y creo que la mayoría de la gente tiene cosas buenas.

–Solo vemos lo que una persona decide mostrar. No sabes qué pueden estar escondiendo bajo la superficie –su voz sonó profunda, sus ojos oscuros resultaban hipnotizantes–. Tal vez el hombre que ha ayudado a la anciana a cruzar la calle luego llega a su casa y busca imágenes indecentes en un portátil que guarda debajo de la cama. Y la amable persona que le lleva té a su vecino puede ser un pirómano o un peligroso psicópata con la intención de ver más de cerca cómo y dónde vive su vecino para evaluar los puntos de acceso y sus puntos débiles. Nunca se sabe a primera vista lo que oculta una persona.

Eva lo miró, inquieta por la imagen del mundo que había retratado. Era como si alguien hubiera pintado un feo grafiti sobre su limpia visión de la vida.

–Puede que por fuera esté bien, señor Blade, pero por dentro necesita un cambio. Tiene una mente oscura, cínica y retorcida.

–Gracias –la más ligera de las sonrisas rozó las comisuras de sus labios–. El *New York Times* dijo lo mismo en la reseña de mi último libro.

-No lo he dicho como un cumplido, pero veo que tal vez necesita ser así para tener éxito. Su trabajo es explorar el lado oscuro de la humanidad y eso le ha retorcido el pensamiento. La mayoría de la gente es simplemente lo que aparenta ser -dijo con firmeza-. Tómeme como ejemplo. Écheme un buen vistazo. Y ahora dígame, ¿parezco una asesina?

2

Una rana siempre es una rana, nunca un príncipe disfrazado.

Frankie

¿Parezco una asesina?

Lucas estudió su dulce rostro con forma de corazón. Tenía los ojos azules oscuros y con esos rizos dorados y los hoyuelos de las mejillas parecía tan inofensiva como un gatito de peluche.

No parecía en absoluto una asesina.

Sería la afable y amable enfermera que nadie imaginaría capaz de matar a sus pacientes o la dulce profesora de jardín de infancia que la gente daría por hecho que educaría con cariño a los niños que tenía a su cuidado. Parecía la imagen de una campaña de promoción de hábitos saludables; podría anunciar el zumo de naranja más jugoso o la ensalada más crujiente.

Una mujer con un rostro y un cuerpo como el suyo podía eludir sospechas durante meses o años.

El corazón le latió con fuerza y sintió cómo volvía a la vida la chispa de energía creativa que lo había esquivado durante meses.

Ella lo miró con cautela.

–¿Por qué me está mirando? ¿Qué he dicho? Puedo asegurarle que no soy una asesina y, sinceramente, no entiendo por qué podría llegar a pensarlo. Ni siquiera mato a las arañas. Las llevo al lugar más seguro, aunque, si le soy sincera, suelo usar un vaso y un trozo de cartón porque no me gusta notar sus patas sobre mi piel.

«Ni siquiera mato a las arañas».

Y tampoco lo haría su asesina.

Solo a los humanos.

–Ya está –Lucas ni siquiera fue consciente de que había hablado. Sin pensarlo, se acercó a ella y le tocó el pelo. Rubio y sedoso, fluía entre sus dedos y enmarcaba el rostro de Eva con un lustroso tono dorado. Solo esa melena bastaría para deslumbrar a cualquier hombre. Deslumbrarlo y distraerlo. Acabaría muerto antes de saber qué había pasado.

–¿Ya está qué? –sonó exasperada–. ¿Señor Blade?

–Eres tú.

Su mente, recién despertada de su soporífero estado, estaba tan acelerada que Lucas tardó un momento en darse cuenta de que aún le estaba tocando el pelo.

¿Cómo sucedería? ¿Cómo cometería un asesinato?

¿Podría su pelo ser un arma? ¿O sería el móvil del asesinato? ¿Algo que dejara en la escena del crimen?

No. La atraparían en una semana.

Tal vez podría cambiarse el pelo cada vez que cometía un asesinato.

O podría llevar peluca.

–¡Señor Blade!

Unos ojos azules enormes estaban clavados en su rostro.

–¿Qué quiere decir con que soy yo? Nunca en mi vida he cometido un crimen, si eso es lo que está insinuando.

Pero lo haría. Lo haría.

–Eres perfecta.

En ese momento, las mejillas de Eva pasaron de tener el tono de la nata montada al tono de una crema de fresa.

–¿Per... perfecta?

E incluso se sonrojaba. Una mujer que podía sonrojarse así no le haría daño ni a una mosca. ¿O sí?

–¿Eso lo puedes hacer a tu antojo o es algo que pasa sin más?

–¿Qué?

–Lo de sonrojarte –acarició su suave piel explorando la sedosa textura. Quería saberlo todo sobre ella. Quería desmontarla para decidir qué rasgos darle a su personaje.

–Suelo sonrojarme cuando un hombre al que solo conozco desde hace unos minutos me dice que soy perfecta. Tiene razón al decir que las primeras impresiones pueden confundir. Si hace diez minutos me hubieran preguntado, no habría dicho que es usted la persona más simpática que he conocido en mi vida, pero ahora veo que solo estaba poniéndose a la defensiva. Y es comprensible, si las mujeres se cuelan en su piso para conocerlo.

–¿Qué? –las palabras de Eva por fin penetraron en su subconsciente y su mundo de fantasía se desvaneció.

Había estado pensando en voz alta y ella había malinterpretado sus palabras.

Pensaba que estaba interesado en ella.

¿Y por qué no iba a pensarlo? Sería la mujer de los sueños de cualquier hombre: suaves curvas, melena rubia y una boca tan rosada y tentadora como un glaseado de azúcar. Él mismo se habría sentido interesado por ella en una época de su vida, aunque de aquella época parecían haber pasado siglos.

Su esposa había domado esa faceta suya. La faceta salvaje e inquieta que lo había impulsado a ir por la vida arrasando y tomando lo que quería. Pero ahora su mujer ya no estaba y él no tenía a nadie a quien complacer más que a sí mismo, aunque eso nunca lo lograba.

Privado de toda clase de paz interior o satisfacción personal, canalizaba todas sus emociones en el trabajo. Su trabajo como escritor era lo primero. Lo había salvado en sus peores momentos y por esa razón el miedo ante la posibilidad de haberlo perdido para siempre había sido tan intenso.

Pero no lo había perdido. Su don simplemente había estado dormido, esperando a que lo despertaran, y esa mujer lo había hecho.

Sintió un profundo alivio; como el de un hombre ahogándose al descubrir que el salvavidas que había creído perdido estaba flotando en el agua junto a él. Lo agarró y se aferró a él decidido a no hundirse bajo las turbias aguas.

La cabeza le iba a mil por hora. ¿Sería ese el móvil de su asesina? ¿Había perdido a alguien y quería vengarse? ¿O era una psicópata sin conciencia ni emociones, alguien incapaz de empatizar y que utilizaba su físico como trampa?

Si hubiera tenido una libreta y un bolígrafo a mano, habría empezado a escribir allí mismo. Por primera vez en meses, sentía una impaciencia y unas ganas casi abrumadoras de abrir su portátil. Quería sentarse a escribir. Quería escribir y escribir hasta que el libro estuviera terminado. Sentía la idea creciendo en su interior. Su mente era como un cauce seco después de una inundación: estaba llena, empapada de ideas.

Por fin, por fin, después de meses esperando que llegara la inspiración, había encontrado a su asesino.

¿Creía que era perfecta? La reacción de Lucas fue inesperada, teniendo en cuenta todo lo que ella sabía sobre su vida. Durante las muchas porciones de tarta que había compartido con su abuela, había descubierto que, a pesar de los repetidos intentos de varias mujeres por captar su atención, a Lucas Blade no le habían interesado las citas desde que había perdido a su esposa tres años antes. Su vida era un oscuro misterio, un páramo de tristeza y trabajo duro. Escribía, participaba en todas las giras promocionales internacionales que le solicitaban, hablaba y firmaba libros. Y entre apariciones públicas forzadas, se encerraba en sí mismo y se alejaba de todo.

Manifestaba todos los signos de un hombre que vivía por inercia.

Había desviado los nada sutiles intentos de su abuela de presentarle a mujeres apropiadas y todo ello hacía que a Eva le resultara más sorprendente todavía que la estuviera mirando como si fuera la respuesta a sus sueños.

No estaba convencida de que él fuera la respuesta a los suyos, aunque no había duda de que era escandalosamente guapo de un modo tosco y casi peligroso.

¿Era una locura sentirse atraída por alguien que acababa de demostrar que podría aplastarla como a un bicho? Tras haber descubierto su fuerza, le sorprendía que pudiera tener la delicadeza que estaba mostrando ahora mientras le acariciaba la cara lentamente con esos diestros dedos. Pero no fue su caricia lo que hizo que se le derritieran las rodillas, sino el deseo que vio en sus ojos.

–¿En serio cree que soy perfecta?

Ahora ese deseo quedó sustituido por una mirada de cautela.

–Tienes una estructura ósea perfecta.

¿Una estructura ósea perfecta?

Le habían dicho que tenía el pelo bonito y sabía que tenía una buena figura. Si hubiera podido elegir, le habría añadido unos centímetros a su estatura, aunque aparte de eso, no había muchas cosas de sí misma que cambiaría. Pero nunca nadie le había mencionado nada sobre sus huesos.

Él la estaba mirando desde todos los ángulos y Eva se estaba sintiendo cada vez más incómoda.

Lucas Blade era un escritor megaexitoso con una reputación internacional y fans por todo el mundo, pero eso no cambiaba el hecho de que fuera básicamente un extraño. Un extraño rodeado por un aura de peligrosa tensión. Más que caminar, merodeaba. Más que sonreír, lanzaba miradas fulminantes. Y ahora mismo la estaba observando como si fuera un depredador y ella su próxima víctima.

Sus palabras le resonaban por la cabeza: «Nunca se sabe a primera vista lo que oculta una persona».

A pesar de su tendencia a confiar en la mayoría de la gente, si lo hubiera visto yendo hacia ella en la calle por la noche, se habría metido en un taxi inmediatamente.

–¿Siempre mira así a la gente? –le preguntó mirando hacia la puerta, midiendo la distancia, y él le siguió la mirada con el ceño fruncido.

–Te he hecho sentir incómoda. Lo siento.

Lucas dio un paso atrás para dejarle espacio y ella respiró hondo recordándose que en realidad no era un extraño. Conocía bien a su abuela.

–Es el encuentro más raro que he tenido en mi vida. Primero intenta matarme...

–Yo no he intentado matarte. Estaba intentando reducirte.

–Dadas las diferencias que tenemos en estatura y peso, es básicamente lo mismo.

No podía dejar de pensar en cómo se había sentido al notar su cuerpo contra el suyo. ¿Cuándo había sido la última vez que la habían agarrado así, que había sentido esa deliciosa dureza, esa masculina fuerza, esa sensación de seguridad? ¿De seguridad? ¡Pero si la había atacado! Joder, qué mente tan retorcida tenía. No había sido romántico. Había sido defensa propia.

–Creo que puede haberme causado daños mentales. Todo eso sobre que la gente oculta su lado oscuro me ha asustado un poco. Me ha puesto nerviosa. Ahora cada vez que me cruce con alguien por la calle, me voy a preguntar qué secretos estará ocultando –y se preguntaba qué secretos estaría ocultando él tras ese rostro terriblemente hermoso.

De nuevo vio en sus ojos ese brillo de mofa.

–Creía que veías lo bueno en todo el mundo.

–Sí, pero ahora me ha hecho dudar. Gracias a usted voy a ir vigilando y mirando hacia atrás todo el camino de vuelta a casa.

–Una dosis razonable de cautela siempre es útil.

–Tal vez, pero me ha asustado.

–Asustar a la gente es mi trabajo.

–No, su trabajo es escribir libros que asusten a la gente, ¡no asustar a alguien en persona! –se frotó la parte baja de la espalda y vio la expresión de sus ojos cambiar.

–¿Te he hecho daño?

–Me he caído con una mala postura y su suelo es duro –giró los hombros como si los estuviera comprobando–. Sobreviviré.

–Gírate para que te eche un vistazo.

–¿Me está sugiriendo que me quite la ropa y me ponga de espaldas a usted? No, creo que no lo voy a hacer. No es usted la clase de hombre a la que una mujer sensata le daría la espalda, señor Blade. Estoy intentando no imaginarme lo que podría haber pasado si la policía no hubiera llegado. Me habría destrozado todos los huesos con una de sus llaves de judo.

–Era *jiu-jitsu*.

–Es bueno saberlo. Su abuela me dijo que es un experto en distintas artes marciales. Le gustará saber que le está dando un buen uso a todos esos conocimientos. Me aseguraré de mencionárselo cuando la vea.

Lucas se quedó petrificado.

–No vas a llamar a mi abuela.

–Pero...

–Si hubiera querido que mi abuela supiera que estoy aquí, se lo habría dicho.

–¿Y por qué no se lo ha dicho? –se quedó atónita–. Le adora. ¿Por qué se está escondiendo de ella?

–Más bien me estoy escondiendo de su impulso incontrolable de entrometerse en mi vida e intentar solucionármela.

–Lo hace porque le quiere –dijo Eva con envidia–. Se preocupa mucho por usted.

–Tal vez, pero eso no hace que la situación resulte menos insoportable.

Se apartaba de la familia con la facilidad de alguien que no sabía valorarla. Lo que daría ella por que alguien se entrometiera en su vida e intentar solucionársela. Alguien que la llamara para ver si estaba bien. Alguien que se preocupara si trabajaba mucho y no comía bien.

Parpadeó.

Debería irse. Él no la quería allí, ¿verdad? Estaba claro que ese hombre no tenía el más mínimo interés en decorar su casa por Navidad.

Ahora que las luces estaban encendidas, pudo mirar bien a su alrededor. El piso era precioso, pero la decoración resultaba impersonal. Parecía más un hotel exclusivo que una casa, como si alguien se hubiera mudado allí y hubiera olvidado darle algún toque personal.

El espacio era increíble pero no tenía alma. No tenía carácter. No daba pistas sobre la persona que vivía en él. Costaba creer que alguien se hubiera sentado alguna vez en los sofás o hubiera puesto vasos o tazas sobre la impoluta mesa de cristal. Parecía un lugar casi abandonado, como si Lucas hubiera olvidado que existía.

Ella quería añadirle flores y cojines. Quería tirar algo de ropa por allí para que pareciera un lugar habitado.

¿Dónde estaba cuando ella había entrado? ¿Arriba en uno de los dormitorios? ¿En su despacho?

Por primera vez desde que la había aplastado bajo su cuerpo, lo miró fijamente a la cara y vio cosas que se le habían escapado en un primer momento. Vio sombras bajo sus ojos que indicaban que llevaba semanas sin dormir. Vio las líneas de tensión que enmarcaban el adusto gesto de su boca.

Miró a otro lado y algo más captó su atención. Un

cuchillo afilado, con su larga hoja brillando bajo las luces. Si hubieran estado en la cocina, habría pasado por alto su presencia, pero no estaban en la cocina.

Lo miró con inquietud.

Ese cuchillo tenía algo inquietante, casi amenazador.

Contempló todos los posibles motivos que él podía tener para dejarlo sobre la mesa. Tal vez lo usaba como abrecartas, aunque no era lo más probable porque ya se había fijado en la torre de cartas que tenía por abrir.

Por mucho que se estrujó el cerebro, no se le ocurrieron otras razones.

La hoja del cuchillo parecía estar burlándose de ella, que pasó de un estado de inquietud a uno de alarma. No tenía experiencia resolviendo misterios, pero sabía muy bien interpretar pistas. Él tenía un cuchillo en el salón y estaba allí solo, apartado del mundo exterior.

La Navidad hacía que algunas personas se sintieran desesperadas, ¿verdad?

Miró los suelos y las paredes desnudos.

—¿Se acaba de mudar?

—Llevo tres años viviendo aquí.

Tres años. ¿Vivía ahí cuando murió su mujer? No. El lugar no tenía ningún toque femenino, lo cual significaba que debió de mudarse inmediatamente después de que su esposa muriera.

Había estado escapando. Huyendo. Y seguía huyendo.

Parecía como si hubiera saltado directamente desde su vida anterior y hubiera llegado ahí sin llevarse nada consigo.

Se le partió el alma por él.

Intentó decirse que la vida de ese hombre no era

asunto suyo. La habían contratado para arreglarle la casa, no la vida, y él había dejado bien claro cuánto odiaba que la gente se entrometiera. Lo más sensato era marcharse ya, pero si se marchaba, él se quedaría solo y quién sabía lo que podría llegar a hacer. ¿Y si agarraba ese cuchillo? Ella era la única persona que sabía la verdad, la única que sabía que Lucas Blade no estaba en Vermont escribiendo. Estaba allí encerrado en ese ático, solo.

Si ese hombre hacía algo, ella se sentiría responsable y siempre se preguntaría si podría haberlo detenido, si podría haber cambiado algo.

Al mirar sus intensos ojos negros supo que no estaba mirando a un hombre peligroso. Estaba mirando a un hombre desesperado. Al límite. Pendiendo de un hilo.

Lucas Blade escribía novelas de terror, pero Eva sospechaba que en ese momento nada podía igualarse al terror de su propia vida.

Por eso, no tenía la más mínima intención de dejarlo solo.

3

Mira antes de saltar, o lleva encima un botiquín de primeros auxilios.

Lucas

Lucas había estado esperando que se marchara, pero ella seguía allí de pie.

–Tengo que trabajar –y se moría de ganas de empezar. Los personajes estaban cobrando vida en su cabeza, convirtiéndose en personas con defectos y cualidades. Podía oír diálogos y visualizar escenas. Por primera vez en demasiado tiempo estaba deseando sentarse frente al portátil. Quería escapar al mundo de ficción que lo estaba esperando. Era como alguien con dolor crónico contemplando una jeringuilla llena de morfina. Quería agarrarla y vaciársela en las venas hasta que la dulzura de la inconsciencia adormeciera la agonía que llevaba tres años siendo su constante compañía.

Lo único que lo detenía era la fuente de su inspiración, que parecía decidida a no marcharse. A lo mejor la había asustado, aunque al parecer no lo suficiente como para que saliera corriendo por la puerta.

–Su abuela me dio este trabajo, así que o la llamo

y se lo explico o hago el trabajo que me ha enviado a hacer aquí.

Si llamaba a su abuela, cualquier esperanza de estar solo en Navidad se desvanecería. Le pediría que le explicara por qué estaba en Nueva York en lugar de en Vermont y por qué había mentido, que era lo que le resultaba más embarazoso.

–Mira a tu alrededor –probó a intimidarla, su tono era sedoso–. ¿Parezco un hombre que quiera tener su piso decorado por Navidad?

–No, y precisamente por eso su abuela quería que lo hiciera yo. Cree que no debería estar viviendo así. Está preocupada por usted. Y, sinceramente, ahora que le he conocido, yo también lo estoy.

–¿Y por qué iba a importarte a ti cómo vivo mi vida?

–Todo el mundo merece tener un árbol de Navidad en su vida.

–Solo si pretendes castigarlos.

–¿Castigarlos? Un árbol de Navidad resulta alentador.

–¿Qué tiene de alentador un árbol de Navidad falso, que es, básicamente, un producto hecho de petróleo y probablemente en una fábrica china?

–¿Falso? ¿Quién ha dicho nada de falso? Las cosas «falsas» no van conmigo, señor Blade. Ni los árboles de Navidad falsos, ni los bolsos falsos, ni los orgasmos falsos –al instante, un intenso color le tiñó las mejillas–. No quería decir eso último. Se me ha escapado. Pero lo que quiero decir es que no hay nada en mi vida que sea falso.

Las palabras se le iban agolpando entre sí, y a Lucas le costó un gran esfuerzo no sonreír.

No creía haber conocido nunca a una persona tan deliciosamente indiscreta.

–¿Nunca has fingido un orgasmo?

–¿Podría olvidar lo que he dicho?

Él la imaginó en la cama, desnuda y desinhibida. Un calor le recorrió la piel y sus pensamientos se volvieron lo suficientemente explícitos como para hacerlo sentir incómodo. Desde la muerte de su esposa no le habían faltado ofertas, desde ofertas de sexo a ofertas de matrimonio, pero nunca se había visto tentado. No era simplemente que hubiera dejado atrás su época de chico malo, sino más bien que ya no tenía apetencia. Siempre que veía a una mujer, veía la expresión de Sallyanne la última vez que la vio con vida.

Pero, sin duda, se sentía atraído por Eva.

Para dejar de pensar en sexo, sopesó cómo una mujer de su constitución podría asesinar a un hombre que le doblaba el tamaño.

–Soy escritor. Me interesa el comportamiento humano.

Le interesaba ella.

Se dijo que su interés era meramente profesional, pero una parte de él admitió que era mentira.

Ella bajó las manos.

–Estábamos hablando de árboles de Navidad. De árboles de Navidad de verdad, que huelen de maravilla y son preciosos.

–Y que llenan el suelo de acículas –dijo Lucas mientras recordaba cómo se había sentido al tenerla bajo su cuerpo.

–Si las acículas caen al suelo, se limpian –respondió Eva desabrochándose el abrigo–. No es tan complicado.

–No tengo tiempo. Tengo que terminar un libro y necesito estar tranquilo para hacerlo. Si me decoras la casa, me molestarás –lo que le preocupaba no eran ni el ruido ni la intrusión que suponía la presencia de alguien más en su casa. Lo que le preocupaba era ella.

Le hacía sentir algo que no quería sentir.

Tal vez era porque no se parecía en nada a su mujer. Sallyanne había sido alta y esbelta. Con tacones, era tan alta como él. Físicamente, Eva era completamente distinta a Sallyanne. Sabía instintivamente que perderse en las suaves curvas de Eva sería toda una experiencia nueva, que no habría nada en ella que le pudiera despertar recuerdos, pero también sabía que sería un crimen, y no precisamente de los que escribía, que un hombre como él tuviera una relación con una mujer como ella.

–Ni siquiera se enterará de que estoy aquí.

–No eres la clase de mujer que pasa desapercibida.

–No se preocupe, no le voy a molestar –se apresuró a decir Eva–. Entiendo que los genios necesitan espacio para crear. Y, además, su compañía no me resulta tan apasionante, señor Blade.

La gatita tenía garras.

–Dile a mi abuela que has cambiado de opinión sobre el trabajo.

–No. Me van a pagar por decorar su casa y llenarle la nevera en su ausencia. Y eso es lo que pretendo hacer.

–No estoy ausente.

–Lo cual es un inconveniente para los dos, sobre todo porque no me está permitiendo darle ese dato a la persona que me dio este trabajo. No me gusta mentir.

Él descubrió que esos dulces ojos azules y ese cabello de sirena ocultaban a una mujer con una terquedad kilométrica.

Pensar que su abuela por fin parecía haber encontrado la horma de su zapato casi compensaba lo irritante que le resultaba no haber podido sacar a Eva de su piso.

Casi, pero no del todo.

—Vete e igualaré lo que sea que te vaya a pagar.

—No es una cuestión de dinero, señor Blade. Es una cuestión de reputación profesional. Me enorgullezco de mi trabajo.

—¿Y cuál es tu trabajo, exactamente? ¿Eres un elfo de la Navidad? ¿Decoras los pisos de señores Scrooge desprevenidos haciendo así que se agudice su aversión a esta época del año?

A Eva pareció resbalarle su sarcasmo.

—Formo parte de Genio Urbano. Somos una empresa de eventos y servicios de asistencia personal.

—¿Decorar mi casa es un evento?

—Su abuela es uno de nuestros clientes y este servicio me lo ha solicitado ella. Podemos hacer prácticamente todo lo que se nos solicite.

Él se reservó el comentario obvio. Se dijo que no quería hacer chistes baratos a costa de esa chica, pero lo cierto era que estaba intentando no pensar en ella de ese modo.

—Al parecer, todo menos marcharte cuando te lo pido.

—Me marcharía si mi cliente me pidiera que lo hiciera. Usted no es mi cliente.

—Dame el nombre de tu jefe y llamaré para decir que ya no necesito tus servicios.

—Yo soy el jefe. Dirijo el negocio con dos amigas.

—¿De qué conoces a mi abuela?

—Conocí a Mitzy a principios de año cuando nos encargó una tarta de cumpleaños. Fue una de nuestras primeras clientas. Empezamos a hablar y desde entonces nos ha contratado varias veces. Cuando hace frío, saco a pasear a su perrito y a veces simplemente charlamos.

Nadie salvo su abuelo había llamado «Mitzy» a su abuela. Para todos los demás era «Mary» o «abuela». Estaba claro que para su abuela esa chica era más que la cara de un mero servicio de asistencia personal.

–¿Y de qué habláis?

–De todo. Es una mujer interesante.

–¿Te paga por hablar? ¿Le cobras la compañía a una anciana?

–No. Hablo con ella porque la aprecio –estaba siendo paciente–. Me recuerda a mi abuela. Creo que está un poco sola.

Aunque no hubo ni un gesto ni un tono acusatorio, él sintió otra puñalada de culpabilidad.

–¿Te llama?

–De vez en cuando. Aunque normalmente utiliza la aplicación de Genio Urbano.

–La estás confundiendo con otra persona. Mi abuela no tiene móvil. Siempre se ha negado a tener uno –pensó en la cantidad de discusiones que habían tenido por ese asunto. No entendía por qué su abuela tenía derecho a preocuparse por él, pero él no tenía derecho a preocuparse por ella.

–A mí no se me ha negado. Y utiliza nuestra aplicación con regularidad.

–Odia la tecnología.

–La odia, pero se le empezó a dar bien una vez que le dimos una formación básica. Es muy inteligente.

–¿Le has dado formación? –¿cómo podía no saberlo? Pensó en la última vez que había visto a su abuela. Había estado muy ocupado en verano con la promoción internacional de un libro, no había pasado ni dos días en casa entre julio y agosto. Y después había estado ocupado intentando encontrar el modo de empezar el nuevo.

Eran excusas y lo sabía.

Podía haber encontrado algo de tiempo. Podía haber sacado tiempo.

Lo cierto era que le costaba estar con su abuela. Tenía buenas intenciones, pero siempre que intentaba aplacar su dolor no hacía más que empeorarlo. Nadie podía sanar la herida enconada en su interior, ni su abuela, ni esa mujer con los ojos del color de un cielo de verano y el pelo del color de la mantequilla.

Alargó la mano.

–¿Tienes la aplicación en tu teléfono? Enséñamela –le quitó el teléfono de la mano y abrió la aplicación–. ¿Sus deseos son órdenes? –preguntó enarcando una ceja–. Mi deseo es que te marches y no le digas a nadie que me has visto. ¿Cómo lo hacemos para que se cumpla?

Ella le quitó el teléfono con brusquedad.

–No haremos que se cumpla. Este es el trato, señor Blade. No sé por qué no está en Vermont y no necesito saberlo. No me importa. Lo que me importa es hacer el trabajo por el que me ha pagado su abuela. Decoraré su casa, le llenaré el congelador y después me iré.

De no haber estado tan exasperado, se habría sentido impresionado.

Por fin, después de meses intentándolo, estaba listo para escribir y no podía porque esa mujer se negaba a dejarlo solo.

–Podría hacer que te echaran de aquí.

–Podría. Pero entonces llamaría a su abuela y le diría dónde está. Imagino que no quiere que lo haga, así que estoy segura de que podemos llegar a un acuerdo que nos convenga a los dos.

–¿Me estás chantajeando? –tras una década explorando el lado más oscuro de la naturaleza humana, ya nada le sorprendía, pero esto lo estaba haciendo.

La mirada de Eva era amable; su boca, exuberante y perfectamente curvada. Por fuera era delicada y dulce. Por dentro era acero macizo. El contraste podía haberlo fascinado, pero ahora lo único que hacía era irritarlo.

Estaba a punto de encontrar el modo de sacarla de allí a la fuerza cuando se fijó en la cantidad de nieve que caía al otro lado de las ventanas.

La imagen le produjo un escalofrío.

Se acercó a la ventana en silencio y miró al mundo exterior, transformado y remodelado por capas y capas de nieve. La densa cortina de copos velaba sus vistas de Central Park.

Unos recuerdos surgieron en forma de nubes oscuras y amenazantes ensombreciéndolo todo con su presencia. Bruscamente, retrocedió en el tiempo hasta una noche exactamente como esa.

La misma nieve engañosamente inofensiva había resultado ser un asesino tan mortífero como cualquiera sobre los que había escrito en sus libros. El inesperado giro había hecho que la situación resultara aún más brutal.

Se suponía que el tiempo lo curaba todo, pero sabía que él no se había curado. No sabía cómo curarse. Sus emociones seguían siendo tan frescas y reales como tres años atrás. Lo único que podía hacer era sobrevivir. Levantarse, vestirse, pasar otro día. No había pensado que pudiera haber algo que le hiciera la vida más difícil, pero sí que lo había y era la presión que sentía de los demás para «salir adelante». Saber que no había podido cumplir las expectativas de los demás en lo que respectaba a su recuperación se sumaba a esa sensación de fracaso.

Cerró los ojos con fuerza bloqueando las imágenes y el recuerdo de la última vez que había visto a Sallyanne con vida. Quería poder volver atrás y pensar en los buenos momentos, pero hasta ahora eso no había sucedido. Como un ordenador averiado, su mente se había quedado bloqueada y paralizada en ese único instante que habría preferido olvidar.

–Me encanta la nieve, ¿a usted no? Es como estar envuelto por un gran abrazo.

La suave y soñadora voz de Eva atravesó la pesadilla que se estaba desarrollando en su cabeza y él abrió los ojos sabiendo que por mucho que su abuela hubiera charlado con esa mujer mientras se tomaban un té con un pedazo de tarta, no le había contado todos los detalles de la muerte de su esposa.

Su inocente y optimista comentario le puso los pelos de punta; fue como sentir una lija contra una herida abierta.

–Odio la nieve.

Eva se situó a su lado para mirar por la ventana y él se giró hacia ella, consciente de la falsa atmósfera de intimidad que habían creado las circunstancias.

No estaba seguro de lo que vio en su cara. ¿Tristeza? ¿Alegría? Fuera lo que fuera, estaba claro que se fiaba de la nieve tanto como de la gente.

«Soy de esas personas que ven el vaso medio lleno».

Su exasperación se convirtió en resignación y supo que la decisión estaba tomada.

Por mucho que quisiera echarla, no podía hacerlo. No con la tormenta de nieve que estaba engullendo a Manhattan en ese momento. Nadie más moriría por su culpa.

—Decora la casa si tienes que hacerlo. Pon lazos en las escaleras y cuelga muérdago de las lámparas. No me importa —sabía que estaba siendo un mal educado, pero no podía evitarlo. Se sentía atrapado, arrinconado, incluso a pesar de que ella no era responsable del tiempo que hacía. Seguro que esa mujer estaba pensando que, a su lado, el señor Scrooge parecía un hombre cargado de espíritu navideño—. Voy a trabajar. Haz lo que te salga de las narices, pero no me molestes.

Eva se sentía tan bien recibida como una rata en un restaurante.

Se quitó el abrigo y llevó las bolsas a la cocina. Todo resplandecía y se quedó allí un momento de pie admirando la mezcla de metal brillante y de las suaves y pulidas encimeras. Había estado en suficientes cocinas como para saber que esa era cara y estaba hecha a medida.

—Puede que me sienta como una rata en un restaurante —murmuró—, pero al menos es un restaurante precioso.

Con un ojo puesto en la puerta de arriba por la que Lucas se había esfumado, empezó a descargar la comida.

La nevera era enorme y también estaba casi vacía. ¿Es que no se había preparado para la tormenta de nieve?

Miró los estantes vacíos mientras los comparaba con los de su nevera. La suya era la mitad de grande y estaba el doble de llena, rebosante de verduras y del resultado de sus experimentos creativos en la cocina. Esa hacía parecer que el dueño del piso no se hubiera mudado aún.

Tal vez no había podido tomarse la molestia de comprar muebles, ¿pero qué había estado comiendo?

Abrió los armarios y encontró unos cuantos tarros, algunas latas y un poco de pasta. Y seis botellas sin abrir de whisky.

En el otro extremo de la cocina había toda una pared a modo de bodega; filas y filas de botellas con únicamente los tapones visibles. La única vez que había visto tantas botellas de vino en un mismo lugar había sido en un restaurante. Resultaba llamativo y vistoso, pero tenía la sensación de que su propósito no era estético. Lucas Blade era o coleccionista o un gran bebedor.

No era de extrañar que su abuela estuviera preocupada.

Ella misma estaba empezando a preocuparse, aunque entremezclados con esas preocupaciones había otros sentimientos. Se detuvo y se llevó la mano al estómago en un intento de calmar las mariposas que le revoloteaban por él. Era un hombre complicado y atribulado al que no debería mirar más de una vez. Y no porque se estuviera reservando para el Príncipe Azul, sino porque al menos tenía que gustarle alguien y creer que ella también le gustaba a esa persona en cuestión.

No estaba segura de qué pensar sobre Lucas Blade. Sentía compasión por su situación y, sin duda, se sentía atraída por él, pero necesitaba más tiempo antes de poder responder si de verdad le gustaba. Y lo que estaba claro era que ella no le gustaba a él.

Agarró más bolsas y siguió sacando comida.

¿Por qué no le decía a su familia que estaba en

casa y que no quería que lo molestaran? ¿Por qué inventarse la rebuscada historia de que estaba en Vermont?

Guardó una caja de huevos y miró hacia las escaleras por las que se había marchado Lucas. Justo un instante antes de haberse girado, la había fulminado con la mirada. Había estado segura de que estaba a punto de echarla del edificio o, al menos, de encontrar un modo legítimo de librarse de ella y reclamar su territorio, pero algo, no sabía qué, le había hecho cambiar de opinión.

Unas horas antes, cuando creía que pasaría un par de noches allí sola, habría estado encantada con la idea de tener compañía, pero ahora ya no estaba tan segura. Estar atrapada en un piso con alguien que no te quería ahí generaba una inexplicable sensación de soledad.

Tal vez debería haber hecho lo que él le había ordenado y haberse marchado, pero ¿cómo iba a dejar sola a una persona que estaba sufriendo como ese hombre? No podía, y menos sabiendo que no había nadie más que iría a ver cómo se encontraba. Bajo ningún concepto abandonaría a un ser humano que estuviera sintiéndose así de mal.

Si le hubiera pasado algo, ella no habría podido vivir con ello.

Y luego estaba la cuestión del trabajo.

Hasta ahora, Paige era la que había conseguido la mayoría de los nuevos encargos para su empresa en ciernes. Era una dinamo que había trabajado sin descanso para hacer despegar a Genio Urbano.

Ese era el primer encargo importante que había conseguido ella y no quería perderlo. Y tampoco quería decepcionar a su clienta. Porque Mitzy se había convertido en algo más que una clienta. Era una amiga.

Vació el resto de las bolsas y dejó solo las que contenían los adornos.

Esas podrían esperar hasta que le llevaran el árbol.

Intentando olvidarse de Lucas, se puso los auriculares y eligió sus canciones navideñas favoritas de su lista de reproducción mientras se recordaba que no debía cantar. No quería molestarlo mientras escribía.

Cuando la primera canción llevaba dos minutos sonando, Paige la llamó.

—¿Qué tal? ¿Se te hace raro estar en un piso vacío?

Eva miró arriba, hacia el silencioso espacio que tenía encima.

—No está vacío. Él está aquí.

—¿Quién es «él»? Voy a poner el altavoz. Frankie me está haciendo gestos.

—Lucas Blade —explicó la situación sin mencionar la visita de la policía. No había motivos para preocupar a sus amigas.

—¿Y por qué ha fingido estar fuera?

Eva recordó la expresión de sus ojos. Miró el cuchillo que había sobre la mesa.

—No creo que quiera compañía —sospechaba que no quería ni la suya propia, pero de esa no le resultaría fácil escapar.

—¿Entonces lo has visto? Oye, ¿está buenísimo o utilizaron un doble para la foto de la sobrecubierta del libro? —fue Frankie quien habló y Eva pensó en esos rasgos increíblemente masculinos y en esos ojos. Esos ojos...

—Está buenísimo.

—¡Pues ahí lo tienes! —dijo Frankie con tono triunfante—. Querías gastar ese preservativo antes de Navidad y esta es tu oportunidad.

Eva pensó en cómo se había sentido al notar su

cuerpo aplastándole el suyo y el estómago le dio una sucesión de volteretas.

–No es mi tipo.

–¿Un tío increíblemente sexy no es tu tipo? Es el tipo de toda mujer.

–No estoy negando que sea sexy, pero no es simpático.

–¿Y? No tienes que charlar con él. Solo tienes que usarlo para practicar sexo alucinante.

Lo que dijo debió de despertar las alarmas porque Paige volvió a ponerse al teléfono.

–¿Qué quieres decir con que no es simpático?

–Nada. Olvídalo. No me quiere aquí, eso es todo.

–¿Y te vas a quedar de todos modos? Eres única –Frankie murmuró algo más que no pudo captar–. Si un hombre no me quisiera cerca, pondría pies en polvorosa.

–Pero eso es porque eres introvertida. Y porque te sientes incómoda con los hombres.

–¿Tengo que recordarte que estoy enamorada y comprometida?

–Te sientes incómoda con todos los hombres excepto con Matt.

–En este caso estoy de acuerdo con Frankie. Si te hace sentir incómoda, deberías irte –dijo Paige con tono enfático–. Tenemos una regla, ¿recuerdas? Si una situación tiene mala pinta, nos vamos corriendo, sobre todo cuando estamos trabajando solas.

–No me siento amenazada. Y no le puedo dejar solo –bajó la voz–. Aquí no había prácticamente nada de comida hasta que he aparecido. Apenas hay muebles y no hay cosas por medio. Es como si acabara de mudarse.

–Eso va a cambiar pronto contigo allí –dijo Frankie, pero Paige no se rio.

–Cuanto más oigo, menos me gusta esto. ¿Cómo te ha convencido para que te quedes?

–No lo ha hecho. Quería que me marchara hasta... –hasta que se había fijado en la tormenta. Se giró y miró hacia las ventanas. Claro. Había estado insistiendo en que se marchara hasta que había mirado por la ventana y había visto que Nueva York estaba prácticamente bloqueada por la nieve–. No quería que viajara con la tormenta de nieve. No os preocupéis, si estuviera planeando librarse de mí, me habría echado a la calle y habría dejado que el mal tiempo hiciera el trabajo por él –fue hacia las ventanas y miró a través del muro de copos blancos. Las calles y el parque habían desaparecido bajo la furia feroz de la tormenta–. No me podría marchar ahora aunque quisiera –ser consciente de ello hizo que la recorriera un escalofrío. Estaba sola con él. Sola. Con la diferencia de que en esas circunstancias la palabra «sola» evocaba emociones distintas. Sintió nervios en el estómago.

–¿Tienes todo lo que necesitas?

–Sí. He venido equipada para convertir esta casa en un país de las maravillas invernal con algunos extras *gourmet* –aunque no se había esperado que la casa fuera tan austera. Podía decorarla, pero no hacer magia.

–Mantente en contacto –dijo Paige–. Si no recibimos noticias tuyas, iremos allí, con o sin tormenta de nieve. Jake está aquí y se queda a dormir. Y Matt está con Frankie. ¡Te echamos de menos!

Eva sintió una punzada de dolor. Sus dos amigas estaban comprometidas. Habían encontrado el amor y se alegraba por ellas, pero no podía negar que eso la hacía sentirse todavía más sola.

–¿Recuerdas esa llave de defensa personal que te

enseñé? –la voz de Frankie se oyó por el teléfono y Eva sonrió.

–Este tipo es cinturón negro en todas las artes marciales posibles, así que mi única técnica de defensa personal no me va a llevar muy lejos –recordó la destreza con la que la había tirado al suelo–. Voy a confiar en mi instinto natural para juzgar a la gente. Sé que escribe sobre gente mala, pero él no es de los malos.

Intentó olvidar lo que Lucas le había dicho sobre el hombre en la calle que ocultaba quién era en realidad.

En eso se equivocaba. Tal vez había personas que ocultaban quienes eran, pero la mayoría de la gente era buena. Lo había visto una y otra vez.

El muy condenado había plantado esa desagradable semilla en su mente generalmente optimista.

–¿Entonces te vas a quedar a pasar la noche con un tipo al que no habías visto nunca antes? –Paige sonó preocupada–. Esto no me gusta, Ev.

–Te puedo asegurar que no tiene ningún interés por mí –Eva volvió a mirar hacia las escaleras, pero arriba todo estaba tranquilo y en silencio–. ¿Qué quiere decir que un hombre te diga que tienes buenos huesos?

–Cuando lo dice un escritor de novela negra, quiere decir que tienes que salir de ahí –murmuró Frankie–. Lucas Blade escribe cosas espeluznantes. El último tipo sobre el que escribió despellejaba a sus víctimas.

–¡Puaj! –Eva deseó no haberlo preguntado–. ¿Por qué lees esas cosas?

–Porque no puedo evitarlo. Todo lo que escribe es apasionante. Se mete en la mente de la gente y se aprovecha de sus miedos. Tiene un éxito tremendo y sus libros son cada vez mejores. Todo el mundo está esperando el siguiente, incluida yo. Oye, si consigues verlo, envíame un par de capítulos. Por cierto, ¿cómo es?

«Intimidante».

–No se esperaba encontrarme aquí, así que no creo que haya visto su mejor cara.

–Si no se te ocurre nada bueno que decir sobre él, entonces debe de ser muy malo –dijo Paige–. Tú siempre ves algo bueno en la gente.

–No es malo. Le compró un perrito a su abuela.

–¿Y? Los psicópatas pueden tener mascotas. Ven a casa, Ev. No es tu responsabilidad.

–Soy la única que sabe que está aquí –dijo Eva–. Y tiene problemas. No me pienso marchar, tanto si me quiere aquí como si no.

Lucas miraba el brillo de la pantalla.

«¿Parezco una asesina?».

Esas palabras habían desatado un torrente de ideas en su cabeza, pero ninguna había pasado de la cabeza a los dedos. Aún quedaban demasiadas preguntas sin responder.

Era como mirar una madeja de lana enmarañada. Los hilos estaban ahí, pero hasta el momento no había logrado desenredarlos y tejerlos para convertirlos en una pieza que hiciera que sus lectores no pudiesen dejar de pasar las páginas.

Pero tenía algo. Sabía que tenía algo.

Se puso de pie y fue hasta la ventana de su despacho.

Era su superpoder, la capacidad de hurgar en lo más profundo de la psique de una persona y exponer y explotar sus miedos más profundos. De no haber sido escritor, habría sido criminólogo del FBI. Tenía contactos, había entablado estrechas relaciones a lo largo de los años. Si hubiera pensado en ello demasiado, le habrían inquietado los caminos que había tomado su mente. Sin embargo, ahora mismo su mente no iba a ninguna parte.

Su agente llamaría pronto. Y también su editor.

Pronto no solo querrían unos cuantos capítulos, querrían el puñetero libro entero.

Se le agotaba el tiempo. El libro tenía que estar terminado para la víspera de Navidad. Le quedaba menos de un mes.

Nunca había escrito un libro tan rápido. Estaba llegando al punto en el que tendría que decirles la verdad. Tendría que decirles que el libro no estaba terminado, que ni siquiera estaba empezado, que no tenía ni una sola palabra escrita.

Un aroma subió hasta allí y giró la cabeza hacia la puerta intentando identificarlo.

Canela.

Al mismo tiempo que lo reconoció, oyó un suave golpe en la puerta.

La abrió y vio a Eva sujetando una bandeja.

—Pensé que tendría hambre. Haré la cena después, pero de momento he hecho una hornada de galletas de Navidad especiadas. Iba a congelarlas, pero ya que está aquí, tal vez querría comerse una ahora.

Él miró el plato. Las galletas tenían forma de árboles de Navidad y su superficie dorada estaba cubierta de azúcar.

—¿Las galletas no suelen ser redondas?

—Pueden tener la forma que uno elija.

—¿Y tú has elegido árboles de Navidad?

—Es una galleta, señor Blade. Cómasela o déjela.

Él miró la bandeja. Junto al plato de galletas había una taza llena de...

–¿Qué narices es eso? –una rodaja de limón flotaba sobre un líquido color pajizo.

–Es un té de hierbas.

–¿Hierbas? –sacudió la cabeza–. Estoy seguro de que eso no lo has encontrado en mis armarios.

–No he encontrado mucho en sus armarios.

–Bebo café. Solo. Cargado.

–No puede beber café solo cargado por la tarde. Le quitará el sueño. El té de hierbas es refrescante y calmante.

Él no solía dormir, pero eso no lo dijo. Durante la última década había visto tantos detalles de su vida plasmados en la prensa que se había vuelto muy celoso de su vida personal.

Té de hierbas. Como si eso fuera a solucionarle los problemas.

–Llévatelo –si hubiera sido un whisky solo, se lo habría bebido de un trago, pero no se tomaría un té de hierbas por nadie–. ¿Te parezco un tipo que beba té de hierbas y coma galletitas con forma de árboles de Navidad? –su tono estaba impregnado de una dureza mil veces más desagradable que la infusión que tenía delante.

Eva se lo quedó mirando.

–No, pero no se puede saber mucho de una persona con solo mirarlo, ¿no? Ha sido usted el que me ha enseñado eso. ¿No ha pensado que tal vez no esté intentando ablandarle, señor Blade? Tal vez esté intentando envenenarle –le colocó la bandeja entre las manos y se marchó sacudiendo su dorada melena al girarse.

Él se la quedó mirando, impactado por el contraste entre su dulce rostro y la aguda reprimenda.

¿Envenenarlo?

¡Claro!

Por fin estaba listo para escribir algo y tenía las manos ocupadas.

Metió la bandeja en el despacho y la dejó sobre el escritorio.

Ya había oscurecido y la única luz que había en la habitación provenía de la pantalla del ordenador y de la extraña y luminiscente luz que se reflejaba en la nieve al otro lado de las ventanas.

Se giró hacia la pantalla. De momento, solo había dos palabras en la página.

«Capítulo uno».

Se sentó y empezó a escribir.

4

Eres lo que comes, así que come dulce.
Eva

«De entre todas las personas groseras, malhumoradas, irascibles...».

Eva se movía por la cocina dando fuertes pisotones, dolida y ofendida. La habían educado para tener en cuenta lo que podría subyacer tras el comportamiento de una persona. No hacía falta ser psicólogo para entender qué le pasaba a Lucas, pero, aun así, sus palabras le habían dolido.

Se dijo que estaba afligido, que estaba sufriendo. Que era...

Frío. Distante. Intimidante. Formidable.

Y, por supuesto, que no le gustaba el té de hierbas.

El fugaz vistazo que había echado al despacho le había mostrado que esa habitación no tenía nada que ver con el resto del piso. Olía a fuego de leña y a cuero y tenía personalidad y calidez. Una calidez que provenía de algo más que del titilante fuego. A diferencia del resto de la casa, su despacho estaba decorado con cariño y atención. Había dos sofás de cuero desgastados, uno frente a otro y separados por una mesa baja cargada de libros. Y no eran libros elegidos para decorar la mesa y darle un toque de diseño, sino libros de verdad, manoseados por las esquinas y apilados desordenadamente, como si los acabaran de leer.

Recordaba haber visto también un escritorio dominado por un ordenador con pinta de ser muy caro y por un portátil. La habitación gozaba de las mismas enormes ventanas que envolvían el resto del piso, pero la imagen que se le había quedado grabada era la de las estanterías, que iban de suelo a techo y estaban cargadas de más libros de los que había visto en su vida fuera de una biblioteca. No estaban organizados por alturas y los ejemplares encuadernados en cuero estaban intercalados con los de tapa blanda, cuyos lomos arrugados sugerían que eran unos libros bien leídos y bien amados.

Sentía curiosidad por saber qué leía Lucas Blade cuando quería escapar de su propio trabajo y de su propio mundo. ¿Leía novela negra o algo distinto?

No había tenido oportunidad de fijarse más. Con un simple vistazo y unas cuantas palabras bien elegidas, él le había dejado claro que no estaba respetando su espacio.

No la quería ahí. No era bienvenida.

Sin embargo, antes de girarse, había visto algo más. Tal vez lo más importante. Fuera lo que fuera lo que estaba haciendo Lucas en su despacho no era escribir.

La pantalla del ordenador estaba en blanco. De haber sido una pantalla más pequeña no se habría dado cuenta, pero había logrado leer dos palabras: «Capítulo uno».

No había nada más.

¿Qué había estado haciendo ahí durante las semanas en las que, supuestamente, había estado aislado y escribiendo? ¿Qué había estado haciendo mientras ella se había estado familiarizando con su cocina?

Trabajar no, de eso estaba segura.

En los incómodos momentos previos a que hubiera reunido valor para llamar a la puerta, no había oído nada. Ni un solo sonido. Nada. Ni el rítmico tamborileo de los dedos sobre el teclado, ni el sonido de la barra espaciadora, ni el suave zumbido de una impresora.

Si no lo hubiera visto desaparecer dentro, habría dado por hecho que la habitación estaba vacía.

De pronto se sintió identificada con él.

Después de que su abuela hubiera muerto, a ella le había costado mucho salir de la cama. De no haber sido por sus amigas, probablemente ni se habría molestado en hacerlo.

¿Dónde estaban los amigos de Lucas?

¿Por qué no estaban aporreando su puerta y llevándole comida caliente? ¿Por qué no estaban insistiendo en que saliera de casa?

Porque creían que estaba en Vermont. Todo el mundo creía que estaba en Vermont.

Ella era la única que sabía la verdad.

Recorrió con la mirada la elegante curva de las escaleras hasta la puerta cerrada preguntándose cómo manejar la situación. No se encontraba precisamente en posición de criticarlo por su falta de vida social. Ella ni siquiera era capaz de encontrar a alguien con quien salir. No estaba cualificada para reavivar su flaqueante inspiración o lo que fuera que le estaba impidiendo escribir. Lo único que podía hacer era asegurarse de que se alimentara bien. Eso, al menos, estaba dentro de su campo de experiencia.

¿Qué podría apetecerle? Tenía que oler bien y ser rápido y fácil de comer y no demasiado pesado.

Abrió la nevera, ahora completamente llena, y sacó queso, huevos y leche.

Le prepararía un suflé, ligero y esponjoso, y se lo serviría con un poco de ensalada fresca que había comprado. Y también haría pan.

¿Quién se podría resistir al olor del pan recién hecho?

Durante las siguientes horas batió, vertió y amasó. No solía consultar recetas y nunca pesaba nada. Confiaba en el instinto y la experiencia. De momento, nada de eso le había fallado. Agregó romero y sal marina a la masa e hizo unas anotaciones en la pequeña libreta que siempre llevaba consigo para poder luego añadir la receta a su blog.

Había empezado a escribir el blog *Come con Eva* como un modo de registrar y recordar todo lo que le había enseñado su abuela. En un principio solo había tenido unos cuantos seguidores leales, pero estaban aumentando rápidamente y lo que había empezado como un simple interés y una afición se había convertido en una pasión y un trabajo. Descubrir que podía ganarse la vida haciendo lo que le encantaba la había sorprendido tanto como el modo en que se había acentuado su ambición.

Quería que se convirtiera en algo importante. Y no porque quisiera fama o fortuna, sino porque quería que todo el mundo conociera la cocina buena y sencilla. Con ese objetivo en mente, intentaba emplear únicamente ingredientes simples que se pudieran encontrar fácilmente. Quería que la gente usara sus recetas después de un día duro en el trabajo y no solo para la cena de alguna fiesta esporádica.

No podía recordar ni un solo momento en su

vida en que no hubiera cocinado. Uno de sus primeros recuerdos era el de estar subida a una silla junto a los fogones, concentrándose mientras su abuela le enseñaba a hacer la tortilla perfecta.

En Genio Urbano no solía cocinar. Su trabajo consistía en subcontratar el *catering* y se pasaba los días discutiendo sobre los menús, reuniéndose con nuevos proveedores y manejando presupuestos.

Era un placer volver a la cocina, sobre todo a una cocina tan bien equipada como esa. Y parte de ese placer residía en la sensación de estar cerca de su abuela, como si ese recuerdo y los sentimientos de felicidad fueran algo que su ausencia no hubiera podido borrar. Era un modo de mantenerla viva, de recordar las texturas, los olores y las sonrisas que habían compartido mientras hacían actividades como esa.

Había descubierto que un legado no consistía en dinero, sino en recuerdos. Y en su interior tenía un tesoro cargado de miles de momentos especiales.

Hizo bollitos con la masa, realizó unos pequeños cortes en la parte superior y los colocó en una bandeja de horno.

Por el rabillo del ojo veía el cuchillo que Lucas había dejado sobre la mesa.

Después de haber presenciado numerosos accidentes en las cocinas en las que había trabajado, tenía un cuidado obsesivo con los cuchillos.

Al cabo de un momento lo agarró y lo guardó en el fondo de uno de los cajones para que no estuviera a la vista.

De pronto pensó que si él intentaba autolesionarse con ese cuchillo ahora tendría sus huellas por todas partes. Se detuvo, horrorizada por su manera de pensar.

Cerró el cajón, exasperada consigo misma y también con él porque sabía perfectamente quién le había metido esos pensamientos en la cabeza. Había sido Lucas, con sus comentarios sobre eso de no llegar a conocer nunca a una persona realmente. Aunque no había estado de acuerdo, sus palabras le habían penetrado la mente y habían contaminado sus pensamientos por lo general alegres, como un veneno cayendo en un limpio arroyo de montaña.

Inquieta, metió en el horno los panecillos perfectamente curvados. Con un poco de suerte, Lucas tendría una respuesta más positiva ante ellos que la que había tenido ante el té de hierbas.

Mientras esperaba a que se hornearan, recogió todo. En casa, su naturaleza desordenada había sido motivo de discusiones con Paige, que había compartido apartamento con ella durante años. El único lugar donde no seguía su tendencia de dejar todas las cosas tiradas era la cocina. Su cocina siempre estaba inmaculada.

Justo en el momento exacto, sacó los panecillos del horno, se inclinó para inhalar la deliciosa fragancia y los pasó a una rejilla para que se enfriaran. La magia del horneado nunca dejaba de encandilarla.

Mientras esperaba a que subiera el suflé, sacó el teléfono y fotografió los panecillos enfocando bien las redondeadas y crujientes cortezas. Colgó la foto en su cuenta de Instagram y se fijó en que el número de seguidores se había disparado desde el día anterior. Había estado experimentando para averiguar qué momento del día era el que atraía más tráfico.

Frankie odiaba las redes sociales. Paige, el cerebro empresarial artífice de su empresa, entendía la importancia de construir una conexión con sus clientes, pero no tenía tiempo para encargarse de ello, por lo que había recaído en ella la tarea de gestionar todas las cuentas de Genio Urbano además de las suyas.

Esa clase de interacción encajaba con su personalidad social y le encantaba ver cómo aumentaba el interés por su empresa como resultado de sus esfuerzos. Animada por Paige, había creado su propio canal de recetas de YouTube y estaba ganando popularidad.

Tal vez podría grabarse preparando panecillos mientras estaba allí. Esa cocina sería un telón de fondo fabuloso.

Por fin la cena estaba lista, aunque no había rastro de Lucas.

Estaba a punto de jugarse la vida subiéndole otra bandeja cuando oyó el sonido de la puerta abriéndose y unas pisadas por las escaleras.

Lucas se había subido hasta los codos las mangas de su jersey negro dejando al descubierto unos antebrazos fuertes y unos músculos torneados. No parecía un tipo que se pasara las horas pegado a un ordenador; más bien parecía un obrero de la construcción sexy. Tenía el pelo alborotado, la barbilla ensombrecida por una incipiente barba y parecía distraído.

¿Estaba pensando en su libro o en su esposa fallecida?

Lucas miró a su alrededor.

–¿Qué estás haciendo?

–Cocinando. Necesita comer.

–No tengo hambre. He bajado a por whisky.

Eva se dijo que sus hábitos de bebida no eran asunto suyo.

–Debería comer algo. Es importante estar bien nutrido y, además, sí que tiene hambre.

–¿Y eso cómo lo sabes?

–Porque está irascible y de mal humor. Yo me pongo así cuando tengo hambre –esperó haber resultado simpática más que crítica–. Aunque, claro, también podría estar de mal humor porque no lleva bien el trabajo, pero nunca se sabe. Coma. Como poco, hará que resulte más agradable estar cerca de usted.

–¿Qué te hace pensar que no llevo bien el trabajo?

–He visto la pantalla del ordenador. No tenía nada escrito.

–El proceso de escritura no se trata solo de escribir palabras en una página. A veces se trata de pensar y de mirar por la ventana.

Sin embargo, en su tono hubo cierto matiz que le indicó que había puesto el dedo en la llaga.

–Tengo una amiga escritora y me dice que cuando las palabras fluyen, parece magia.

–Y cuando no fluyen, ¿es una maldición?

Ella sirvió la comida.

–No lo sé. No soy escritora, pero supongo que podría verse así. ¿Es eso lo que se siente?

–A lo mejor estoy irascible y de mal humor porque tengo una invitada, a la que ni esperaba ni quería, que va a pasar aquí la noche.

–A lo mejor, pero ¿por qué no come algo y lo descubrimos? Tener hambre no va a ayudar ni a su humor ni a su capacidad intelectual –Eva le acercó el plato y vio cómo le cambió la expresión.

–¿Qué es eso?

–Un suflé perfecto. Pruebe un bocado.

–Te he dicho que no...

–Tome un tenedor –se lo pasó y aliñó la ensalada con aceite de oliva y vinagre balsámico ecológicos que había comprado en su visita a Dean & DeLuca.

–¿Quién se molesta en preparar un suflé complicado para una cena en casa?

–¿Quién se molesta en comprar un horno tan precioso como ese para no usarlo? –le acercó la ensalada–. Es como comprar un Ferrari y guardarlo en el garaje.

En ciertos aspectos, él le recordaba a un Ferrari. Elegante. Precioso. Fuera de su alcance.

–El horno venía con el piso. No cocino.

Y ella tenía la sensación de que todo lo que había en el piso era de lo mejor del mercado.

–Si no cocina, ¿qué come?

–¿Cuando estoy trabajando? No mucho. A veces pido comida para llevar.

–Eso no es nada saludable.

–La mayor parte del tiempo estoy demasiado ocupado como para preocuparme por lo que como.

Lo vio atravesar con el tenedor el ligero y esponjoso suflé. «Pruébalo y descubre lo que es preocuparte por lo que comes», pensó.

Lucas dio un bocado y asintió.

–Está bueno –dio otro bocado y se detuvo–. No, me he equivocado.

Ella se sintió ofendida.

–¿No le parce que esté bueno?

Lucas dio un tercer bocado y un cuarto y después bajó el tenedor lentamente.

–Primero droga a sus víctimas...

–¿Cómo dice?

Lucas bajó la mirada al plato. No parecía haberla oído.

–Los invita a cenar. Una cena romántica. Música suave. Vino. Todo va bien. Él cree que va a tener suerte...

–¿Y entonces ella le rompe la botella en la cabeza?

Lucas alzó la mirada y parpadeó.

–Ella nunca haría nada tan poco sutil.

–Pero yo sí –respondió Eva con dulzura–, si insulta mi comida.

–¿Cuándo he insultado tu comida?

–Ha dicho que no está buena.

–No está buena. Está mejor que buena –hundió el tenedor en el esponjoso suflé examinándolo con atención–. Es perfecto. Como comerse una nube.

Su cumplido descongeló la helada atmósfera y Eva lo vio rebañar el plato.

–En ese caso, le perdono –aunque no lo habría admitido, se sintió aliviada al verlo comer. Esa nevera tan enorme y tan vacía la había preocupado. No comer era una mala señal. Lo sabía. Había perdido siete kilos después de que su abuela muriera. Pasar cada hora había sido duro, y cada día había parecido un mes. Sintió compasión por él.

Él miraba el plato.

–Si fueras a envenenar a alguien, ¿cómo lo harías?

El sentimiento de compasión se evaporó.

–Siga siendo tan desagradable y lo descubrirá.

Él soltó el tenedor lentamente.

–¿Estaba siendo desagradable?

–Estaba cuestionando si mi comida podría ser venenosa.

–¿Siempre eres tan susceptible?

–¿Es ser susceptible sentirse dolida cuando alguien critica tus habilidades profesionales? Si alguien le preguntara cómo elige aburrir a sus lectores, se sentiría igual de ofendido.

–Yo nunca aburro a mis lectores.

–Y yo nunca enveneno a la gente para la que cocino.

–Mi pregunta era abstracta, no personal. Estaba hablando hipotéticamente.

–Entonces lo ha hecho en muy mal momento. Se habla en abstracto cuando no se tiene delante un plato de comida recién hecha.

Él la miró fijamente y ella se fijó en que sus ojos no eran negros sino de un tono marrón aterciopelado. Un lento y peligroso calor le recorrió el cuerpo hasta que sus miembros adquirieron la consistencia líquida de la miel caliente.

Él fue el primero en bajar la mirada.

–Tienes razón. Tenía hambre –se sirvió otro panecillo y con tono sereno añadió–: Y, para que conste, tengo un Ferrari guardado en el garaje.

A ella le palpitaba el corazón con fuerza. ¿Qué acababa de pasar? ¿A qué había venido esa mirada?

–¿Tiene un Ferrari en la ciudad de Nueva York?

–De ahí que se pase en el garaje la mayor parte del invierno. Al parecer, no le gusta estar parado en los atascos ni pasar frío –miró el plato de Eva–. ¿No vas a comer nada?

–Antes de dar un bocado, me quiero asegurar de que usted no se muere.

Él se rio y en ese instante ella comprendió perfectamente por qué tenía que quitarse a las mujeres de encima. Esa sonrisa contenía una cantidad indecente de encanto seductor. Apresuradamente, comenzó a comer para ignorar la dirección que estaban tomando sus pensamientos.

–Bueno, dime –dijo él partiendo un pedazo de pan–, ¿qué puñetas pretendes hacerle a mi casa?

–¿Cómo dice?

–Al menos, ahórrame las acículas del pino.

–Tengo un abeto de Nordmann que está a punto de llegar.

–Cancela el pedido.

–No se puede estar sin árbol en Navidad.

–Pues yo he podido hacerlo durante los últimos tres años.

–Razón de más para tener uno extragrande este año.

–Ese comentario no tiene ninguna lógica.

–Yo no le digo cómo escribir su libro, así que no me diga cómo decorar su casa.

–La diferencia es que los lectores están deseando mi libro y yo no estoy deseando que me decores la casa –la sonrisa se desvaneció–. Es más, lo último que quiero es que me decores la casa, así que ¿por qué iba a dejar que lo hicieras?

–Porque agradará a su abuela.

–¿Cómo va a agradar a mi abuela que yo tenga que estar pisando una alfombra de acículas de pino y rodeado de adornos inútiles?

–Tiene que permitirle demostrarle cuánto se preocupa por usted. Me va a dejar hacer lo que ella me ha pedido y después le va a decir que ha sido una idea genial y que le ha hecho sentir mil veces mejor.

–Sabrá que estoy mintiendo.

–Entonces tendrá que esforzarse para resultar convincente.

–O podría ser sincero y decirle que no quiero que me decores la casa.

–Heriría sus sentimientos y seguro que usted no quiere hacer eso. Es una buena persona –lo dijo con firmeza y lo vio enarcar las cejas.

–Desde que por poco no te dejo inconsciente, me has acusado de ser desagradable, malhumorado e irascible. Y ahora te parezco bueno.

–No he dicho que sea bueno conmigo, pero sé que es bueno con su abuela. Y la razón por la que lo sé es porque le compró un perrito –dijo Eva jugando su mejor carta–. Estaba sola y pasaba demasiado tiempo metida en su apartamento, así que usted le compró un perro. Y adora a ese perro y lo saca a pasear todos los días. Bueno, casi todos los días. A veces su artritis empeora y tiene que pedir ayuda.

–Y entonces te llama a ti.

–Sí. O nos envía una solicitud por la aplicación y le gestionamos un servicio de paseo de perros. Trabajamos con una empresa fantástica en el Upper East Side. No está muy lejos de aquí. Se llama The Bark Rangers.

–Sabes que fui yo quien le compró el perro. ¿Qué más sabes de mí?

–No mucho –respondió Eva de modo impreciso, intencionadamente–. Solo le ha mencionado una o dos veces.

–Deja que adivine... Mientras estabas allí sentada tomando té y comiendo tarta, te habló de su nieto viudo y de que su mayor deseo es verlo con una pareja otra vez –se inclinó hacia delante con mirada penetrante e intensa–. Te ha enviado aquí, ¿y esperas que crea que todo esto es por decorar mi piso?

–Lo es –fue una suerte que no tuviera nada que ocultar porque, de ser así, lo habría confesado todo bajo la firme intensidad de su mirada–. Noticia de última hora, señor Blade. No soy una persona complicada. Los hombres creen que las mujeres somos un misterio, pero yo soy transparente. Lo que ve es lo que hay. Nunca se me ha dado muy bien ocultar cosas. Pero eso no me convierte en una ingenua.

–Si crees que mi abuela te ha enviado aquí para cocinar y decorarme la casa, entonces sí que eres una ingenua –volvió a mirar su plato y se terminó la comida–. ¿Por qué estás preparando comidas deliciosas? ¿Porque crees que al corazón de un hombre se llega por el estómago?

–Soy cocinera, no cardióloga. No se me ocurre ni una sola razón por la que pudiera interesarme su corazón. Y dado que su abuela ni siquiera sabe que usted está aquí, no entiendo cómo alguien con sus supuestos poderes de deducción puede llegar a pensar que esto es una especie de cita a ciegas –nerviosa porque había estado teniendo unos pensamientos que sabía que no debería estar teniendo, Eva se levantó, recogió la mesa y metió los platos en el lavavajillas montando un gran estruendo–. Le puedo asegurar que no formo parte del plan de su abuela.

Todo lo contrario. Mitzy y ella habían hablado varias veces sobre el tema y Eva siempre había dicho lo mismo: que Mitzy no debería estar presentándole a mujeres. Si iba a conocer a alguien, entonces tenía que hacerlo a su ritmo.

–Se puede relajar, señor Blade. No es mi tipo. Usted es un cínico escritor de novela negra que cree que todo el mundo está ocultando un secreto. ¿Alguna vez ha visto la película *Mientras dormías*?

–No.

–Lo suponía. Es mi película favorita, así que, como he dicho, no es mi tipo –dijo con un ademán.

–Ahora siento curiosidad –Lucas se recostó en su silla y la observó–. ¿Y cuál es tu tipo?

Eva pensó en las pocas y terriblemente insatisfactorias citas que había tenido durante el año anterior.

–No tengo muchas citas y no tengo un tipo concreto, aunque sí que tengo una lista de deseos general.

–Adelante.

Ya se había convertido en una broma habitual entre sus amigos y ella.

–Hombros anchos, abdominales, sentido del humor, capacidad de tolerar a mi viejo peluche y suficiente aguante para darle una buena sesión a mi preservativo antes de que me caduque como el último que llevaba en el bolso –sonrió y después vio su gesto de incredulidad–. Es una broma. Más o menos. Bueno, da igual. Demasiada información. Vamos a seguir.

–Estoy empezando a entender por qué no tienes muchas citas. Eres una romántica empedernida y estás esperando al Príncipe Azul, ¿verdad?

A Eva le molestó ese tono de sarcasmo a pesar de estar acostumbrada a que se burlaran de ella por ver la vida de color de rosa.

–No, pero incluso usted tiene que reconocer que el Príncipe Azul es un personaje más atractivo que Jack el Destripador.

–Pero menos interesante. Y estoy seguro de que incluso el Príncipe Azul tenía un lado oculto.

–No quiero pensar en eso –terminó de recoger la cocina–. Es tarde y, si no le importa, me gustaría irme a dormir. ¿Cuál es su dormitorio?

–¿Para qué necesitas saber eso?

Eva casi pudo sentir las barreras que se alzaron entre ellos.

–¿Cómo, si no, voy a poder entrar en su habitación por la noche para seducirlo, señor Blade?

Algo se iluminó en sus ojos.

–Elige cualquiera de las habitaciones que hay arriba a la izquierda. Y si vas a pasar la noche aquí, no puedes seguir llamándome «señor Blade». Deberíamos presentarnos debidamente. Soy Lucas, cínico escritor de novela negra.

–Soy Eva. Romántica empedernida. Encantada de conocerte.

Él esbozó una sonrisa y resultó tan irresistible que ella no pudo más que devolvérsela.

Mierda, se había metido en un buen lío.

5

El sueño de una persona es la pesadilla de otra. Todo es cuestión de perspectiva.

Lucas

No se sentía tan fuerte desde hacía días. Tal vez semanas. Las oscuras imágenes que lo habían paralizado se habían desvanecido, como nubes alejándose tras una tormenta. Los exquisitos aromas lo habían hecho bajar, pero no era solo la comida lo que le había recargado la energía, sino la conversación. Eva tenía algo que alimentaba su creatividad. Cada intercambio de palabras, cada conversación, descubrían otra pieza del puzle.

Tenía a su asesina, y ahora tenía el móvil del crimen.

Desde niña había vivido llena de esperanza, creyendo en el amor verdadero y en los finales de cuento.

Pero todo eso se había derrumbado al conocer a...

¿Michael?

¿Richard?

Frunció el ceño intentando decidir un nombre para la primera víctima de su asesina. Era un papel pequeño pero crucial para las motivaciones del personaje. Poco a poco, su incesante optimismo se había ido deteriorando deslustrando así su resplandeciente visión de la realidad.

Sus víctimas eran las personas que la habían decepcionado.

Pensó en Eva.

«La mayoría de la gente es simplemente lo que aparenta ser».

¿De verdad lo creía? Por propia experiencia sabía que la gente pocas veces era lo que aparentaba ser.

Ella, por ejemplo, ¿era un ser inocente o una oportunista que se había aprovechado de su abuela? ¿Había utilizado su relación con una mujer vulnerable para extraerle información sobre él?

¿Y qué pasaba con los otros aspectos de su vida?

Se preguntaba qué secretos estaba escondiendo, porque con certeza sabía que todo el mundo tenía secretos.

Se sentó frente a la pantalla del ordenador y las palabras empezaron a fluir.

No solía basar sus personajes en personas reales; más bien prefería usarlas como inspiración, tomando rasgos suyos y creando a partir de ahí a sus propios individuos, completamente formados. Sin embargo, su personaje principal estaba tomando forma en su cabeza y esa forma era increíblemente parecida a Eva. Imaginó cómo podría cambiar si se relacionara con las personas equivocadas, si la vida le repartiera otras cartas distintas. Imaginó el daño que la vida le podría hacer a alguien como ella.

«Tenía ocho años cuando descubrió que no todos los finales eran felices, cuando se había encontrado de pie junto al cuerpo de su padre. Desconocía que pudiera haber tanta sangre dentro de una persona».

Las palabras saltaron el muro que le había impedido trabajar. Eso era lo que había estado esperando, la sensación de que las palabras fueran imparables, de que la historia se vertiera sobre la página.

El pánico abrasador cesó, pero aun así sabía que le iba a suponer un esfuerzo hercúleo tener el libro escrito para Navidad.

El árbol, considerablemente más grande de lo que había imaginado, había llegado después de la cena y Albert y ella lo habían instalado cerca de la ventana del salón. Al instante, el lugar ya parecía habitado y alegre.

Esperaba que Lucas no lo tirara por el hueco del ascensor.

La invadía el cansancio. Había sido un día largo. Se levantaría temprano y decoraría el árbol, pero ahora mismo iba a darse una ducha, a escribir en su blog y a actualizar las cuentas de las redes sociales de Genio Urbano.

Eligió el más grande de los dos dormitorios libres y se tomó un momento para admirar las vistas. Te pusieras donde te pusieras, todo el piso tenía unas vistas maravillosas. Hacía que los cuadros o cualquier otra cosa que colgara de las paredes resultaran obsoletos porque nada podía competir con el mágico paisaje urbano que se extendía al otro lado de los inmensos cristales.

Había esperado que las habitaciones tuvieran el mismo toque impersonal que el resto de la casa, pero no fue así.

Dos grandes lámparas bañaban el dormitorio en una tenue luz dorada, y una colcha suave y aterciopelada cubría la enorme cama y caía sobre el suelo de madera. Hacía que el ocupante se quisiera acurrucar en ella y admirar el blanco invierno de la ciudad de Nueva York mientras se rodeaba de calidez.

Se sentó en el borde de la cama.

Se había dicho que se quedaba allí porque era su trabajo y porque no quería dejar solo a Lucas, pero sabía que no estaba siendo completamente sincera. En parte se quedaba porque no quería estar sola. ¿Y qué decía de ella el hecho de que prefiriera pasar la noche en el piso de un desconocido antes que estar sola en su casa?

Decía que necesitaba hacer algo con su vida. Tenía que hacer el esfuerzo de salir y conocer a gente.

Suspiró y se tiró en la cama, atraída por la comodidad de la suave colcha aterciopelada. Era de un tono verde musgo oscuro, el mismo color del suelo de un bosque.

Cuando su abuela y ella se habían mudado a Nueva York, habían vivido en un apartamento sin espacios al aire libre y todos los fines de semana habían preparado juntas un pícnic en la diminuta cocina y se lo habían llevado a Central Park, siempre al mismo lugar. No al Sheep Meadow ni al Great Lawn, sino al Great Hill en la parte norte del parque, donde comían en una de las mesas rodeadas de olmos majestuosos. Habían visto a gente jugar en el césped, habían esquivado Frisbees y de vez en cuando habían escuchado conciertos de *jazz* mientras se ponía el sol.

Se cubrió más con la colcha acurrucándose en los reconfortantes pliegues de la tela.

Se sentía como si hubiera perdido su ancla. Su seguridad. Y ni siquiera tener unos amigos maravillosos evitaba que por dentro se sintiera vacía y terriblemente sola.

Salió de la cama, sacó su ropa de la bolsa, se dio

una ducha en el lujoso baño y se puso el pijama. Era de seda y de color melocotón suave, un capricho extravagante que se había dado unos meses antes para celebrar los primeros seis meses de Genio Urbano. Fue estando con Paige en una de sus visitas a Bloomingdale's; su amiga se había comprado dos vestidos y una chaqueta inteligente, todos ellos apropiados para las reuniones de negocios, y ella había elegido ese pijama.

No le había importado que nadie fuera a vérselo. Llevarlo puesto la hacía sentirse bien.

Actualizó el blog, respondió unos mensajes de Facebook y Twitter y después intentó dormir.

Faltaban cerca de tres semanas para Navidad y esa sería la segunda sin su abuela.

En los últimos años de su vida su abuela había vivido en un complejo de viviendas asistidas en Brooklyn, no lejos de la casa de ladrillo rojo que Eva compartía con sus amigos. Había ido a visitarla con regularidad y a veces habían cocinado allí juntas, como hacían cuando ella era pequeña.

Si aún viviera, ahora habrían estado horneando dulces de Navidad para los demás residentes y para el personal, incluyendo a Annie Cooper, la enfermera favorita de su abuela.

Cada año, Eva había ayudado a decorar su pequeño apartamento y también las zonas comunes incluyendo el luminoso invernadero con vistas al río. Había llegado a conocer bien al personal del centro y a muchos de los otros residentes. Estaba, por ejemplo, Betty, cuya única hija vivía en California. Había sido bailarina y aún le gustaba bailar siempre que su artritis se lo permitiera. Y también estaba Tom, que se había criado en Maine, no muy lejos de donde había crecido su abuela, y que pasaba el tiempo pintando acuarelas, algunas de las cuales estaban colgadas en el salón de su abuela.

Cada Navidad, Eva había ido a su fiesta navideña. Era algo sobre lo que su abuela hablaba durante meses.

Intranquila, miró el reloj. Eran las tres de la mañana. La hora de mayor soledad, la hora que había visto prácticamente cada noche desde que su abuela había muerto. Odiaba las noches; eran el momento en el que su mente corría salvaje por caminos que tenía prohibidos durante el día.

Sabiendo que no podría dormir, salió del dormitorio y se detuvo al verse rodeada de oscuridad.

Volvió a por el móvil, activó la linterna y llegó al oscuro pasillo que conducía a las escaleras.

Al fijarse en que la puerta del despacho de Lucas estaba entreabierta, se detuvo.

–No deberías ir por ahí merodeando –dijo una voz profunda– o podría pensar que eres un ladrón y usarte como excusa para volver a poner en práctica mi *jiu-jitsu*.

Eva se sobresaltó.

–¿Intentas que me dé un infarto?

–Solo te estaba avisando de que estoy aquí.

–Encender una luz habría sido mejor opción. ¿Por qué estás a oscuras?

–¿Por qué no estás durmiendo? –él encendió una lámpara y la habitación se llenó de una suave luz.

Estaba tirado en el sofá. Había una botella de whisky a su lado y el portátil estaba abierto sobre la mesa. La recorrió con la mirada lentamente y Eva deseó haberse puesto una bata. Sabiendo cómo funcionaba su mente, probablemente Lucas estaría pensando que el pijama de seda era un plan maestro tramado por su abuela y por ella.

–Tú tampoco estás durmiendo –abrió la puerta del todo–. ¿Qué tal va el libro?

–Mejor, gracias a ti.

–No he hecho nada a parte de alimentarte.

–Tus palabras... me han ayudado. He empezado el libro.

Ella se sintió complacida de un modo casi ridículo.

–¿Te había pasado antes?

–Si me estás preguntando si una extraña suele colarse en mi piso para cocinar y decorar, entonces la respuesta es «no» –la miró y suspiró–. ¿Te refieres al bloqueo del escritor? Solo me pasa en esta época del año.

–Pero el año pasado escribiste un libro y también el año anterior, así que debes de haber encontrado el modo de manejar la situación.

Él se inclinó hacia delante y se sirvió más whisky en el vaso.

–El modo de manejar la situación es asegurarme de haber terminado el libro antes de que llegue esta época.

–Pero este año no lo has hecho.

–Estaba de gira promocional. Seis países europeos y doce estados estadounidenses –soltó la botella–. Me he quedado sin tiempo.

–Y ahora tienes que entregar el libro y sientes la presión, lo cual empeora las cosas. Es como intentar llegar a la cumbre del Everest en un solo día cuando sigues en el campamento base.

–Eso es una comparación asombrosamente precisa –Lucas se terminó el whisky de un trago–. Bueno, pues ya puedes ir a vender la noticia a la prensa. Considéralo como la paga extra de Navidad.

–¡Por favor! ¿Parezco alguien que venda noticias

a la prensa? –puso los ojos en blanco–. Lo siento. Sigo olvidando que crees que todo el mundo tiene un lado oculto. ¿Por qué escribes?

–¿Cómo dices?

–¿Que por qué escribes?

–Tengo un contrato, una fecha de entrega, lectores... ¿Hace falta que siga?

–Pero antes de que tuvieras todo eso. ¿Qué te hizo empezar a escribir en un primer momento?

–Ni siquiera me acuerdo.

Sin esperar a que la invitara, Eva fue al sofá y se sentó sobre sus talones.

–Mi abuela me enseñó a cocinar y era algo que compartíamos, algo que nos encantaba hacer juntas. Una afición. Nunca, ni por un momento, me imaginé que algún día me ganaría la vida cocinando. Lo hacía solo por gusto, nada más.

Él bajó el vaso lentamente.

–¿Qué estás diciendo?

–Sé que el mundo está esperando tu siguiente libro, pero imagino que no siempre ha sido así. Debió de haber un tiempo, antes de que te publicaran los libros, en el que escribías para ti mismo porque era algo que te encantaba hacer.

–Lo hubo.

–¿Cuántos años tenías?

–¿Cuando escribí mi primera historia? Ocho. Entonces todo parecía mucho más sencillo –miró el vaso y lo puso encima de la mesa–. No me hagas caso. Vuelve a la cama, Eva.

–¿Y dejarte con tu amiga la Señora Botella de Whisky? No. Si quieres compañía, puedes hablar conmigo –lo miró a los ojos; eran aterciopeladamente oscuros y tan increíblemente sexys que perfectamente los podrían haber diseñado para tentar a una mujer a descontrolarse y vivir el momento. Era imposible que la raza humana se extinguiera mientras hubiera hombres como él en el planeta.

Las llamas titilaban en la chimenea, pero Eva sabía que el fuego no era el responsable de ese repentino calor que le recorría la piel. Al ver el mismo calor en sus ojos, sintió el penetrante y salvaje fuego de la tensión sexual.

Lucas posó la mirada en su boca y, durante un momento de locura, ella pensó que la iba a besar.

Dejó de respirar, paralizada, y entonces Lucas miró a otro lado y volvió a centrar la atención en la botella de whisky.

–Hemingway dijo: «Un hombre no existe hasta que está borracho».

Liberada de esa mirada, Eva soltó aire y se sintió como si acabara de salir de una hipnosis. ¿Qué acababa de pasar? ¿Se lo había imaginado? ¿Estaba tan desesperada que no podía mirar a un hombre sin pensar en sexo?

Agarró un vaso vacío y se sirvió un trago de whisky. Le quemó la garganta y le despejó la cabeza.

–Y F. Scott Fitzgerald dijo: «Primero tomas un trago, después el trago toma un trago, y luego el trago te toma a ti» –Eva dejó el vaso e interceptó su mirada de curiosidad–. Mi abuela fue profesora adjunta de Lengua y Literatura Inglesa antes de jubilarse anticipadamente. En lugar de que te bebas ese whisky, te podría preparar uno de mis famosos chocolates calientes. Te garantizo que no habrás probado nada mejor en tu vida. Puede que te ayude a dormir.

–No tengo tiempo para dormir. Necesito escribir este puñetero libro.

–Estoy preocupada por ti.

–¿Por qué? No me conoces –contestó Lucas con cierto tono de advertencia que ella ignoró.

–Sé que te estás escondiendo aquí. Y sé que soy la única que lo sabe. Eso te convierte en mi responsabilidad. Quiero ayudar.

–No eres responsable ni de mis emociones ni de mi trabajo.

–Si no terminas el libro, mi amiga Frankie nunca dejará de quejarse. Tengo un interés personal en verlo terminado. Así que, escribiste tu primera historia con ocho años, pero ¿cuándo vendiste tu libro?

–Tenía veintiuno. Cuando me llamó mi agente... bueno, digamos que pensé que a partir de entonces todo iba a ser pan comido.

–Pero no lo fue –señaló Eva eligiendo cuidadosamente sus palabras–. Creo que cuando perdemos a alguien cercano, puede ser muy duro encontrar la concentración necesaria para completar las tareas que antes eran sencillas. Y cuando llegan las Navidades, todas las emociones se agudizan.

–¿Viene ahora el momento en el que me dices que sabes cómo me siento o que el tiempo lo cura todo?

–No iba a decirte ninguna de esas dos cosas –vaciló antes de decir–: Tal vez te estás esforzando demasiado. Has sufrido, así que deberías tomarte las cosas con calma y cuidado. Sé amable contigo mismo. Escribir es algo natural para ti. Tal vez simplemente deberías centrarte en escribir unas cuantas palabras de vez en cuando en lugar de pensar en escribir el libro entero. Como preparar un sándwich de queso fundido en lugar de un plato *gourmet* –al no ver en su expresión nada que la animara a continuar, añadió–: Me voy a callar ya. Por mi parte no oirás ni una palabra más sobre el tema. Voy a cerrar bien la boca.

Él esbozó una ligera sonrisa.

–Apenas te conozco, pero tengo la sensación de que eso te va a costar mucho.

–Así es. Si no hablo, me siento como si fuera a estallar –le miró los labios preguntándose cómo sería sentirlos contra los suyos. Instintivamente sabía que besaría como un experto y en esa ocasión fue ella la que se inclinó ligeramente hacia él.

La oscuridad creaba una falsa intimidad, recubriendo el sentido común y unos hechos que se verían muy claros a la luz del día.

–Vete a la cama, Eva. Es tarde –la voz de Lucas sonó suave, pero bastó para sacarla de su trance sensual y de las fantasías que, sin duda, no debería haber estado teniendo.

–Esa es la manera masculina de decir «no quiero hablar de esto».

Se quedó allí sentada un momento sintiéndose como si debiera decir algo más. Esa noche, ahí había estado a punto de pasar algo. ¿Iban a hablar de ello o iban a fingir que no había sucedido nunca?

–Buenas noches –dijo él de modo terminante y ella se levantó.

Al parecer, iban a fingir que no había sucedido nunca. Y probablemente fuera lo mejor.

–Buenas noches, Lucas. Intenta dormir algo.

6

Sé el sol, no la lluvia.
Eva

La tormenta azotó con toda su fuerza justo antes del alba. Como un torbellino, pasó al otro lado de las ventanas dejando unos centímetros más de nieve sobre las calles de Nueva York.

Lucas no se enteró. Había trabajado casi toda la noche, exceptuando un par de horas en las que había echado una cabezada en el sofá porque su cerebro se sentía demasiado cansado para continuar.

A pesar de la brevedad de la siesta, se había despertado fresco, con energía y listo para seguir, y había estado escribiendo hasta que había oído cantar a Eva.

No muy fuerte, pero lo suficiente para desconcentrarlo.

Salió a las escaleras. Desde ahí tenía una visión perfecta de la planta baja, incluyendo la cocina.

Al mudarse no se había llevado consigo nada de su antigua vida, solo los libros. Ese lugar no albergaba recuerdos, no tenía nada que le recordara al pasado. Era impersonal y le venía bien que fuera así.

Hasta ahora, que apenas podía reconocer su casa.

Un enorme árbol de Navidad dominaba el espacio junto a la ventana y en el sofá había varias revistas abiertas y tiradas junto con un jersey de un tono verde vivo.

Una taza a medio terminar de té se estaba quedando fría sobre la mesa baja y había unos zapatos tirados en el suelo.

Parecía un lugar... habitado.

Pero el mayor cambio era Eva, que llenaba ese espacio con su veraniego aroma y con su voz. Veía la cascada de cabello color miel y el contoneo de sus caderas mientras bailaba al ritmo de la música. Sin duda, sabía moverse, ¡y cómo se movía! Como si estuviera seduciendo a su cocina mientras le confesaba a Santa Claus con una voz sorprendentemente melodiosa que había sido una niña tremendamente buena.

Estaba picando, troceando, triturando, y todo ello mientras ponía en escena un espectáculo digno de Broadway.

Resultaba que cantaba y bailaba igual de bien que cocinaba.

Sintió unas gotas de sudor por la nuca.

Si dependiera de él, no sería una niña buena durante mucho tiempo. La haría pasar de buena a mala en menos tiempo del que tardaba Santa Claus en soltar un regalo por la chimenea. La noche anterior había estado a punto de besarla, pero, por suerte para los dos, algo lo había detenido.

Miraba esas caderas sintiéndose como un voyerista.

Con solo mencionar una palabra, ella dejaría de bailar.

Dejaría de contonear las caderas como una baila-rina de barra y de cantar con ese tono sensual.

Abrió la boca, pero de ella no salió ningún so-nido.

Esas caderas perfectamente cegarían a un hombre mientras imaginaba lo que esos sutiles movimien-tos podían hacer.

Eso era arte escénico. La recordó ataviada con el pijama de seda, recordó lo que asomaba de sus cur-vas y de su piel color crema. Ahora, en lugar del pi-jama, llevaba la falda más corta que había visto en su vida, aunque, para ser justos, debajo tenía unas mallas negras que convertían el atuendo en apeti-toso pero perfectamente decente. Su jersey negro se aferraba a su cintura y sus caderas y el color contras-taba intensamente con su pelo dorado.

Ella se giró para agarrar un cuchillo y lo vio.

Se quedó paralizada, con el cuchillo en la mano, y por un momento Lucas se preguntó si había elegido el arma equivocada para el libro.

Tal vez ella no envenenaba a sus víctimas. Tal vez, como la experimentada chef que era, las filetea-ba con destreza.

Jill la Destripadora.

Habría vuelto al despacho para seguir escribien-do, pero Eva le estaba sonriendo y decidió que podía tomarse un rato para hablar con ella, sobre todo ya que hablar con ella parecía despertarle ideas.

–Eh... buenos días –ella soltó el cuchillo y se quitó los auriculares de la cabeza. Se le marcaron unos ho-yuelos a ambos lados de la boca–. ¿Mis canturreos te han distraído?

–No –era ella la que lo distraía. Ojalá Eva no lo hubiera visto. Así habría seguido sacudiendo esas caderas un rato más y él podría haber seguido suspendido en un mundo impulsado solamente por instintos básicos. Señaló al salón–. ¿Nos han robado?

–Espero que no te importe, he dejado cosas por medio como si estuviera en mi casa. Luego lo recojo.

–Te debo una disculpa.

–¿Por qué?

–Por anoche. Fui un grosero.

–No tienes que disculparte por nada. Esta es tu casa y no esperabas visita.

–¿Siempre eres tan comprensiva?

–¿Preferirías que estuviera disgustada?

Habría sido la reacción natural. Años de experiencia y de estudio le habían capacitado para predecir con casi absoluta precisión cómo reaccionaría una persona en una situación concreta.

Sin embargo, Eva parecía desafiar todas sus expectativas.

–¿Hay algo que te disguste?

–Muchas cosas. El maltrato animal, los taxistas que no dejan de tocar el claxon, los hombres que me hablan al pecho y me llaman «cariño» cuando no nos han presentado nunca, la gente que tose sin taparse la boca... –se detuvo–. ¿Quieres que siga?

–Me alegra saber que eres humana. Por cierto, gracias. Seguí tu consejo y me preparé un sándwich de queso fundido. Gracias a ti, he escrito veinte mil palabras.

–¿En una noche? Eso no es un sándwich de queso, eso es un menú degustación de nueve platos –parecía impresionada–. ¿Cómo lo has hecho?

–Un sándwich de queso dio paso a otro.

–Como amante de los sándwiches de queso fundido, lo entiendo. Siempre han sido mi perdición –señaló a la encimera–. Siéntate. Por si acaso fue mi comida lo que despertó tu creatividad, te prepararé el desayuno.

Él sabía que la fuente de su motivación no tenía nada que ver con la comida y sí todo con ella. El personaje que había inspirado iba a ser uno de los más complejos e interesantes que había escrito nunca.

–No desayuno.

–Tienes aspecto de no comer nada en general, pero estoy aquí para cambiar eso –empezó a canturrear otra vez y él decidió que debía de ser un acto reflejo.

–¿Conoces algo que no tenga que ver con Santa Claus?

–¿Cómo dices?

–Me pregunto si podrías cambiar la lista de reproducción. No soy muy amante de la música navideña.

Ella metió una bandeja de tomates en el horno.

–Siempre acepto con mucho gusto las peticiones del público. Sé que te encanta Mozart, así que ¿qué tal una pequeña aria de Las bodas de Fígaro?

–¿Qué te hace pensar que me encanta Mozart?

–¡Ajá! –sacudió la cuchara en su dirección con gesto triunfante–. No eres el único capaz de descubrir pistas. Podrías sacarme en tu próximo libro. Sería una agente del fbi monísima. Tal vez todo el mundo me podría subestimar por mi pelo rubio y mi impresionante pechera, y después ¡boom!, yo les daría su merecido.

Lucas decidió que no era buen momento para decirle que algunos aspectos suyos sí que iban a aparecer en su próximo libro aunque no se iba a ver precisamente del lado de la ley.

–¿Eso te pasa a menudo?

–¿Que la gente me subestime? Constantemente.

–Tiene que ser frustrante.

–La mayoría de las veces son ellos los frustrados –dijo lanzándole una pícara sonrisa–. No te preocupes por mí. Sé apañármelas sola.

–¿Con esa llave letal de la que no dejas de advertirme?

–Con la misma. Cuando menos te lo esperes, te pillaré por sorpresa y serás historia.

Él había salido del despacho con la intención de pedirle que hiciera menos ruido y volver al trabajo, pero ahora no sentía ninguna prisa por hacerlo. Se quedó en la cocina con ella. La energía y el entusiasmo de Eva eran contagiosos, llenaban cada rincón oscuro de su piso sin alma. Además, hablar con ella hacía que se le despertaran ideas. Su personaje se estaba volviendo cada vez más claro en su cabeza, capa a capa.

–¿Y qué poderes de deducción has empleado para descubrir mi gusto musical?

–Los CD que tienes junto a tu librería. He visto todo un estante de Mozart –bajó la cuchara–. ¿No consumes música digital como la mayoría de la gente?

–Los CD eran de mi padre. Tocaba el violonchelo en la orquesta de la Ópera Metropolitana.

–¡Qué suerte! Entonces supongo que no tenías que pelearte por conseguir entradas como el resto de los humanos.

–¿Te gusta la ópera?

–Me encanta –entonó unas notas de *Las bodas de Fígaro*, en italiano y a la perfección.

–No me lo digas... Tu abuelo era profesor de música.

–En realidad mi abuelo era pescador de langostas, pero adoraba la música. Y adoraba a mi abuela. Crecí con música y con Shakespeare. Si te pone nervioso que cante, intentaré acordarme de no hacerlo, pero puede que tengas que recordármelo.

—No me pone nervioso —que cantara no le ponía tan nervioso como el contoneo de sus caderas mientras había bailado.

—Paige, que compartía apartamento conmigo, llevaba puestos unos auriculares antiruido casi todo el tiempo. Necesita silencio para concentrarse.

—¿Por eso ahora es tu excompañera de piso?

—No. Es mi excompañera de piso porque se ha enamorado.

—Ah, ya. ¿El beso de amor verdadero?

—Creo que más bien fue «sexo ardiente de amor verdadero», pero es el mismo principio.

—¿Entonces ahora vives sola?

—Sí.

Cuando respondió, a Eva le cambió la expresión. Después, abrió la puerta de la nevera y entonces él ya no pudo seguir viéndole la cara.

—Aunque no sola exactamente, porque mi otra amiga vive arriba con Matt, el hermano de Paige, que es el dueño del edificio, y abajo están Roxy y su hija pequeña, Mia, que es adorable. Roxy trabaja para Matt y este verano se vio en la calle, sin casa, así que él le dio un lugar donde quedarse. Paige pasa tanto tiempo en nuestra casa como con Jake, así que no es un lugar exactamente tranquilo. Y después está Garras —habló sin detenerse a tomar aire mientras hacía un dibujo de su vida. Él se había esperado una respuesta de una palabra, pero para cuando Eva dejó de hablar, sabía más sobre ella que sobre gente a la que conocía desde hacía una década. Se requerían meses de interrogatorios minuciosos para sacarles esa cantidad de información a la mayoría de las personas.

–¿Entonces Garras es la gata psicótica de tu amigo?

–Sí. Podrías incluirla en uno de tus libros. Sería un arma homicida fantástica. Tiene un rostro dulce y una personalidad psicótica, aunque no la culpo, porque tuvo una vida horrible antes de que Matt la rescatara –sacó varias cosas de la nevera y, justo antes de que cerrara la puerta, él vio pilas de comida.

–¿Estás pensando en invitar a alguien? Porque, si todo eso es para mí, creo que has debido de sobrestimar mi apetito.

–Va a ir al congelador. La idea es que puedas tener acceso a una comida perfecta siempre que la necesites. Hablé del menú con tu abuela.

–¿Estuvisteis hablando sobre menús diseñados para ayudarme con la libido?

Ella enarcó las cejas.

–Hablamos de alergias alimentarias –respondió lentamente–. Algunas personas son alérgicas a los cacahuetes o a la harina de trigo o al marisco. Tenía que saber si no tomabas gluten o si eras vegetariano. Tengo que saber si puedes sufrir un choque anafiláctico si te doy frutos secos. Darle un chute de adrenalina a un cliente medio muerto no suele ser uno de los extras gratuitos que nos gusta ofrecer en Genio Urbano. Más vale prevenir que curar, ya sabes. La gente muerta no es beneficiosa para el negocio –esbozó una media sonrisa–. Excepto en tu negocio, claro. Tu negocio se basa en gente muerta.

–¿Entonces no estuviste hablando con mi abuela sobre cómo seducirme?

–Adoro a tu abuela, pero si quiero seducir a un hombre, no suelo pedirle consejo a alguien que haya pasado de los ochenta –se quedó mirándolo un momento y añadió–: ¿Tu libido necesita ayuda?

No desde que la había conocido a ella.

—Llegaría hasta donde hiciera falta con tal de verme casado otra vez —respondió esquivando la pregunta.

—Podría ser, pero por lo que yo veo, eres un adulto y pareces capaz de tomar tus propias decisiones. Si eliges permanecer en un *sexilio*, no es asunto mío.

—¿*Sexilio*?

—Un exilio sexual. *Sexilio*. Yo estoy en él sin tener culpa, a menos que consideremos como causa ser quisquillosa —frunció el ceño ligeramente—. Pero tú estás en él a propósito. Has elegido vivir en un *sexilio*.

La observaba mientras ella lavaba unos pimientos.

—¿Qué te ha contado mi abuela de mí?

—Sé que odias el pepino, que te encanta la comida picante y que prefieres la carne poco hecha. Es importante que conozca tus preferencias.

Ahora mismo su preferencia sería tenerla encima de él, desnuda.

Su piel era suave y cremosa, como la seda, pensó antes de descartar la comparación por encontrarla demasiado manida. Era escritor. Debería poder pensar en algo mejor. Sus mejillas estaban sonrojadas, aunque tenía la sensación de que era por el calor del horno más que porque llevara maquillaje. Habría jurado que no llevaba maquillaje, pero entonces recordó una conversación que había tenido con Sallyanne en la que se había mofado de él cuando le había dicho lo mucho que le gustaba verla sin maquillaje. Ella le había respondido con un tono cargado de diversión que había tardado cuarenta y cinco minutos en lograr un «efecto cara lavada».

Se preguntó cuánto tardaría Eva en lograr ese aspecto saludable e inocente.

–Enséñame los menús –extendió la mano y ella le pasó las hojas en las que había estado trabajando. Las ojeó rápidamente–. ¿Pastel de pollo? No como eso desde que tenía doce años.

–Y cuando pruebes el mío te preguntarás por qué. Es la comida casera por excelencia.

–Me recuerda al colegio.

–El mío no te recordará al colegio. El mío hará que tus papilas gustativas tengan un orgasmo.

–Parece que tienes fijación con los orgasmos.

–Eso es lo que pasa cuando no te comes una rosca –le quitó los menús–. Es la razón por las que las dietas no funcionan. Cuanto más te niegas algo, más ansías eso de lo que te estás privando. Y antes de que digas nada, claro que sé que me puedo dar un orgasmo a mí misma, pero hay ciertas tareas que prefiero delegar en otros.

–¿Entonces estás a dieta sexual?

–Sí. Aunque no es autoimpuesta, he de añadir. Últimamente no he conocido a nadie decente, pero eso va a cambiar.

–¿Ah, sí?

–Sin duda –cortó los pimientos en daditos–. Es Navidad. Voy a salir a conocer gente. Fiesta, fiesta, fiesta.

–¿Y dónde son esas fiestas?

–Mis amigos me han invitado a unas cuantas.

–No pareces muy emocionada.

Ella soltó el cuchillo.

–¿Sinceramente? Me resulta un poco... incómodo. Como las citas *online*. No quiero que me busquen pareja. Es como las redes sociales. Solo ves la mejor cara de la gente.

–Entonces admites que la gente no es siempre lo que aparenta.

–Haces que suene siniestro, como si se tratara de un gran encubrimiento, pero en las redes sociales la gente solo intenta mostrar lo mejor de sí misma.

–Y entonces luego tú te preguntas cuál es la peor parte.

–Todo el mundo tiene defectos –dijo con tono suave–. No sería realista esperar que una persona fuera perfecta, ¿no?

–¿Qué defectos tienes tú? –suponía que respondería como en una de esas entrevistas de trabajo en las que a los candidatos se les pedía que mencionaran algún punto débil y ellos contestaban con el clásico «Trabajo demasiado» o «Me preocupo demasiado». Nadie revelaba voluntariamente sus verdaderos defectos ante un extraño.

–Soy terriblemente desordenada, excepto en la cocina. Dejo las cosas por ahí tiradas y después las pierdo y lo desordeno todo todavía más al intentar encontrarlas. Por las mañanas soy un horror y, por lo general, soy un poco cobarde –admitió–. No me gustan las cosas que dan miedo; ni la sangre, ni las vísceras, ni las amenazas, ni las cosas que hacen ruidos misteriosos por la noche.

Él escuchó atentamente y almacenó los detalles en su interior.

–Habría dicho que tu defecto es ser demasiado confiada.

–No lo veo como un defecto –aclaró el cuchillo–. Es complicado acercarse a la gente y tener amistades satisfactorias si siempre estás sospechando que la gente te oculta cosas. Probablemente ese sea tu mayor defecto, ¿no? Que no te fías lo suficiente.

–Más bien habría dicho que es una de mis cualidades. Pero dime, cuando probaste con las citas *online*, ¿qué escribiste en tu perfil?

–No escribí: «Rubia confiada y desesperada busca sexo salvaje», si eso es lo que me estás preguntando –abrió el horno y agitó suavemente la bandeja de tomates–. Al final no me funcionó lo de las citas *online*. Necesito poder ver a alguien en persona para saber si me parece bien. Tengo un buen instinto. Y aunque es un modo perfectamente válido de conocer gente, sobre todo en el mundo ajetreado de hoy en día, preferiría conocer a alguien orgánicamente.

–¿Quieres un orgasmo orgánico?

Ella se rio.

–Ese es el objetivo. Y todo el mundo necesita un objetivo, ¿no crees? Está bien. No voy a conocer a nadie si me escondo en mi apartamento, así que estoy decidida a salir. Ese es el primer paso. Quiero tener unas cuantas citas.

–¿Entonces no quieres ir directa al orgasmo y saltarte la fase intermedia?

–No –cerró el horno–. No me puedo acostar con alguien a quien no conozco. Nunca he tenido una aventura de una noche. Para mí, el sexo está ligado a sentir algo por alguien.

–No eres muy reservada, ¿verdad?

–No. No soy lo que se podría llamar un «misterio». Soy un libro abierto, aunque Jake dice que soy más bien un audiolibro porque suelto por la boca todo lo que se me pasa por la cabeza.

La descripción le hizo sonreír.

–¿Quién es Jake?

–El prometido de Paige. Pero ya basta de preguntas sobre mí. ¿Cuál es tu comida favorita?

–No tengo ninguna.

–Todo el mundo tiene una comida favorita, o algo delicioso o algo asociado a un recuerdo maravilloso y feliz. ¿Cuál era tu comida favorita de pequeño? Algo que te transporta allí y te despierta todos aquellos cálidos sentimientos.

Él pensó en las reuniones familiares y en sus viajes por Europa.

–Disfruto con el buen queso y, sobre todo, si va acompañado de un buen vino. Fue una de las ventajas de mi gira promocional por Francia.

–¿Ahí fue donde compraste todo ese vino?

–Una parte. La otra parte la llevo coleccionando desde hace un tiempo.

–¿Y de verdad te lo bebes?

–Claro, aunque algunas botellas son muy valiosas y las estoy reservando para una ocasión especial.

–Si yo tuviera vino bueno, me lo bebería. Pero entonces supongo que dirías que soy una chica de «vivir el momento» –se apartó el pelo de los ojos y él intentó no pensar en el momento que le gustaría estar viviendo con ella en ese momento.

–El suflé que hiciste anoche estaba bueno.

–Me alegro de que te gustara –agarró su boli y anotó algo en las páginas que tenía delante–. Estoy intentando decidir qué prepararte esta noche. ¿Alguna petición?

–Elige tú. ¿Qué libros de cocina utilizas? ¿O usas Internet?

–Ninguna de las dos cosas. Uso las recetas de mi abuela o las creo yo –debió de ver algo en la expresión de él porque sonrió y añadió–: Relájate. No te voy a preparar nada que no haya preparado ya cientos de veces. No eres un conejillo de indias y no te voy a envenenar. ¿Alguna vez has escrito eso en alguno de tus libros? ¿Un asesino que envenena a sus víctimas?

Él se preguntó por qué consideraba que el asesino debía ser un hombre.

–No, pero es algo que me estoy planteando.

–¿Cómo decides el crimen?

–Surge de la personalidad y la motivación del asesino. Jack el Destripador era bueno con los cuchillos y eso fue lo que llevó a la gente a pensar que podría haber sido cirujano.

Ella seguía cocinando.

–No me extraña que tengas problemas para dormir por la noche. Te pasas toda la jornada laboral pensando en cosas horribles.

–Yo las encuentro más interesantes que horribles –la miró, hipnotizado, mientras ella picaba un poco de ajo, echaba aceite y añadía una pizca de sal. Era increíblemente habilidosa con el cuchillo–. ¿Quién te enseñó a usar el cuchillo?

–No fue Jack el Destripador –respondió lanzándole una mirada de diversión–. Me enseñó mi abuela y después, recién salida de la universidad, trabajé en algunas cocinas. Es una destreza que desarrollas muy rápido a menos que quieras perder un dedo –esparció los ingredientes sobre una bandeja y la metió en el horno junto con la otra. Unos mechones de pelo le cayeron sobre la cara y, con los labios formando una «O», sopló para apartarlos con delicadeza como si estuviera soplando las velas de una tarta de cumpleaños.

–¿Qué estás haciendo?

–Estoy asando tomates y pimientos y luego haré una sopa con ellos. Cuando estés ocupado, puedes sacar una ración del congelador y añadirle un trozo de pan crujiente y estarás tomando algo nutritivo en menos tiempo del que tardas en abrir una botella de whisky –dijo con una mirada mordaz que él prefirió ignorar.

Lucas llegó a la conclusión de que el proceso creativo de la cocina no se diferenciaba tanto del de la escritura. Ella empezaba con una idea, añadía un poco de esto y un poco de aquello, lo ajustaba guiándose por su instinto y después servía el resultado con la intención de complacer.

—Ahora, vamos a ver, para desayunar, ¿preferirías mis huevos Benedict especiales o tortitas?

Estuvo a punto de decirle otra vez que no desayunaba, pero unas tortitas eran algo demasiado bueno como para rechazarlas. Las tortitas lo transportaban directamente a su infancia y a las vacaciones en familia que habían pasado en Vermont.

—¿Las tortitas van con una loncha de beicon?

—Podrían, si te apetece.

—Sí —era la primera vez que alguien usaba su cocina y Eva estaba usando cada centímetro disponible. Las encimeras estaban ocupadas por pilas de brillantes frutas y verduras. Todo parecía desordenado, pero él tenía la sensación de que no era así—. ¿Siempre cantas cuando cocinas?

—Cantar es beneficioso para el estado de ánimo. Y también andar, pero no parece que el tiempo me vaya a permitir hacerlo de momento —puso el beicon en la sartén y preparó la masa de las tortitas sin pesar nada ni consultar ninguna receta—. Puede que luego vaya a dar un paseo si amaina un poco.

La atmósfera distendida se esfumó.

—No vas a salir de aquí con esta tormenta. Han cancelado el servicio de autobús, han anunciado que van a prohibir la circulación y han cerrado los metros. Los puentes y los túneles están cerrados y no van a salir vuelos de ningún aeropuerto.

—No quiero volar ni conducir ni usar el autobús. Solo quiero caminar.

—¿Pero has mirado hoy por la ventana? —Lucas se

levantó, agarró el mando a distancia y encendió el televisor oculto que había en el salón.

La tormenta de nieve ocupaba los canales de noticias, y los presentadores, con tono serio, advertían que no se saliera a la calle.

–La tormenta ha derribado árboles y cables de alta tensión dejando a miles de personas sin electricidad...

–Ay, pobre gente –exclamó Eva con tono afligido y Lucas apagó la tele.

–¿Te he convencido?

–Sí –respondió ella y siguió cocinando. Batió la masa, la vertió en la sartén caliente y esperó a que la superficie burbujeara.

Al cabo de un momento, justo en el instante perfecto, le dio la vuelta a la tortita.

Finalmente, la sirvió en un plato, añadió el beicon y se la pasó junto con una botella de sirope de arce.

El color le recordaba al del whisky.

Las tortitas estaban suaves, doradas y deliciosas y el dulzor del cálido sirope de arce contrastaba agradablemente con la crujiente perfección del beicon.

Dio un bocado.

–Me has preguntado por mi comida favorita. Esta es mi comida favorita.

–Me has dicho que no tenías ninguna comida favorita.

–Ahora sí –se terminó el plato preguntándose por qué de pronto tenía tanta hambre cuando durante tanto tiempo no le había importado qué comer–. Al parecer, pasas mucho tiempo con mi abuela. ¿Por qué no pasas ese tiempo con la tuya?

Por primera vez desde que la había levantado del suelo de su casa, ella se quedó en silencio.

–¿Eva? ¿Por qué no pasas más tiempo con tu propia abuela?

–Porque está muerta –se le empañó la voz y, sin previo aviso, los ojos se le llenaron de lágrimas que comenzaron a caerle por las mejillas.

7

En momentos de crisis, que el pintalabios sea rojo y la máscara de pestañas resistente al agua.

Paige

–Lo siento. No me hagas caso –Eva agarró una servilleta y se secó los ojos, pero era como si sus emociones se hubieran hinchado y crecido y hubieran presionado contra la capa exterior de su autocontrol hasta agrietarla y provocar una fuga de sentimientos.

Con la visión borrosa por las lágrimas, apenas podía ver a Lucas mirándola.

Supuso que él pondría cualquier excusa para huir de la situación corriendo más rápido que una gacela intentando escapar de un león, pero no se movió.

–Eva...

–Estoy perfectamente –se sonó la nariz–. Me pasa a veces. Creo que lo llevo muy bien y entonces, de pronto, me sacude como un terrible golpe de aire salido de la nada que me hace tambalearme. Me repondré. No te alarmes tanto. Ignórame.

–¿Quieres que ignore que estás triste? ¿Qué clase de persona crees que soy?

–Un escritor de novelas de terror. Y lo más probable es que una mujer llorando sea tu idea personal
del terror –respiró entrecortadamente y controló los
nervios–. Me pondré bien.

–Pero no estás bien, ¿verdad? Habla conmigo.

–No.

–¿Porque no me conoces? A veces es más sencillo
hablar con un extraño.

–No es por eso. No quiero ser la nube oscura que
le tape el sol a nadie. Es mejor ser el sol que la lluvia.

–¿Qué? –preguntó él juntando sus oscuras cejas–.
¿Quién puñetas te ha dicho eso?

–Mi abuela –se le volvieron a saltar las lágrimas
y él suspiró extendiendo las manos en señal de disculpa.

–Lo siento. No pretendía hacerte daño, pero, Eva,
todo el mundo se disgusta a veces. No deberías sentir que tienes que ocultarlo.

–Tú lo haces. ¿No es esa la razón por la que no
le has contado a nadie que estás aquí? –se pasó la
mano por la cara y él esbozó una leve sonrisa.

–Bien dicho. Y ya que ahora tú te estás escondiendo aquí conmigo, ¿por qué no acordamos no esconder lo que sentimos, al menos por el momento?

–Me parece un buen plan. Gracias. Y ahora deberías ir a escribir. Tienes una fecha de entrega –la
amabilidad que Lucas le había mostrado acabó con
el poco autocontrol que le quedaba y se tuvo que dar
la vuelta para que no la viera llorar otra vez. Esperaba oír sus pisadas subiendo por las escaleras mientras huía a un sitio seguro, pero en lugar de eso sintió
su mano cerrándose sobre su hombro.

–¿Cuándo murió?

Estaba dividida entre desear desesperadamente
que la dejara sola y querer contarle cómo se sentía.

–El año pasado. En otoño, cuando las hojas estaban cambiando de color. Yo no dejaba de preguntarme cómo era posible que todo a mi alrededor pudiera seguir resultándome tan vivo cuando ella ya no estaba. Y me sentía culpable por estar triste porque tenía noventa y tres años. Además, murió repentinamente, lo cual fue genial para ella, pero duro para mí porque fue impactante –aún recordaba la llamada de teléfono. Se le había caído la taza que tenía en la mano y el café ardiendo le había salpicado las piernas y el suelo–. Estaría furiosa si pudiera verme ahora... –volvió a sonarse la nariz–. Me recordaría que tuvo una vida fantástica, que se sintió muy amada y que tuvo todas sus facultades mentales intactas hasta el final. Siempre se centraba en lo bueno de su vida y no en lo malo y querría que yo hiciese lo mismo. Pero eso no impide que la eche de menos. Y ahora estarás ahí pensando: «¿Y qué hago yo con esta mujer que no deja de llorar?», pero, sinceramente, no tienes que hacer nada. Ve a ocuparte de tus cosas. Estaré bien. Seré especialmente amable conmigo misma un rato hasta que me sienta mejor.

Pero él no se marchó. Lo que hizo fue girarla y abrazarla.

Le resultó tan sorprendente que por un momento se quedó quieta. Después, el inesperado gesto de compasión la llevó al límite y estalló en sollozos entrecortados. Sentía la fuerza de su mano sobre su cabeza mientras le acariciaba el pelo delicadamente y la estrechaba con el otro brazo.

La abrazó y le susurró palabras de consuelo hasta que ella se quedó sin lágrimas. Eva inhaló su masculina calidez y sintió el reconfortante peso de su brazo sujetándola. Cerró los ojos intentando recordar la última vez que la habían abrazado así. No debería hacerla sentir tan bien, era un extraño, pero hubo algo en ese fuerte abrazo que llenó el vacío de su interior.

Finalmente, cuando apenas le quedaban emociones dentro, él la apartó para poder verle la cara.

–¿Qué implica ser «especialmente amable contigo misma»? –la bondad de su voz conectó directamente con su interior.

–Bueno, ya sabes... –se sorbió la nariz–. No decirme que estoy gorda ni fustigarme por no hacer tanto ejercicio como debería ni por comerme una onza de chocolate de más.

–¿Haces eso?

–¿No lo hace todo el mundo? –le frotó la mancha de humedad que le había dejado en la camisa, avergonzada pero agradecida al mismo tiempo–. Me siento mejor. Gracias. Jamás habría pensado que abrazaras tan bien. Será mejor que te vayas o estaré llorando todo el tiempo para conseguir que me abraces. Ve a trabajar.

–Dime que no piensas en serio que estás gorda.

–Solo lo pienso si tengo un día malo, pero eso es porque me encanta la comida y, si no tengo cuidado, me pongo extracurvilínea.

–¿Extracurvilínea? –preguntó Lucas con la voz cargada de humor–. ¿Como un café extrafuerte? En otras palabras, ¿más de lo que ya es bueno de por sí?

–Ahora sé por qué eres escritor. Sabes exactamente qué palabras usar –se obligó a dar un paso atrás–. Gracias por hacerme sentir mejor.

–Sé lo que es perder a alguien a quien quieres –su tono ya no era de humor–. Crees que estás bien, crees que lo tienes todo bajo control y de pronto te golpea con fuerza. Es como navegar sobre un océano en calma y que de repente te golpee una ola gigantesca que parece haber salido de la nada y te hunda el barco.

Nadie había descrito nunca tan perfectamente el modo en que se sentía.

–¿Así es cómo te sientes?

–Sí –Lucas levantó la mano y le acarició la mejilla con delicadeza–. Se supone que cada vez va siendo más fácil, así que resiste.

La miró fijamente y una nueva sensación de cercanía y un extraño e inesperado calor la recorrieron furtivamente en contra de su voluntad.

Excitación.

La estaba reconfortando y ella se había excitado. Se habría sentido avergonzada de no ser porque en las profundidades de sus ojos vio que él sentía lo mismo.

–Deberías ir a escribir.

–Sí –respondió Lucas con voz áspera. Bajó la mano y dio un paso atrás–. Y tú deberías cocinar.

Los dos estaban tensos, adoptando una actitud formal, negando el momento.

Eva volvió a la cocina intentando olvidar lo que había sentido cuando la había abrazado.

Durante todo el día cocinó, removió, batió, hirvió y saboreó mientras al otro lado de los enormes ventanales la tormenta de nieve azotaba con frenesí. Nueva York estaba eclipsada por una cortina de copos blancos y las calles y los edificios se veían desdibujados bajo la nieve. Los restaurantes, los bares e incluso Broadway habían cerrado.

Eva de pronto sintió preocupación por los servicios de emergencia y las personas que tenían que estar en la calle durante esa terrible tormenta. Esperaba que nadie resultara herido.

De vez en cuando miraba hacia las escaleras, pero la puerta del despacho seguía cerrada. Sabía que Lucas estaba lidiando con su propio dolor.

A la hora del almuerzo subió una bandeja, pero al oír a través de la puerta el suave sonido de las teclas del ordenador decidió que escribir era más importante que comer. Bajó con la bandeja y siguió cocinando.

Paige llamó dos veces: la primera, para hacerle unas preguntas sobre la fiesta de compromiso que estaban organizando para una clienta de Manhattan y la segunda para comprobar si estaba libre en Nochevieja.

–Estoy libre –bajó el fuego de la sartén que estaba usando para que la salsa se cocinara a fuego lento–. Estoy absoluta y completamente libre.

–Bien, porque quiero que conozcas a alguien.

–Yo también quiero conocer a alguien –intentó no pensar en lo que había sentido con el abrazo de Lucas. Había estado reconfortándola, nada más.

–¿Qué tal van las cosas por allí? ¿Cuándo vuelves a casa?

Eva miró por la ventana.

–Tenía pensado quedarme el menor tiempo posible, pero la tormenta lo ha cambiado todo. Te aviso cuando lo sepa, ¿vale? Te he enviado unas ideas para la propuesta y estoy trabajando en la cena de compromiso de Addison-Pope.

Terminó la llamada y, con todo controlado en la cocina, se centró en decorar el árbol intentando no pensar en las Navidades de dos años atrás, cuando había hecho lo mismo con su abuela.

Era media tarde y se dirigía a su habitación a darse una ducha y cambiarse cuando la puerta del despacho de Lucas se abrió.

Él se la quedó mirando, descentrado, como si estuviera en otro mundo.

Tal vez debería haber llamado a la puerta antes. No era sano trabajar tanto sin descanso, ¿no?

–¿Qué tal te ha ido? ¿Has hecho un sándwich de queso fundido?

–He hecho otro banquete –respondió con voz ronca y sonrió–. Eres un genio.

–¿Yo? Solo soy una cocinera que habla demasiado –el corazón le golpeaba contra el pecho. ¿Cómo podía haber llegado a pensar que ese hombre no era su tipo? Había sido más sencillo ignorarlo cuando creía que no era más que un rostro tremendamente bonito, pero ahora sabía que, además, era amable y no era uno de esos hombres que se sentían incómodos cuando había emociones de por medio.

–Que hables es la razón por la que estoy escribiendo.

El estómago le dio un vuelco.

–Me alegra saberlo, y gracias por no gritarme por lo del árbol. Es un poco más grande de lo que pensaba. He sacado fotos y se las he enviado a tu abuela. Espero que no te importe. No le he dicho nada de ti, pero quería que supiera que estoy haciendo mi trabajo.

–Ahora mismo me podrías traer una perdiz en un peral, como dice el villancico, y no me importaría lo más mínimo –se pasó la mano por su cabello negro y Eva se preguntó cómo era posible que haciendo eso estuviera más guapo todavía. Si ella se pasara los dedos por el pelo, parecería que había tocado una valla electrificada.

–¿Por qué está todo el mundo tan obsesionado con las aves esta semana? No creo que sean las mejores mascotas para tener dentro de casa –estaba muy nerviosa y sabía que era por ese abrazo. Tenía que calmarse–. Si me das media hora, prepararé la cena. ¿O quieres trabajar más?

–Necesito un descanso. Ya trabajaré luego. Voy a

darme una ducha y después elegiré una botella de vino para los dos. Deberíamos celebrarlo.

Celebrarlo.

Sonaba muy íntimo. Personal.

Tuvo que recordarse que no era una cita; era su trabajo.

Lucas estaba bajo el agua caliente de la ducha; hacía meses que no se sentía tan bien. Aún se encontraba a millones de kilómetros de donde debería estar con respecto a la fecha de entrega, pero al menos era un comienzo.

Y Eva era la razón.

Se puso unos vaqueros oscuros y una camisa limpia y se detuvo junto a las escaleras al oírla cantar desde la cocina. La voz cesó momentáneamente y oyó el zumbido del robot de cocina. Después comenzó de nuevo.

Al bajar la mirada, vio que de nuevo tenía los auriculares puestos, aunque en esa ocasión no estaba bailando.

En cuanto lo vio, se detuvo.

–Lo siento. ¿He gritado demasiado?

Su comentario le hizo pensar en sexo y se preguntó qué tenía esa mujer que le despertaba esa clase de pensamientos. Ojalá no la hubiera abrazado, porque ahora no solo sabía que le gustaba su físico, sino también que le gustaba sentirla cerca.

–Adoro a Ella Fitzgerald. Con tal de que no cantes villancicos, no me importa tu banda sonora –pero sí que le importaban otras cosas, como el modo en que se había sentido al abrazarla. Como si le estuviera faltando algo que hasta ese momento no había sabido que quería.

–¿Qué tienes en contra de los villancicos?

–Creo que ya tenemos un ambiente demasiado festivo por aquí –miró el árbol de Navidad. Sus exuberantes ramas ahora estaban adornadas de color plata y salpicadas de delicadas luces. Se preguntó si esa desorbitada altura estaba pensada para compensar la falta de ambiente navideño en el resto del piso–. ¡Menudo árbol! Está claro que tú no crees que menos sea más.

–No en lo que respecta a árboles de Navidad – sonrió y él vio que su pintalabios era de color rosa caramelo. Le recordó a los dulces que había tomado de niño.

–¿Y en lo que respecta a otras cosas?

Esos indomables hoyuelos aparecieron.

–Esa es una pregunta personal, señor Blade.

–Estás viviendo en mi piso y te he visto en pijama. Creo que ya nos hemos adentrado en lo personal –no mencionó el hecho de que la había abrazado. No hizo falta. Había notado el cambio en su relación y sabía que ella también. Una atracción casual se había transformado en una atracción intensa que electrificaba el aire.

Y no era solo algo físico. Cada conversación con ella revelaba algo nuevo.

Era un tesoro de inspiración.

Se detuvo junto a la pared de vinos.

–¿Qué vamos a cenar?

–Verduras asadas y tartaleta de queso de cabra seguidos de ravioli de salvia y calabaza. He hecho algo que pudieras cenar junto al ordenador si quieres.

–No quiero. Quiero cenar contigo y una cena especial requiere un vino especial –fue al enfriador de botellas y eligió un blanco–. Lo probé por primera vez durante una promoción de un libro en Nueva

Zelanda y pedí que me enviaran una caja. Es espectacular.

–¡Qué bien viven algunos! Para mí, media copa –dijo–. Salgo barata. Además, si bebo antes de haber terminado de cocinar, no respondo de la comida que prepare. Es más, tal vez no debería beber nada. No quiero perder mis inhibiciones.

–¿Tienes inhibiciones? –Lucas abrió el vino–. ¿Y dónde las estás escondiendo?

–Muy gracioso. A algunas personas les gusta que sea transparente. Aunque, claro, tú probablemente te estarás preguntando dónde está mi lado malvado.

Tal vez no se lo estaba preguntando sobre ella, pero sin duda se lo estaba preguntando sobre el personaje que estaba creando y que estaba resultando ser el más engañoso que había escrito nunca. Además, más le valía pensar en el personaje que en la mujer de carne y hueso que tenía delante.

Sirvió el vino y observó cómo caía en la copa.

–Pruébalo. Es delicioso.

–¿Vas a deslumbrarme con un discurso sobre notas tropicales y un trasfondo de sol y todo ese rollo? ¿O te reservas ese lenguaje florido para tus libros?

Él pensó en la atroz realidad sobre la que había estado escribiendo.

–Algo parecido. Bebe.

Eva olió el vino y después dio un sorbo, lentamente, con cuidado, como si no estuviera segura de que no la fuera a envenenar.

–Oh –cerró los ojos un momento y después dio otro sorbo–. ¿Por qué el vino que bebo en casa nunca sabe así? ¿Es caro?

–Merece la pena pagarlo.

–En otras palabras, es caro. Supongo que sabes mucho de vinos.

–Es una de mis aficiones.

Ella dejó la copa sobre la encimera y siguió con la comida.

–Imagino que responder el correo no es una de tus aficiones.

Le puso un plato delante. Era una obra de arte. Los bordes festoneados de la masa estaban crujientes y dorados y la superficie de la tartaleta era un torbellino de colores.

–¿Tienes pensado ocuparte de eso?

Él agarró su tenedor.

–No estoy aquí, ¿recuerdas? No puedo abrir el correo si no estoy aquí.

–¿Pero y si hay algo importante?

–No lo habrá.

–Pero podría –era insistente–. ¿Lo puedo abrir por ti?

–¿De verdad quieres hacerlo?

–Sí. Puede que alguien esté esperando una respuesta tuya. ¿No tienes un ayudante?

–Mi editor tiene un equipo que se ocupa de todas mis comunicaciones profesionales.

Ella lo miró nerviosa cuando dio un bocado.

–¿Y bien?

–Espectacular –y lo era. La masa era pura perfección, entre mantecosa y crujiente, y el cremoso queso de cabra se fundía con el sabor intenso de los pimientos–. Has despertado del coma a mis papilas gustativas.

Ella parecía complacida.

–Bien. Y sé que tú también eres muy bueno en tu trabajo. No es que haya leído nunca ninguno de tus libros, pero mi amiga Frankie es adicta a ellos. Solo lee cosas abominables.

–Gracias.

–No he querido decir eso –se puso colorada–. No he querido decir que tus libros sean «abominables», sino que lo es la temática. Demasiado aterradores para mí. Sé que no me gustarían.

–Si nunca has leído ninguno, ¿cómo lo sabes?

–La portada ya es una pista –partió su tartaleta–. En la última aparecía sangre goteando de la hoja de un cuchillo. Y luego están los títulos. *El regreso de la muerte* no va a hacer precisamente que vaya corriendo a leer el libro. Tendría que dormir con las luces encendidas y me despertaría gritando en mitad de la noche. Alguien llamaría a la policía.

–A lo mejor te fascinaba.

–No creo que la temática me fuera a encantar. Háblame de la historia que escribiste cuando tenías ocho años. ¿Era del mismo estilo?

–Encontraron al gato de los vecinos muerto en un lado de la carretera. Todo el mundo decía que lo había atropellado un coche, pero yo no dejaba de preguntarme: «¿Y si no lo han atropellado? ¿Y si a ese gato le ha pasado algo siniestro?». Volví loca a mi familia con todas las explicaciones alternativas que ofrecí –vio la expresión de Eva cambiar–. ¿Habrías preferido que optara por el argumento del coche?

–Habría preferido un argumento donde el gato viviera, pero supongo que si eres tú el que la va a contar, esta historia no tiene un final de cuento de hadas.

–Me temo que no –esas palabras fueron todo lo que necesitó para recordarse las diferencias que había entre ellos–. Era verano y me encerré en mi habitación y no salí hasta que no escribí el relato. Imaginé que ese gato podía haber muerto, al menos, de siete formas distintas.

–Por favor, no las enumeres.

Al recordar el macabro final que había elegido, Lucas se limitó a esbozar una ligera sonrisa.

–Le di el relato a mi profesora de Lengua y Literatura y me dijo que nunca en su vida había pasado tanto miedo. Dijo que tuvo que comprobar las ventanas y las puertas dos veces antes de irse a dormir y que metió a su gato en su habitación con ella y echó el cerrojo de la puerta. Después me sugirió que me planteara trabajar como escritor de novela negra. Estaba bromeando.

–Pero tú te lo tomaste en serio.

–Me dijo que había tenido que leer mi relato con las luces encendidas. No creo que lo dijera como un cumplido, pero para mí fue el mayor cumplido que me habían hecho nunca.

Eva no parecía muy convencida.

–Entonces escribiste tu aterradora historia sobre el gato, ¿y después qué?

–Seguí haciéndolo. Escribía relatos para mis compañeros y se los iba dando capítulo a capítulo. Descubrí que me gustaba mantener a la gente en vilo. Seguí haciéndolo cuando fui a la universidad, aunque por entonces ya sabía que me lo estaba tomando en serio.

–¿Qué estudiaste en la universidad? ¿Escritura creativa? ¿Literatura? ¿Historia de la Gran Novela Norteamericana?

–Estudié Derecho en Columbia, pero estaba más interesado en por qué la gente cometía crímenes que en defenderlos. Terminé mi primera novela, se la pasé a mi compañero de habitación para que la leyera y estuvo despierto toda la noche. En ese momento decidí que eso era a lo que me quería dedicar.

–¿A mantener a la gente despierta toda la noche?

–Sí –miró la suave curva de su boca y decidió que

no tendría ningún problema en mantenerla despierta toda la noche, aunque para ello no se serviría de palabras precisamente.

Tal vez su abuela era más lista de lo que había imaginado.

—¿Alguien se enamora en tus libros?

—De vez en cuando.

—¿En serio? —parecía sorprendida—. ¿Pero acaso viven para disfrutar de un final feliz?

—Nunca.

—Por eso no leo tus libros. Soy una cobarde. Y hablando de llamar a la policía... —hundió el tenedor en la comida—. Esos agentes que vinieron aquí ayer... te conocían y tú a ellos.

—Así es —él dio otro bocado. Estaba delicioso y los sabores eran frescos e intensos.

—Pero tú no tienes antecedentes criminales, solo escribes sobre el tema, así que ¿de qué los conoces?

—De vez en cuando me ayudan a documentarme.

—Entonces planeas un asesinato y después los llamas y les dices: «Ey, chicos, ¿qué os parece esto?». Y después ellos te dicen si funcionaría o no.

—Prácticamente.

—¿Alguna vez sales con ellos?

—¿Que si salgo con ellos de patrulla? Antes, sí. Ahora no tanto. Cuando no estoy de promoción, estoy escribiendo.

—¿Y te daba miedo salir de patrulla?

—Más que darme miedo, me resultaba interesante. Pero la mayor parte de lo que escribo tiene que ver con los otros departamentos. Escribo sobre... —agarró la sal para ganar tiempo mientras decidía cuánto contarle— casos complejos.

—Quieres decir que escribes sobre asesinos en serie —Eva soltó el tenedor y se dejó intacta la mitad de la comida–. ¿Por qué te gusta escribir sobre gente terrible que hace cosas terribles?

–El asesino en serie medio no se veía a sí mismo como una persona terrible. Y escribo sobre ello porque me fascina. Siempre me han atraído las cosas de miedo, pero eso no me convierte en una persona que dé miedo ni quiere decir que tenga niños encerrados en mi armario esperando a que aparezca y los torture, como pareció pensar un periodista una vez.

–¿Te pasó eso?

–La gente da por hecho que, porque escribo sobre crímenes, venero al diablo o algo así. Debería darte miedo pasar aquí la noche conmigo.

–No tengo miedo –lo miró fijamente durante un momento y después agarró su copa de vino–. Pero no entiendo por qué la gente elige pasar miedo.

La atracción sexual estaba tomando forma, pero Eva la estaba ignorando.

Él siguió su ejemplo.

–Los libros no son peligrosos. Pienso en lo que asusta a la gente y utilizo esos miedos. A algunas personas les gusta que les asusten. Les gusta sentir esa emoción desde la seguridad de sus propias vidas.

–¿Y tú no te asustas mientras escribes estas cosas?

–Si el proceso de escritura marcha bien, entonces sí –sobre todo pasaba miedo durante las tareas de investigación y documentación, pero eso no se lo dijo.

–¿Por eso practicas artes marciales? ¿Para poder protegerte de los demonios que has creado?

–Odio romper tus ilusiones, pero básicamente las practico porque son una forma de ejercicio interesante y una disciplina mental –se terminó la comida y se recostó en el asiento–. Pero ya basta de hablar de mí. Ahora te toca a ti. No lees novelas de crímenes ni de terror, así que, ¿qué lees? ¿Clásicos?

—Sí. Y novela romántica, novela femenina y libros de cocina. Soy adicta a los libros de cocina.

—¿Creía que no utilizabas libros de cocina?

—No suelo cocinar fijándome en ellos, pero me gusta leerlos.

Él agarró su copa de vino y la observó mientras servía los ravioli.

—¿Alguna vez te has planteado escribir tu propio libro?

—Tengo un blog. Y un canal de YouTube. Entre eso y el trabajo para Genio Urbano, ya estoy ocupada.

—¿Tienes un canal de YouTube?

—La cocina es algo visual. A la gente le gusta ver cómo se hacen las cosas y resulta que a mí se me da bastante bien hacer demostraciones. A la gente le gusta verme. Seguro que eso te sorprende.

No le sorprendía en absoluto.

¿Quién no querría verla?

Con esos ojos azules y su dulce sonrisa, estaba incluso dispuesto a apostar lo que fuera a que tenía muchos seguidores. Se preguntaba cuántos serían hombres y cuántos estaban de verdad interesados en cocinar.

Intentando no pensar demasiado en ello, dio un bocado de ravioli y por un instante dejó de maldecir a su abuela por su tendencia a la intromisión.

—Esto está delicioso.

—Bien.

—Salvia y calabaza —dio otro bocado—. ¿No cocinas carne?

Un toque de color apareció en las suaves mejillas de Eva.

—Puedo cocinar carne si quieres.

–¿Pero tú no la comes?

–Nunca. Soy vegetariana. No me gusta hacer daño a los animales.

A Lucas le palpitó el corazón con fuerza. Soltó el tenedor. Se olvidó de la comida.

–¿Desde cuándo eres vegetariana?

–Desde siempre. Me crió mi abuela y tenía una opinión muy firme sobre el respeto a los seres vivos.

–Así que desde muy temprana edad te has portado bien con todos los animales.

–No soy una santa. No me acurrucaría a una araña, pero tampoco las piso, si te refieres a eso. Si son enormes, llamo a Matt y ya lo hace él.

–¿Matt es el hermano de tu amiga?

–Sí. Vive en el apartamento encima del mío. Es como de la familia.

–Ya.

–Y hablando de familia, ¿le vas a decir a tu abuela que has vuelto? En algún momento me va a preguntar por este trabajo y no quiero mentirle.

Él comprendió que la estaba poniendo en una situación complicada.

–Le diré que he vuelto –de pronto se fijó en la suave superficie de la mesa del salón y tardó un momento en darse cuenta de qué era eso que faltaba–. ¿Qué ha pasado con el cuchillo que había en la mesa?

Ella no lo miró.

–¿Qué cuchillo?

–Había un cuchillo sobre la mesa.

–¡Ah, sí? –preguntó Eva con tono inocente–. Probablemente lo habré guardado. Es peligroso dejar cuchillos tirados por ahí. Todo el mundo que haya trabajado en una cocina lo sabe.

Él la miró fijamente.

–Por qué crees que estaba ahí el cuchillo, Eva?

Ella dio un gran trago de vino.

–No estaba segura, pero me pareció más seguro guardarlo.

–¿Pensaste que podía hacerte daño con el cuchillo?

–¿Qué? ¡No! –exclamó horrorizada–. Ni por un momento lo pensé. A pesar de la sangre que gotea en las portadas de tus libros, veo que eres una muy buena persona.

Lucas sintió tensión en la nuca.

–¿Entonces por qué lo guardaste?

Ella volvió a mirar al plato.

–Porque me daba miedo que lo usaras para hacerte daño.

Lucas la miró en silencio.

–¿Por eso te quedaste? ¿Porque estabas preocupada por mí?

–No. Me quedé porque tenía trabajo que hacer y porque le hice una promesa a tu abuela. Y aunque no fuera una clienta, lo habría hecho porque les guardo un gran respeto a las abuelas.

–Eva...

–¡Vale, sí! Parte de la razón por la que me quedé fue porque estaba preocupada por ti.

–El cuchillo estaba ahí para que me diera inspiración para el libro. Nada más.

–De acuerdo, pero cuando lo vi, no estaba segura. Tenías esas ojeras tan grandes y parecías tan solo y nadie sabía que estabas aquí y... –dio otro trago de vino–. Me dio un mal presentimiento, nada más. Probablemente no me creas. Pensaste que decidí quedarme porque tenía las miras puestas en tu cuerpo... y normal que lo pensaras, porque tienes un cuerpo fantástico. Mierda, te he dicho que no me sirvas más de media copa de vino.

El silencio era potente y recargado, lo atravesaban corrientes de tensión sexual.

Recordar cómo había sido abrazarla disparó otro ataque de lujuria.

Se pasó la mano por el pelo en un intento por controlarse.

—Probablemente debería volver al trabajo.

—Si te ha entrado el pánico por mi último comentario, no te preocupes. Ya te he dicho que no eres mi tipo.

Lucas estaba empezando a pensar que ella sí podría ser el suyo, y ese pensamiento le sorprendió porque, desde la muerte de su esposa, no había habido muchas mujeres que le hubieran interesado.

—Creía que no tenías un tipo de hombre.

—Probablemente no debería tenerlo. Dado el tiempo que ha pasado desde la última vez que practiqué sexo, mi tipo de hombre debería ser cualquiera con pene y pulso, ¿verdad?

Lucas se atragantó con el vino.

—¿En serio acabas de decir eso?

—De todas maneras, ¿no hemos quedado en que prejuzgar a la gente puede ser peligroso? ¿Quién sabe qué hay bajo la superficie?

Lucas había entrevistado a demasiados asesinos en serie como para saber que la mayoría de la gente estaba mejor sin saber qué había bajo la superficie.

—¿Alguna vez editas tus pensamientos antes de que te salgan por la boca?

—Es culpa tuya por darme vino —hundió el tenedor en la comida—. Pero es cierto que, por lo general, soy una persona espontánea.

—¿Cómo has sobrevivido ilesa todo este tiempo?

—No he sobrevivido ilesa. He salido con algunos cretinos de verdad.

–¿Y eso no ha dañado tu fe en los finales felices?

–No. Eso significa que hay cretinos por el mundo, pero eso ya lo sabía. También hay tipos geniales ahí fuera. Lo único que pasa es que últimamente no he logrado conocer a muchos. Y sé que tú no vas a encontrar a la persona adecuada escondiéndote en tu piso.

–¿Estamos hablando de mí o de ti?

–De los dos. Me prometí que estas Navidades no me iba a pasar todo el tiempo sola en mi apartamento viendo reposiciones de pelis del canal Hallmark mientras disfruto de un trío con Ben y Jerry –lo miró–. Me refiero al helado, por si no lo sabes.

–Me estoy «escondiendo» en mi piso, como tú dices, porque estoy trabajando.

–Los dos sabemos que eso no es verdad, Lucas, pero aunque lo fuera, no puedes trabajar todo el tiempo.

Él pensó en su fecha de entrega y en lo atrasado que iba.

–No debería estar aquí sentado hablando contigo –pero, aun así, lo estaba y no tenía prisa por que eso cambiara.

–Vete. Cuanto antes termines el libro, antes podrás tener una vida –Eva se levantó con cuidado de no mirarlo–. Yo recojo. Y te abriré el correo.

–Haz lo que quieras con ello.

Su correo era el menor de sus problemas.

¿En serio le había dicho que tenía un cuerpo fantástico?

Iba a tener que ponerse cinta adhesiva en la boca o un cepo en la mandíbula. Lo que fuera con tal de dejar de hablar sin parar como una idiota cuando estaba con él.

Pero, en parte, era culpa de Lucas. Cada vez que la miraba, la abrasaba el calor de la tensión sexual. Cada ardiente mirada le freía el cerebro y fundía lo poco que quedaba de sus ya de por sí ineficaces filtros.

Y de nada servía decirse que él no estaba interesado o que no estaba disponible. Su cuerpo no le prestaba atención.

Decidida a tener los labios sellados la próxima vez que estuvieran juntos, Eva recogió la cocina, limpió el horno hasta dejarlo resplandeciente y después se sentó junto a la isla con su copa de vino y una enorme pila de cartas.

Primero se ocupó de la propaganda y la rompió con cuidado de rasgar el papel por la zona en la que aparecía la dirección y de reciclarlo. Después se puso con el resto.

La mayoría eran invitaciones. Cuatro fiestas de editoriales, el lanzamiento de un libro de otro autor, nueve bailes benéficos, una noche en la ópera y dos estrenos de cine. Además, había doce cartas solicitándole donativos para la beneficencia.

Creía que la gente ya no escribía cartas. ¿Y nueve bailes benéficos?

Miró las invitaciones que tenía delante con una envidia ligeramente acusada.

Ahí, frente a ella, tenía las pruebas de una vida interesante.

Si su vida social fuera así, sus oportunidades de conocer a alguien habrían aumentado significativamente.

–Lucas Blade –murmuró–, para no ser un juerguista, te invitan a muchas fiestas –unas fiestas a las que, sin duda, él se negaría a asistir.

Y ahora ella sabía que la razón por la que no asistiría no tenía que ver del todo con la entrega del libro.

En su estado mental actual, la compañía de unos extraños le resultaba tan poco atrayente como la de ella.

Agarró su portátil y empezó a escribir:

Querida Caroline, gracias por tus amables palabras sobre mis libros. Me halaga saber que Una muerte segura *ha sido tu lectura favorita del año.*

Hizo una mueca de disgusto; ojalá pudiera cambiar el título de ese libro.

Siguió escribiendo y después firmó con un «Saludos, Lucas Blade».

¿Demasiado formal?

Sonriendo, borró «Blade» y añadió dos besos. Estaba segura de que él nunca había añadido besos en ninguna de sus cartas.

Le dio el mismo tratamiento a cada carta y después se centró en las invitaciones, que fue declinando educadamente hasta que llegó a la última del montón.

La oscuridad había caído al otro lado de las ventanas y Central Park estaba sumido en una etérea mezcla de luz de luna y nieve.

La última invitación era para el evento benéfico Snowflake Ball en el Hotel Plaza y tenía un membrete plateado con la forma de un copo de nieve.

Lo miró. Si a ella le hubieran enviado una invitación tan preciosa como esa, la habría enmarcado y la habría colgado en la pared. Lucas tenía suerte de que le hubiera revisado el correo.

Faltaba menos de una semana. ¿Era demasiado tarde para responder? No. Lucas era un invitado vip.

Le harían hueco por muy tarde que enviara su confirmación de asistencia.

Estudió los detalles. Las ganancias iban destinadas a una organización benéfica que entrenaba perros para el cuidado de ancianos. Se le derritió el corazón. Sabía cuántos ancianos se encontraban solos.

Movida por un impulso, levantó el teléfono.

–Hola, llamo de parte de Lucas Blade... Sí, trabajo con él... –eso no era mentira, ¿no?–. El señor Blade asistirá al Snowflake Ball. Sí, e irá acompañado. Les proporcionaremos el nombre más adelante. Muchas gracias –colgó imaginando lo que habría pasado si no hubiera abierto esa carta.

Él se habría perdido el baile, el evento social del calendario neoyorquino.

Se habría puesto furioso consigo mismo.

Y ahora le iba a estar muy agradecido.

–¿Que has hecho qué?

–He llamado al Plaza y he dicho que vas a asistir al Snowflake Ball. Que te sirva de lección para empezar a abrir el correo. Has estado a punto de perdértelo.

–Eva... –la furia engrosó la voz de Lucas incluso a pesar de saber que no estaba bien que lo pagara con ella–. No quiero ir a ese baile –solo pensarlo lo paralizó. Como siempre, veían las cosas de forma distinta. Ella oía la palabra «baile» y pensaba en la luz de las estrellas y en romance, mientras que él sabía que sería una noche llena de miradas curiosas y compasivas.

–Sé que estás ocupado, pero será increíble y es solo una noche. He rechazado un montón de invitaciones. Esta es la única que he aceptado.

–No deberías haberla aceptado.

Eva se quedó paralizada.

–Me has dicho que me ocupara de tu correo como quisiera. Me ha parecido bien aceptar la invitación a un baile cuyos beneficios van destinados a una buena causa.

–Si apoyara cada causa para la que me piden dinero, nunca trabajaría y estaría arruinado.

–Pero no estás arruinado y no estamos hablando de «cada causa», solo de esta. Es una organización que proporciona perros de terapia y...

–Pero no es solo esto, ¿verdad? –para no pensar en el baile, miró las cartas que ella había dispuesto ante él–. ¿Voy a enviar libros firmados para una subasta? ¿Qué te hace pensar que tengo esa cantidad de libros firmados?

–Los has escrito tú. Debes de tener ejemplares. Y aunque parezca un gesto generoso, te lleva menos tiempo que ir a la subasta tú mismo y, además, estarás recaudando dinero para mucha gente menos afortunada que tú. Me ha parecido la solución perfecta. De todos modos, ¿por qué toda esta gente te envía cartas a tu casa? ¿Por qué no envían un correo electrónico a tu editor?

–Lo hacen –respondió hastiado–. De estas también debería haberse ocupado mi editor, pero tienen una nueva secretaria en la oficina y me las ha enviado directamente a mí. ¿Te haces idea de cuántas invitaciones recibimos? No podemos decir que sí a todas, Eva.

–No, a todas no, pero a estas sí. Las he comprobado. Son causas muy buenas.

–¿Y acaso crees que hay alguna causa que no sea buena?

–Claro. Soy más profesional de lo que crees –respondió resentida–. He echado un vistazo a los datos financieros y he comprobado qué porcentaje de sus donaciones se invierte directamente en la causa y cuánto se gasta en salarios, etcétera. Todas estas son buenas. Lo único que tienes que hacer es firmar las cartas y firmar los libros y yo me ocuparé del resto.

Decidiendo que en esta ocasión sería mejor rendirse que luchar, Lucas agarró un bolígrafo.

–¿Alguna vez has trabajado en recaudación de fondos para organizaciones benéficas?

–Sería un desastre trabajando para organizaciones benéficas. Estaría llorando todo el tiempo. Soy demasiado sensible. Por cierto, intenta no hacer un garabato –añadió mientras se fijaba en la firma–. Puede que piensen que no eres tú.

Él firmó con un garabato exagerado.

–Normalmente mi editor las envía simplemente con una nota de saludo.

–Esto me pareció más personal. Van a guardar la carta como si fuera un tesoro.

Él agarró una y la leyó en voz alta.

–«Disfruté escribiéndolo y, sin duda, está entre mis favoritos». Cualquiera que me conozca sabe que eso no lo he escrito yo. Nunca admito tener un libro favorito.

–¿Por qué no?

–Porque entonces suena como si pensara que los demás libros que he escrito no son tan buenos.

–Eso es ridículo. Si te digo que voy a cocinarte uno de mis platos favoritos, tú no piensas automáticamente que lo demás que te cocine será venenoso, ¿no?

Él siguió leyendo.

–«Estoy de acuerdo en que es una pena que un personaje tan cálido y encantador tuviera que morir en el segundo capítulo» –levantó la mirada exasperado–. No puedes escribir esto. No estoy de acuerdo. Ese personaje tenía que morir.

–¿Por qué? ¿Es que no podían haber resultado heridos o algo así y que luego se hubieran recuperado completamente después de recibir una buena asistencia médica? ¿Por qué tienen que morir todos tus personajes? Es terriblemente deprimente.

Él bajó la carta.

–¿Te digo yo cómo cocinar? ¿Te sugiero que el huevo tiene que estar más rato en el horno o que las galletas que hiciste estarían mejor con pepitas de chocolate?

–No.

–Entonces no me digas cómo escribir mis libros –volvió a mirar la hoja–. «He de admitir que su obra benéfica está recaudando dinero para una causa de lo más excelente». Yo tampoco diría eso nunca. Ya me tienen bombardeado con historias lacrimógenas sobre causas excelentes.

–Y precisamente por eso es todavía más importante que tu respuesta suene personal. Lo agradecerán.

–Y volverán a acudir a mí una y otra vez –siguió leyendo–. «Aunque no me es posible asistir a su evento en esta ocasión, me complace adjuntar un libro firmado para que lo incluyan en su subasta. Les deseo todo el éxito del mundo con la velada y con su recaudación de fondos». Has puesto mi firma con besos. Y les has pedido que se mantengan en contacto.

–Lo de los besos era una broma. Era para que sonrieras –le quitó la carta de la mano con brusquedad y él sintió una punzada de culpabilidad.

–Si firmo con besos, mi cuenta de la red social se llenará de lectoras queriéndose casar conmigo.

–No te engañes. Das miedo cuando estás de mal humor.

–¿Porque digo que no quiero ir a un baile me tachas de estar de mal humor?

–¿Cómo iba yo a saber que no querrías ir? Este es especial. Con temática invernal, copos de nieve y árboles de Navidad. De color plata –Eva miró la invitación y él tuvo la sensación de que había olvidado que él estaba delante–. Yo mataría por ir. Mira, ahí tienes un nuevo móvil para un asesinato que seguro que no se te ha ocurrido nunca.

–Pero no eres tú la que va a ir. Soy yo. Gracias a ti.

–No te puedes pasar todas las Navidades encerrado en este piso.

–Estás empezando a hablar como mi abuela.

–Pues resulta que creo que tiene razón en algunas cosas. No en lo de intentar buscarte pareja –se apresuró a decir–, porque eso nunca funciona. Pero sí en el hecho de que deberías empezar a volver a salir.

–Ahora me dirás que ha pasado demasiado tiempo –dijo Lucas con un gruñido y ella lo miró fijamente.

–Los dos sabemos que no voy a decir eso. Tú no eres el único que está sufriendo una pérdida, Lucas. No tienes el monopolio sobre esa clase de dolor. Que la gente quiera que salgas de vez en cuando y respires aire fresco no significa que todo el mundo piense que deberías haberte «recuperado», sea lo que sea lo que significa esa palabra. Tal vez te sentirías mejor si salieras.

–O tal vez me sentiría mil veces peor. Una cosa que sé con seguridad es que nada de lo que siento se va a arreglar yendo a un baile. Si tú quieres vivir en un mundo de fantasía, adelante, pero no esperes que te acompañe.

–No querría que me acompañaras. En mi mundo de fantasía no hay sitio para los cínicos –agarró su bolsa y guardó el resto de sus cosas–. Deberías ir, Lucas.

–¿Por qué? ¿Porque existe una probabilidad alta de que conozca a alguien, me enamore y viva feliz para siempre? ¿Es eso lo que ibas a decir?

–En realidad iba a decir que siempre pasan cosas malas y que lo único que podemos hacer es seguir adelante lo mejor que podamos –cerró la bolsa–. Pero encerrarte no es seguir adelante, Lucas. Es esconderse. Tu abuela tiene razón en eso. Deberías ir al baile. Será una noche maravillosa.

–Llámales y diles que no voy a ir.

–No voy a llamar.

–Te has pasado de la raya –Lucas oyó la frialdad de su propia voz, pero fue incapaz de detenerla–. No le tolero a mi familia que se entrometa, así que mucho menos se lo voy a tolerar a una extraña.

A ella se le iluminaron los ojos con una expresión de dolor.

–Puede que me haya pasado de la raya, pero no voy a llamarlos –con voz tensa, volvió a dejar las invitaciones sobre la mesa–. Si no quieres ir, tendrás que llamarlos tú mismo –y con eso se marchó y subió las escaleras.

Lucas maldijo para sí y se pasó la mano por la nuca. Se sentía como si le hubiera dado una patada a un cachorrito.

¿Qué le pasaba?

Estaba provocándola deliberadamente, viendo hasta dónde podía aguantar, y ni siquiera sabía por qué. Lo único que sabía era que tenerla ahí lo desestabilizaba, y pensar en finales felices y en bailes adornados con copos de nieve lo desestabilizaba aún más.

Oyó el sonido de sus pisadas sobre las escaleras y, al levantar la mirada, la vio delante de él, con la mochila en las manos.

Se quedó impactado.

-¿Te marchas?

-He dejado todas las instrucciones para la comida en la libreta que hay junto a la nevera -su tono era formal y no lo miró a los ojos-. Si tienes alguna pregunta, puedes llamar a las oficinas de Genio Urbano. El número también está anotado ahí.

Él se preguntó cómo era posible que alguien tan pequeño y frágil pudiera haber trastornado tanto su vida en tan poco tiempo.

-No voy a ir al baile, Eva, y que te marches no va a cambiar nada.

-Eso ya lo has dejado claro. Y también has dejado claro que no quieres mi ayuda, así que, sí, me marcho. Es malo para mi bienestar emocional estar rodeada de gente que siempre está enfadada, sobre todo cuando están enfadados conmigo. No quiero que me salgan úlceras estomacales ni que se me endurezcan las arterias, así que me marcho de aquí mientras aún estoy sana.

Las palabras de Eva intensificaron su sentimiento de culpa y le hicieron sentirse como un idiota.

-Suelta la mochila. No te puedes marchar. Sigue nevando.

-Me gusta la nieve mucho más que me griten. Y si no tengo derecho a preocuparme por lo que te pase, entonces tú no tienes derecho a preocuparte por lo que me pase. Han levantado la prohibición de viajar y ya he hecho todo lo que he venido a hacer aquí.

En realidad, había hecho más. Gracias a ella, estaba volviendo a escribir. Gracias a ella, tenía un argumento, un personaje y una idea lo suficientemente fuerte como para conducir la historia hasta su conclusión.

El sacacorchos de la culpabilidad ahondó un poco más.

Sabía que debería estar dándole las gracias o, al menos, disculpándose, pero las palabras se le atascaban en la garganta. Toda esa situación era como caminar sobre arenas movedizas de emociones. Sería muy fácil que los dos se hundieran hasta lo más profundo.

—Eva...

—Buena suerte con el libro, e intenta que todo eso tan oscuro que escribes no tiña el modo en que ves el mundo. Al parecer, crees que toda interacción entre personas es un acto de manipulación e intromisión, pero a veces sucede simplemente porque hay gente que se preocupa por los demás. Que tengas unas buenas Navidades, Lucas —se puso el gorro, se echó la mochila sobre sus hombros estrechos y fue hacia la puerta.

Él alargó una mano para detenerla, pero la retiró. ¿Qué iba a decirle?

«No te marches».

Sería mejor para los dos que se marchara.

Así, él podría seguir con su libro tranquilamente y en paz. Podría olvidarse de sus suaves curvas y de su dulce sonrisa, de su exasperante optimismo y del modo en que cantaba mientras cocinaba.

Podría centrarse en su libro el cien por cien del tiempo.

Y eso era exactamente lo que quería, ¿verdad?

8

Todos tenemos un bagaje, pero cuando viajes por la vida, lleva solo equipaje de mano.

Frankie

Mary Eleanor Blade, conocida como «Mitzy» entre sus muchos amigos, estaba sentada en su sillón de estilo Reina Anna que le había regalado su hijo y que tenía orientado cuidadosamente para poder disfrutar al máximo de las encantadoras vistas desde la ventana.

Ahora mismo, sin embargo, no estaba contemplando las vistas. Estaba mirando a su nieto.

Aunque tuviera noventa años, aún podía reconocer la belleza cuando la veía y Lucas era un hombre definitivamente bello.

Había heredado la belleza de su madre y la fuerza de su padre. Pasaba del metro noventa y ese impresionante físico combinado con un aura de fuerza y dominio le aseguraban una legión de admiradoras que, probablemente, ni siquiera habían abierto ni uno de sus libros.

Mitzy sintió un pellizco de envidia mientras admiraba su brillante pelo oscuro. Hacía tiempo que ella ya había aceptado su melena estilo *bob* con un elegante tono gris, pero recordaba perfectamente la época en la que había tenido el pelo tan negro como él.

Una revista no muy seria lo había descrito como «perfecto», pero Mizty sabía bien que no era del todo así. Era inteligente y tenía un sentido del humor afilado, aunque también tenía un fuerte carácter y una visión inquebrantable de la vida que algunos habían descrito como «implacable».

Mitzy sabía que no era implacable, sino, más bien, resuelto. ¿Y qué tenía eso de malo? ¿Quién quería la perfección? Ella nunca se había fiado de la perfección. Nunca le había resultado interesante. Robert y ella habían estado casados sesenta años y había amado sus defectos tanto como sus puntos fuertes. Lucas era igual. Era un hombre interesante, aunque también estaba profundamente afligido y ella estaba desesperada por solucionarlo. La madre de Lucas, su nuera, le habría dicho que se mantuviera al margen y le dejara encontrar su propio camino, pero Mitzy pensaba que si no podías intentar solucionar algunas cosas cuando tenías noventa años, entonces no tenía mucho sentido estar aquí. Y lo bueno de su edad era que la gente toleraba mejor las actitudes entrometidas, lo veían como un rasgo encantadoramente excéntrico. Mitzy les seguía la corriente a pesar de que su cerebro estaba tan en forma como cuando tenía veinte años. Si entrometerse era intentar ayudar a alguien a quien quería, entonces, sí, estaba entrometiéndose. Eso le daba un propósito a su vida.

–¿Qué tal en Vermont? –empleó su tono más indiferente, aunque por la incendiaria mirada que él le lanzó supo que, si quería parecer inocente, iba a tener que esforzarse un poquito más.

–Los dos sabemos que no he estado en Vermont.

–¿Ah, no?

–Abuela... –dijo Lucas con un tono que rozaba la impaciencia–, vamos a dejarnos de gilipolleces.

Ella parpadeó como atónita.

–Eres escritor. Podrías haber encontrado una expresión más elocuente que esa.

–Podría, pero ninguna describiría tan perfectamente lo que está pasando aquí. ¿Por qué lo has hecho?

Estaba a su lado, de pie, alzándose ante ella como una torre, pero Mitzy era demasiado mayor como para dejarse intimidar por nadie, y menos por su nieto. Había conducido ambulancias durante la guerra. Haría falta algo más que una mirada seria de Lucas para ponerla nerviosa.

–¿Hacer qué? ¿Te apetece un té? He descubierto una marca nueva y está deliciosa.

–No quiero té. Lo que quiero –dijo con voz tensa– es entender por qué has metido a alguien como Eva en tus planes. ¿En qué estabas pensando?

–Estaba pensando en que necesitabas comer. Y Eva es una cocinera excelente, como espero que hayas descubierto –con la cabeza agachada, sirvió el té conteniendo las ganas de sonreír.

Si sonreía ahora, todo estaría perdido.

–¿Crees que soy estúpido, abuela?

–No –creía que era apasionado y a ella le gustaban los hombres con pasión. Su Robert había sido igual–. Eres testarudo y te equivocas de vez en cuando, pero nunca eres estúpido.

–Los dos sabemos que el hecho de que enviaras a Eva a mi casa no tuvo nada que ver con sus habilidades culinarias. Sabemos que querías que sucediera algo y, por cierto, no sucedió nada. Ni la toqué.

«Entonces eres tonto», pensó Mitzy, aunque no lo dijo.

–Me alegra oírlo. No envié a esa jovencita allí para que te aprovecharas de ella. Me habría sentido terriblemente decepcionada si lo hubieras hecho.

Lucas sacudió la cabeza con exasperación.

–Nos quedamos atrapados por la nieve dentro de casa. Juntos.

–¡No! –Mitzy abrió los ojos de par en par, como si estuviera horrorizada, cuando en realidad estaba encantada de que por una vez la predicción meteorológica no la hubiera decepcionado–. Debió de ser espantoso para ella.

–¿Para ella?

–Por estar encerrada contigo y con tu mal carácter. Los dos sabemos que cuando no puedes escribir te pones como un basilisco. ¡Ay, Dios mío! –se frotó el pecho exageradamente–. Espero no haberme equivocado. Pensé que estaría bien. Ni siquiera pensé que fuera a llegar a verte.

–¿Por qué te estás frotando el pecho, abuela? ¿Te duele? ¿Te traigo algo? ¿Llamo a alguien? –la preocupación de su voz la conmovió.

Bajo esa fachada taciturna, era un encanto.

–Estoy un poco nerviosa, eso es todo. Espero que no fueras desagradable, Lucas.

Vio algo parecido a culpabilidad atravesarle el rostro y se produjo una breve pausa antes de que él respondiera.

–No fui desagradable.

Mitzy dejó de frotarse el pecho.

–¿Fuiste desagradable?

–No tuvimos una despedida muy amistosa –su voz sonó tensa y ella se preguntó si la naturaleza irascible de su nieto podría haber sido excesiva incluso para su encantadora Eva.

–Si le has hecho daño a esa chica, Lucas, te juro

que vas a descubrir que mi paciencia tiene un límite. Eva se ha convertido en una buena amiga mía. No me puedo imaginar mi vida sin ella –esas eran probablemente las palabras más sinceras que había pronunciado desde que Lucas había entrado en su apartamento.

–¿Y qué está haciendo ella en tu vida? ¿Te has preguntado por qué una joven de su edad querría...? –se detuvo y Mitzy enarcó una ceja.

–¿Querría qué? ¿Pasar su tiempo libre con una vieja aburrida como yo? ¿Era eso lo que querías decir?

«Qué poco tacto pueden llegar a tener los hombres», pensó. «Me sorprende que la raza humana no se haya extinguido».

–Eso no es lo que iba a decir. Eres la persona más interesante que conozco, pero tienes que admitir que es extraño que una mujer joven, soltera y atractiva pase así su tiempo libre.

Entonces, Eva sí que le había parecido atractiva.

En eso no se había equivocado.

–Solo a ti te parecería raro que dos personas puedan disfrutar de su compañía mutua y eso te pasa porque insistes en creer que toda interacción responde a un propósito oculto. Tu imaginación de escritor puede que te haya hecho ganar una fortuna, Lucas, pero en el mundo real te hace un flaco favor. Cuando está trabajando, insisto en pagarle por su tiempo, pero a veces me viene a visitar después del trabajo por elección propia. Me hace pasteles y saca a pasear a Cacahuete si yo no he podido salir.

–¿Y no te preguntas por qué hace esas cosas?

«Porque está sola».

Con tono sereno, ella respondió:

–¿Tan aburrida te resulta mi compañía que no te

puedes imaginar que a otro le pueda gustar? Menos mal que mi ego es tan robusto como el tuyo.

Un color oscuro se extendió por las mejillas de Lucas.

–Me estás malinterpretando deliberadamente.

–Si tienes que hacerme esa pregunta, entonces está claro que no pasaste mucho rato hablando con Eva.

–Hablamos.

–Entonces tal vez tengas que trabajar más tu capacidad de escucha.

–Mi capacidad de escucha es... –suspiró–. ¿Adónde quieres llegar? ¿Qué me he perdido?

–Tú eres el escritor con un conocimiento profundo de la naturaleza humana. No soy nadie para decirte cómo conocer a alguien. ¿Por eso no tuvisteis una despedida muy amistosa? ¿Estabas pensando solo en ti mismo? ¿Qué hiciste?

–No hice nada –respondió irritado–. Y es más fuerte de lo que parece, por cierto. Discutimos, nada más.

Sabiendo lo sensible que era Eva, Mitzy supo que unas cuantas palabras bruscas de su nieto habrían bastado para hacerle daño.

–¿Qué barbaridad le dijiste?

–Aceptó en mi nombre una invitación para el Snowflake Ball en el Plaza sin preguntármelo.

Mitzy se le quedó mirando.

–Un crimen atroz, sin duda.

–No necesito sarcasmos, abuela.

–Y probablemente ella tampoco necesitaba tu ira –solo imaginarlo la enfureció.

–¿Estás intentando hacerme sentir culpable?

–No. Si eres el hombre que sé que eres, ya estarás sintiéndote culpable –al verlo pasarse los dedos por el pelo, casi sintió pena por él. El gesto le recordó a aquella vez cuando era pequeño y había robado de la cocina la última porción que quedaba de tarta de chocolate.

Tenía un gran corazón, lo sabía, pero ese corazón había sufrido mucho, estaba muy dañado, y él no se atrevía a dejar que nadie se le acercara.

Lucas pensaba que ella no sabía cómo se sentía, pero sí lo sabía.

Mitzy lo sabía todo y sufría por él. Había estado esperando a que acudiera a ella para hablar, pero él nunca lo había hecho. Se preguntó si le habría contado a alguien cómo se había sentido tras la impactante muerte de Sallyanne. Probablemente no.

—Entonces se ha ido. Y supuestamente eso era lo que querías, así que, ¿dónde está el problema?

Él se pasó la mano por la nuca.

—Necesito que vuelva.

A Mitzy se le salió el corazón de alegría, pero mantuvo una expresión imparcial.

—Si la dejaste ir, ¿por qué necesitas que vuelva?

—Simplemente la necesito. Y necesito que me des la dirección de su casa.

Mizty no recordaba haberlo visto nunca tan desesperado. Casi sentía lástima por él. Pero entonces pensó en su querida y dulce Eva.

—No sé si la tengo. O a lo mejor sí y se me ha olvidado. Ya sabes cómo tengo la memoria.

—Tu memoria está perfecta, abuela.

Ella emitió un sonido indefinido.

—¿Me podrías pasar mis gafas de leer y mi móvil?

Lucas los encontró sobre el piano y se los dio.

—Siempre tienes las direcciones anotadas en una libreta.

—Eva me ha enseñado a usar los contactos en este móvil maravilloso.

¿Debería ayudarle? Si se equivocaba y las cosas no marchaban tal como había planeado, dos personas que quería mucho podrían sufrir.

Él alargó la mano.

—¿Puedo echar un vistazo?

—No. Tocarás algo o harás algo inteligente y después no podré volver a encontrar mis números.

—Abuela...

—¿Por qué necesitas la dirección de su casa?

—Porque es... —se detuvo y respiró hondo—. Personal. Es mejor discutirlo cara a cara.

—¿Personal? —¡perfecto! Y la gente decía que entrometerse era malo—. Como sabes, nunca he tenido una nieta y me habría encantado. Estoy rodeada de hombres —«hombres que nunca decían lo correcto»—. Eva llena ese espacio en mi corazón. ¿Por qué es personal? ¿La vas a llevar a ese baile?

El gesto de Lucas no expresaba nada.

—No. Voy a llamar al Plaza para cancelarlo.

Mitzy miró el teléfono cavilando.

—No. No tengo su dirección.

Él la miró exasperado.

—En ningún momento hubo expectativas de que fuera a llevarla al baile. Ni siquiera ella se lo esperaba.

—Tal vez no, pero siempre es agradable que un hombre supere nuestras expectativas. Si quieres que averigüe su dirección, tendrás que prometerme que la llevarás al baile.

—No voy a dejar que me chantajees.

Mitzy soltó el teléfono.

—Pues entonces tendrás que llamar a su oficina.

—Ya te he dicho que no es algo que quiera hablar por teléfono.

—Entonces tendrás que ir a su oficina —«mejor, mejor», pensó. La oficina era un espacio diáfano y era muy probable que tuviera que dar su discurso delante de las dos amigas y socias de Eva, que eran dos de las mujeres más fuertes que ella había conocido–. Buena suerte, Lucas.

–No voy a ir al baile, abuela.

Ay, qué guapo era. Guapo, fuerte y decente. Una parte de él estaba dañada, pero Mitzy estaba segura de que se podría sanar.

Sí, Eva era una chica con suerte, de eso no había duda.

Eva estaba reunida con Paige y Frankie intentando concentrarse mientras repasaban su nuevo plan de negocios para el siguiente trimestre. Su mente, alejándose de comentarios sobre crecimiento y ganancias de clientes, se negaba a cooperar. Sus pensamientos, por el contrario, se preocupaban obstinadamente por Lucas.

Una parte de ella seguía molesta y ofendida. Se había estado preocupando por él, ¡por el amor de Dios! Incluso había llegado a pensar que habían adquirido un grado de cercanía, pero Lucas la había apartado y le había dejado claro que cualquier cercanía que pudiera ver era solo fruto de su cabeza.

Y, sin embargo, no podía dejar de preocuparse. No se había podido resistir a buscarlo en Internet y lo que había leído había evaporado rápidamente su rabia: resultaba que el día en el que se había presentado en su casa era el aniversario de la muerte de su esposa.

Había estado escondiéndose allí como una bestia herida y ella le había importunado.

Justo cuando había querido estar solo con su dolor, ella había aparecido allí.

¿Qué estaría haciendo ahora? ¿Habría salido de su despacho? ¿Y si no se estaba comiendo la comida que le había preparado? Se le rompía el alma de imaginárselo allí solo.

–Ev, ¿estás escuchando?

Eva se sobresaltó sintiéndose culpable.

–Claro.

–Pues no parece que estés escuchando –Frankie estaba estrujando una pelota antiestrés con forma de lata de refresco.

Eva se obligó a centrarse.

–Prepararé una lista de los mejores organizadores de bodas y contactaré con ellos.

–Pues entonces ya hemos terminado con los encargos nuevos –dijo Paige cerrando el fichero–. ¿Algo que queráis discutir sobre encargos en curso?

¿Quién iba a convencerlo de que saliera de casa? Por lo que tenía entendido, ni siquiera su abuela sabía que estaba allí.

Algo le golpeó suavemente la frente y al levantar la mirada vio a Frankie con la mano levantada y sonriendo.

–¿Acabas de tirarme a la cabeza tu pelota antiestrés?

–Sí. Lo mejor de dirigir tu propia empresa es que podemos ser todo lo inmaduras que queramos y nadie nos puede despedir. ¿Qué está pasando por esa cabecita tuya?

–Nada. Y todavía menos desde que me has golpeado en la frente –se obligó a concentrarse–. Todo está listo para la proposición de matrimonio de Laura. Os he enviado la planificación.

–La he visto. Es excelente. Una proposición navideña perfecta. Envidio a Laura. Es un día que va a recordar siempre –Paige le dirigió una mirada de agradecimiento–. No me puedo creer que hayas preparado esto con tan poco tiempo. Eres buenísima solucionándole cosas a la gente.

«A otra gente», pensó Eva. «Nunca a mí misma».

Y tampoco le había solucionado nada a Lucas. Le había llenado la nevera y le había decorado el piso, pero él seguía escondiéndose del mundo.

–Deberíamos añadir «Agencia de citas» a nuestra lista de servicios –Frankie soltó su pelota antiestrés–. ¿Os acordáis de cuando trabajábamos para Cynthia?

Paige frunció el ceño.

–Es algo que intento olvidar.

–Se creía que si te divertías en tu jornada laboral eso significaba que no te estabas esforzando en el trabajo –Frankie se recostó en su silla, puso los pies sobre la mesa y sonrió–. Y aquí estamos, esforzándonos en el trabajo y divirtiéndonos. Así que, vamos, Ev, ya hemos trabajado y ahora queremos la verdad sobre por qué estás tan distraída. Danos el parte sobre el tiempo que has pasado con Lucas Blade. ¿Le has robado algún libro firmado? ¿Estuvo trabajando como un loco? Estoy deseando que salga el siguiente libro.

Les había dado a sus amigas una versión editada del tiempo que había pasado con él omitiendo el hecho de que tenía el bloqueo del escritor. Ese era un secreto de Lucas. No tenía derecho a compartirlo con nadie.

–Me he pasado todo el tiempo en la cocina –dijo con sinceridad–. Y él en su despacho.

–¿Entonces comisteis por separado?

–Cenamos juntos.

–Entonces debisteis de hablar de algo.

–En realidad no –Eva estaba siendo imprecisa deliberadamente y Frankie miró a Paige.

–Ev –dijo Frankie con tono paciente–, estamos hablando de ti. No puedes aguantar ni cinco minutos sin decir algo. ¿Recuerdas aquel día de silencio que hicimos en el colegio para recaudar fondos? Tú no recaudaste nada. Nada. Ni un centavo.

Eva se sonrojó.

–Charlamos un poco. No recuerdo sobre qué.

Paige soltó el bolígrafo y le dirigió una cálida mirada.

–Te gusta, ¿verdad?

Frankie frunció el ceño.

–No, no le gusta. ¡Él le gritó!

–Fue culpa mía –dijo Eva–. No debería haber aceptado aquella invitación sin preguntarle primero.

–¿Cómo naciste siendo tan compasiva? –Frankie bajó las piernas de la mesa–. Ese tío fue un grosero. Deberías haberle dado un puñetazo y haberte largado de allí.

–Y se largó –dijo Paige y Eva sintió una punzada de pesar.

–Había terminado el trabajo –pero también podría haber encontrado una excusa para quedarse, y una parte de ella deseaba haberlo hecho. ¿Cómo se podía echar de menos a alguien a quien solo conocías de un par de días?–. Está sufriendo. Ha perdido al amor de su vida. Se conocieron cuando eran solo unos críos.

–¿Cómo lo sabes?

A Eva se le encendieron las mejillas.

–Lo sé –no les dijo a sus amigas que lo había leído en las noticias. Su mujer había resbalado sobre el hielo al subir a un taxi. La lesión en la cabeza fue masiva y nunca despertó del coma. Había sucedido solo unas semanas antes de Navidad.

Ahora entendía por qué no había querido que se

marchara aquella noche, por qué había estado mirando la tormenta como si fuera algo repugnante. Y ella había hecho todos esos comentarios inocentes sobre la magia de la nieve.

–Me dejó claro que no quería ir a ningún sitio. Tomé la decisión por él e hice mal. Odio cuando la gente me hace eso.

Frankie le lanzó una mirada especulativa.

–¿Esto es por tu corazón de malvavisco o hay algo más?

–¿Qué? No. Claro que no –Eva sintió un intenso calor empezándole en el cuello y subiéndole lentamente hacia la cara–. Ha pasado una época terrible, nada más.

–¿Entonces lo que estamos viendo es lástima? –preguntó Frankie mirándola fijamente–. Vamos, Ev. Dinos la verdad. Paige tiene razón. Te ha gustado, ¿verdad?

Ella dejó de fingir.

–Sí, me ha gustado. Me pareció inteligente y buena compañía. E interesante.

–Creía que no os habíais dicho nada.

Paige esbozó una sonrisa y volvió a su mesa.

–Deja que la chica se guarde sus secretos, Frankie.

–No. Eva quiere amor y eso la convierte en vulnerable. Mi deber es analizar a todo hombre del que se enamore.

–¡No estoy enamorada! –gritó Eva, aunque sus protestas fueron ignoradas.

–Y también voy a analizar el tema de la lujuria porque existe una alta probabilidad de que te enamores de cualquiera con quien te acuestes.

–¡No es verdad!

Frankie sacudió las cejas.

–¿Entonces hubo lujuria? Porque si de verdad es

como en la foto de la sobrecubierta del libro, a mí me habría costado no arrancarle la ropa.

Eva recordó aquel momento vertiginoso en la oscuridad cuando había creído que la iba a besar.

Probablemente había sido fruto de su calenturienta imaginación. La química casi la había achicharrado viva. Nunca había deseado tanto a un hombre en su vida. Por eso se había contenido antes de verse tentada a cometer una estupidez. Se podía imaginar qué habría dicho él si lo hubiera agarrado y lo hubiera besado.

–En persona no está tan bueno. Ya sabéis cómo son estas cosas –dijo mintiendo–. El Photoshop puede hacer que cualquiera parezca un tío bueno. Un hombre cambia cuando no se afeita.

–Una barba incipiente y atractiva hace que algunos hombres estén más guapos.

–En su caso no –se detuvo cuando Lara, su recepcionista, entró en la sala.

–Hemos recibido una tonelada de solicitudes a través de la aplicación –dijo dirigiéndose a las tres–. Me he ocupado de las sencillas y las demás te las he enviado a ti, Paige. Tienes un informe completo en tu correo. Nos están solicitando más servicios de paseo de perros. Son clientes ancianos que no quieren arriesgarse a salir con la nieve.

Paige se olvidó de Lucas y se puso a trabajar diligentemente.

–¿Más solicitudes de las que puede abarcar The Bark Rangers? ¿Tengo que plantearme buscar otros proveedores?

–Aún no. Las Rangers están pensando en contratar a otra persona. Ayer hablé con Fliss –Lara dejó una lata de refresco sin azúcar en la mesa de Frankie y una taza de café delante de Paige–. No te he traído nada, Eva, porque ya te has preparado un té verde y has dicho... Joder –se detuvo mientras miraba hacia la pared de cristal.

–Yo no he dicho «joder» –dijo Eva categóricamente antes de darse cuenta de que Lara no le estaba prestando atención–. ¿Qué? ¿Qué estás mirando?

–A él –respondió Lara lánguidamente–. Estoy casada y tengo dos hijos. No debería mirar a hombres y querer desnudarlos.

–No pasa nada por desearlos –dijo Paige–. Lo problemático es hacer algo con ellos –levantó la mirada–. ¿Es ese...?

–Lucas Blade –a Eva se le cayó la taza de té y el líquido se extendió por la mesa empapándolo todo.

–Supongo que eso responde a nuestra pregunta sobre si está tan bien en persona como en la foto del libro. Iba a decir que te lo tomaras con calma –dijo Paige–, pero supongo que llego demasiado tarde –se levantó, rescató el portátil de Eva, agarró un puñado de servilletas que les habían sobrado de un evento e intentó contener el flujo de té.

–En persona no está bueno –dijo Frankie mirando por el cristal al hombre que estaba de pie junto al mostrador de recepción–. Ni siquiera está un poco bueno. Y tienes razón, esa barba incipiente es... bueno... no hay palabras.

–Cierra la boca –Eva se agachó; estaba colorada mientras intentaba reparar la destrucción que había causado sobre el escritorio–. ¿Qué está haciendo aquí?

–No lo sé, pero creo que estamos a punto de descubrirlo porque lo han enviado hacia aquí –dijo Paige mientras tiraba las servilletas.

Frankie, que nunca se alteraba demasiado, parecía nerviosa.

–Voy a parecer una fan loca.

–¿Tú? Pero si eres Doña Tranquila. Y yo tengo una mancha gigante en mi falda. Parece que me he hecho pis encima –inútilmente, Eva frotó la tela y lo empeoró–. Me podría esconder debajo de la mesa y tú podrías decir que no estoy aquí.

–Quédate sentada –le aconsejó Frankie–. No me suelo dejar deslumbrar por los famosos, pero ¿sería muy grosero por mi parte pedirle que nos hagamos una autofoto juntos? En serio, no me puedo creer que vaya a conocer a la mente que crea los libros que me encantan.

–Su mente es una cosa rara –murmuró Eva–. Y, además, ¿qué está haciendo aquí? –tenía el corazón acelerado y las manos le temblaban un poco–. ¿Parece enfadado? ¿Será por lo del baile del Plaza? A lo mejor ha intentado cancelarlo y le van a pasar la factura de todos modos. Me alegro de que por fin haya salido de su piso, pero por otro lado me gustaría no ser yo la razón.

–¿Quién dice que seas la razón? Podría haber un millón de razones por las que esté moviéndose por Manhattan. Cálmate –Paige se levantó, con una sonrisa cálida y profesional–. Señor Blade. No sabía que tuviera una cita.

–¡Me encantan sus libros! –dijo Frankie atropelladamente y Lucas le lanzó una sonrisa.

–Me alegro.

Frankie metió la mano en su bolsa y sacó uno de sus libros.

–No sé si podría...

–¿Llevas eso encima? –preguntó Paige mirándola con asombro–. ¿No te produce dolor de espalda?

–No podía dejar de leerlo. He estado leyéndolo por debajo del escritorio cuando no me mirabais.

–¿En serio? –Paige puso los ojos en blanco–. Tómate un día de lectura o algo así y después vuelve al trabajo y concéntrate.

–¿Quieres que te lo firme? –preguntó Lucas extendiendo la mano y Frankie se lo entregó como si estuviera soñando–. ¿Para Frankie, verdad?

–Sí. Lo que sea me va... vale.

Eva y Paige se miraron.

¿Frankie estaba tartamudeando?

Lucas firmó con un ademán y se lo devolvió.

–El precio es cinco minutos a solas con Eva.

Eva sintió cómo todo su interior adoptaba la consistencia de la nieve derretida, pero entonces recordó el modo en que se habían despedido.

–Si esto es por lo del Snowflake Ball en el Plaza...

–No es por eso. Voy a llamarles y a explicarles que ha sido un error –respiró hondo–. ¿Hay algún sitio donde podamos hablar?

Se sintió decepcionada. Había esperado que a él le pareciera más sencillo asistir al baile que cancelar su asistencia.

–Cualquier cosa que le tenga que decir la puede decir aquí –el tono de Paige fue agradable pero firme–. No se preocupe por nosotras.

Lucas miró a Paige fijamente durante un momento y después se giró hacia Eva.

–Necesito que vuelvas.

–¿Cómo dices?

–Necesito que vuelvas a mi piso.

–¿Por qué? ¿Se le han caído las hojas al árbol de Navidad? –Eva cerró los puños y las uñas se le clavaron en las palmas–. ¿Hay algún problema con la comida que te preparé?

–La comida está deliciosa y el árbol estaba intacto la última vez que lo miré. Es un árbol fantástico... si te gustan los árboles.

–Que no es tu caso.

Un amago de sonrisa le asomó a ambos lados de la boca.

–Me estoy acostumbrando a él.

–Entonces, si no es por el árbol ni es por la comida, ¿qué necesitas?

–Te necesito a ti –dijo con voz suave–. Necesito que vuelvas.

La invadió la confusión.

–¿En calidad de qué?

Se produjo un tenso silencio y un músculo titiló en la esculpida mejilla de Lucas.

–De inspiración.

–¿Cómo dices?

Él respiró hondo.

–Como sabes, estaba teniendo algunos problemas para escribir...

–Creía que ya habías solucionado eso.

–Yo también lo creía, pero resultó que en cuanto te fuiste, no pude escribir más.

–No lo entiendo.

–Yo tampoco lo entiendo –respondió con un brillo de frustración en la mirada–. Algo en el hecho de tenerte en casa, nuestras conversaciones, me generaba ideas. Esta época del año es dura para mí y tú estabas siendo una distracción.

–¿Me estás pidiendo que vuelva para distraerte? No sé nada sobre escribir ni sobre el proceso de escritura y no entiendo cómo podría ayudarte. ¿No deberías estar hablando con tu editor? ¿O con tu agente? O si necesitas a otro escritor, entonces mi amiga Matilda seguro que puede identificarse contigo y entender por lo que estás pasando.

–Olvídalo –dijo Frankie con un ademán–. Chase y ella están en el Caribe haciendo niños.

Lucas sacudió la cabeza.

–No necesito comprensión, necesito inspiración creativa. Me diste ideas para cierto personaje de mi libro. Mientras estabas allí, podía verlo claramente, imaginarlo, ver sus acciones. Cuando te marchaste, desapareció.

–¿Soy un personaje de tu libro? –se sintió conmovida. No podía respirar–. ¿Me has incluido en tu libro?

–No a ti, específicamente, pero ciertos aspectos de un personaje están inspirados en ti. Creía que tenía suficiente para terminar el libro, pero no era así. En cuanto te marchaste, vi que me costaba escribir.

A Eva le latía el corazón con fuerza. Había pensado en ella. La había incluido en su libro. Pero no iba a interpretarlo del modo que no era. No. De ningún modo lo haría.

–Así que soy la inspiración para uno de tus personajes.

Él vaciló.

–Por así decirlo. Ligeramente.

–Nunca he aparecido en un libro, ni ligeramente ni de ninguna manera –se sentía inmensamente halagada. Se dijo que era eso, y solo eso, lo que estaba haciendo que el corazón se le llenara de alegría–. Me siento honrada, pero no puedo volver. Tengo que trabajar. Soy la parte creativa de esta empresa y estamos tremendamente ocupadas.

–Te pagaré –le dio una cifra que hizo que Frankie se atragantara con su bebida.

–No es solo por el dinero –Paige habló con calma–. Eva tiene razón. Desempeña un papel clave en Genio Urbano. Es el cerebro creativo y los clientes la adoran. Siempre piden que los atienda ella personalmente. Incluso aunque pudiéramos fijar otras fechas para las reuniones que tiene con algunos clientes, de todos modos necesitaríamos que estuviera disponible para atender las consultas telefónicas. ¿Estaría de acuerdo en que hiciera eso desde su piso?

–El tercer dormitorio se puede convertir sin problema en un despacho. Puede trabajar allí.

–En ese caso, le daré una tarifa –Paige tecleó algo en el ordenador–. ¿La quiere hasta Navidad? Eso son tres semanas, no solo días, sino también noches...

–¡Oye, que esto no es *Pretty Woman*! –protestó Eva.

Pero Paige la ignoró y dio una cifra que la dejó boquiabierta.

–Hecho –Lucas no vaciló–. Eres una negocianta dura. Ya veo por qué está prosperando vuestro negocio.

Paige le dirigió una fría sonrisa.

–Cobramos una tarifa justa por nuestro excelente servicio y nuestro negocio está prosperando porque somos las mejores en esto. Quiere a Eva a tiempo completo, en persona, y no es barata.

Eva parpadeó atónita.

–Yo...

–Trato hecho –Lucas estaba allí de pie, con las piernas separadas y los brazos cruzados sobre el pecho; era como un estudio del magnetismo y la arrogancia masculinos.

–Espera un minuto –Eva se levantó, le temblaban las piernas. Acceder significaría que todo había sucedido conforme a las condiciones de Lucas. Era un hombre acostumbrado a salirse con la suya, pero ella tenía que verlo ceder un poco. Era una cuestión de principios–. Si voy a hacer esto, entonces quiero que tú hagas algo por mí.

Lucas enarcó una ceja.

–Con la cantidad que voy a pagar podrías comprarte un deportivo italiano pequeño.

–No quiero un deportivo.

Él la miró fijamente, la tensión bullía entre ellos.

–Entonces, ¿qué quieres que haga por ti? –la miró de un modo tan íntimo que el corazón le golpeteó contra las costillas.

–Quiero que vayas al baile Snowflake.

Se produjo un silencio largo, cargado.

La expresión de Lucas era impenetrable.

–¿Por qué te importa si voy o no al puñetero baile?

–Porque yo quiero ir y no voy a entrar allí sola. Me vas a llevar tú.

Al menos así estaría un paso más cerca de lograr su objetivo de salir de casa.

–¿Y si digo que no?

–Entonces no iré a trabajar para ti.

Él estrechó la mirada.

–Dudo que tus socias te permitieran rechazar un encargo de trabajo tan importante.

–Soy socia igualitaria. Es mi decisión –respondió con tono tranquilo–. Bueno, ¿entonces qué?

–¿Hablas en serio?

–Si voy a estar encerrada en tu piso durante las próximas tres semanas, al menos quiero tener una oportunidad de salir y conocer gente.

–Entonces no quieres ser mi acompañante. ¿Lo que quieres es utilizarme descaradamente para tener acceso al baile y después dejarme solo?

–Sí. Y eso no debería molestarte porque estoy segura de que te asaltarán mujeres preciosas en cuanto pongas un pie allí. Con suerte, tú también conocerás a alguien.

—¿También?

—Sí. Voy a tener suerte. Lo presiento.

Lo que de verdad quería, por supuesto, era tener suerte con él, pero sabía que eso no iba a pasar. Lucas no estaba preparado para una relación y ella no estaba preparada para tener una relación con alguien que no estaba preparado. Necesitaba una relación sincera que la hiciera feliz. No tenía la resiliencia emocional necesaria para lidiar con más traumas, por muy abrasadora que fuera la química que existía entre los dos.

—¿Has estado hablando con mi abuela?

—No. Tenía pensado pasar a verla mañana al salir del trabajo. Bueno, ¿cuál es su respuesta, señor Blade? ¿Me llevará al baile Snowflake?

—Si ese es tu precio, entonces sí —una sardónica sonrisa le rozó los labios—. Fuiste tú la que me metiste en esto. Me parece justo que tengas que soportar la velada conmigo.

—¿Soportar?

—Sí, es verdad, la pobre lo va a pasar fatal en el baile Snowflake en el Plaza —murmuró Frankie—. Va a ser una tortura con esmoquin.

Eva la miró antes de girarse hacia Lucas.

—¿Trato hecho?

—Trato hecho. ¿Pero y si el baile no cumple con tus expectativas? Sé que conocer a alguien ocupa el primer puesto en tu lista de Navidad, pero tu lista de requisitos era bastante específica.

Paige frunció el ceño.

—¿Sabe lo de su lista?

—Sí. ¿Qué requisitos tenías? —los fue contando con los dedos—. Hombros anchos, abdominales, sentido del humor... capacidad de tolerar a tu viejo osito de peluche y suficiente aguante para darle a tu preservativo una buena sesión de ejercicio antes de que caduque como el último que llevabas en el bolso.

Paige miró a Eva con incredulidad.

—¿Eva...?

A Eva le ardía la cara. ¿Por qué era tan bocazas?

—No creo que haya nada malo en ser sincera, aunque admito que no pretendía contarle todo eso. Se me escapó. Y, por cierto, no es uno osito de peluche, es un canguro.

Frankie apoyó la cabeza en el escritorio.

—No se te puede dejar salir, eres un peligro. Si vas a ese baile, ¿qué te va a impedir volver a casa con un inmoral?

—Se me da muy bien juzgar la naturaleza humana.

Frankie levantó la cabeza y miró a Lucas, que asintió con la cabeza con un gesto casi imperceptible, como si los dos estuvieran perfectamente de acuerdo en algo.

—Estará a salvo conmigo. Prometo no dejar que se marche con nadie desagradable.

—¿Usted cree que puede saber cómo es alguien solo por su aspecto?

—No —la respuesta de Lucas fue inmediata—. Por eso deberíais saber que estará a salvo conmigo. No me creo falsas ilusiones en lo que respecta a la naturaleza humana.

—Es verdad —confirmó Eva—. Resulta perturbador. Y me gustaría que todos dejarais de hablar de mí como si fuera un cachorro abandonado que necesita un hogar. Puedo morder si hace falta, gracias.

Él se dirigió a ella otra vez.

—Entonces, ahora que he accedido a esto, ¿volverás y trabajarás para mí?

—Sí. Pero tengo que llevarme unas cuantas cosas. Iré mañana.

–Esta noche. El tiempo corre –miró el reloj–. Dame la dirección de tu casa y enviaré un coche a recogerte. No quiero que vayas en metro.

–Ahora mismo le enviamos el contrato –dijo Paige con tono enérgico y profesional y Lucas asintió brevemente y salió de la sala.

Eva miró a sus amigas.

–Me acabáis de vender al mejor postor.

–Era el único postor –dijo Frankie con tono animado y Paige sonrió mientras abría en el ordenador el modelo de contrato.

–No te he vendido. He sacado un trato muy bueno para Genio Urbano.

–Me has vendido por lo que vale esa pequeña isla caribeña en la que ahora mismo están Matilda y Chase.

–Y encima puedes seguir trabajando mientras estás allí. Es el acuerdo del siglo. Me encanta mi trabajo. Y usted, señorita Jordan, es muy buena en el suyo. He interrumpido tu agenda. Pondremos otra fecha para tus compromisos externos y el resto lo puedes hacer desde el piso de Lucas. Ponnos al corriente de vez en cuando y ya está.

–Nunca he sido el personaje de un libro –dijo Eva con cierta inquietud en la voz.

–¡Es emocionante! –contestó Frankie haciendo un ademán con la mano, como quitándole importancia a su comentario–. ¡Quiero ese libro! Es el único autor que hace que le dé más importancia a leer que a dormir. Eres su inspiración. Su musa. Está claro que te ha convertido en su dulce y vulnerable víctima. Qué monada. Estoy deseando leer cómo tiene planeado matarte.

–¿Víctima? –la idea la hizo sentirse incómoda–. Esperaba ser la agente del fbi inteligente y descarada o algo así. Si soy la víctima, está claro que voy a defenderme. Usaría esa llave letal que me enseñaste.

Frankie se recostó en la silla.

–¿Solo te enseñé una? Sería útil que supieras un par más.

Eva recordó el duro cuerpo de Lucas sobre ella, presionándola contra el suelo.

–¿Creéis que me va a asesinar?

–Lo hará en su historia, Eva. Es ficción. No sé nada sobre cómo funciona la mente de un escritor, simplemente leo lo que escribe. Además, habrá que hacer lo que haga falta, ¿no? Si te necesita cómo su musa, entonces ve.

–No quiero morir de un modo horrible. A lo mejor esto es un error.

–No es un error. Aparte del hecho de que te va a pagar suficiente dinero como para asegurar que ninguna tengamos que trabajar durante los seis primeros meses del próximo año a menos que nos apetezca, te va a llevar al baile, Ev. Te va a encantar. Piensa en todos los Príncipes Azules que podrías conocer.

9

En el viaje de la vida, sé el conductor, no el pasajero.
Frankie

Lo había manipulado de verdad. No sabía si golpear algo, reírse o sentir admiración por ella.

Era mucho más dura de lo que parecía.

Y ahora él iba a ir al baile, que era lo último que quería hacer. Había estado tan desesperado que había accedido a todo.

Su escritura, que había fluido sin problema mientras Eva había estado en su casa, había cesado en cuanto ella se había marchado. Había sido como pisar bruscamente los frenos de un coche.

Y como persona que nunca había necesitado nada más que un bolígrafo y una hoja en blanco para escribir, se había sentido exasperado. Y después de intentarlo con gran esfuerzo y de perder todo un día que no se podía permitir perder, se había rendido ante la necesidad.

Recorrió su piso intentando no fijarse en el nevado Central Park.

Habían acordado que la llevaría al baile, pero no habían acordado cuánto tiempo tenía que quedarse él. Se quedaría diez minutos y después se marcharía y mandaría un coche para que la llevara a casa cuando terminara.

Habiendo encontrado una solución satisfactoria, volvió al trabajo.

Unas cuantas horas después, oyó unos vacilantes golpecitos en su puerta.

–¿Lucas? –la voz de Eva se oyó desde el otro lado y él se levantó de pronto; se sentía culpable por no haber estado abajo para recibirla.

Abrió la puerta de su despacho, con la mente aún sumida en el mundo de ficción que había creado.

Y allí estaba Eva, sonriéndole y sujetando una bandeja.

Miró la dulce curva de su boca.

Se vio seriamente tentado a llevarla adentro y hacer lo que había querido hacer la noche en la que había aparecido con el pijama de seda de color melocotón, pero eso le traería más complicaciones de las que estaba preparado a asumir. Conocía lo suficiente sobre ella como para saber que no habitaban el mismo reino de cuento de hadas.

–Por favor, dime que no es un té de hierbas.

–Dijiste que mi presencia te inspiraba para escribir, y ya que no sabemos exactamente qué parte de lo que hice solucionó tu bloqueo, he pensado que deberíamos hacer lo mismo que hicimos. Y la última vez bebiste mi té de hierbas.

–La última vez tiré tu té de hierbas por el retrete.

–Ah –exclamó con un ligerísimo toque de reproche–. No tienes demasiado cuidado con los sentimientos de la gente, ¿verdad?

–No sabías que lo tiré por el retrete.

–Hasta ahora.

Él esbozó una media sonrisa.

–Me ha parecido que la sinceridad era el único modo de cortar el flujo de té de hierbas que se me venía encima.

–Otro modo de hacerlo sería beberlo.

Él se apoyó contra la puerta.

–¿Así que esto va a ser así? ¿Si te quedas aquí vas a hacer que mi vida sea insoportable?

–No, insoportable no. La palabra que buscas es «saludable» –le puso la bandeja en las manos–. Bebes demasiada cafeína y demasiado alcohol.

–¿Tengo algún otro pecado que quieras enmendar mientras estás aquí? ¿Qué tal mi ética laboral?

–Tu ética laboral no tiene nada de malo. Admiro tu dedicación.

Su respuesta le sorprendió. Estaba acostumbrado a que lo sermonearan por trabajar demasiado.

–¿Y qué pasa con la carne? ¿No me vas a dar un sermón sobre mi ingesta de carne roja?

–No te voy a dar de comer carne roja. La cena de esta noche es mi *risotto* vegetariano especial.

–Estoy empezando a lamentar el impulso que me hizo invitarte a venir.

–Te va a encantar. Y, además, no me has invitado, me has requerido. Y ya has pagado por adelantado, así que no puedes echarte atrás ahora.

–Me estás diciendo que he perdido toda mi autoridad.

–Así es. Yo estoy al mando –sonrió–. Que disfrutes de tu té de hierbas.

Intentando ignorar la imagen de esa provocativa mirada y de ese cuerpo tan tremendamente sexy, al día siguiente, Eva se dispuso a trabajar en el lugar que le resultaba más natural: la cocina.

Ya había decidido añadir dos nuevas recetas navideñas a su blog y Lucas sería el beneficiario porque se podría comer los platos.

Cocinó toda la tarde, grabó un nuevo vídeo de YouTube, lo editó con maestría y lo publicó. Y en ningún momento durante todo ese tiempo apareció Lucas.

De vez en cuando ella miró hacia las escaleras, pero la puerta del despacho permanecía completamente cerrada, lo cual la confundió un poco. Al parecer, que la necesitara para inspirarse no requería tener que mirarla.

La oscuridad cayó cubriendo con sombras y luz de luna la blancura del parque. Seguía sin haber señal de él y el silencio la estaba poniendo muy nerviosa.

Al final, subió las escaleras que conducían al piso superior, llamó a la puerta y se detuvo.

No se oía nada.

Estaba a punto de marcharse cuando la puerta se abrió.

Lucas estaba allí de pie.

—¿Sí?

Era la clase de hombre que podía llevar un esmoquin o unos vaqueros con la misma seguridad. En ese momento llevaba vaqueros y los llenaba bien; la tela rozaba los poderosos músculos de sus muslos. Tenía la camisa abierta en el cuello revelando un atisbo de vello oscuro.

Un cosquilleo le recorrió la piel.

—Hola.

Parecía absorto.

—¿Necesitas algo?

A Eva se le quedó la mente en blanco.

Ahí, frente a un hombre tan atractivo, no podía recordar por qué había llamado a la puerta.

Al mirarlo a los ojos sintió cómo le flaquearon las rodillas y le daba un vuelco el estómago.

-Me preguntaba si tendrías hambre -miró por encima de su hombro y se sintió ridículamente complacida al ver la pantalla cubierta de letras-. ¿Estás escribiendo otra vez? ¿Está funcionando lo de tenerme aquí?

Él parpadeó y finalmente reaccionó.

-Sí. Sí.

-Así que es suficiente inspiración tenerme ahí abajo haciendo ruido. Quiero decir, no eres como un artista que necesita tener a su inspiración sentada al lado para poder crear. Soy tu musa, pero no me necesitas en la habitación haciendo nada de lo que pueda hacer una musa -le pareció ver diversión en su mirada.

-La conversación que hemos tenido cuando me has traído el té me ha bastado.

-Te has negado a beberlo y te he amenazado. ¿Cómo te ha podido inspirar eso?

-He decidido que mi personaje bebería té de hierbas y sería vegetariana.

-¿Es vegetariana como yo? -Eva estaba encantada-. ¿Y buena con los animales?

Le lanzó una mirada especulativa.

-Es buena con los animales.

-Bien. Frankie me ha dicho que no escribes libros con personajes simpáticos, pero está claro que este libro es distinto. A lo mejor al final sí que debería leer un libro tuyo. ¿Me recomiendas alguno? -pasó al despacho y al ver las hileras de libros pensó en lo que disfrutaría Frankie si pudiera ver esa habitación. Nunca era problema elegir un regalo para ella. Lo único que quería siempre eran libros y, al parecer, Lucas era igual.

Al mirarlos más de cerca, vio que una de las paredes estaba dedicada a su propio trabajo, tanto en inglés como en otros idiomas.

–Si estás buscando un final de cuento, no lo encontrarás en esas estanterías.

Ella se detuvo y miró una fotografía que había en la pared. Una cabaña de madera rodeada de pinos nevados y junto a un lago.

–Es idílico. ¿Dónde es?

–Snow Crystal, Vermont.

–¿Ahí es donde les dijiste a todos que te habías ido a escribir? Parece maravilloso –miró más de cerca y observó las cumbres nevadas detrás del bosque. Imaginó que sería el lugar perfecto para alguien que quisiera alejarse de todo–. Romántico. Puede que lo añada a mi lista de deseos –se giró y vio algo iluminarse en los ojos de Lucas. Algo que hizo que se le acelerara el corazón al máximo. La atracción sexual se desató en su interior y le recorrió las extremidades derritiéndole los huesos.

¿Podría ver él el efecto que producía en ella? Ojalá que no, aunque Eva sabía que no se le daba bien ocultar ni sus pensamientos ni sus sentimientos.

Estaba ahí para ofrecer inspiración y para cocinar. Se le tenía que caer la baba por la comida, no por el cliente.

–Llevo décadas yendo allí. Es un complejo regentado por una familia. ¿Esquías?

–No lo he probado nunca, pero me encanta la nieve... –se detuvo, consciente de que no había tenido ningún tacto–. Lo siento.

–¿Por qué lo sientes?

–Porque... –se humedeció los labios–. Sé que no te gusta la nieve.

El rostro de Lucas no expresaba nada.

–Has estado leyendo sobre la muerte de mi mujer.

Mierda.

–Sí. Pero no por fisgonear, sino porque temía decir algo que pudiera hacerte sentir mal. No querría hacerlo. Sé cuánto la querías.

Curiosamente, en Internet había muy pocas fotos de los dos juntos, pero en las que había encontrado aparecían casi pegados, con sus cuerpos tocándose como si no pudieran soportar estar separados, tan cerca y envueltos el uno en el otro que casi le había dolido verlos.

Viendo esas fotos había entendido por qué él odiaba esa época del año. Le había arrebatado al amor de su vida, porque no había duda de que Lucas Blade había amado a su esposa. La había amado de verdad. La había amado tanto que seguir adelante sin ella le resultaba casi insoportable.

Y a pesar del obvio dolor que Lucas estaba sintiendo ahora, Eva quería amar y ser amada del mismo modo, tan profundamente.

–No hemos discutido los términos de nuestro contrato –dijo él con voz fría y formal–. Estaré trabajando la mayor parte del tiempo, pero espero que estés como si estuvieras en tu casa.

–Si lo hiciera, me echarías en un día. Soy terriblemente desordenada, ¿te acuerdas? –sonrió, esperando desesperadamente ver al menos un atisbo de sonrisa, pero la mención de su mujer había vuelto a situarlo detrás del muro de protección que había levantado entre sí mismo y el mundo–. Intentaré recordar que soy una invitada y que no debo ir tirando las cosas por donde paso.

–Te he visto en la cocina. Eres meticulosa y organizada.

–En la cocina soy la mejor versión de mí misma. En las demás facetas de mi vida a veces soy un desastre. Es uno de mis mayores defectos, junto con el de hablar demasiado y tener un humor terrible por las mañanas.

–¿No eres madrugadora?

Eva negó con la cabeza.

–Lo he intentado. He probado con duchas frías, he dejado el despertador al otro lado de la habitación... Lo he probado prácticamente todo, pero no me funciona nada. No estoy despierta del todo hasta que no son las diez. Intento no usar nunca cuchillos antes de esa hora –hizo una mueca–. Es terrible. Te estoy contando las peores cosas de mí. Esto parece el Viernes de los Defectos.

Por fin vio una sonrisa.

–¿Esas son las peores cosas de ti? ¿Que dejas la ropa por ahí tirada y que odias las mañanas?

–Gracias por hacer que no parezca nada, pero créeme, a mis amigas las vuelve locas. Las tres trabajábamos para la misma empresa antes de que perdiéramos nuestro empleo y yo habría llegado tarde cada día si por la mañana no me hubieran llevado a rastras hasta el metro. Había días en los que ni siquiera recordaba haber hecho el trayecto.

–No sabía que habíais perdido vuestro empleo.

–Trabajábamos para una empresa llamada Eventos Estrella. Perdieron un gran negocio y nosotras fuimos las perjudicadas –Eva recordó el pánico que vivieron aquel día–. Pero resultó que fue lo mejor que nos podía haber pasado. Decidimos que podíamos hacer lo que hacíamos para Estrella para nosotras mismas. A veces en la vida pasa eso, ¿no? Sucede algo terrible y crees que es lo peor que te ha pasado y entonces resulta que es lo mejor –al darse cuenta de cómo se podían interpretar sus palabras, cerró los ojos–. No quería decir...

–Lo sé. Y no tienes que andarte con tanto cuidado conmigo, Eva.

–Es otro de mis defectos –murmuró–. Mi falta de filtro entre mi cerebro y mi boca. Tengo algunas cualidades buenas, pero imagino que eso lo sabrás porque, si no, no me habrías incluido en tu libro. ¿Cuáles son tus peores defectos? Aparte del hecho de que bebes demasiado y que te gusta estar solo.

–Considero que esas dos cosas son más una elección de estilo de vida que defectos –parecía relajado otra vez–. Diría que mi defecto es que soy demasiado decidido. Cuando quiero algo, voy tras ello y pocas cosas se interponen en mi camino.

–No veo eso como un defecto –Eva se sentó en el sofá sin esperar a que la invitara a hacerlo–. Ojalá yo estuviera más centrada. Soy muy buena en mi trabajo y en la cocina, pero el resto de mi vida es un desastre. Tengo muy buenas intenciones, pero la mayoría no se llegan a materializar.

–¿Como por ejemplo?

–Hacer ejercicio. Paige y Frankie corren, pero corren por la mañana, que es cuando yo estoy en coma. Además, apenas puedo caminar, así que mucho menos correr. Siempre me prometo que iré luego, cuando esté bien despierta, pero entonces, ¡cómo no!, estoy ocupada y se pasa el día y llego a casa exhausta y vuelvo a entrar en coma. Así que la mayor parte del tiempo me tiro en la cama y veo Netflix.

–He convertido la habitación de arriba en un gimnasio. Puedes usarlo mientras estás aquí. Yo suelo usarlo a las cinco y media, pero hay espacio de sobra para los dos y tengo varias máquinas para hacer cardio y muchas pesas.

–¿Cinco y media? Ese comentario me dice que tienes mucho que aprender de mí. Lo máximo que puedo levantar por las mañanas son mis pestañas, así que no tendremos que discutir por quién usa las pesas.

Al menos ahora sabía qué había al final de las escaleras. Era la única parte del piso que no había visto. Un gimnasio. Un gimnasio público con una multitud sudorosa y una carrera por las calles de Nueva York bajo un frío glacial no estaban hechos para Lucas Blade.

–No me hace falta preguntarte si te gusta madrugar.

–No duermo mucho. Siempre he tenido un horario de trabajo poco sistemático. A mí no me van los horarios de oficina. Escribir así no va conmigo. Se me da mejor escribir rápido, sin parar.

–Pues eso está bien, dado el tiempo que te queda para escribir este libro en concreto. ¿Podrás hacerlo? –a ella le parecía un objetivo imposible.

Él esbozó una sonrisa con la que pareció burlarse de sí mismo.

–Supongo que ya lo descubriremos.

–¿Cómo te puedo ayudar? No quiero llamar a la puerta e interrumpirte en mitad de una frase, pero tampoco quiero que se te atrofien los músculos porque no te hayas movido de la silla en días.

–Puedes ayudarme no insistiendo en que vaya a ese baile.

–Accederé a cualquier cosa menos a eso –fue a la puerta–. Vuelve al trabajo. Voy a utilizar tu gimnasio.

El gimnasio resultó ser una de las habitaciones destacadas del piso, con cristales por tres lados que se abrían a una terraza.

Se imaginó cómo sería estar allí en los meses de

verano, sentada y contemplando Central Park enmarcado por los edificios del centro.

Tal vez, si tuviera acceso a algo así, incluso le apetecería hacer ejercicio regularmente, aunque tampoco creía que se fuera a ver tentada a hacerlo a las cinco y media de la mañana.

Estremeciéndose ante la idea, se recogió el pelo en una cola de caballo y subió a la elíptica.

Se puso su lista de música favorita hasta que sudó y después se dio una ducha y bajó a preparar la cena.

Iban a tomar *risotto*, y un *risotto* perfecto requería atención al cien por cien.

Mientras añadía gradualmente caldo y removía, pensó en el libro de Lucas.

Estaba desesperada por leer un fragmento, por ver qué había hecho con el personaje que estaba inspirado en ella.

Lucas se reunió con ella cuando estaba en mitad de la preparación y se sentó en la encimera a observar.

–Parece que eso necesita mucha mano de obra.

–A mí me resulta relajante. Otra gente prefiere usar una aplicación de técnicas de relajación, pero yo preparo *risotto* –ajustó el fuego y siguió removiendo–. ¿Tú qué haces para relajarte?

–Solía escribir para relajarme, pero eso fue antes de que me publicaran los libros.

–Supongo que debe de ser distinto cuando pasa a convertirse en tu trabajo.

–El *risotto* es tu trabajo.

–Es verdad –añadió un poco más de líquido–. Pero yo elijo hacerlo. ¿Y tú qué eliges para relajarte ahora?

–Hago ejercicio. Me resulta relajante. Y artes marciales. Voy a un sitio cerca de aquí.

–¿Luchar es relajante?

–No es luchar exactamente –eligió una botella

de vino y la abrió–. Es disciplina, tanto mental como física.

–Nunca me ha gustado la violencia. Probablemente por eso odio las películas de miedo –probó el arroz para ver si estaba cocinado mientras él servía dos copas de vino.

Le pasó una.

–¿Cuándo fue la última vez que fuiste a ver una película de miedo?

–Hace mucho tiempo. El chico con el que había quedado pensó que sería una forma genial de conseguir que me acurrucara a él. No había tenido en cuenta que podía ponerme a gritar –apagó el fuego y dio un sorbo de vino–. Mmm, delicioso. Así que haces ejercicio, haces artes marciales... ¿Qué más haces para relajarte?

–Recorro las calles de Nueva York y observo a la gente. ¿En serio gritaste?

–Hice más ruido que la protagonista a la que le estaban cortando el cuello. La mujer de la fila de atrás empezó a gritar también del susto que le di.

Él se rio.

–Me habría gustado estar allí.

–Te aseguro que no te habría gustado. Si vuelvo a quedarme sin trabajo, puede que intente encontrar un empleo como actriz de gritos, si es que eso existe. Tengo un grito que podría hacer que hasta Hitchcock se estremeciera.

–Quiero oír tu grito.

–Me ahorro los mejores para momentos de auténtico terror. Si no empleas los gritos con sensatez, la gente acaba por prestarte menos atención. Estarán pensando: «Oh, Eva está gritando otra vez», en lugar de: «¡Rápido, a Eva le pasa algo!».

–¿Cuándo fue la última vez que gritaste?

–La semana pasada cuando me encontré una araña muy grande en la bañera. Esto está listo –sirvió un cremoso *risotto* en dos cuencos, añadió un poco de parmesano recién rallado y le colocó un cuenco delante–. Disfruta. Si vas a volver al trabajo después de esto, a lo mejor yo voy a dar un paseo. Ya que no has asomado la cabeza por la puerta en toda la tarde, supongo que mi ausencia no afectará a tu flujo creativo.

Él se detuvo con el tenedor en la mano.

–No puedes salir a pasear sola tan tarde.

–Esto es Nueva York. Es casi imposible estar solo y, además, no es tan tarde. No tengo pensado adentrarme en las profundidades de Central Park. Solo quiero pasear por la Quinta Avenida.

–Las tiendas estarán cerradas.

–Es la hora más segura –hundió el tenedor en su arroz–. Cuando están abiertas, soy peligrosa.

–¿Eres adicta a las compras?

–En realidad no. Más bien diría que mi gusto supera mi cuenta bancaria.

–Hablando de gusto, esto está delicioso –Lucas comió y después aceptó que le sirviera una segunda ración–. ¿Tienes alguna tienda favorita?

–Tiffany's –ni siquiera se lo pensó–. Me gusta mirar a la gente que está mirando su escaparate. Y a veces ves a algún hombre haciendo una petición de matrimonio y la cara de la mujer se ilumina y es perfecto. Es romance en la vida real.

Habían terminado de comer y él se levantó.

–Vamos.

–¿Juntos? ¿Ahora? –lo miró–. Tengo que recoger.

–Déjalo.

–No pareces alguien adicto a las compras y tienes un libro que escribir.

–Necesito un descanso. Y me gusta oírte hablar.

–La mayoría de la gente quiere que hable menos.

–Haces unas observaciones muy interesantes sobre el mundo.

Ella intentó no sentirse halagada. Probablemente lo decía porque le servían como documentación para su libro.

–¿Entonces tu personaje va a hacer una parada en Tiffany's? ¿Se enamora y se casa?

Él abrió la boca y sonrió.

–Aún no he pensado en los detalles precisos de su recorrido.

–Bueno, te puedo asegurar que una parada en Tiffany's es el final perfecto del recorrido de cualquier mujer.

Se abrigaron bien y pasearon por la Quinta Avenida; su aliento formaba nubes en el gélido aire. La nieve había cesado y las quitanieves por fin estaban ganando la batalla. La nieve y el hielo amontonados daban a las aceras un aspecto glaseado y Nueva York estaba envuelta en una calma casi etérea.

Los escaparates de Tiffany & Co. estaban decorados para la Navidad. Una telaraña de luces enmarcaba los cristales y el destello de los adornos se fundía con el brillo de los diamantes.

Lucas vio a Eva acurrucarse más contra su abrigo y mirar la bandeja de joyas que había junto al escaparate. Después vio a una mujer que estaba haciendo lo mismo en un escaparate distinto.

Al cabo de un momento la mujer se alejó y Eva se la quedó mirando.

–Qué triste.

–Estaba haciendo lo mismo que tú. ¿Por qué es triste?

–Estaba disgustada. ¿No lo has visto? Creo que el amor de su vida ha roto con ella.

–A lo mejor ha roto ella con él.

Ella sacudió la cabeza.

–Entonces no habría estado mirando con melancolía el escaparate de la joyería más romántica del mundo. Se había imaginado viniendo aquí con él y eligiendo un anillo.

Lucas apartó la mirada de la boca de Eva y giró la cabeza. Vio a la mujer desaparecer en la oscuridad.

–Y, aun así, sigues creyendo en el amor verdadero.

–¿Por qué no? Puedo creer en el amor verdadero sin pensar que todas las relaciones son perfectas.

Él se apoyó contra la pared y, al hacerlo, la resguardó del atroz mordisco del viento.

–¿Dónde creciste?

–En Puffin Island, Maine. Es una pequeña isla del tamaño de un sello...

–Junto a la costa de la Bahía Penobscot. La conozco. Así que eres una chica de un pueblo pequeño en una gran ciudad.

–Supongo, aunque hace mucho tiempo que dejé atrás el pueblo pequeño.

Lucas no opinaba lo mismo. Ella tenía esa visión confiada de la humanidad fruto de vivir en una comunidad pequeña donde las personas se fiaban las unas de las otras.

Decidió que su protagonista tendría la misma cualidad. Había llegado a la gran ciudad llena de esperanza y después todas sus ilusiones se habían hecho añicos.

–¿Aún tienes familia en Puffin Island? –como estaba observando sus reacciones de cerca pudo ver que su respiración cambió.

–No tengo familia. Desde que mi abuela murió,

solo estoy yo –se giró y le dirigió una brillante sonrisa–. ¿Paseamos?

–La echas mucho de menos.

–Me crio ella. Fue madre y abuela, todo en una. Pero vamos a hablar de otra cosa o volveré a llorar, y ya me resultó lo suficientemente violento la primera vez.

Unos momentos antes, él se había sentido desesperado por volver a casa y escribir, pero ahora lo único que quería era descubrir más sobre ella. Era algo con lo que había nacido, ese deseo de saber siempre más, de profundizar más, pero sabía que, tratándose de Eva, había algo más personal que lo impulsaba a hacerlo.

–¿Qué les pasó a tus padres?

–Nunca conocí a mi padre. Mi madre tenía dieciocho años y estaba a punto de empezar la universidad cuando se quedó embarazada. Supongo que él pensó que le había arruinado la vida. Quería que abortara y cuando ella no lo hizo, él se marchó a la universidad y mi madre se quedó en casa con los abuelos. Murió al nacer yo, por una complicación rara durante el parto. Mi abuela se jubiló anticipadamente para poder quedarse en casa conmigo.

Lucas no solía pensar en su infancia. Lo habían criado en un ambiente protector formado por una familia unida que incluía padres, abuelos, tíos y primos. Sus recuerdos eran recuerdos de grandes reuniones, siempre ruidosas porque su familia era ante todo testaruda, y recuerdos de momentos que había pasado con su hermano, de rodillas arañadas, de escondites secretos y de discusiones. Ahí no había habido nada que inspirara la ficción tan oscura que escribía. No había habido nada tan duro como la vida familiar que ella estaba describiendo.

–Lo siento.

–No lo sientas –dijo Eva con tono sereno–. Nunca conocí a mi madre, pero no pude haber tenido una infancia más feliz. Mi abuela siempre decía que yo los salvé. El abuelo y ella perdieron a su única hija pero no tuvieron tiempo de derrumbarse porque yo estuve en cuidados intensivos neonatales con muchos problemas. Prácticamente estuvieron viviendo en el hospital conmigo y al cabo de seis semanas me llevaron a casa. Mi abuela decía que yo era su regalo más preciado –se detuvo y miró un escaparate como si no hubiera acabado de revelar algo profundamente personal.

Fue una enorme revelación y lo dejó aturdido. Al verla tan abierta, y de un modo que resultaba tan grato, había dado por hecho que sabía todo lo que había que saber de ella. Era alguien que lo compartía todo, pero, aun así, eso no lo había compartido.

–No tenía ni idea de que hubieras perdido a tu madre siendo tan pequeña.

–Fue muy duro para mi abuela.

–Y para ti.

Esa nueva información cambiaba la imagen que tenía de ella. Era como si hubiera estado en una habitación oscura y de pronto alguien hubiera abierto los postigos y hubiera dejado entrar la luz. Ahora entendía por qué su abuela lo había sido todo para ella y por qué su pérdida le estaba resultando tan difícil de sobrellevar. Eso explicaba ese punto de vulnerabilidad que había sentido en ella y por qué esa época del año, con su énfasis en la familia y la unión, le producía tanto dolor.

–Yo no lo viví como algo duro. En mi mundo de cuento de hadas, «el Planeta Eva» como lo llaman mis amigas... –dijo lanzándole una breve sonrisa–, la familia no se basa en las personas sino en lo que representan. Lo que importa en la familia es el amor, ¿no? Y la seguridad. Y eso no tiene por qué venir de una madre. Puede venir de un padre, o de una tía o, en mi caso, de una abuela. Lo que necesita un niño es crecer sabiendo que le quieren y le aceptan tal como es. Necesita a alguien que esté a su lado pase lo que pase, alguien con quien pueda contar absolutamente de modo que sepa que, por muchas veces que meta la pata o por mucha gente que se haya ido, su familia siempre está ahí. Mi abuela fue esa persona para mí. En todos los aspectos importantes fue mi madre. Me quiso de un modo incondicional.

Y todo eso lo había perdido.

Él recordó las palabras de su propia abuela.

«Tal vez tengas que trabajar más tu capacidad de escucha».

Sintió una punzada de culpabilidad. Su abuela tenía razón, no había escuchado bien a Eva. Había visto una sonrisa feliz y él, que siempre se enorgullecía de profundizar y mirar más allá, no había profundizado. No había visto lo sola que estaba.

Se vio queriendo decir algo reconfortante, pero ¿qué podía decir? ¿Que el amor que estaba buscando tenía un precio?

–Mira eso. Es como un vestido de sirena.

Al oír su voz con una nota de asombro, Lucas le siguió la mirada y vio un largo vestido de noche con tonos degradados en azul y turquesa salpicados de diminutos hilos plateados.

–¿Crees en las sirenas?

Ella levantó la mano como si estuvieran indicando una señal de stop.

–No es momento de que digas algo sarcástico o cínico. Y creo que la persona que se pueda poner ese vestido sin duda creería en sirenas –sacó el teléfono, hizo una foto y envió un email.

–¿Se la estás enviando a tu hada madrina?

–Voy a fingir que no he oído eso. Lo voy a compartir con Paige porque sé que le gustará.

–Si te gusta tanto, puedes volver cuando abran y comprarlo.

–¿Estás de broma? No me podría permitir un vestido así ni en un millón de años. Y aunque me lo pudiera permitir, ¿cuándo me lo iba a poner? Creo que iría demasiado arreglada si me lo pusiera para ver Netflix mientras como sándwiches de queso fundido. Pero eso no significa que no pueda soñar.

Lucas volvió a mirar el vestido. Era una pieza de tela engañosamente sencilla, pero los hilos plateados relucían bajo las luces.

–Podrías llevarlo al baile al que me vas a obligar a asistir.

–Ya tengo un vestido –lo dijo sin entusiasmo y él la observó en busca de alguna pista más.

–¿Pero?

–Pero nada. Es un vestido estupendo. Lo compré de rebajas en Bloomingdale's hace un par de años cuando tuve que asistir a un evento de etiqueta – apartó la mirada del escaparate–. Este vestido ya me ha dado demasiada envidia por esta noche. Además, deberías volver a casa. Tienes un libro que terminar.

–Volveré cuando vuelvas tú.

–No me pasa nada por quedarme sola. Paseo por Nueva York yo sola todo el tiempo.

–Tal vez, pero ahora mismo estás conmigo y no quiero que pasees sola.

–Así que bajo esa fachada cínica, eres un caballero.

–Mi fachada cínica es por lo que no quiero que

pasees sola. Y ahora probablemente me acusarás de ser sexista.

–No creo que seas sexista. Creo que son buenos modales. A mi abuela le habrías gustado –el pelo se le movía suavemente bajo el gorro de lana que llevaba; tenía un tono entre miel y mantequilla con mechones dorados que captaban la luz. Quería tomarlo en sus manos y sentir su textura colándose entre sus dedos.

–¿Entonces vas a volver conmigo?

–Si es lo que tengo que hacer para que escribas... –Eva se giró y al instante se resbaló sobre una placa de hielo.

Él la agarró sin ningún esfuerzo y la estabilizó antes de que cayera al suelo.

–Ten cuidado.

Ella estaba agarrándose fuertemente a la pechera de su abrigo y Lucas pudo oler el aroma de su cabello. No había querido besar a una mujer en mucho tiempo, pero ahora quería besar a Eva. Quería besarla hasta que ninguno de los dos pudiera respirar, hasta que no supiera qué día era y no pudiera recordar por qué se había mantenido tanto tiempo alejado de las mujeres.

Ella fue la primera que se apartó.

–¿De verdad no estás deseando ir al baile?

–Lo deseo tanto como hacer la declaración fiscal.

–Qué pena. Va a estar lleno de gente maravillosa e interesante.

–Lo que da pena es que creas que puedes encontrar el amor en un lugar así.

–No todos tenemos la suerte de conocer al amor de nuestra vida en el jardín de infancia.

Él supo que se refería a Sallyanne.

Pensó en aquel primer día de colegio, cuando Sallyanne le había robado la manzana. Le había pedido un rescate para recuperarla.

Por entonces él tenía seis años.

–¿Tantas ganas tienes de ir?

–Sí –respondió Eva categóricamente–. Me prometí que esta Navidad saldría. Quiero bailar hasta que me duelan los pies. Y conocer gente. Cenicienta no habría conocido al príncipe si se hubiera quedado en la cocina.

Él esquivó una placa de hielo y la agarró con más fuerza.

–La buscó por todo el reino, lo cual lo convierte en un acosador seriamente trastornado. Y fetichista de pies.

Ella se rio.

–Solo tú podrías darle esa interpretación. Adelante, ríete, pero de verdad quiero conocer a alguien y no me voy a cruzar con nadie si me quedo encerrada. Ese baile estará lleno de gente como yo, divirtiéndose y esperando tener suerte.

–Estará lleno de desconocidos. No conocerás a nadie.

–Te conoceré a ti –sus miradas se rozaron y después ella apartó la suya rápidamente, como si hubiera puesto la mano sobre una llama que fuera a quemarla–. Todas las personas son unas desconocidas la primera vez que las ves.

–Sigue este consejo de alguien que sabe más que tú sobre la naturaleza humana: ten cuidado con cuánto revelas sobre ti.

–No tienes que preocuparte por mí. No soy estúpida y llevo una década viviendo en Nueva York.

–Tu sinceridad me asusta. Te meterá en problemas.

Ella le dirigió una pícara sonrisa.

–Eso intento. He escrito mi carta a Santa Claus confesándole que tengo intención de ser una niña muy muy mala esta Navidad.

–No se te puede dejar salir, eres un peligro. Vamos a cancelarlo –estaban hablando, bromeando, ignorando la tensión subyacente.

–No. Y en lo que respecta a flirtear y a las relaciones, estás tan desentrenado como yo, así que sería una estúpida si siguiera tus consejos –le dio una palmadita en el brazo–. Relájate.

Lucas no se podía relajar teniéndola tan cerca.

–¿No dirás en serio lo de ser una chica mala, verdad?

–Oh, sí, eso lo digo en serio. Pero prometo tener cuidado.

–¿Porque vas a filtrar lo que digas?

–No, porque usaré mi preservativo.

10

El mejor accesorio es la seguridad en una misma.
Paige

–Ve directa a por el hombre más guapo de la sala –la voz de Paige resonó por el teléfono de Eva–. Envíame su nombre y Jake le investigará para ver si tiene algún hábito oculto que necesites saber.

–¿Cómo puede hacer eso? Bueno, olvídalo, no lo quiero saber –envuelta en una toalla, Eva se acercó al espejo del baño mientras se aplicaba máscara de pestañas–. ¿Por qué sois todos tan desconfiados? Frankie y tú sois peores que Lucas, y eso no es un cumplido –guardó la máscara en el neceser y se miró en el espejo.

Ya sabía quién sería el hombre más guapo de la sala, pero estaba fuera de su alcance. Había química, aunque él no parecía tener ningún problema para resistirse a ella.

No quería lo que quería ella. Y por eso ella también se estaba resistiendo.

–Nunca se tiene demasiado cuidado, Ev.

–Es probable que tener demasiado cuidado sea la razón por la que hace tanto tiempo que no practico sexo –pero había un error que no iba a cometer y ese error se llamaba «Lucas». Su mano planeaba sobre las barras de labios que había elegido–. No os voy a enviar ningún mensaje y vosotras no vais a llevar a cabo ninguna comprobación ilícita de antecedentes o lo que sea que tenéis en mente. Esta noche voy a emplear un método anticuado de comprobación y se llama «usar mi instinto».

–No creo que sea un método infalible en un lugar como Nueva York.

–Relájate –se decidió por un tono rosado brillante–. Bueno, ahora tengo que colgar. Aún tengo que vestirme.

–¿Qué te vas a poner?

–No sé por qué me preguntas eso cuando las dos sabemos que solo tengo un vestido apropiado para un evento de etiqueta.

–¿El negro? Te sienta genial.

–Sabemos que es aburrido, pero no podía permitirme derrochar dinero para solo unas horas. Mañana hablamos.

Al girarse, dio un grito de miedo.

Lucas estaba en la puerta observándola; la expresión de sus ojos marrones oscuros le robó el aliento.

–Joder, me has asustado –se llevó la mano al pecho–. ¿Es este otro de tus trucos de escritor de novelas de terror? ¿Acechar tras la puerta y provocarles a tus víctimas un ataque al corazón?

Ya estaba vestido; la tela de su esmoquin se ceñía a los músculos de sus hombros.

–He llamado. No me has oído.

El hecho de verlo vestido hizo que fuera más consciente aún de que ella estaba semidesnuda.

Se agarró a la toalla con timidez.

–Así que se te ha ocurrido venir aquí y darme un

susto de muerte. Es un modo innovador de matar a tus víctimas.

La sonrisa de Lucas le llegó muy dentro.

Intentó subirse más la toalla, pero se dio cuenta de que eso dejaba más al descubierto sus muslos. De pronto, el cuarto de baño parecía demasiado pequeño y en el aire se notaba una tensión que no había estado ahí antes. Un lento y letárgico calor se extendió por todo su cuerpo. Un hormigueo recorrió sus terminaciones nerviosas y se le hizo un nudo en el estómago. Era lo mismo que sentía siempre que estaba cerca de él, pero sabía que tenía que ignorarlo.

—¿Qué quieres, Lucas? —la frustración la hizo sonar irascible, algo poco habitual en ella.

—Te he comprado una cosa. Está encima de la cama.

Eva entró en el dormitorio y se detuvo de repente.

Ahí, tendido con cuidado en la cama, estaba el vestido azul que había admirado en el escaparate.

—Es el vestido de sirena —con el corazón en la garganta, se giró hacia él—. Te dije que no me lo podía permitir.

—Pero yo sí y es un regalo. No es que sea un experto en darle un enfoque de cuento a las relaciones, pero cuando una chica conoce al Príncipe Azul —dijo lentamente—, supongo que es mejor que no lleve puesta una toalla mojada.

¿Le había comprado un vestido?

—Ya tengo vestido.

—Un vestido que no te hacía mucha ilusión. Si vamos a ir a este condenado baile, entonces al menos tienes que sentirte ilusionada. Te dejo para que te cambies —en su voz hubo un matiz de sensualidad que sugirió que si no salía de ahí, la ayudaría a desnudarse.

Ella se le quedó mirando mientras se marchaba y después sacudió la cabeza para disipar la aturdidora niebla del deseo.

Le había comprado un vestido. Y no un vestido cualquiera, sino «el vestido».

Debería rechazarlo, pero era precioso. Era, con diferencia, lo más precioso que había tenido nunca. Rechazarlo sería de mala educación, ¿verdad? Y el hecho de que él se hubiera fijado en cuánto lo deseaba y que se lo hubiera comprado...

La imaginación se le desbocó y arrastró con ella a su pulso.

¿Por qué? ¿Por qué se lo había comprado? ¿Qué significaba?

Ni siquiera fue consciente de que tenía los ojos llenos de lágrimas hasta que tuvo que parpadear para aclararse la vista.

Mierda.

Lo único que significaba era que Lucas era generoso. No podía empezar a sentir nada por él. El objetivo de ir al baile era conocer a alguien, no enamorarse de un hombre que no quería ninguna relación.

Lucas se sirvió una copa. Sabía que sería la primera de varias si quería poder resistir a la noche que tenía por delante.

Se sentía incómodo con el esmoquin, como si fuera de otra persona, pero sabía que el problema no residía en la ropa. Residía en la mujer que estaba en la habitación contigua.

–¿Qué tal estoy? –preguntó la voz de Eva tras él.

Lucas se bebió el whisky de un trago y se giró.

Dio gracias por haber tragado antes de mirarla.

–Estás... –se le secó la boca y se relamió los labios. ¿Qué había hecho? Ya de por sí le estaba costando demasiado no tocarla y ahora acababa de empeorar la situación.

–¿Qué? ¿Ibas a decir algo? –Eva deslizó las manos sobre las curvas de sus caderas y le dirigió una tímida sonrisa–. Me queda perfecto.

–Sí –respondió él con la voz rasgada. Carraspeó–. Bien.

–¿Cómo?

Lucas intentó asimilar la pregunta, pero el cerebro le había dejado de funcionar con normalidad.

–¿Cómo qué?

–¿Cómo es que me queda perfecto? ¿Me has drogado y me has tomado las medidas mientras dormía? ¿Has robado uno de mis vestidos y lo has enviado a la tienda? –se llevó la mano a la boca y abrió los ojos de par en par–. ¡Mira! Estoy empezando a hablar como tú. Me has convertido en una cínica desconfiada en menos de lo que se tarda en hornear un pastel. ¿Estás orgulloso?

No lo sabía; solo sabía que se sentía muy incómodo.

–Di algo –Eva bajó la mano–. No es fácil encontrar ropa que me quede bien. Tengo una forma rara. ¿Cómo lo has hecho?

Para él, tenía una forma perfecta.

–He llamado a tu amiga Paige. Como ahora soy oficialmente cliente de Genio Urbano, eso me da derecho a servicios completos de asistencia personal. Os puedo pedir que le enviéis flores a mi abuela, que me hagáis una tarta o que paseéis a mi perro.

–No tienes perro y he hablado con Paige hace unos minutos. Me ha preguntado qué me iba a poner.

–Supongo que intentaba averiguar si te había dado el vestido.

Eva se dio la vuelta y le lanzó una descarada mirada por encima del hombro.

–Bueno, ¿qué opinas? ¿Voy a tener suerte esta noche?

Él recorrió con la mirada el azul deslumbrante del vestido y se detuvo en su irresistible sonrisa. Tendría suerte, de eso estaba seguro. ¿Qué hombre en su sano juicio no querría marcharse a casa con ella?

–Creo que podría ser –y sintió cierta inquietud al verla tan dispuesta y abierta al amor. No tenía barreras, ni miedos, ni filtro.

¿Había sido él así alguna vez? Tal vez, antes de que la vida hubiera desgarrado sus esperanzas y hubiera esparcido los restos a su alrededor como si fueran confeti.

–Espero que me presentes a todo el mundo que conozcas. Y si esta noche vas a triunfar tú también, tienes que estar especialmente guapo.

Eva se puso de puntillas y le ajustó la pajarita. Al hacerlo, su suave perfume lo envolvió. Olía a verano, como un ramillete de flores recién cortadas; olía a sol y a largos días de descanso. Quería hundir las manos en su cabello y saborear su boca. Y no quería detenerse ahí.

Podía hacerlo ahora mismo. Podía darle a ese momento la conclusión más natural y estaba seguro de que ella lo seguiría.

¿Pero después qué? ¿Qué pasaba después?

El calor aumentó en su interior e intentó contener el aliento con la esperanza de que Eva terminara rápido con lo que fuera que le estaba haciendo a su pajarita.

–Dejé de «triunfar» en mi adolescencia.

Los dedos de Eva le rozaron la garganta.

–Seguro. Pero tal vez sea un primer paso adelante.

–Tal vez no quiera dar ese paso –no podía dejar de mirarle la boca. La barra de labios que había elegido era poco más que un brillo, pero suficiente para captar su atención–. Tal vez sea feliz quedándome donde estoy.

–Eso no es una opción, Blade. Y ahora, sonríe.

–Voy a un baile. ¿Por qué iba a sonreír?

–Porque tu sonrisa es más sexy que tu ceño fruncido y esta noche tienes que centrarte en ligarte a unas cuantas mujeres.

–No me puedo creer que estés diciendo eso.

–Soy tu compinche. Mi labor es ayudarte a conseguir una chica –su sensual voz envolvió sus sentidos como espirales de humo.

–No quiero una chica, así que no necesito un compinche.

–Sé que estás asustado, pero aquí me tienes para darte ánimos.

–No estoy asustado. Estoy incómodo porque no me gusta arreglarme tanto para entablar conversación con personas a las que les intereso tan poco como ellas a mí –y porque la tenía tan cerca que no se podía concentrar.

–Venga, Lucas, estarás bien –la amabilidad de su mirada le robó el aliento. Su corazón, que parecía llevar congelado toda una vida, empezó a latir.

–El escritor soy yo, no tú. ¿Qué clase de palabra es «venga»?

–Antes de que sigas con tus insultos, debería recordarte que tenías el bloqueo del escritor hasta que yo llegué –le dio un codazo–. Te voy a conseguir una rubia guapísima con una bonita sonrisa que te hará olvidar tus miedos.

–Ya te he dicho que no tengo miedo –no quería lo que le estaba pasando. No quería que se le removieran las emociones.

–Todo el mundo tiene miedos y algunos temen mostrarlos, lo cual en realidad te hace estar asustado por partida doble. Estás asustado y estás asustado de estar asustado. Eso son demasiados sustos.

–¿Ya has terminado de psicoanalizarme?

–No he hecho más que empezar. ¿Por qué a los hombres os da tanto miedo admitir que tenéis miedo?

–No lo sé. Tal vez porque no tengo miedo. Y las rubias no son mi tipo –dijo apartando la mirada de su melena rubia–. Prefiero a las morenas.

–Entonces te buscaré a una morena perfecta.

–No malgastes tu tiempo. No hablaré con ella.

–Porque tienes miedo.

–Venga, vale, tengo miedo. ¿Es eso lo que quieres oír? Tengo tanto miedo que me estoy planteando quedarme aquí.

–Has dicho «venga». Y, además, no te puedes quedar aquí. Teníamos un trato, Blade.

–Eres una sádica.

Ella le tapó los labios con la punta de los dedos.

–No digas nada.

Solo haría falta el más mínimo movimiento de sus labios y tendría sus dedos en su boca.

Lucas levantó la mano y agarró la suya.

–¿Por qué estamos hablando de mí cuando es tu noche?

Eva parecía haberse quedado sin respiración. Le temblaban los dedos ligeramente.

No había imaginado que pudiera haber tanta tensión entre dos personas que ni siquiera se estaban mirando. Con delicadeza, apartó la mano.

-Tienes razón. Esta noche es mi noche y deberíamos irnos -le dijo con voz animada y desviando la mirada-. Será una noche única e irrepetible y no quiero perderme nada. Va a ser increíble.

Una noche única en la que él podría verla flirtear con otros hombres.

Lucas agarró su abrigo mientras se preguntaba cómo narices eso iba a ser increíble.

El Hotel Plaza estaba decorado como un palacio de nieve, con imponentes esculturas de hielo iluminadas por diminutas luces.

Fue como entrar en una gruta. Al notar que Lucas estaba a punto de girarse y marcharse, Eva le entregó su abrigo rápidamente a uno de los miembros del servicio.

-Parece un escenario sacado de Narnia, aunque resulta gracioso pensar que han usado nieve artificial con toda la que hay de verdad al otro lado de la puerta.

-Supongo que querrían ahorrarse la nieve derretida de color grisáceo y la inconveniencia del hielo y el frío.

Para cualquiera que los hubiera estado escuchando, su conversación habría sonado relajada, como si hubieran tenido miles de charlas parecidas a lo largo de su relación. Lo que no sería tan sencillo de detectar era la tensión subyacente que había bullido entre los dos desde aquel momento que habían compartido en casa. Estaban bailando el uno alrededor del otro, pero no era la clase de baile que ella había tenido en mente.

Al final Eva había optado por fingir que no había sucedido. Que nada había cambiado.

Nada había cambiado, ¿verdad? Se había producido un momento tenso, pero nada más. No era la primera vez.

Entró en el salón de baile y se fijó en que todas las cabezas se estaban girando hacia Lucas. A pesar de su renuencia a asistir, encajaba más en esa sala que el resto del mundo.

Sintió un profundo dolor en el pecho. No se podía permitir querer lo que no podía tener.

—De acuerdo —infundió entusiasmo a su voz—. Deberíamos separarnos.

Lucas se giró, con gesto adusto y mirada intensa.

—¿Separarnos?

—Si la gente cree que estoy contigo, nadie me va a pedir un baile ni, mucho menos, otra cosa —vio cómo se tensó la boca de Lucas.

—No te pienso dejar sola.

—Lucas, tienes que dejarme sola. Esa es la idea.

—Este lugar es un mercado de carne.

—Espero que no, porque soy vegetariana —lo miró preguntándose si alguna vez había visto un hombre al que le sentara tan bien un esmoquin. Era pura tentación vestida de esmoquin—. ¿Podrías sonreír? Parece como si te estuviera llevando a rastras al dentista.

—Prometí acompañarte. No prometí divertirme.

—Suéltate un poco. Hace tanto que no sales que puede que te sorprendas de lo divertido que es hablar con humanos de verdad. Pasas demasiado tiempo en el mundo de los asesinos en serie —señaló con la cabeza—. ¿Conoces a ese tipo de ahí? ¿El que me está sonriendo?

—Es una sonrisa fingida. Se nota por cómo le caen los labios sobre los dientes. Está de cacería.

—¿De cacería?

—En busca de su próxima víctima. Fíjate en sus ojos.

A Eva le estaba costando fijarse en alguien que no fuera Lucas.

–¿Crees que es un asesino en serie?

–Más bien un adúltero en serie. Ha estado casado cuatro veces. Su última mujer estaba embarazada de ocho meses cuando la dejó.

–¿Sabes todo eso por el modo en que sonríe? Es impresionante.

–Sé todo eso porque lo conozco. Se llama Doug Peterson y es socio de Crouch, Fox y Peterson. Son un bufete de abogados. Bajo ninguna circunstancia te veas tentada a devolverle la sonrisa.

–El propósito de esta noche es salir y conocer gente.

–Pero no a gente como él. Se acerca. Yo me ocupo.

Ella estuvo a punto de protestar y decir que era perfectamente capaz de ocuparse de él, pero Doug Peterson ya estaba frente a ellos.

–Lucas. Me alegro de ver que has vuelto al ruedo –le estrechó la mano, estableció contacto visual durante una fracción de segundo y después se giró hacia Eva–. ¿Y quién es tu encantadora acompañante?

Ojalá.

–No soy...

–Es Eva –respondió Lucas agarrándola por la muñeca con actitud posesiva–. No queremos entretenerte, Doug. Seguro que tienes una noche muy ocupada por delante.

Doug clavó la mirada en el escote de Eva y después sonrió mostrando unos dientes perfectos y blancos.

«Como un tiburón antes de comer», pensó Eva resistiendo la tentación de estirarse el vestido.

–Tengo que reconocer, Lucas, que cuando vuelves, lo haces con estilo –se alejó y Eva se le quedó mirando con incredulidad.

–¿Le has dejado pensar que...?

–Sí.

Podía sentir la firmeza de sus dedos rodeándole la muñeca.

–No era necesario. Podría haberme ocupado de él.

–Ya me he ocupado yo por ti.

–No lo vuelvas a hacer. Si sigues «ocupándote» de la gente, no voy a conocer a nadie. Todo el mundo va a pensar que estoy contigo –y estar con Lucas era algo en lo que estaba intentando no pensar. Cada vez que la tocaba, cada vez que la miraba, le resultaba más difícil.

–No me importa si con eso te mantengo a salvo.

–¡No quiero estar a salvo! Quiero vivir.

–Cuando encontremos a alguien en quien crea que se puede confiar, dejaré claro que no estamos juntos.

–Si vamos a esperar a que encuentres a alguien en quien creas que se puede confiar, nos vamos a tirar toda la noche aquí. No confías en nadie –miró su muñeca, aún rodeada por sus fuertes dedos–. ¿Me vas a soltar?

Él no la soltó.

–Estoy evitando que te metas en líos.

–Por eso me gustaría que me soltaras. Estoy intentando meterme en líos y tú lo estás impidiendo –miró a su alrededor y vio a una preciosa morena en el extremo de la pista de baile–. Tiene una sonrisa bonita. ¿Qué te parece?

–¿Eres bisexual?

–Estaba pensando en ti. Es tu tipo.

–¿Cómo lo sabes? –preguntó con cierta crispación–. Has visto fotos de Sallyanne y has pensado que encontrarías a alguien como ella, ¿verdad? ¿La sustituta perfecta?

—No. Me has dicho que no te gustan las rubias y que prefieres a las morenas –vio un músculo tensarse en su mandíbula.

—Discúlpame.

—No te disculpes por sentirte triste y por que todo esto te resulte tan difícil.

Había gente arremolinándose a su alrededor, pero ninguno de los dos estaba prestando atención.

—No debería haber venido. Ha sido un error.

—Creo que el hecho de que te resulte difícil es una buena razón para haber venido. La próxima vez será más sencillo –le agarró la mano–. Voy a dejar de hacer de casamentera. No te enfades. Tengo buenas intenciones, al igual que tú, supuestamente, al mandar a freír espárragos a ese tipo.

—No es lo mismo.

—Sí que lo es. Los dos estamos interfiriendo en la vida del otro, así que hagamos un trato. No me entrometeré en la tuya si tú no te entrometes en la mía.

Él tenía la mirada clavada en la pista de baile.

—¿Y si decides marcharte con un inmoral?

—Tengo un doctorado en trato con inmorales. Pídele un baile a esa mujer. Tiene una sonrisa preciosa.

—Has dicho que no te ibas a entrometer.

—Te he mentido –dijo dándole un golpecito en el brazo–. Parece maja.

—¿Maja? ¿Qué clase de palabra es «maja»?

—No te burles de mí. Si me hicieras un huevo revuelto y no estuviera perfecto, simplemente te daría las gracias. No recalcaría todas las cosas que podrías haber hecho mejor.

—Tienes razón. Lo siento.

—No pasa nada. Sé que el hecho de estar aquí te está poniendo de mal humor y es culpa mía porque te he obligado a venir. Pero ya estamos aquí y voy a disfrutarlo, así que deja de poner esa cara tan seria.

Lucas se giró hacia ella; sus ojos oscuros resplandecían bajo las luces.

–A lo mejor no tengo miedo. A lo mejor no quiero lo que quieres tú. ¿No se te ha ocurrido?

–¿No quieres amistad y amor? Bueno, claro que no, porque esas cosas son horribles. ¿Tener a alguien que se preocupe por ti y que saque lo mejor de ti? ¡Puaj! Es mucho mejor estar solo y que no te quiera nadie, así sabes con seguridad que nunca te van a hacer daño.

–El sarcasmo no te favorece.

–¿No? Creía que era el accesorio perfecto para tu cara de enfadica.

–«Enfadica» no es realmente una palabra.

–Bueno, pues debería serlo. Y no vayas de superior –de todos modos, no tenía la mente puesta en esa discusión porque estaba pensando en lo que había dicho Lucas–. ¿Hablas en serio?

–¿Que si digo en serio que «enfadica» no es una palabra? Sí.

–Que si dices en serio que no quieres amor.

Él se detuvo lo suficiente para que ella supiera que ahí tenía su respuesta.

A Eva se le encogió el alma.

–¿Tanto duele?

Lucas miraba fijamente la pista de baile.

–Sí.

Ojalá no estuvieran teniendo esa conversación ahí, rodeados de gente.

–Cuando algo es difícil, lo mejor es salir y hacerlo.

Él se giró.

–¿Alguna vez has estado enamorada?

–No, pero está en mi lista de deseos.

–Si no has estado enamorada, entonces no estás en posición de juzgar si es algo que una persona querría vivir más de una vez en la vida.

–No te estaba sugiriendo que salgas ahí y te enamores. Estaba pensando en algo más sutil. Empieza con un baile. Aunque tú no quieras, yo voy a bailar. Me gustaría estirar las plumas.

–Querrás decir las «alas». Las plumas se erizan –aunque fue un comentario en broma, añadió nuevas capas de intimidad a la conversación. Era superficial porque así lo habían elegido, no porque no tuvieran un conocimiento más profundo el uno del otro.

–Estoy empezando a comprender por qué sigues soltero. Si no dejas de corregir a la gente, lo que consigues es que tengan ganas de darte un bofetón y no de seducirte. Al menos habla con alguien. En esta sala no hay ni una sola mujer que no esté deseando en secreto que bailes con ella.

–Eso es porque saben que tengo dinero.

–Yo creo que es más bien porque eres guapísimo cuando no estás tan serio. Ser tu compinche es un trabajo muy duro. Puede que tenga que cobrarte horas extras –le dio un codazo–. Sonríe. Inténtalo y así veremos si te asedian. Me quedaré en el otro extremo de la sala a vigilar.

Él frunció el ceño.

–No. Eva, no puedes...

Ella se obligó a alejarse a pesar de que lo único que quería era estar a su lado. Lucas tenía que conocer a alguien que le resultara interesante y eso no sucedería nunca si ella estaba a su lado. Por otro lado, ella tampoco conocería a nadie porque mientras Lucas estaba cerca, era el único hombre en quien se fijaba.

Iba a olvidar el hecho de que fuera el hombre

más guapo y más interesante de toda la sala. Iba a olvidar la atención con que la escuchaba y cómo la hacía sentir.

Iba a conocer a alguien que de verdad quisiera tener una relación.

¿Por qué había accedido a ir?

En el extremo de la sala veía a Eva riéndose con un hombre que estaba de espaldas a él. ¿Sería alguien que conociera? Nunca había sentido unos celos tan brutales y desgarradores, y desde luego no había esperado sentirlos esa noche.

–¡Lucas! ¡Pero si eres tú! –una voz femenina interrumpió sus pensamientos y cuando se giró vio a una preciosa pelirroja sonriéndole.

–Caroline –se inclinó hacia delante y la besó en las mejillas con formalidad. Podía oler el alcohol y ver ese brillo excesivo en sus ojos.

Era una conocida de Sallyanne, aunque no de su círculo más cercano.

–No esperaba verte aquí. ¿Estás solo? –lo agarró del brazo–. Deberíamos bailar. Vamos a celebrar que somos jóvenes y estamos vivos –se quedó paralizada al ser consciente de lo que había dicho.

Su mirada lo llevó de vuelta a la época de la muerte de su esposa, cuando todo el mundo había andado con pies de plomo al acercársele y él había acabado animando a los que no habían sabido qué decirle. Su papel había sido convencerlos de que estaba bien y después hacerles sentirse bien.

Las situaciones sociales solían ser fingidas, pero desde la muerte de Sallyanne lo habían sido aún más. Sonrisas fingidas, alegría fingida.

Y Caroline, después de haber metido la pata, ahora parecía decidida a compensarlo mostrándose especialmente preocupada y afectuosa.

–¿Cómo estás, Lucas?

Deslizó la mano sobre su brazo y la dejó ahí posada, demasiado rato para tratarse de un gesto amistoso.

Al otro lado de la sala vio a Eva reírse otra vez y al hombre girarse ligeramente y acercarse a ella.

Ahora lo pudo ver mejor y...

Mierda. Era Michael Gough. Eva no tendría ninguna posibilidad frente a él. Por muy bueno que fuera su radar, no detectaría los defectos de Michael. Por fuera era encantador, pero él sabía con una certeza del cien por cien que primero usaría su preservativo y después le partiría el corazón.

–¿Lucas? –Caroline seguía a su lado, demasiado cerca.

–Que lo pases genial esta noche, Caroline.

–Ah, pero...

No oyó el resto de la frase porque ya estaba cruzando la sala, medio cegado por los brillos y los destellos de la pista de baile y la luz y esquivando a las parejas que bailaban. La música no era más que un ligero sonido de fondo, apenas audible entre las palpitaciones de su cabeza.

Llegó hasta donde estaba Eva justo cuando Michael se acercó.

–Eres –le estaba susurrando– la mujer más interesante que he conocido en mucho tiempo. Tienes unos pechos increíbles. Y un pelo precioso. Quiero ver cómo queda sobre mi almohada.

Con la visión nublada por la furia, Lucas abrió la boca, pero antes de poder hablar, Eva alargó la mano y se arrancó un mechón de pelo.

–Toma –se lo dio al hombre y, con tono amable, añadió–: Puedes llevarte esto y averiguarlo. Por desgracia, los pechos los tengo pegados al cuerpo, así que no te puedo dar uno para que te lo lleves a casa.

Lucas se quedó paralizado. Sabía que a Michael se le consideraba un buen partido y había supuesto que Eva, atraída por su labia, mordería el anzuelo, el hilo y la caña.

Pero, por el contrario, había hecho lo que hacían muy pocas mujeres. Lo había rechazado.

Michael reconoció el desaire y tensó la boca, aunque no parecía dispuesto a rendirse y menos al darse cuenta de que Lucas lo había oído.

–Vamos a bailar.

Eva negó con la cabeza.

–No, pero gracias.

–Eres una mujer muy bella. Tengo interés en conocerte mejor.

–¿Sí? –Eva lo miró pensativa–. ¿Y qué pasa con mi cerebro? ¿Tienes interés en esa parte? ¿O en mis sentimientos? ¿Qué me hace reír y llorar?

Michael parecía levemente alarmado.

–Yo...

–Ya me imaginaba. Cuando dices que tienes interés en mí, lo que de verdad quieres decir es que tienes interés en llevarme a un sitio oscuro y tener sexo conmigo. No tiene nada de malo, pero no me interesa –le sonrió–. Gracias por el cumplido. Que disfrutes de la noche.

Con eso, se giró y se topó con Lucas.

–Creo que es mi turno para bailar –agarró la mano de Eva y la llevó hacia sí ignorando su mirada de asombro.

Michael enarcó las cejas.

–¿Lucas? No sabía que os conocíais.

–Estamos viviendo juntos.

Lucas vio a Eva estrechar la mirada con gesto de

advertencia y Michael sonrió, su rostro ya no reflejaba ira.

–Eso lo explica todo. Siempre has sido un hombre de un gusto excelente. Que disfrutéis del baile.

Se alejó y Eva se giró de nuevo hacia Lucas.

–¿Por qué has hecho eso? ¿Por qué has dicho eso?

–Se te estaba insinuando.

–¡Y yo controlaba la situación! Pero ahora ha dado por hecho que lo he rechazado porque estoy contigo, no porque se estuviera comportando como un imbécil.

–Es mejor así. Es un hombre para el que su ego significa mucho. Lo conozco, Eva.

–¡Conoces a todo el mundo! Por desgracia, yo no, y no conoceré a nadie a menos que te mantengas en el otro extremo de la sala.

–Te estoy cuidando. Estoy aquí para salvarte de ti misma –ignoró a la pequeña voz dentro de él que le decía que su intervención había tenido poco que ver con ella y mucho con él.

–¿Te ha parecido que necesitaba que me salvaras?

–Eva, es un rompecorazones en serie. Y tiene esposa.

–Lo sé.

–¿Lo sabes? ¿Cómo?

–Tiene una marca blanca en el dedo donde debería llevar el anillo de boda. Es una prueba de que solo se lo quita cuando no le resulta conveniente estar casado –suspiró y lo agarró del brazo–. Me conmueve que te hayas preocupado lo suficiente como para venir corriendo hasta aquí a salvarme. Es un rasgo encantador, pero llevo tratando con tipos como él desde que era adolescente. Hombres que me miran el pecho y el pelo y dan por hecho que no soy capaz de construir una frase.

–Un primer encuentro en un lugar así casi siempre está basado en la atracción sexual.

–Cierto, pero te aseguro que sé distinguir cuándo un tipo solo quiere acostarse conmigo y cuándo de verdad le gusto lo suficiente como para querer conocerme mejor –su sonrisa se desvaneció–. Esa es probablemente la razón por la que llevo tanto tiempo en el celibato. La triste verdad es que la mayoría de los hombres no quieren conocerme mejor, así que probablemente eso me convierte en una ilusa.

Él pensó que eso convertía a todos esos hombres en idiotas, pero no lo dijo.

No quería pensar en ellos.

Le soltó la mano y la rodeó por la cintura.

–Vamos a bailar.

–Odias bailar. Solo me lo has propuesto para alejarme de Michael el Merodeador.

–Pero a ti te encanta bailar.

–Sí. Es la razón principal por la que quería venir esta noche. Quiero bailar hasta que me duelan los pies y me dé vueltas la cabeza.

A él se le ocurrían cien formas de hacer que le diera vueltas la cabeza y no tenían nada que ver con bailar, pero apartó ese pensamiento rápidamente.

–Bueno, pues vamos a bailar.

Varios hombres la estaban mirando y Lucas la llevó a la pista de baile antes de que alguno pudiera tener oportunidad de reclamarla.

De haber sucedido, probablemente les habría dado una paliza.

Eva le puso la mano en el hombro y mantuvo una distancia respetuosa entre los dos.

–Me encanta bailar. Fui a clases de *ballet* hasta que tuve catorce años.

–Seguro que bailaste la *Danza del Hada del Azúcar*.

–Sí, pero ¿cómo...?

–Da igual.

–Mi abuela solía llevarme a ver el Ballet de Nueva York todas las Navidades. Era nuestra rutina y me encantaba. Copos de nieve, brillos y música preciosa. Siempre me sumía en un espíritu muy navideño. Al volver a casa, me ponía a dar vueltas y a soñar con que era una bailarina de verdad.

Él la miró imaginándosela con unas medias rosas y unas brillantes zapatillas de *ballet* danzando en un sueño. Y se preguntó cómo había llegado a la edad adulta sin perder esas brillantes ilusiones por la vida y la gente.

Bailó como había bailado en la cocina, con movimientos suaves y fluidos, girando la cabeza alrededor de sus hombros desnudos y con su sonrisa de megavatios iluminándole la cara.

–Qué divertido.

Él estaba de acuerdo.

–Está claro que es mucho mejor que hablar de trivialidades con gente aburrida.

–Eres muy grosero.

–Lo soy. Harías bien en evitarme.

–Lo he intentado, pero al parecer no te puedes resistir a entrometerte en mi vida amorosa. Y tengo que vigilarte de cerca para que no acabes protagonizando los titulares de mañana.

Sus esfuerzos por hablar por encima de la música los obligaron a acercarse.

–¿Me echas la culpa a mí? Eres una temeraria y le hice una promesa a tu amiga Frankie.

–Soy excelente juzgando a la gente.

–Si investigas sobre homicidios, descubrirás que la mayoría de la gente muere a manos de alguien a quien conoce.

Ella se apartó ligeramente, con los ojos brillantes de exasperación.

—Estamos en un baile, Lucas. Un baile de ensueño y romántico. ¿Y me estás diciendo que uno de mis amigos me va a asesinar?

—Lo que te estoy diciendo es que si te asesinaran, probablemente sería alguien que conocieras. Estoy intentando educarte, infundirte un poco de prudencia.

—Tienes una visión de la vida algo retorcida. Y solo vamos a bailar una canción, nada más. Primero, porque si hablo contigo demasiado tendré que dormir con las luces encendidas, y segundo, porque si bailo contigo no voy a conocer a nadie. Y tú tampoco.

La música se fue deteniendo y Lucas esperó que lo apartara, pero en lugar de eso, Eva apoyó la cabeza en su pecho y lo rodeó con los brazos. El deseo le cubrió la piel y se coló en sus huesos. Se le vació la mente. El cerebro le funcionaba con tanta lentitud y lo sentía tan pesado que no podía encontrar palabras para la ocasión, aunque por suerte, Eva tenía mucho que decir.

—¿Has hecho ya algún propósito de Año Nuevo? Porque, si no, tengo uno perfecto para ti —la sentía suave y flexible, parecía como si su cuerpo se estuviera derritiendo en el de él.

—Ya me imagino qué es —fue capaz de responder y lo vio como todo un logro, dado que apenas podía respirar.

—Seguro que no —ella apoyó la mano en su pecho, sobre su corazón, y lo miró.

—Quieres que te prometa que voy a salir de casa y que voy a empezar a salir con gente.

—Error. Quiero que dejes de buscar el lado malo de la gente.

—Soy así. No es algo que pueda evitar.

–Claro que puedes. Tu trabajo te ha hecho así. Tienes que distinguir entre el trabajo y la vida real.

Se contoneaban juntos, mirándose fijamente, aislados de la gente que los rodeaba.

–Si te dijera que empezaras a sospechar más de la gente, ¿podrías?

–Tal vez, pero no me parece un modo muy agradable de vivir –se le acercó más y él se tensó, aunque después deslizó la mano sobre su espalda.

Lucas sentía la calidez de su piel a través de la fina tela del vestido.

El vestido que le había comprado él. Seda y pecado.

Renunciando a la moderación, la acercó más a sí y encajó las suaves curvas de su cuerpo en los duros contornos del suyo. Eva le rodeó el cuello con los brazos y apoyó la cabeza en su hombro. Con facilidad. Con naturalidad.

El deseo lo recorrió de un modo brutal y brusco. Pensó en cómo una persona podía desear algo desesperadamente a pesar de saber que era un error.

Debía soltarla. Debía hacer algún comentario frívolo y decir que tenía que ir a hablar con alguien, pero no lo hizo. La agarró con fuerza empapándose de su calidez y tomando todo lo que podía mientras podía. No oyó la música y no vio a la gente bailar cerca de él. No le importó qué pensarán los demás o qué dijeran. No quería pensar en ellos, ni quería pensar en Sallyanne.

Lo único que le importaba era bailar con Eva y hacer que ese momento durara lo máximo posible.

Era como encender una vela en la oscuridad. No sabía cuánto tardaría la llama en apagarse, pero hasta que lo hiciera, iba a saborear cada momento de luz.

Haces de luz se movían por el techo de la sala dándole al pelo de Eva un brillo dorado.

Ella tenía la cabeza agachada y lo único que podía ver de su rostro eran su nariz respingona y la suave curva de su boca.

La música cambió de nuevo, pero Eva no dio muestras de querer apartarse y él tampoco tenía ninguna intención de dejarla marchar, así que siguieron bailando, juntos, mientras el ritmo de sus cuerpos seguía el ritmo de la música. Se preguntó por qué nunca se había dado cuenta de que bailar podía ser un acto casi tan íntimo y personal como el sexo.

Sintió el ligero roce de sus dedos en la nuca y la calidez de su cuerpo contra la palma de su mano y en ese momento supo que no quería que Eva se fuera a casa con nadie.

Quería que se fuera a casa con él, por razones que no tenían nada que ver con protegerla. Esas razones habrían sido desinteresadas y sus razones eran completamente egoístas.

Al estar tan juntos, de ese modo tan íntimo, notó un cambio en ella también. Podía sentirlo por cómo se estaba conteniendo, por esa casi insoportable tensión de su esbelto cuerpo.

—Vámonos de aquí —le susurró Lucas contra el pelo esperando por un lado que ella se resistiera—. A menos que quieras quedarte. Este baile era tu sueño —la notó paralizarse en sus brazos.

Ella levantó la cabeza y él sintió la calidez de su aliento sobre su mejilla.

—¿Te quieres ir? —le susurró al oído—. Quería que conocieras a alguien interesante.

Se produjo un largo silencio mientras ambos admitían en silencio lo que ya sabían.

Finalmente, cuando la tensión casi los había asfixiado, Lucas se apartó y la miró a los ojos.

–Estoy con la única persona que me interesa.

Eva tragó saliva.

–Y yo.

Los disimulos, las risas y la reticencia se desvanecieron y quedaron sustituidos por plena sinceridad.

Ya no se movían, ya no fingían estar bailando o ser parte de la fiesta. Estaban en su mundo aislado y privado. Separados. Apartados de todos.

Un color rosado se extendió por las mejillas de Eva y sus ojos se iluminaron bajo las luces con un tono azul zafiro.

–Vamos –lo agarró de la mano, pero Lucas se detuvo, conteniéndose al saber que estaban a punto de hacer algo que no podrían deshacer.

–¿Estás segura?

–¿Segura? Vamos, Lucas... –le acarició la cara–. Nunca he estado más segura de nada.

11

Sé siempre buena a menos que ser mala te parezca más divertido.

Eva

En el coche mantuvieron la distancia; ninguno de los dos confiaba en poder controlar lo que estaban sintiendo. Visiblemente tenso, Lucas se soltó la pajarita y se abrió el botón superior de la camisa.

Eva le miró el cuello. Era incapaz de mirarlo sin desearlo.

—¿Tienes calor?

La mirada que le lanzó fue tan íntima que ella se derritió por dentro.

—Algo así.

Eva se preguntó si podrían pedirle al conductor que fuera más rápido. Estaban cerca del piso de Lucas. Probablemente habrían tardado menos si hubieran ido corriendo.

Alargó la mano hacia Lucas y él la garró con fuerza, presionándole la palma contra el duro músculo de su muslo.

Cada roce aumentaba la excitación. El deseo la hacía sentirse temblorosa y débil.

Cuando llegaron al edificio de Lucas, estaba tan desesperada por besarlo que estuvo a punto de arrastrarlo hasta el parque y arriesgarse a sufrir una congelación antes que tener que esperar unos frustrantes minutos dentro del ascensor.

Sin embargo, en cuanto las puertas del ascensor se cerraron, se unieron como dos imanes.

Él le agarró la cabeza y la besó con fuerza. Mientras, ella solo podía pensar: «Por fin. Por fin». Después, todo se volvió borroso. Eva sintió la erótica caricia de su lengua y la urgencia con que movió las manos cuando la llevó contra la pared del ascensor y atrapó su cuerpo con el suyo. Fue intenso, apremiante y tan excitante que ella no pudo más que tomar un poco de aire y agarrarse con fuerza.

El beso de Lucas rozaba la brusquedad, pero no le importó. Eva hundió los dedos en los sedosos mechones de su pelo y lo acercó a sí, intentando desesperadamente empaparse más de él. En algún punto en la distancia oyó un pitido y Lucas la sacó del ascensor sin soltarla.

Entraron en el ático tambaleándose y, cuando la puerta se cerró, se desinhibieron por completo.

Con la respiración entrecortada, Lucas apartó la boca de la suya y deslizó los labios sobre su mandíbula y su cuello mientras le bajaba los diminutos tirantes que le sostenían el vestido. El vestido cayó al suelo y ella sintió el roce del aire frío contra su acalorada piel.

Con un gemido de placer, Lucas le cubrió un pecho con la mano y acarició su endurecida cúspide. Eva se arqueó hacia él y notó su engrosada dureza haciendo presión contra su cuerpo. Era una lluvia de sensaciones. Era como estar bajo una cascada sin tener oportunidad de tomar aire.

Los labios de Lucas siguieron a sus manos y la tomó en el calor de su boca; el diestro movimiento de su lengua la estaba volviendo loca.

–Espera... Mi bolso... –intentó centrarse, intentó recordar dónde había tirado el bolso, pero la cabeza le daba vueltas.

–No necesitas el bolso.

–Mi preservativo...

Maldiciendo para sí, Lucas se apartó lo justo para encontrar el bolso. Se lo puso a Eva en las manos y después la levantó en brazos.

–¿Adónde vamos?

–A la cama.

–Con la pared me vale –el deseo que sentía por él lo eclipsaba todo.

No podría haber dicho cómo llegaron desde la puerta hasta el dormitorio porque estuvo demasiado ocupada besándole la mandíbula, con esa sensual aspereza, y explorando sus duros contornos y sus masculinas texturas.

Lucas la dejó en el suelo y ella, con las piernas temblorosas, se sostuvo en su poderoso cuerpo. Lo podía sentir, duro y preparado, a través de la fina tela de su ropa interior. Lo agarró por la camisa.

–Ahora. Ahora. Ahora... –repitió la palabra una y otra vez como un mantra y él la hizo callar con un beso y emitió un rotundo «no» que quedó amortiguado por la presión de sus labios contra los de ella.

Eva le acariciaba la espalda.

–No me hagas esperar. Ha pasado mucho tiempo.

–Razón de más para hacer esto como es debido.

Lucas tenía las manos sobre su pelo y la boca en sus labios. Se besaron, insaciables, como si necesitaran para vivir la erótica danza de sus lenguas y el intercambio de sus ardientes alientos.

Era la primera vez que entraba en el dormitorio de Lucas, pero ni siquiera lo miró. Le habría dado igual dónde estuviera porque no estaba prestando ninguna atención a lo que la rodeaba. Todo su mundo era él y no podía apartar la mirada del encendido deseo que veía en sus ojos. Deslizó la mano por su cuerpo y la fue bajando hasta rodear su excitado grosor. La intimidad de esa caricia pareció impactarlo y le hizo salir del frenesí que los estaba consumiendo.

–Esto es una locura –dijo contra su boca–. Tú quieres amor verdadero y yo no soy el Príncipe Azul.

–El Príncipe Azul era un acosador seriamente trastornado y fetichista de pies –sin aliento, Eva lo rodeó por el cuello para evitar que se apartara más–. Tú me lo enseñaste.

–Pero se casó con la chica.

–Yo no me quiero casar contigo. Solo quiero que me des un orgasmo.

–¿Solo uno? Qué expectativas tan bajas tienes –de nuevo la estaba besando; fue un beso diestro y deliciosamente explícito.

¿Alguna vez la habían besado así? No. Nunca.

Le sacó la camisa de debajo del pantalón y él, con la respiración entrecortada, le agarró la mano.

–Eva...

–Quiero hacerlo –pero entonces, entre la bruma de deseo se le ocurrió que tal vez Lucas estaba buscando un motivo para parar–. ¿Y tú?

–Sí –no vaciló–. Sí, quiero hacerlo.

–Entonces... –le enganchó la pierna con la suya, y al instante Lucas estaba tirado boca arriba sobre la cama, mirándola.

–¿Qué narices ha sido eso?

–Eso –dijo Eva orgullosa mientras se sentaba a horcajadas encima de él– es mi llave letal.

Comenzó a desabrocharle los botones.

–Te necesito desnudo –los dedos se le resbalaban sobre la tela, y con un gruñido decidió dejarlo y bajarle la cremallera–. Olvídalo. La desnudez está sobrevalorada.

Lo oyó maldecir para sí y después Lucas le cubrió las manos con las suyas y la ayudó a terminar el trabajo. Su ropa cayó al suelo y ella sintió otra sacudida de deseo al deslizar las manos sobre sus poderosos músculos.

Hacía mucho tiempo que no tenía una relación que hubiera pasado de una conversación y un beso. Mucho desde que había estado desnuda con un hombre. Desde que había tocado y la habían tocado.

Tal vez debería haber estado nerviosa, pero no lo estaba. Nunca había deseado nada tanto en su vida.

Lucas la tumbó sobre la cama y se tendió sobre ella, atrapándola bajo su peso.

Sin aliento, Eva le acarició los hombros.

–¿Qué pasa? ¿No soportas que una mujer esté encima de ti?

–Solo así puedo hacer que esto no vaya tan rápido. Quieres un orgasmo y estoy aquí para asegurarme de que sea el mejor de toda tu vida.

–Sinceramente, me valdría con cualquier orgasmo –se retorcía bajo su cuerpo, pero él apenas la dejaba moverse.

–Tienes que ser más ambiciosa, cielo. Nunca te conformes con algo bueno cuando puedes tener algo fantástico.

–Vale, ¿pero podrías...?

–No –la hizo callar con un beso–. Soy yo el que decide cómo vamos a hacer esto. Tú ahora estás delegando.

Para estar seguro de que había captado el mensaje, Lucas le agarró las manos con la suya mientras iba descendiendo sobre su cuerpo con la intención de explorar cada centímetro de su piel.

Sin duda, sabía mucho de torturas.

–Lucas... por favor...

Él respondió quitándole la ropa interior y separándole las piernas.

Ignoró sus protestas al igual que la había ignorado cuando le había suplicado que fuera más deprisa.

La exploró y la íntima caricia de su lengua la excitó hasta un extremo que no había conocido nunca. Era casi imposible no moverse, no retorcerse, pero él la tenía atrapada, totalmente a su merced.

Sintió el delicado roce de sus dedos en su interior y contuvo el aliento mientras la excitaba más y más con despiadada paciencia y una destreza que la hizo retorcerse y desesperarse de deseo.

Llegó al clímax bajo una lluvia de deslumbrante placer y sus gritos llenaron la habitación.

Después, se sintió débil y floja. La emoción la invadió. Se le llenaron los ojos de lágrimas y los cerró con fuerza sin atreverse a mirarlo por si el torrente de sentimientos se desbordaba.

Lo sintió alzarse, sintió el áspero vello de su torso rozar las sensibles cúspides de sus pechos.

–Mírame –su delicada orden le hizo abrir los ojos.

Ojalá Lucas no viera el brillo de las lágrimas.

–Gracias...

–No me las des aún. No he hecho más que empezar –la besó una vez más y después agarró algo de la mesita de noche.

Ella le tiró del hombro.

–¿Es mi preservativo?

–No, pero no te preocupes, ya lo usaremos luego. Tenemos toda la noche.

«Toda la noche». Al oír su voz tan sensual y cargada de deseo le dio un vuelco el estómago.

—Lucas —pronunció su nombre entrecortadamente y el corazón se le aceleró al sentir su grosor rozándola íntimamente—. Sé que te gusta tener a la gente en suspense, pero...

—El suspense está sobrevalorado —Lucas deslizó la mano bajo sus nalgas y se adentró en ella lentamente, tomándose su tiempo, mirándola fijamente mientras la llenaba, alentando a su cuerpo a recibirlo por completo.

Se detuvo para darle un momento para acomodarse a él a la vez que le susurraba suaves palabras contra su pelo; mientras, ella le acariciaba la espalda y notaba las formas de sus músculos bajo sus dedos. Nunca había imaginado que pudiera sentir algo tan maravilloso, pero se había equivocado, al igual que se había equivocado en tantas otras cosas.

Se arqueó bajo él, lo rodeó con las piernas y Lucas se hundió más en ella creando una avalancha de sensaciones con su lento ritmo. Eva sintió el roce de su pierna contra la sensible piel de su muslo interno, la calidez de su boca, la fuerza de su mano. Lo sintió a él. Sintió su palpitante grosor llenándola. Y con cada uno de sus movimientos deliciosos y perfectamente acompasados, Lucas la fue arrastrando hacia el clímax hasta que ella volvió a romperse de placer y las sacudidas de su cuerpo lo llevaron a él al mismo final.

Eva se despertó en la oscuridad y se encontró sola en la cama. Le dolía el cuerpo de formas que no había sentido en mucho tiempo. Tal vez nunca.

Giró la cabeza para ver si Lucas estaba en el baño, pero no se veía ninguna franja de luz bajo la puerta.

Saliendo muy a su pesar de las deliciosas nubes del sueño, se incorporó y miró la habitación.

Una parte de ella quería acurrucarse entre las sábanas y volver a sumirse en un profundo y delicioso sueño, pero la otra parte necesitaba encontrarlo.

Pensó en la intimidad que habían compartido y en lo que habían descubierto el uno del otro, no solo la primera o la segunda vez, sino después. Se había producido un cambio tectónico en su relación. Ninguno se había guardado nada.

¿Era la primera mujer con la que se había acostado desde la muerte de su esposa?

¿Estaría lamentando todo lo que habían compartido?

Ese pensamiento echó a perder lo que para ella había sido una noche perfecta.

Bajó las piernas de la cama, agarró la camisa de Lucas y se la puso para protegerse del frío de la noche.

Las mangas le sobrepasaban los dedos y el dobladillo le llegaba a mitad de muslo. Se remangó y salió a buscarlo descalza.

La puerta de su despacho estaba abierta, pero a simple vista la habitación parecía vacía. La luz estaba apagada y el portátil cerrado sobre el escritorio. Estaba a punto de girarse para bajar a buscarlo cuando vio su figura tendida en el sofá. Tenía un vaso de whisky en la mano.

Algo en el modo en que estaba sentado y ese absoluto silencio le removieron el alma.

Nunca había visto a nadie que pareciera más solo.

Su lenguaje corporal le decía que no quería que lo molestaran, pero ¿cómo iba a dejarlo así? Y sobre todo cuando ella era la probable causa de su actual angustia. Porque estaba angustiado, eso seguro.

–¿Lucas?

No levantó la cabeza. No la miró.

–Vuelve a la cama, Eva.

–¿Vienes conmigo?

–No –contestó de un modo tajante, como si le hubiera cerrado con la puerta en las narices.

Toda esa intimidad, la cercanía que habían compartido, se evaporó como la neblina de la mañana. Si aún no estuviera experimentando los deliciosos y tan poco familiares cosquilleos, habría pensado que se lo había imaginado todo.

Ojalá pudiera volver atrás, a esas increíbles horas en las que solo habían estado pendientes de ellos mismos. Pero ese momento había pasado.

Eva tomó una decisión y entró en la habitación.

–Habla conmigo.

–Te aseguro que no te gustará.

¿Cómo podía pensar eso?

–Si te estás arrepintiendo de lo que hemos hecho, entonces esto me incumbe a mí también.

–¿Por qué me iba a arrepentir?

Ella tragó saliva, consciente de que estaba pisando un terreno muy delicado.

–La querías. Probablemente lo veas como una traición, pero...

–Eva, te aseguro que no quieres tener esta conversación.

Le palpitaba el corazón con fuerza.

–Lo que quieres decir es que tú no quieres tenerla.

Él bajó los pies al suelo. Los ojos le brillaban en la oscuridad.

–No. Lo que he dicho es lo que he querido decir. No quieres tenerla.

¿Por qué pensaba que no quería hablar?

¿Estaba dando por hecho que esperaba de él algo

más que solo una noche de sexo fantástico? ¿Temía que en lo sucedido durante la noche hubiera visto algo más que en realidad no existía?

–¿Crees que me va a hacer daño que hables de tu mujer? No soy una ingenua, Lucas. No creo que lo que ha pasado haya tenido algo que ver con el amor –ignoró la diminuta voz de su cabeza que le decía cuánto deseaba que hubiera tenido que ver con el amor. No quería ir por ahí. No se atrevía a ir por ahí–. Pero me gustaría pensar que somos amigos. Quiero que hables conmigo. Quiero que digas la verdad.

–No estás preparada para oír la verdad –él miró el whisky que tenía en la mano y después la miró a ella–. Buscas amor desesperadamente, ¿pero y si no resulta ser lo que esperas? ¿Alguna vez te has preguntado si estarías mejor sin amor?

Eva sentía el corazón hinchado y pesado.

–Dices eso porque has perdido al amor de tu vida, pero yo sigo pensando que es mejor amar así que no llegar a amar nunca. Volverás a amar, Lucas. Lo sé. Puede que ahora no lo veas así, y sé que nunca la olvidarás, pero algún día encontrarás a alguien que te haga feliz.

Cerró la boca. Probablemente no debería haber dicho nada de eso. Era demasiado pronto. Él no estaba listo para oírlo. Él no pensaba así.

Se produjo un largo silencio y cuando, finalmente, Lucas habló, su voz sonó áspera.

–Eres una idealista. Una soñadora. No tienes ni idea de lo que estás diciendo. El amor no se parece en nada a la visión que tienes en tu cabeza. No es algo brillante y perfecto que hace que todo el mundo baile bajo el sol y bajo un arcoíris. Es complicado, desequilibra y provoca un dolor infernal.

–Lo ves así porque la perdiste, pero...

–Lo veo así porque es la verdad. ¿Crees que estoy sufriendo tanto su pérdida porque compartíamos un amor perfecto? Pues si lo crees, voy a tener que hacer añicos tus ilusiones de una vez por todas. En nuestro amor no había nada perfecto, pero la amaba y eso hacía que todo fuera mucho más difícil.

–Lo sé, pero...

–No lo sabes. No tienes ni puta idea –la rabia de su voz la dejó impactada.

–Lucas...

–La noche que murió, la noche que se marchó tan arreglada y que se subió a aquel taxi, no iba a salir simplemente –estaba sujetando el vaso con tanta fuerza que tenía los dedos blancos; fue raro que no se rompiera el cristal–. Iba a reunirse con su amante. Me iba a dejar. Bueno, ¿qué opinas ahora de nuestro amor perfecto, Eva?

12

Es mejor guiar que seguir, pero si tienes que seguir algo, sigue tus instintos.

Paige

Se había esperado que se fuera y no la habría culpado por ello. Tal vez era incluso lo que quería.

¿Por qué, si no, le habría contado la verdad?

Durante un largo momento, Eva no dijo nada y él vio toda una variedad de emociones reflejándose en sus preciosos rasgos. Solamente unas horas antes había visto éxtasis y pasión en esos ojos. Ahora veía conmoción y confusión, seguidas de compasión. Compasión, ¡cómo no!, porque se trataba de Eva y le era imposible no sentirla.

Pero eso era lo último que él quería.

Se miró las manos, disgustado consigo mismo por haberle estropeado su noche perfecta. A pesar de todo, Eva, en lugar de marcharse, se sentó a su lado.

—Pero ella... —se le trabaron las palabras—. Era el amor de tu vida. La conocías desde que erais pequeños...

—Es verdad —la vio procesar toda esa nueva información. La observó mientras su luminosa imagen de una relación amorosa perfecta, del matrimonio perfecto, se transformaba en algo feo y distorsionado.

–He visto fotos de los dos juntos en estrenos y paseando por Central Park. He visto cómo os mirabais.

–Y eso demuestra que se puede saber muy poco de una persona solo con mirarla, lo cual no he dejado de decirte desde que asaltaste mi piso.

Ella no pareció oírlo.

–Dices que la amabas y la he visto en las fotos. Ella también te amaba.

–Me amaba todo lo que podía. Pero el amor es complicado, Eva. Eso es lo que he estado diciéndote. No todo son corazones y sonrisas. Puede haber dolor. Sallyanne no llevaba bien tener un compromiso a largo plazo. Esperaba que la relación acabara autodestruyéndose y cuando no fue así, ella misma la destruyó.

–No lo entiendo.

–Yo tampoco –y se culpaba por eso. Por no fijarse más. Él, que se enorgullecía de siempre profundizar, ni siquiera había podido rascar la superficie de lo que estaba pasando con su mujer.

–¿Alguien más sabe la verdad?

–¿La verdad de que me iba a dejar? No. Si no se hubiera resbalado en el hielo al subir al taxi, aquella noche el mundo se habría enterado y habría conmocionado a todos tanto como me conmocionó a mí.

«Mira, Lucas. Mira lo que nos he hecho. He roto lo que teníamos. Siempre te dije que lo rompería».

Agarró la botella de whisky, pero la mano le temblaba tanto que no apuntó al vaso.

En silencio, Eva limpió las gotas de color ámbar con una servilleta que quedaba por allí de uno de los almuerzos que le había subido al despacho.

Después le quitó la botella de whisky y le sirvió dos dedos.

—¿No me vas a dar un sermón sobre la bebida? ¿No me vas a decir que no me va a ayudar?

—No —no le estaba juzgando, solo le estaba mostrando amabilidad y amistad—. ¿Qué pasó aquella noche, Lucas?

Él nunca había hablado de ello. Nunca había querido. Hasta ahora.

¿Por qué? ¿Por qué ahora?

¿Era porque resultaba sencillo hablar con Eva? ¿O porque había surgido un nuevo grado de intimidad entre ellos? La prueba de esa intimidad era visible en el ligero enrojecimiento de la piel de su cuello y en sus mechones despeinados. Y luego estaba lo invisible. La conexión, la cercanía que no había existido antes y que había abierto algo que llevaba tres años cerrado en su interior.

—Me dijo que me iba a dejar. Discutimos. Le dije que la quería y me respondió a eso diciéndome que estaba teniendo una aventura. Al principio no me lo creí... —se detuvo, no muy seguro de cómo describir la magnitud de su confusión—. Creía que la conocía muy bien. La conocía desde que tenía cinco años. Perdimos el contacto durante un tiempo cuando me fui a la universidad. Estuve en la Coste Este y ella en la Oeste. Yo quería vivir la aventura de la gran ciudad. Supongo que tú lo describirías como mi «fase de chico malo». Nos volvimos a encontrar de casualidad en una reunión y en esa ocasión mostró interés por mí. Resultó que le gustaba mi lado de chico malo. Estábamos juntos cuando vendí mi primer libro. Lo celebramos emborrachándonos y practicando sexo en... —la miró—. Da igual.

Ella le agarró la mano.

–No tienes que censurar lo que dices, Lucas.

–Recuperamos nuestra amistad y fue como si nunca nos hubiéramos separado. Para mí, el matrimonio era un paso lógico. Ella era reacia. No entendía por qué debíamos cambiar algo que estaba funcionando, pero la convencí. Nunca me planteé si para ella era lo correcto.

–Pero la conocías muy bien.

–Creía que la conocía. Sus padres se separaron cuando era pequeña y fue un divorcio amargo, agrio. Le dejó arraigada la creencia de que el matrimonio no podía durar. Yo no lo sabía en aquel momento, pero en cuanto le puse el anillo en el dedo, firmé la sentencia de muerte de nuestro matrimonio. Terminó antes de siquiera haber empezado.

–¿Pero nunca sospechaste que estaba teniendo una aventura?

–No. No lo amaba, eso me dijo –levantó el vaso y bebió intentando bloquear el recuerdo de aquella última conversación–. Lo hizo porque pensaba que así me alejaría de ella. Quería «liberarme». Me dijo que me había hecho un favor. Pensó que haciéndome odiarla, me resultaría más sencillo seguir adelante con mi vida. Fue su «regalo».

–Oh, Lucas...

–No estoy seguro de qué habría pasado si aquella noche no se hubiera resbalado en el hielo. Tal vez estaba esperando de mí un gran gesto con el que la recuperara de nuevo y le demostrara mi amor. O tal vez de verdad quería dejarme. Habría sido difícil arreglar lo que pasó. Dijo muchas cosas que no debería haber dicho y yo también. Estaba furioso. Tan furioso... –y la culpabilidad le roía las entrañas como si fuera ácido.

–Normal que estuvieras así.

–Intentó empeorar la situación todo lo posible para que yo dejara de quererla, pero no funcionó. Cuando murió, lo que sentía me resultaba casi insoportable porque no tenía forma de hablar con ella y llegar a la verdad. Creo verdaderamente que me amaba, pero la asustaba demasiado confiar en ese sentimiento. Era como si le diera tanto miedo el modo en que había manejado el final de la relación que quisiera terminarla de una vez por todas. Pero yo seguía queriéndola. No sé si eso me convierte en un loco, en un iluso... –dejó el vaso mientras añadía–: Probablemente, en las dos cosas.

–Leal –dijo Eva en voz baja–. Creo que eso te convierte en una persona leal. El amor no es algo que se pueda encender y apagar. Al menos, no debería serlo.

–Yo quería que fuera así –era algo que nunca había admitido delante de nadie–. Cuando te equivocas con alguien, lo analizas. Vuelves a pensar en todo lo que habéis hecho juntos, examinas todo lo que esa persona te ha dicho e intentas averiguar si algo era real. Lo vas descosiendo, como un jersey, punto a punto, hasta que se desarma por completo y lo único que te queda entre las manos es una pila de lana, de cabos sueltos. Y no tienes ni idea de cómo unirlos para que tengan sentido. ¿Tienes idea de lo que se siente al creer que conoces a una persona, que la conoces de verdad, y después darte cuenta de que no la conoces en absoluto? Todos esos hechos, esos momentos que veías como momentos de intimidad de pronto se emborronan y no sabes si alguna vez de verdad estuvisteis unidos o si todo fueron imaginaciones tuyas. Si no puedes confiar en la persona que está más cerca de ti, ¿en quién vas a confiar?

–Deberías poder confiar en la persona que está

más cerca de ti. No es pedir demasiado –se acercó a él ofreciéndole consuelo instintivamente.

Le rozó el muslo con el suyo y después le agarró la mano y se la cubrió con las suyas.

–Pensé –añadió lentamente– que era tu trabajo lo que te hacía desconfiar de la gente. Pensé que era porque te pasas el día hurgando en el lado más oscuro de la naturaleza humana. Jamás creí que la razón tenía su origen en tu propia experiencia. Jamás sospeché que fuera algo personal. Odio pensar que hayas tenido que cargar con todo eso tú solo.

–No quería que su recuerdo estuviera rodeado de cotilleos. Tenía que pensar en su familia. Sus padres y su hermana se quedaron hundidos. No ganaba nada con contarles la verdad.

–¿Pero cómo pudiste mantenerlo en secreto? ¿Y el tipo con el que...?

–Estaba casado. Nunca habría dejado a su mujer por ella. Probablemente lo eligió por eso. No quería ningún compromiso, solo la aventura. O tal vez lo utilizó como una herramienta para destruir lo que teníamos. Jamás lo sabré. Él estuvo encantado de que se mantuviera en secreto porque la verdad habría puesto en peligro su matrimonio –oyó el sonido de comprensión que emitió ella y se sintió culpable–. He destruido tu resplandeciente visión del amor.

–No. Sé que el amor puede tener defectos y ser complicado. Todo eso lo sé.

–¿Y aun así lo quieres?

–Por supuesto. Porque, al final, el amor es lo único que importa –hacía que sonara muy sencillo mientras que él lo había encontrado complicado y doloroso.

–No estoy de acuerdo. Desde que murió ha habido muchos días en los que he deseado no haberla conocido nunca –levantó la cabeza y la miró–. No podía soportar que me hubiera ocultado tantas cosas. Estaba tan engañado como tú al ver aquellas fotos. Una fotografía se puede fingir, pero yo estaba viviendo con ella y pensé que lo que teníamos era real. Si no puedes confiar en una persona que conoces desde hace más de veinticinco años, ¿en quién vas a confiar?

–No me extraña que te hayas mantenido alejado de las relaciones desde entonces.

–Por suerte, la gente se acaba acostumbrando al dolor. Yo me centré en mi trabajo. Mi producción se triplicó y las historias que escribía eran más oscuras y más profundas. Mis ventas se dispararon. Los críticos decían que mi estilo había alcanzado un nivel completamente nuevo. Sallyanne habría dicho que fue su último regalo. Irónico, ¿no crees? Soy un autor superventas a escala mundial gracias a que mi mujer me destrozó –levantó el vaso y se lo terminó; el whisky le quemó la garganta–. Así es el amor, Eva. Así es. Deberías volver a la cama y yo debería escribir.

–¿Escribir? Son las cuatro de la mañana.

–No voy a dormir. Pero tú deberías. Bastante insoportable estás ya por las mañanas incluso habiendo dormido algo –le colocó un mechón de pelo detrás de la oreja preguntándose qué habría pasado si la hubiera conocido en otro momento de su vida, pero decidió ignorar la pregunta porque la respuesta era que en ningún momento de su vida habría sido el hombre adecuado para una mujer como ella.

–¿Vienes conmigo?

Una parte de él quería, pero se recordó que de momento solo habían compartido una única noche. Nada más. La gente se separaba después de una noche, eso sucedía constantemente. No pretendía dejar que una noche se convirtiera en dos ni dos en tres.

–No –cerró el puño para no verse tentado a volver a tocarla.

Ella lo miró, puso los hombros rectos y se levantó.

–No lo hagas.

–¿Que no haga qué?

–No te arrepientas de lo que hemos hecho. No empieces a examinarlo y a desentrañarlo. Y no empieces a preocuparte por si yo me pregunto adónde va esto. Sé lo que ha pasado, así que no sientas que tienes que darme explicaciones, ponerme excusas o, peor aún, ofrecerme disculpas. Me vuelvo a la cama. Sin remordimientos. Y preferiría que tú tampoco los tuvieras.

Se marchó y lo dejó allí en su soledad autoimpuesta. Lucas se la quedó mirando mientras se alejaba; sus esbeltas curvas se vislumbraban a través de su camisa y se preguntó cómo alguien se podía sentir tan mal cuando otro acababa de hacer exactamente lo que le había pedido.

Le había dicho que se fuera, pero ahora quería seguirla. Quería que su corazón congelado se derritiera en la calidez de Eva, pero contuvo el impulso porque sabía que no estaba bien usarla como un santuario cuando ni en un millón de años podría estar a la altura del hombre con el que ella soñaba.

Si Eva no le importara, todo habría sido más sencillo. Pero le importaba. Le importaba demasiado, tanto que casi estaba afectando a su cordura. Así que se obligó a quedarse donde estaba, acompañado únicamente del pesar, de la culpabilidad y de muchas otras emociones que no podía ni empezar a desenmarañar.

***

Eva estaba hecha un ovillo en la fría cama y mirando a la oscuridad.

Había contemplado la idea de volver a la habitación de Lucas y dormir allí, pero decidió que sería un gesto demasiado intrusivo por su parte, porque si se metía en su cama, ¿dónde dormiría él?

«Hay alguien durmiendo en mi cama».

No quería ser como Ricitos de Oro y por eso había vuelto a la habitación que había estado ocupando.

La cama, ocupada únicamente por ella y por sus pensamientos, le resultaba enorme, fría y vacía.

Había sido una noche increíble justo hasta que había encontrado a Lucas en su despacho y él le había contado su secreto. Y ahora ese secreto lo guardaba ella también y pesaba como una losa. Jamás se le habría ocurrido que su relación, su matrimonio «perfecto», no hubiera sido perfecto.

Se puso boca arriba y miró al techo.

Lucas había estado en lo cierto al decir que le había echado a perder sus sueños. En cierto modo lo había hecho. Había mirado esas fotos, la profundidad de su dolor, y había envidiado lo que había compartido con Sallyanne.

No se le había ocurrido mirar más adentro. Había creído que una vez que encontrabas a la persona adecuada, el amor era sencillo.

Probablemente él la consideraba una tonta soñadora.

Hasta ella misma lo pensaba.

No le extrañaba que se hubiera encerrado en sí mismo. No le extrañaba que rechazara las llamadas de la gente que le pedía que siguiera adelante. No solo estaba lidiando con la pérdida de alguien a quien amaba, estaba lidiando con el hecho de descubrir que algo en lo que creía jamás había existido. Estaba empezando a comprender por qué Lucas nunca se fiaba de las apariencias.

Él lo había experimentado, había descubierto que lo que había visto en la superficie no reflejaba lo que se ocultaba debajo. No era solo una obra de ficción, era su realidad.

Y no era bueno pensar que las cosas serían distintas o fingir que sería ella la que lo sacara a rastras del pasado y lo llevara al presente. Tal vez fuera una optimista soñadora, pero no era estúpida. Lucas tenía mucho que procesar y hasta que no lo hiciera no podría tener una relación con nadie. Y lo último que ella quería era entregarle su corazón a un hombre que no estuviera disponible.

Sintió un intenso dolor en el pecho y supo que ya era demasiado tarde. Se estaba enamorando de él y era irremediable.

Podía cocinarle una comida deliciosa y adornarle el piso para Navidad, pero no podía hacer nada con respecto a lo que Lucas estaba sintiendo. Solo él podía solucionar eso.

Pero ello no impedía que Eva deseara poder solucionárselo.

13

No puedes pasar al futuro si tienes un pie en el pasado.

Paige

Lucas se despertó con dolor del cuello por haber dormido en una mala postura en el sofá.

Por la ventana que iba de techo a suelo veía los rayos dorados del amanecer expandiéndose por el cielo. La nieve había dejado de caer, pero los últimos días habían convertido Central Park en un brillante país de las maravillas invernal. La nieve se acumulaba en los caminos y los árboles estaban cubiertos de una centelleante y mágica capa blanca.

La botella de whisky seguía abierta delante de él y, junto a ella, el vaso vacío; un recordatorio de la noche anterior.

Recordaba el baile, el champán, ese tenso trayecto de vuelta a casa en el coche y el increíble sexo que había venido después. Eva se había mostrado tan abierta y dispuesta, tan generosa y honesta en sus afectos, entregándose sin vacilar y sin reservas. Y después, durante la conversación que habían tenido en su despacho, había sido igual de generosa. En lugar de mostrarse enfadada o insegura por el hecho de que él estuviera hablando de su relación con otra mujer cuando solo una hora antes habían estado juntos del modo más íntimo posible, le había escuchado con atención.

Maldiciendo para sí, bajó las piernas del sofá y se hundió los dedos en el pelo.

Ella se había ido a la cama con él como una mujer que creía en los finales de cuento y a la mañana siguiente se había levantado con las ilusiones hechas añicos. Eso era lo que le pasaba a una persona que tuviera una relación con él.

¿Y ahora qué?

No podía marcharse porque estaba en su propia casa. Y no podía echarla porque la necesitaba allí para poder trabajar.

Atrapado en un dilema que él mismo había originado, entró en su dormitorio, se preparó para la conversación que llegaría a continuación y vio que la cama estaba vacía. Los zapatos que Eva había calzado la noche anterior estaban medio ocultos bajo la cama; eran un recordatorio de esas pocas horas de emoción que había vivido en el baile.

Él debería haberlo frenado todo en ese momento.

En lugar de bailar con ella, debería haberla dejado irse a casa con uno de los otros hombres que había allí. Debería haberse mantenido al margen y haber dejado que eso sucediera.

Habría sido lo mejor para los dos. Por el contrario, había destruido su momento de cuento de hadas.

Miró el revoltijo de sábanas y se preguntó si habría dormido en su propia habitación. O eso, o había hecho el equipaje y se había ido. Y no podría culparla, ¿verdad?

La idea lo perturbó más de lo debido, como lo hizo el alivio que sintió cuando el delicioso aroma del beicon chisporroteando salió de la cocina.

No se había ido a su casa.

Intentando averiguar qué significaba eso, entró en la ducha, abrió los grifos y cerró los ojos mientras el agua caliente le sacaba a la fuerza los últimos restos de sueño que le quedaban en el cuerpo.

Se apartó el agua de la cara intentando aclararse las ideas.

Hacía menos de una semana que la conocía y, aun así, le había contado cosas que no le había dicho nunca a nadie. Información profundamente personal que hacía tiempo se había prometido no revelar jamás. Pero había habido algo en el modo en que Eva lo había mirado, algo en la amabilidad de sus ojos y la delicadeza de sus caricias, que había destapado los secretos que se había guardado tan firmemente.

No la culparía por malinterpretar las señales y pensar que ese gesto significaba más de lo que era en realidad.

Maldijo mientras agarraba una toalla y se la ataba alrededor de la cintura.

No tenía sentido retrasar lo que inevitablemente sería una conversación incómoda.

Era mejor entablarla para que los dos supieran exactamente qué estaba pasando.

Se vistió rápidamente y después bajó las escaleras hasta la cocina.

Ella volvía a tener su camisa puesta y llevaba el pelo recogido descuidadamente en lo alto de la cabeza. Oyó un chisporroteo y un delicioso aroma lo envolvió despertando sus papilas gustativas. Se fijó en que no estaba cantando y sintió otra puñalada de pesar y culpabilidad.

Sin duda, él era el culpable.

–¿Huele a beicon? –decidió que le tocaba a él romper ese incómodo momento, aunque no estaba del todo seguro de qué parte de la noche anterior la haría sentirse más incómoda. Si el sexo o la confesión–. ¿No eras vegetariana?

Sin mirarlo, Eva agarró un plato.

–El beicon es para ti. He oído que es la cura perfecta para una resaca.

–No tengo resaca.

Era mentira y los dos lo sabían, pero en lugar de discutir, ella se giró hacia la sartén y lo dejó preguntándose por qué estaba siendo tan atenta.

–Eva...

–No digas nada.

–¿Porque estás enfadada?

–No, porque todavía no estoy despierta. Es pronto, Lucas. Ya te he dicho que no funciono bien a estas horas, y menos después de lo poco que dormí anoche –bostezando, emplató el beicon, añadió una magdalena inglesa tostada y un huevo pochado y le puso el plato delante–. No me hables. No pasa nada.

Básicamente le había librado de mantener la conversación que había estado temiendo. Debería haberse sentido aliviado.

–No necesito desayunar.

–Me he levantado temprano para preparártelo, así que, si no te lo comes, entonces sí que me enfadaré. Además, tienes que reponer las calorías que quemaste anoche.

–Con respecto a eso...

–Come –le pasó un cuchillo y se giró para sacar del horno una bandeja de algo que olía deliciosamente.

Él observó sus largas piernas desnudas y olvidó lo que había intentado decir.

–Me has robado la camisa.

–Quería preparar el desayuno antes de ducharme. ¿Te importa?

¿Qué más daba un gesto de intimidad más de todos los que habían compartido ya?

Dio un bocado, después otro, y al instante se sintió mejor. El beicon estaba crujiente, la magdalena ligeramente tostada y el huevo perfectamente cocinado. Siempre parecía saber exactamente qué prepararle. Era comida diseñada para levantarle el ánimo.

–Al no verte en el dormitorio, he pensado que te habías ido.

–He dormido en mi habitación –Eva se sirvió una taza de café y se apoyó en la encimera–. Y tú deberías haber dormido en la tuya. Te tiene que doler muchísimo el cuello después de haber pasado la noche en el sofá.

–Eva, lo que pasó entre nosotros anoche...

–No vamos a hablar de eso ahora.

–Sí, vamos a hablar de ello.

Ella suspiró.

–Bien, pues si vamos a hablar, necesito más café y no me responsabilizo de nada de lo que diga mientras estoy en un coma de sueño –se rellenó la taza y le pasó otra a él–. Fue una noche perfecta, Lucas. El vestido, la fiesta, el baile, el sexo. Todo fue perfecto.

Él había estado intentando no pensar en el sexo, pero ahora que Eva lo había mencionado, no podía pensar en ninguna otra cosa. Eva desnuda, y esos increíbles pechos contra su torso. Eva con los ojos cerrados y los labios separados mientras la había besado.

Eva escuchando sin juzgarlo...

Mierda.

–Estás ignorando la parte en la que destruí tus sueños.

–¿Te refieres a la parte en la que me contaste la verdad sobre tu matrimonio? No –dio un sorbo de café y bajó la taza lentamente–. Me alegro de que por fin se lo hayas podido contar a alguien porque debe de haber sido una carga enorme llevar ese peso encima tú solo. Siento que hayas estado viviendo con eso y ahora entiendo por qué eres tan reacio a creer que la gente es lo que aparenta.

–Eva...

–Tú siempre buscas significados más profundos, así que te voy a ahorrar un problema y a decirte qué pienso. ¿Lo de anoche fue increíble? Sí, lo fue. ¿Desearía que fuera más de una noche? Sí, una parte de mí lo desea.

Y él también. Deseaba que ella se hubiera puesto otra cosa que no fuera su condenada camisa. Así le habría resultado más sencillo concentrarse.

–¿Una parte de ti?

–La parte de mí que quiere ignorar la verdad, y esa verdad es que tienes mucha carga emocional de la que ocuparte antes de que estés listo para tener una relación con alguien. Tener una relación contigo sería como pasar con un coche por encima de unos clavos o de cristales rotos. Solo podría terminar mal y prefiero no empezar algo si veo el problema a lo lejos. Así que no tienes que preocuparte por mí. Diremos que hemos tenido una aventura de una noche.

Debería haberse sentido aliviado de que fuera tan sensata. Y se sentía aliviado, así que la decepción que lo invadía no tenía sentido.

–No te gustan las aventuras de una noche.

–No son mi preferencia, pero eso no significa que no pueda disfrutar de una si surge –hablaba con tono ligero, natural, pero él sabía que ese tono apenas revelaba la superficie de sus sentimientos.

–Si decidieras marcharte, lo entendería.

Ella levantó su café y dio otro trago mientras lo observaba por encima del borde de la taza.

–¿Quieres que me marche? Me pediste que viniera para que pudieras terminar de escribir tu libro. A menos que hayas terminado o que mi presencia ya no te sea de ayuda, entonces me quedaré hasta que el trabajo esté acabado. ¿Me necesitas o no?

Él tenía la boca seca. Tuvo que recordarse que Eva estaba refiriéndose al trabajo.

–Te necesito.

–Entonces me quedaré –respondió ella con una sonrisa–. Y prometo no abalanzarme sobre ti por la noche, así que no hace falta que vayas a refugiarte al sofá. Y ahora que hemos aclarado esto, ya podemos seguir como si nada hubiera cambiado.

Ojalá fuera tan sencillo.

Ojalá Lucas pudiera fingir que nada había cambiado, pero sí había cambiado.

Era como intentar cerrar la puerta de un armario que estaba a rebosar. Todo lo acumulado ahí estaba empujando, intentando escapar después de años de encierro.

Tal vez Eva creía que era algo unilateral. Tal vez no entendía lo mucho que él se estaba esforzando por no olvidarse de su decencia y refugiarse en su calidez y su generosidad.

No dijo nada mientras ella le sirvió otra ración y le preparó un café exactamente como le gustaba.

Todo lo que Eva hacía era exactamente como le gustaba.

Y el único modo de sobrellevarlo era volviendo al trabajo.

Después de terminarse el segundo plato, se levantó y lo metió en el lavavajillas.

–Gracias por el desayuno –su tono sonó más áspero de lo que había pretendido, pero ella no pareció ofendida. Lucas estaba llegando a la conclusión de que Eva era una de esas personas excepcionales que intuían las emociones de los demás y las respetaban.

–De nada. Gracias a ti por el orgasmo –se puso colorada–. Olvida lo que he dicho. Aún estoy medio dormida.

Por muy tensa que fuera la situación, Eva siempre le hacía sonreír.

–¿Solo me das las gracias por uno? ¿Qué pasa con los otros?

–Perdí la cuenta.

Él la miró y el aire del piso se calentó con la intimidad compartida.

Pensó que si hacía lo que estaba deseando hacer todo acabaría en desastre, y entonces ella ya no le daría las gracias por nada.

Maldeciría el hecho de haberlo conocido.

La tormenta ya había pasado del todo, las calles estaban despejadas y poco a poco la gente, bien protegida del frío, se iba aventurando a salir para prepararse para la temporada navideña. Había regalos que comprar y envolver, árboles que decorar, escaparates que admirar y fiestas a las que asistir.

Eva se concentró en su trabajo e intentó no pensar demasiado en aquella noche con Lucas.

Había sido tan especial que merecía ser recordada, pero al mismo tiempo pensar en ella le hacía anhelar algo que no estaba a su disposición.

Que ninguno de los dos hablara de ello no significaba que la tensión no estuviera ahí. Bullía bajo la superficie creando diminutas ondas en la atmósfera. Hasta ahora no se había dado cuenta de lo mucho que podían transmitir una caricia o una mirada.

Envidiaba a Lucas por su autocontrol.

—Lo que quiero decir es que si fuera yo, no sería capaz de resistirme —estaba hablando con Paige mientras removía, batía y horneaba. Les había dicho a sus amigas la verdad sobre lo que había pasado aquella noche omitiendo todo lo que Lucas le había contado. No tenía derecho a compartir algo que no era suyo—. Es la clase de hombre que puede tener chocolate en casa y no comérselo. ¿Por qué no he sido agraciada con un autocontrol implacable? Sería delgada y tendría éxito.

—Has sido agraciada con muchas otras cosas y ningún hombre cambiaría tus curvas por delgadez.

—¿Crees que estoy gorda? —miró atrás intentando verse el trasero—. He estado usando la bicicleta estática de Lucas y haciendo pesas todos los días. Estoy tonificada, pero no delgada, probablemente porque no he llegado a dominar el autocontrol.

—El autocontrol está sobrevalorado. ¿Entonces no ha dicho nada de aquella noche? ¿Ni una sola vez?

—Aparte de la incómoda conversación de la mañana después, no —tamizó más harina en el cuenco—. Lo estamos ignorando. Por fuera, al menos —¿por debajo? Por debajo la tensión iba en aumento. El tiempo que pasaban juntos era tan intenso que cada vez resultaba más difícil comportarse con normalidad. Ella casi había llegado al punto en el que no podía recordar qué era lo normal.

—Mmm —Paige no parecía muy convencida—. ¿Estás segura de que estás bien allí? No querría que te tomaras la relación con él como algo serio.

Eva sacó un cartón de huevos de la nevera.

–No me la estoy tomando en serio.

–Te conozco. Para ti, el sexo siempre es serio. No quiero que te hagan daño.

–Hacía mucho tiempo que no lo practicaba, así que supongo que eso lo hace distinto. No fue nada serio –si lo decía bastantes veces, tal vez incluso empezaría a creerlo.

–¿Pero te gustaría que lo fuera?

–No me voy a permitir verlo así –cerró la nevera mientras pensaba que tal vez tenía más autocontrol del que creía. No se le daba muy bien resistirse al azúcar o a los pintalabios, pero se le estaba dando muy bien resistirse a lo que sentía por Lucas.

Durante los siguientes días, Lucas pasó la mayor parte del tiempo encerrado en su despacho y saliendo únicamente para comer lo que ella le preparaba. Eva se preguntó si se estaba aislando porque necesitaba trabajar o porque la intensidad de su relación estaba empezando a afectarlo también. Sus silencios tenían tanto significado como las palabras que habían intercambiado. Había momentos en los que le parecía que iba a estallar en llamas.

Y después había momentos en los que le preocupaba que al estar solo en su despacho estuviera volviendo a sumirse en su infierno privado. Y no podía evitar preguntarse si estaría pensando en ella.

Tal como había prometido, Lucas le había cedido la tercera habitación para que la usara como oficina. Había movido el escritorio para que tuviera vistas de la ciudad y del parque.

Necesitó toda su autodisciplina para no pasarse el día mirando por la ventana.

Tenía allí el portátil y su agenda y se comunicaba regularmente con Paige y Frankie. Una noche salió con ellas a un evento en el centro, pero a parte de eso casi todo el trabajo lo hacía por teléfono y por Internet. Se pasaba la jornada laboral organizando comidas para eventos y contactando con locales y clientes. El resto del tiempo estaba en la cocina.

La Navidad había sido una época del año que su abuela y ella habían adorado y los recuerdos estaban por todas partes, en los sabores y los olores, en las texturas. Había platos que no había cocinado desde su muerte, pero los cocinó para Lucas y descubrió que al hacerlo no solo encontraba tristeza y nostalgia, sino también consuelo.

A pesar de, o tal vez gracias a, lo preocupado que estaba con su libro, Lucas era un público agradecido. Elogiaba todo lo que preparaba y parecía verdaderamente interesado en su proceso creativo.

La cena se convirtió en la comida más importante del día para ella porque era el único tiempo real que pasaban juntos. El desayuno lo solían tomar de pie y el almuerzo era igual de rápido y a veces Lucas simplemente agarraba su plato y se lo llevaba al despacho.

La cena era la única comida en la que se entretenía. Siempre le preguntaba detalladamente qué iban a comer y después elegía un vino que creía que complementaba la comida. Eva estaba impresionada con sus conocimientos.

–¿Entonces algunos de los vinos que tienes son muy viejos y muy valiosos?

–Sí.

–¿Y a veces los compras en subastas?

–Así es –él sirvió una copa y se la dio–. Prueba. Dime qué opinas.

La primera vez que le había pedido que lo hiciera, ella se había sentido avergonzada. No sabía nada de vinos y no iba a intentar engañar a un experto.

–Me gusta. Es lo único que te puedo decir.

–¿Por qué te gusta?

–Porque sabe bien y hace que me apetezca terminarme toda la botella –sonrió por encima del borde de la copa–. Siento decepcionarte, pero no puedo ser más técnica. ¿Cómo aprendiste sobre vinos?

–Me enseñó mi padre –se llenó su copa–. Es su afición. Cuando era pequeño, solíamos visitar viñedos de California, Nueva Zelanda y Francia.

Entre lo que había vivido de pequeño y sus giras de promoción, estaba bien viajado.

–Yo solo he estado en Europa una vez. Pasé un mes trabajando en una cocina en París –dio otro sorbo de vino–. Tú has estado en todas partes.

–En todas partes no, y cuando viajo ni siquiera veo mucho de los lugares donde estoy. Si se trata de una promoción de un libro, entonces lo único que veo es el aeropuerto, el interior de un hotel y una librería antes de irme al siguiente lugar. Háblame más de París. ¿Qué es lo que más te gustaba?

–Muchas cosas. El pan, la pasión por la cocina, la calidad de los ingredientes.

Le halagaba el interés que mostraba por ella. Había salido con hombres que solo parecían querer hablar de sí mismos, pero Lucas hacía preguntas y prestaba atención a las respuestas.

Era generoso a la hora de escuchar y, así, ella acabó hablándole de su infancia y de pequeños detalles sobre su abuela que no había compartido con nadie más.

–Puffin Island es un lugar pequeño, así que nuestra casa siempre estaba llena de gente. Después de que el abuelo muriera, no tuvimos que cocinar en seis meses. Siempre había un guiso en la puerta. Y a la abuela le encantaba eso. Le preocupaba que nos hubiéramos quedado solas y quería asegurarse de que hubiera mucha gente en mi vida, así que siempre estaba cocinando e invitando a la gente a casa a probar lo que elaboraba.

Se desviaron del tema, pero unas noches más tarde él lo volvió a sacar.

–¿Por qué te marchaste de Puffin Island?

–Fui a la universidad –Eva añadió una gota diminuta de aceite de trufa a la pasta que estaba preparando–. La abuela decidió que a ella le había llegado también la hora de hacer un cambio.

–Fue muy valiente.

–Era una mujer increíble. Siempre miraba hacia delante, nunca hacia atrás, y nunca dudaba de sí misma. Se mudó a Nueva York después de vivir en una isla rural de Maine e hizo de la ciudad su hogar.

–Habiendo sido profesora de Lengua y Literatura, debió de disfrutar de la oferta cultural.

–Sí. Y durante los primeros años tuvo un pequeño apartamento en el Upper West Side. Estar cerca de Central Park era su forma de seguir teniendo espacios verdes en su vida. Solíamos hacer pícnics en el parque. Me encantaba dar de comer a los patos.

–¿Echaba de menos la isla?

–Creo que no –Eva sirvió la pasta y puso los platos en la mesa–. Le parecía maravilloso poder escuchar los conciertos al aire libre en verano y comprar todos los ingredientes que quería sin tener que depender de si la única tienda del pueblo los tenía o no.

–¿Tú la echabas de menos?

–No –se sentó frente a él–. Adoraba la isla, pero

Nueva York era como un paraíso para mí. El día que descubrí Bloomingdale's fue el día que supe que este era mi hogar. Eso, y la planta de zapatería de Saks Fifth Avenue. Es lo bastante grande como para tener su propio código postal. Incluso tiene un ascensor exprés que te lleva allí directo.

–¿Directo al cielo?

–Algo así.

–Tu abuela debió de ser una persona extraordinaria. No me extraña que tuvierais un vínculo tan especial.

–Lo era todo para mí –dijo Eva–. Todo mi mundo. Era la clase de persona que siempre intentaba centrarse en lo bueno de la vida, no en lo malo. Si yo me asomaba a la ventana y decía: «Abuela, está lloviendo», ella respondía que era bueno para las plantas o que podíamos salir a divertirnos pisando charcos. Una vez, en la isla nos quedamos aislados por la nieve medio invierno, pero nunca se quejó. Dijo que era el clima perfecto para refugiarse en el calor de la cocina y cocinar. Era muy alegre.

–Te lo transmitió.

–Yo creía que sí, pero ahora no estoy tan segura –pinchó su comida–. Desde que murió, me siento más como una nube de lluvia que como un rayo de sol. Era la persona más importante del mundo para mí y creo que no me estoy adaptando muy bien a estar sin ella... –parpadeó y automáticamente contuvo sus emociones–. Lo siento. Vamos a hablar de otra cosa.

–¿Quieres hablar de otra cosa?

No. Quería hablar de su abuela. Quería hablar de sus sentimientos.

–No quiero quejarme de mis problemas.

–¿Porque eso es lo que tu abuela te enseñó? –la

miró pensativo–. Tienes derecho a estar triste, Eva. Y tienes derecho a hablar de ello.

–Creo que una parte de mí teme que empiece y luego no pueda parar. Mis amigos han sido muy buenos, me han escuchado y me han abrazado cuando he estado deprimida, pero sé que necesito arreglar el problema yo misma.

–Fuiste tú la que me dijo que no había un plazo de tiempo exacto para asimilar una pérdida.

–Me siento como si estuviera decepcionando a la abuela. Estoy esforzándome mucho por ser tal como me enseñó a ser, pero es difícil.

–¿Crees que podría no serlo? Después de que Sallyanne muriera, leí mucho sobre la teoría del dolor, pero el dolor es personal y lo único que se puede hacer es seguir adelante, día a día, y esperar que todo mejore.

–¿Qué es lo que más echas de menos de ella?

–¿De Sallyanne? –soltó el tenedor–. No sé. Probablemente su irreverente sentido del humor. ¿Tú qué es lo que más echas de menos de tu abuela?

–La sensación de estar rodeada de amor. La sensación de seguridad que me proporcionaba saber que me quería de forma incondicional. Desde que la perdí, me siento como si estuviera tendida en una cama fría y alguien me hubiera quitado las sábanas. Y después hay cientos de detalles que echo de menos, como llamarla para contarle mis novedades y que ella me contara lo que pasaba en el complejo de viviendas asistidas donde vivía. Siempre me contaba cuál había sido el último comentario gracioso de Tom y otras anécdotas, como cuando Doris se dejó los dientes en una taza y le pegó un susto al cartero. Solía ir a su fiesta de Navidad y eso también lo echo de menos –agarró la copa de vino y le dirigió a Lucas una sonrisa de disculpa–. Lo siento. Me estoy pasando hablando de mí, soy un poco egoísta.

–No te disculpes. Y para que quede claro, no creo que seas egoísta. Ni mucho menos –se sirvió más comida–. Por lo que me has contado, creo que has estado guardándote demasiadas cosas. Deberías hablar. Es importante.

–Tú no hablas.

–Escribo. Es mi forma de aliviar tensión.

–¿Matas personajes?

–Eso también –soltó una suave carcajada y ella se rio también.

Eva se dio cuenta de que hacía mucho tiempo que no se sentía tan bien.

–Gracias por escuchar. Es fácil hablar contigo, tal vez porque tú también has perdido a alguien. Ya sabes lo que se siente. Lo entiendes.

Era una cosa más que los conectaba, otra capa de intimidad que hacía más profundo lo que ya tenían.

Había dejado de intentar no desearlo. Lo deseaba con desesperación.

Quería que la llevara a la cama y le hiciera el amor tal como se lo había hecho la noche del baile, pero por muy tarde que se les hizo hablando y por muy personal que se volvió la conversación, él no la volvió a tocar. Y ella intentó por todos los medios no tocarlo.

En una ocasión lo había tocado por accidente mientras le daba un plato y se había apartado con tanta brusquedad que el plato estuvo a punto de caerse al suelo. Lucas lo había agarrado con una mano y la fugaz llama que se había encendido en sus ojos le había dicho a Eva que no solo era consciente del esfuerzo que ella estaba haciendo, sino que él también lo estaba haciendo. Pero aunque la tensión sexual bullía cada vez más y quemaba más que nada que Eva hubiera cocinado, Lucas no hizo nada al respecto.

Y ella tampoco.

Se decía que Lucas estaba siendo sensato, pero a pesar de eso sentía un intenso anhelo y decepción por que las cosas no pudieran ser distintas. Durante la noche la asaltaban sueños sudorosos y eróticos, y durante el día le costaba borrar las imágenes de esos sueños.

Intentaba no pensar en sexo.

–¿Cómo llevas el libro?

–Bien, gracias –él se sirvió más vino–. Hoy he escrito otras diez mil palabras. Suficiente para pensar que podría terminar el libro a tiempo.

–Ya que salgo en él, ¿me lo vas a dejar leer?

Él agarró su copa.

–Tú no lees novelas de crímenes.

–Nunca he protagonizado ninguna.

–Nunca dejo a nadie leer mi obra hasta que está terminada.

Eva sintió una puñalada de decepción.

–De acuerdo. Pero espero una copia firmada.

–¿Incluso aunque haya sangre en la portada?

–La forraré con papel rosa de flores.

Sirvió unas porciones de una ligera *tarte au citron* inspirada en el verano que había pasado en París y después Lucas volvió a su despacho.

Eva se puso al día con sus correos, actualizó sus redes sociales y llamó a dos clientes.

Antes de irse a la cama, se preparó un té de hierbas y le llevó otro a Lucas.

La puerta del despacho estaba abierta, pero no había rastro de él.

Dejó el té en la mesa y se fijó en las palabras escritas en la pantalla. Estaba claro que había parado en mitad de un capítulo.

La curiosidad la hizo girarse hacia la pantalla.

Se sintió culpable por estar mirando sin su permiso, pero después lo ignoró. Era su inspiración. Seguro que eso le daba derecho al menos a echar un vistazo al personaje que había creado.

Miró la pantalla con la intención de leer únicamente unas líneas.

Pero entonces siguió leyendo. Y siguió leyendo incluso cuando se le secó la boca y le temblaron las manos.

Estaba tan absorta por lo que leía que no oyó a Lucas entrar en la habitación.

—¿Eva?

Su voz atravesó su conmoción y ella retrocedió, tropezándose con una pila de libros que Lucas había dejado en el suelo.

—Soy yo —dijo con un nudo en la garganta—. Me dijiste que era tu inspiración...

—Eva...

—Soy la asesina. Creía que era un personaje bueno y amable, pero ¿la asesina? ¿Me has convertido en la asesina?

—No eres tú. Mis personajes no son personas reales —vaciló—. Es cierto que he tomado algunos rasgos de tu carácter.

—Tiene el pelo rubio y usa una copa doble D de sujetador. ¡Es una cocinera brillante! ¡Ya de paso podías haberla llamado «Eva»! Todo el mundo va a saber que está basada en mí y es ho... horrible —le costaba pronunciar las palabras por la rabia acumulada en el pecho—. Y el detalle...

—Eva, por favor...

—Todas esas preguntas que me hiciste cuando estábamos juntos... Pensé que era porque estabas interesado en mí, porque querías llegar a conocerme, pero querías más detalles para tu libro.

–Eso no es verdad –dio un paso hacia ella, pero Eva levantó la mano.

–No te acerques. No me toques, Lucas, porque ahora mismo estoy muy enfadada.

–Estás exagerando. Como mucho, está ligeramente basado en ti, nada más.

–¿Nada más? –dio un paso adelante apuntándolo con el dedo–. ¿Sabes, Lucas? Soy una persona real. Una persona real de carne y hueso con emociones y sen... sentimientos. No soy uno de tus personajes y no estamos metidos en una de tus novelas. Esto es la vida real. Esta es mi vida y no puedes... –le clavó el dedo en el pecho, con fuerza; respiraba aceleradamente–. No puedes convertirme en una asesina.

–Si escucharas...

–No intentes apaciguarme. ¿Crees que soy capaz de asesinar? Bueno, pues tengo algo que decirte... –dijo con brusquedad–. Desde que te conocí, creo que podría hacerlo. Ahora mismo se me ocurren al menos una docena de formas interesantes de matarte que probablemente no se te hayan pasado nunca por la cabeza –y con eso, se giró y salió del despacho con un portazo.

Fue a su dormitorio y cerró la puerta de golpe también. Estaba tan disgustada que no podía respirar.

La había convertido en la asesina.

Todo ese tiempo había creído que tenían algo especial, que ese nuevo grado de intimidad era genuino y profundo, pero todo ese tiempo Lucas había estado usando en su libro lo que había descubierto sobre ella. No estaba interesado en ella porque le importara, sino porque le importaba su libro.

Se había engañado a sí misma pensando que estaba ayudándolo al estar allí, inspirándolo, cuando en realidad le había dado inspiración para convertirla en una mala persona.

Caminó de un lado a otro de la habitación, tan tremendamente nerviosa que no sabía qué hacer para calmarse. Una copa. Necesitaba una copa. A Lucas le funcionaba en momentos de estrés, así que, ¿por qué no le iba a funcionar a ella?

Bajó a la cocina. Ignoró el whisky y sacó una botella de vino del botellero.

Oyó unas pisadas tras ella, pero no se giró.

No quería mirarlo, y mucho menos hablar con él.

¿Cuánto de lo que habían vivido había sido real? Esas prolongadas miradas, la casi agonizante contención que habían mostrado los dos cuando estaban en la misma habitación. ¿Se lo había imaginado todo?

Le había dicho cosas que ni siquiera les había contado a sus amigas más íntimas y él, en lugar de custodiar esas confidencias como un tesoro, se las había robado para su propio beneficio.

Puso la botella de vino en la encimera con un golpe y agarró un sacacorchos.

—Hagas lo que hagas, no lo tires —dijo él—. Es una botella de... Bueno, da igual.

—De un gran valor, ¿es eso lo que ibas a decir?

—Solo quedan once botellas en el mundo. Es el mejor.

Ella se le quedó mirando con dureza y después sacó el corcho de la botella.

—Pues ahora quedan diez —lo sirvió en una copa y la levantó, retándolo con la mirada—. Por el asesinato —dio un sorbo y cerró los ojos brevemente—. Mmm. Tienes razón. Es bueno. Dicen que no hay crimen sin castigo, pero en tu caso está claro que el crimen te sale extremadamente rentable. Deberías haber comprado las otras diez botellas.

Él miró la botella abierta.

–Eso hice.

Eva levantó la botella y se llenó la copa. Estaba que echaba humo.

–¿Dónde están?

–Guardadas.

–¿Y esta qué hace aquí? –dio otro trago.

Él la estaba observando con el mismo grado de cautela que habría mostrado ante una bomba sin detonar.

–La estaba reservando para una ocasión especial.

–Pues no creo que pueda haber algo más especial que esto. No todos los días una chica descubre que es una asesina. No es exactamente la profesión que me había planteado y no estoy segura de que mi abuela fuera a estar orgullosa, pero creo que hay que celebrarlo todo. Espero ser buena en mi profesión. ¿Lo soy? –se terminó la copa y la soltó de golpe sobre la encimera.

Él se estremeció.

–No deberías beber tan deprisa. Te va a doler la cabeza.

–Me lo beberé como me dé la real gana y puedes mirarme mientras lo hago.

–Esta no eres tú.

–A lo mejor sí. A lo mejor es mi faceta que no has visto nunca. Eres tú el que siempre me dice que la gente tiene otras caras. ¿Crees que porque soy optimista y me gusta ver lo mejor de la gente soy débil? ¿Creías que no me atrevería a abrir tu vino supercaro? Piénsalo otra vez, Lucas –se sirvió más vino–. ¿Cuánto vale esta botella?

Él dio una cifra que hizo que casi se le cayera la botella al suelo, pero la agarró con fuerza.

—Bien. Entonces será mejor que saboree bien cada trago.

—¿No piensas compartirlo?

—No. Me vas a ver beberlo y eso es lo más cerca que voy a estar de torturar a alguien. Y lo más cerca que voy a estar de disfrutar.

—¿Qué quieres decir? —le preguntó dudoso.

—Me gustabas, Lucas —la mano le temblaba sobre la botella—. Me gustabas de verdad. Y creía... Bueno, no importa lo que creyese. He sido una estúpida. Puedes añadirlo a tu libro si quieres. Puede que eso lo aclare todo.

—Si estás dando por hecho que el hecho de que nos acostáramos tuvo algo que ver con mi libro, entonces estás a millones de kilómetros de la verdad.

—¿En serio? Pues, aun así, no hemos vuelto a tener sexo desde entonces. Así que o no disfrutaste o conseguiste lo que querías y...

—Eva...

—No quiero oírlo. De verdad.

—El libro no tiene nada que ver con el hecho de que no hayamos vuelto a tener sexo desde aquella noche.

—Ahórratelo. De ahora en adelante no pienso decir ni una palabra porque así no podrás usar lo que diga ni para testimonios, ni para caracterización ni... —sacudió la botella—. Ni para sacarte más ganancias nefarias. Nefarias. ¿Ves? Me sé más palabras además de «maja» y «venga». ¿Estás impresionado?

—Creo que deberías dejar de beber.

—No me digas lo que debo hacer. ¿Estás insinuando que no tolero el alcohol? Porque deberías saber que te doy mil vueltas bebiendo —se balanceó y a duras penas se mantuvo en pie–. Que te jodan, Lucas. Ah, espera, eso ya lo he hecho yo.

Y tras decidir marcharse mientras aún pudiera caminar sin caerse, agarró el vino y subió las escaleras dando fuertes pisotones. Al llegar al dormitorio, cerró con un portazo.

14

Tener un buen amigo sale más barato que ir a terapia.

Frankie

A la mañana siguiente, Lucas bajó antes que Eva.

Cuando finalmente ella salió de su habitación, bajó las escaleras agarrándose con fuerza al pasamanos, como si el más ligero movimiento le causara dolor. Y a juzgar por la mirada que le lanzó, no parecía más predispuesta a perdonarlo que la noche anterior.

Él vio su pálido rostro y abrió el cajón donde guardaba las medicinas.

–¿Un analgésico? –le preguntó acercándole la caja, pero ella lo ignoró.

–Mi cabeza está perfectamente bien. Ya te he dicho que aguanto bien la bebida.

Él sabía que estaba mintiendo, pero Eva no se quedó allí lo suficiente como para dar pie a una discusión.

Se apartó y volvió un momento después con el abrigo y el gorro.

–¿Adónde vas?

–A algún lugar donde no me vea tentada a causarte daños físicos. No me quiero pasar la Navidad en la cárcel –se puso el gorro y se abrochó el abrigo–. Ponte a trabajar. Eso es lo que te importa, ¿no?

–Ahí fuera está helando. No puedes salir.

–Sé cuidar de mí misma –se puso los guantes–. No me sigas.

Fue dando pisotones hacia la puerta y la cerró de golpe.

Lucas se pasó la mano por la cara y maldijo.

¿Y ahora qué?

Volvió al despacho, pulsó un botón del teclado para activar la pantalla y revisó una vez más el fragmento que Eva había leído la noche anterior. En el momento no había entendido por qué se había molestado tanto, pero ahora se daba cuenta de que estaba tan implicado en la historia y en sus personajes que no había podido leerlo del modo que lo había leído ella.

Por supuesto, aún era un borrador, lo cual significaba que editaría gran parte del texto después y cortaría o cambiaría cosas, pero tal como estaba, entendía por qué se había molestado.

Por desgracia para él, había leído el pasaje en el que su protagonista estaba preparando la cena para su última víctima.

Si lo miraba desde un punto de vista objetivo, entendía que las palabras reflejadas en la pantalla la hubieran disgustado. Maldiciendo, agarró el abrigo y bajó en el ascensor hasta la planta baja.

Albert estaba detrás del mostrador. Ni siquiera había sabido que se llamaba «Albert» hasta que Eva le había hablado de él.

–Si está buscando a Eva, ha salido del edificio.

Una simple mirada al frío rostro de Albert le dijo

que la incapacidad de Eva para ocultar sus sentimientos no la abandonaba ni en momentos de estrés.

–¿Sabe por dónde ha ido?

Albert mantuvo una expresión fría.

–No me he fijado.

Lo cual significaba que lo sabía pero que no se lo iba a decir.

–Está disgustada –dijo Lucas–. Quiero hablar con ella.

–¿Y sabe quién o qué la ha disgustado?

–He sido yo –Lucas sabía que se merecía la mirada que le lanzó Albert–. Y por eso quiero encontrarla.

–¿Para poder disgustarla más?

–Para poder solucionarlo –y no fue hasta ese momento cuando se dio cuenta de lo mucho que deseaba solucionarlo. Sí, le preocupaba que estuviera recorriendo sola las calles heladas, pero esa no era la razón por la que había salido corriendo de casa.

–Eva es una persona muy sensible. Es especial.

–Lo sé.

Albert se detuvo y miró el rostro de Lucas como si estuviera buscando algo.

–Ha ido al parque.

–¿Al parque? ¿Está seguro? ¿No ha ido de compras? Está helando ahí fuera y dicen que va a volver a nevar. ¿Por qué ha ido al parque?

–Me ha dicho que iba a pasar un rato con la única clase de hombre que le interesa.

Lucas sacudió la cabeza, confundido.

–¿Quién?

Albert le lanzó una mirada mordaz.

–Un muñeco de nieve.

***

Debería haberse quedado congelada, pero resultaba que la humillación era un eficaz aislante térmico. La calentaba desde dentro y la achicharraba desde fuera. Era tonta. Una tonta crédula y confiada. Y por si eso no fuera ya bastante malo, además había volcado en él todos sus sentimientos. Podía haber disimulado y haber fingido que simplemente estaba molesta por que la hubiera convertido en la asesina del libro, pero en los últimos días había perdido las pocas barreras que le quedaban para protegerse de él. No solo había empezado a creer que Lucas podría tener algún interés por ella, sino que se lo había dicho.

Así que ahora Lucas sabía que había visto más cosas en su relación de las que había en realidad. Y además tenía la cabeza como si tuviera dentro una banda de rock celebrando una fiesta. Debería haberse tomado el analgésico.

–¿Eva?

Oyó su voz tras ella y le dio un vuelco el estómago. ¿La había seguido?

Supuso que el único modo de ocultar lo avergonzada que estaba era centrarse en su muñeco de nieve.

–¿Qué estás haciendo aquí?

Recogió más nieve con los guantes, pero no se giró para mirarlo. ¿Cómo podía sentir tanto calor en la cara cuando fuera estaba helando?

–¿No puedes trabajar sin mí? ¿Necesitas algún otro detalle íntimo mío que puedas usar en tu libro? Porque si es eso, no pierdas el tiempo. Ya sabes todo lo que hay que saber de mí –ay, Dios, ojalá eso no fuera cierto. ¿Por qué no había podido aplicarle al menos un diminuto filtro a la información que le había dado?

Oyó el crujido de la nieve y vio las botas de Lucas.

–Entiendo que sigas enfadada...

–Tienes razón, estoy enfadada y es difícil enfadarme, por si no lo has averiguado tú mismo en esas sesiones en las que fingías estar interesado por mí. Cuando me dijiste que no debería confiar en la gente y que debería mirar más adentro, no me di cuenta de que me estabas advirtiendo sobre ti mismo.

–Vuelve a casa y así podremos hablar de esto en un lugar cálido.

–Estoy feliz aquí. Espero que el frío me calme un poco –clavó la zanahoria con fuerza en la cara del muñeco de nieve y después notó el brazo de Lucas rozar el suyo cuando se puso de cuclillas a su lado.

–Estoy interesado en ti, Eva. Y me gustas. En eso no te has equivocado.

–Supongo que tu personaje va por ahí amenazando con filetear a hombres si no la ayudan a usar su preservativo antes de que se le caduque.

–En el libro no aparece nada sobre la noche que pasamos juntos.

Parecía calmado y, por alguna razón, eso la enfureció más.

–Siento que no sacaras nada de utilidad de esa noche.

–Esa noche fue especial, privada, y no tuvo nada que ver con mi documentación para el libro –la zanahoria se salió de la cara del muñeco de nieve y Lucas la recogió y la volvió a hundir en la nieve suavemente compactada–. Necesitas unos ojos.

–Tengo ojos. Aunque no siempre los uso.

–Me refería al muñeco de nieve.

–Ah –ojalá no lo tuviera tan cerca. Su rodilla le rozaba la pierna y la anchura de sus hombros aislaba parte del gélido viento–. Muévete. Estás bloqueando mi montón de nieve.

Él se movió lo justo para darle acceso y ella se inclinó hacia delante, recogió otro puñado y lo aplastó contra el redondeado cuerpo del muñeco.

–No intentaba engañarte. Sabías que eras la inspiración para un personaje.

–No me dijiste qué personaje.

–¿Qué es lo que más te ha molestado? ¿Descubrir que eres la inspiración para mi asesina que, por cierto, no se parece en nada a ti, o el hecho de que pienses que todo el tiempo que hemos pasado hablando ha sido solo para poder sacarte información que usar en mi libro?

–Las dos cosas me molestan igual.

La respiración de Lucas formó nubes en el aire helado.

–¿Cómo lo puedo arreglar?

–No puedes. Soy yo la que se tiene que asegurar de no contarte nada más que puedas usar en mi contra.

–Solo has leído una página, Ev. Si lo leyeras todo, no te reconocerías.

–Solo mis amigos más íntimos me llaman «Ev».

–Creía que lo que hemos compartido me otorgaba ese derecho.

El recordatorio hizo que se le encendieran las mejillas.

–No, porque no ha sido real.

Él maldijo para sí.

–¿Cuánto más real podría haber sido? Sabes que fue real.

–¿Cómo voy a saberlo?

–¿Qué te dice tu instinto?

–Gracias a ti, ya no confío en mi instinto. Resulta que no tengo buen ojo para juzgar a la gente.

Él inhaló profundamente.

–No me he acostado con ninguna mujer desde Sallyanne. No he querido. Eso debería decirte algo.

Y no tuvo nada que ver con el libro. Léelo y verás que te equivocas.

—No dejas que nadie lea tu trabajo antes de que esté terminado.

—Normalmente es así, pero si es lo que hace falta para convencerte de que este personaje no eres tú, entonces estoy dispuesto a hacer una excepción. Volveremos ahora mismo y podrás leer cada condenada palabra.

Eva pensó en la cantidad de personas, incluyendo Frankie, que harían lo que fuera por poder ver un adelanto del libro.

—No. Pero significa mucho que me lo hayas ofrecido.

—¿Por qué no lo quieres leer?

—Porque lo poco que leí probablemente me produzca pesadillas. No me puedo imaginar qué me pasará si leo el resto.

Él soltó una suave carcajada.

—Vuelve a casa, Eva.

—No he terminado de hacer mi muñeco de nieve y nunca me alejo de un hombre hasta que no he terminado con él —además, no se fiaba de sí misma lo suficiente como para volver a casa con Lucas todavía. No estaba preparada del todo para perdonarlo.

—Entonces te ayudaré a terminarlo.

Lucas no había hecho un muñeco de nieve desde que era un niño y vivía en la zona norte de Nueva York con sus padres.

—Ni siquiera estoy seguro de saber hacer esto —pero estaba dispuesto a hacer prácticamente lo que fuera con tal de solucionar el problema que había causado.

Ella se balanceó ligeramente hacia atrás.

—¿Me estás diciendo que nunca has hecho un muñeco de nieve?

–Una o dos veces, pero mi hermano y yo éramos más de destruir que de construir. Hacíamos muchas peleas de nieve, pero normalmente lo único que creábamos eran alborotos.

–Es la primera vez que mencionas a tu hermano –recogió más nieve y la aplastó contra el muñeco–. ¿No estáis unidos?

Fue un alivio que estuviera dispuesta a hablar de algo que no fuera el papel que jugaba en su libro.

–Estamos muy unidos, pero los dos estamos ocupados. Es banquero.

–Lo sé. Mitzy me lo dijo. Lo vi una vez y le di nuestra tarjeta.

Lucas no sabía nada al respecto.

–¿Genio Urbano hace trabajos para mi hermano?

–No. Iba a ponerme en contacto con él, pero entonces nos llegó un aluvión de trabajo y no me hizo falta. Pero tu abuela fue muy amable al darme su tarjeta.

–Fui a verla.

–¿Sí? ¿Cuándo?

–Antes de ir a vuestra oficina. Intenté que me diera la dirección de tu casa, pero no quiso.

–Así que sabe que no estabas en Vermont.

¿Cómo de sincero debería ser? Sopesó las opciones y decidió que no quería arriesgarse a que hubiera más malentendidos.

–Siempre supo que no estaba en Vermont, Eva.

–Pero... –ella dejó de aplastar la nieve y lo miró–. Eso significa que me mintió.

–Quiero a mi abuela, pero no le importa mentir si cree que con ello puede beneficiar a alguien cercano.

–Vaya... –Eva se sentó en la nieve de golpe–. Qué astuta...

–Sí.

–Y supongo que ahora crees que eso demuestra que yo también lo sabía.

–Sé que no lo sabías. Lo que sí creo es que mi abuela te quiere de verdad –y no era difícil ver por qué.

–Yo también la quiero.

–Mi abuela tiene dos hijos y dos nietos. Siempre ha anhelado compañía femenina.

–¿Y tu madre?

–Mis padres viven en la zona norte de Nueva York en la casa donde crecí. Viajan mucho. Mi hermano y yo somos los únicos que vivimos más cerca y ninguno la visitamos demasiado. Deberíamos hacerlo más. Cree que tú y yo seríamos buenos el uno para el otro.

Eva aplastó otra bola de nieve contra el muñeco, más fuerte esta vez.

–En eso se ha equivocado.

–Tal vez.

–¿Tal vez?

El trabajo de Lucas era utilizar las palabras para manipular las emociones de la gente. Sabía cómo crear expectativas, emoción y puro terror, pero no tenía ni idea de cómo manejar esa situación. Lo único que sabía era que cuando Eva se había marchado, su piso se había vuelto a quedar oscuro y desalmado. Eva se había llevado el sol con ella y lo echaba de menos.

–No has sido la única que contó secretos, Eva. Yo también lo hice. Lo que compartimos no tuvo nada que ver con mi libro. No tuvo nada que ver con recabar información. Fue una cuestión de intimidad –le costó admitirlo, pero sabía que era verdad. Había algo en la calidez de Eva que invitaba a las confidencias.

–Querrás decir «sexo».

—Los dos teníamos la ropa puesta cuando nos contamos nuestros secretos, y yo conté más que tú. Si quisieras, podrías hacer muchas cosas con esa información.

A ella se le encendió la mirada de furia.

—Yo jamás haría eso.

—Lo sé. Y a eso me refiero. Confío en ti y te estoy pidiendo que confíes en mí. Estoy creando un personaje, nada más. ¿Que tiene alguno de tus adorables rasgos? Sí. Pero son esos rasgos los que la harán atrayente para el lector.

Ella se quedó en silencio un momento.

—¿Crees que tengo rasgos adorables? ¿No lo estás diciendo solo para evitar que te deje inconsciente golpeándote con la zanahoria?

—No lo estoy diciendo por eso.

—Es una asesina.

—Es humana. Los personajes de los libros son más creíbles si no son o muy buenos o muy malos. Es aburrido leer sobre un personaje absolutamente bueno y los personajes absolutamente malos hacen que los lectores se exasperen porque lo cierto es que hay algo bueno y algo malo en todos nosotros y lo que hace interesante una lectura es eso que saca lo bueno y lo malo.

—¿Estás diciendo que mi personaje antes era una buena persona?

—Es una psicópata, pero también muestra leves tendencias narcisistas y rasgos de un desorden de personalidad mixta. Con una educación y una niñez distintas, es posible que pudiera haber sido diferente, pero todo lo que le pasó alimentó esa faceta de su personalidad.

—Pobrecilla.

Era un comentario típico de Eva y le hizo sonreír.

–Es un personaje ficticio. Eso es lo genial de escribir, que puedes crear el personaje que te interesa. Los libros son mucho más interesantes cuando los personajes son complejos. Habrá elementos de ella con los que los lectores simpatizarán. Tuvo un comienzo de vida duro. Se quedarán impactados por lo que hace, pero una diminuta parte de ellos se preguntará si esos tipos se lo merecían.

–¿Crees que terminarás el manuscrito a tiempo?

–No lo sé. ¿Vas a volver conmigo?

–Si vas bien, ya no me necesitas.

–Te necesito.

Aquella mañana se había despertado y se había dado cuenta de que la niebla helada que le infectaba el cerebro en esa época del año se había levantado, derretida por la luminosidad de la sonrisa de Eva y la calidez de su personalidad. No sabía qué pasaría si ella se marchaba, pero no quería volver a sumirse en la angustiosa oscuridad. Eva tenía algo que nutría su alma hambrienta y que no tenía nada que ver con sus habilidades en la cocina.

–Me necesitas para tu libro.

–Te necesito –en esa ocasión pronunció las palabras lenta y sucintamente.

Ella dejó de hacer el muñeco de nieve y lo miró fijamente. Lucas sabía que estaba decidiendo si podía o no confiar en él y desconocía si habría pasado la prueba.

Quería agarrarla, rodear sus rosadas mejillas con sus manos y besarla hasta que ella no pudiera recordar cómo se llamaba.

–Necesito unas ramas para los brazos y con eso ya termino –se levantó y se sacudió la nieve del abrigo–. Cuida de nuestro muñeco de nieve, vuelvo en un minuto.

Él la vio alejarse por el camino nevado hacia los árboles.

El parque estaba sorprendentemente tranquilo. Aunque la tormenta de nieve había pasado, solo algunos paseadores de perros y algunos fotógrafos valientes se habían aventurado a salir.

Se estaba planteando si podía permitirse tomarse la noche libre y llevar a Eva a cenar cuando la oyó llamarlo. En su voz captó un tono de urgencia y miedo que lo hizo levantarse al instante.

—¿Eva?

Por un momento lo único que podía ver eran los árboles, y después vio su abrigo. Eva estaba en el suelo y tenía sangre en las manos. Le dio un vuelco el estómago y por un instante pensó que estaba herida, pero entonces vio algo moverse en sus brazos.

—¿Qué leches es eso?

—Un cachorrito. Estaba en una bolsa en el suelo. Lo he visto moverse —tenía la voz cargada de lágrimas y rabia—. Alguien debe de haberlo dejado aquí tirado. Está herido, Lucas. Tiene las patas enganchadas en la bolsa y está muy frío. ¿Quién ha podido hacer algo así? ¿Qué hacemos?

Lucas se puso de rodillas a su lado, aliviado de que la sangre no fuera suya. Le temblaban tanto las manos que tardó un minuto en poder pensar.

El cachorro estaba mirando a Eva con unos ojos enormes, como si supiera que era su última esperanza.

—Sujétalo —intentó colar los dedos entre el plástico retorcido y la pata del perro—. Ha estado intentando salir. Tiene la pata enganchada.

—Claro que ha estado intentando salir. Si alguien te hubiera dejado metido en una bolsa durante una tormenta, tú también habrías estado intentando salir –Eva acarició al perro y le canturreó con voz suave–. Tu tío Lucas te va a sacar de aquí.

El tío Lucas no tenía ni idea de qué iba a hacer con el perro, pero solo con mirar a Eva supo que más le valía hacer algo y hacerlo rápido.

–Tenemos que llevarlo a un veterinario –ya tenía el teléfono en la mano, pero ella sacudió la cabeza.

–Conozco a alguien. ¿Puedes sujetarlo mientras hago una llamada? Aunque está muy sucio. Seguro que te estropea el abrigo.

Lucas miró los ojos enormes de Eva y después al perro tembloroso y delgado.

–Los abrigos se pueden limpiar.

–Buena respuesta –con cuidado, Eva le puso en los brazos al perro helado y sacó el teléfono–. ¿Fliss? Soy Eva. Tengo un problema –le contó lo que había pasado a la persona que estaba al otro lado del teléfono y terminó la llamada–. Fliss dice que hay un veterinario magnífico justo al otro lado del parque. Podemos turnarnos para llevarlo en brazos.

–No pesa mucho. ¿Quién es Fliss?

–Su hermana y ella dirigen The Bark Rangers. Ofrecen servicios de paseo de perros por todo el East Side de Manhattan. Solemos contratarlas. Además, Harriet es voluntaria en el refugio de animales y a veces acoge animales en su casa.

El nombre le resultaba familiar, pero no sabía por qué.

–¿Crees que acogerá a este?

–No lo sé. Fliss dice que ahora mismo está cuidando de una camada, así que tal vez no. Si no puede, entonces yo me lo quedaré hasta que podamos encontrarle un buen hogar.

Al mirarla, Lucas supo que lo haría por mucho inconveniente que fuera.

–¿Y dónde lo vas a tener?

–¿Te preocupa tu inmaculado piso? Porque no tienes por qué preocuparte. Me lo llevaré a mi casa.

–Mi piso no ha estado inmaculado desde que te mudaste.

–¿Te refieres al árbol de Navidad?

–Tus pertenencias tienen la costumbre de estar por todas partes. Por cierto, si estás buscando tu bufanda, ayer la encontré en mi despacho.

–¿La verde? ¡He estado buscándola por todas partes! –empezó a quitarse el abrigo y él alargó la mano y la detuvo.

–¿Qué estás haciendo?

–Voy a taparlo con mi abrigo para darle más calor.

–No lo vas a ayudar mucho si mueres de hipotermia –Lucas se desabrochó el abrigo y se metió al cachorro dentro. Al momento, sintió el frío de su cuerpo húmedo empapándole el jersey–. Vamos.

–Bueno, pues ya te has estropeado el abrigo de cachemir y el jersey de cachemir –dijo Eva mientras miraba nerviosa al perro para comprobar si podía respirar–. ¿Es este tu modo de compensarme?

–No. Se me ocurren otras cosas para eso, pero ya hablaremos de ellas luego.

Fliss ya había llamado al veterinario, que los había atendido inmediatamente.

–Los perros pueden congelarse igual que los humanos –examinó al cachorro a fondo y el perro empezó a gimotear–. Ha sobrevivido porque lo dejaron junto al árbol, que le ha dado algo de protección.

–¿Y la sangre?

–Tiene un pequeño corte. Probablemente había algo afilado bajo la nieve. Una rama o una piedra tal vez –el veterinario le puso unas inyecciones y después levantó la mirada cuando una mujer joven irrumpió en la sala. Llevaba el abrigo abierto y una bufanda roja brillante. Tenía el pelo rubio platino recogido en una cola de caballo. A juzgar por la sonrisa relajada del veterinario, estaba claro que la conocía.

–Hola, Harry. ¿Cómo está Fliss? ¿Ya está bien de la gripe? Por teléfono la he notado mejor.

–Está bien, gracias. Te manda un abrazo y quiere que te diga que Midas está muy bien desde la operación. La semana que viene lo trae a revisión. ¿Cómo está este pequeñajo? –sonrió a Eva y volvió a prestarle atención al perro–. Fliss me ha dicho que has llamado, así que se me ha ocurrido venir para ver si podía ayudar. ¡Pero qué monada eres! –dijo acariciándole con delicadeza las orejas al perro, que al instante dejó de gemir y le olfateó la mano–. Pobrecito. Ahora estás a salvo. Eva te ha encontrado. ¿Qué hacías en el parque, Ev?

–Un muñeco de nieve.

–No, quiero decir que por qué no estás en Brooklyn. Pensé que estarías volviéndote loca organizando eventos para Navidad –Harry siguió con la mano puesta sobre la cabeza del perro, reconfortándolo mientras el veterinario terminaba la exploración.

–Tengo que trabajar por aquí un par de semanas. Cocinando, ayudando con adornos navideños, cosas así. Te presento a Lucas. Lucas, ella es Harriet Knight. Es la mitad de The Bark Rangers.

–¿The Bark Rangers? –recordó dónde había oído ese nombre antes–. Habéis ayudado a mi abuela unas cuantas veces.

Harry se quitó la bufanda del cuello con la otra mano.

–¿Ah, sí?

–Mary Blade.

Harriet abrió los ojos de par en par.

–¿Eres ese Lucas? ¿Lucas Blade, el escritor de novela negra? Fliss se va a enfadar mucho por no haber venido conmigo. Tiene todos tus libros. Adora tu trabajo. Frankie y ella son fans a rabiar –sonrió al veterinario–. Bueno, tal vez no debería usar esa palabra aquí, ¿verdad?

–¿Lucas Blade? –el veterinario alzó la mirada brevemente con gesto de sorpresa–. Yo también soy fan.

Harriet seguía acariciándole las orejas al perro.

–Si lo hubiera sabido, podría haber comprado un libro para que lo firmaras. No tengo ni idea de qué regalarle a Fliss para Navidad. Es imposible saber qué regalarle y lo del libro habría sido perfecto.

Lucas miró a Eva.

–Te firmaré un libro. Eva tiene tu dirección, ¿verdad?

–Sí. ¿De verdad lo harías? Gracias. ¡Qué generoso! –Harriet sujetó al perro mientras el veterinario terminaba la exploración–. ¿Y bien?

El veterinario le examinó las orejas.

–No creo que llevara mucho tiempo en el parque. Unas horas como mucho, supongo.

Harriet le acarició la cabeza al cachorro.

–Voy a llevarte a casa y a darte una cama calentita y mañana me pondré en contacto con el centro de adopciones.

–¿Te lo llevas? –preguntó Eva dudosa–. Fliss me ha dicho que ya tenías otros perros acogidos en casa.

–Sí, pero Fliss está en casa mientras se recupera de la gripe, así que puede ayudarme. Además, cualquiera que haya pasado la noche en el parque se merece un poco de consuelo. Aunque te puedo decir que este amiguito va a encontrar un hogar muy pronto. Es adorable.

Lucas vio cómo Eva acariciaba la cabeza del perrito y su mirada de anhelo lo removió por dentro.

Después de todas las conversaciones que habían compartido, sabía que la muerte de su abuela había dejado un profundo vacío en su vida y estaba buscando un modo de rellenarlo. Quería amor porque creía que el amor era algo hermoso y sencillo.

Pero él sabía bien que no era así. El amor era turbulento y complicado y estaba lleno de dolor. Tenía bordes afilados y un lado oscuro, y él no quería volver a tener nada que ver con todo eso, razón por la cual no la había tocado desde aquella primera noche. Ahora sabía que era vulnerable y que se sentía sola. Le sería demasiado sencillo enamorarse de él y no estaba dispuesto a hacerle eso.

No se permitió pensar en el riesgo que existía de que fuera él el que se enamorara de ella.

Se preguntó si Eva propondría quedarse con el cachorro, pero en lugar de hacerlo, ella se limitó a sonreír a Harriet.

—Gracias por venir y por llevártelo.

—Gracias a ti por todo el negocio que nos das. Hemos tenido nuestro mejor año. Hemos tenido que contratar a más paseadores. Ahora estamos cubriendo todo el East Side.

—Paige me lo ha dicho.

Lucas se fijó en que Eva estaba temblando.

—Tienes frío, Eva. Tienes que darte una ducha caliente.

Harriet parecía preocupada.

—Sí que parece que estés helada. Vamos, marchaos. Ya termino yo aquí.

Lucas pagó la factura y metió a Eva en un taxi.

Ella se resistió débilmente.

–Puede que aún esté enfadada contigo.

Lucas estuvo a punto de sonreír al oír ese «puede que».

–¿Es que no estás segura? –por suerte para él, no era una mujer que pudiera enfadarse con nadie, o con nada, durante mucho tiempo.

–Has venido a buscarme en lugar de encerrarte en el despacho. Le has dado más importancia a un cachorrito inquieto y mojado que al caro cachemir. Eso te da puntos. Como también te ha dado puntos construir un muñeco de nieve.

–Mientras decides si sigues o no enfadada, te haré entrar en calor –la acercó a sí–. Estás temblando tanto como ese perrito.

–Podríamos haber ido paseando. Tu piso solo está a unos pasos.

–Unos pasos que son suficientes para que entres en hipotermia.

–¿Te puedo preguntar algo? Si acostarte conmigo no tuvo nada que ver con el libro, ¿por qué lo hiciste?

Era una pregunta que él se había hecho también.

–Porque mi poder de autocontrol no es tan bueno como creía.

–Tu autocontrol ha sido muy bueno desde entonces.

–He estado trabajando en ello, por el bien de los dos. Te castañetean los dientes –le frotó los brazos–. Dime cómo conociste a Harriet.

–¿Estás cambiando de tema?

–Sí. No me importa de qué hablemos con tal de que no hablemos de sexo.

–Porque en realidad quieres volver a acostarte conmigo –dijo mirándolo furtivamente–. Interesante.

–Eva...

–Harry y Fliss son gemelas y su hermano es amigo de Matt. Cuando Daniel se enteró de que habíamos perdido el trabajo y que estábamos abriendo una empresa, pensó que podríamos querer ofrecer el paseo de perros como parte de nuestros servicios. Al principio no teníamos negocio, pero ha crecido y ellas han crecido con nosotras. Te sorprendería cuántas personas en Manhattan tienen perro. Fliss es el cerebro de la empresa, pero Harry tiene un don especial para los animales. Gracias por ofrecerte a firmar el libro. Has sido muy amable al hacer eso por ella.

–No lo he hecho por ella. Lo he hecho por ti. Estoy intentando caerte bien otra vez, ¿te acuerdas? Hasta ahora me ha costado estar a punto de morir congelado y un abrigo de cachemir.

–¿Por qué quieres caerme bien?

–Porque, si me dejas, no podré escribir y no podré comer una comida deliciosa –no estaba listo para plantearse que pudiera ser por algo más. Sintió la suavidad de su pelo rozándole la barbilla. Olía a sol y a frutas de verano–. Pensé que ibas a preguntar si te podías quedar a ese perrito.

–He estado a punto, pero mi lado práctico ha tomado las riendas. Hay días en los que odio mi lado práctico –sonó abatida y él la apartó para poder verle la cara.

–¿Tanto lo querías?

–Un perro te quiere de manera incondicional. Y ahora vas a decirme que esa es mi visión de cuento y que el perro probablemente me atacará despiadadamente cuando crezca.

Lucas se inclinó hacia delante para pagar al taxista.

–Creo que cualquier perro que viviera contigo sería muy afortunado.

Y cualquier hombre.

Subieron en el ascensor hasta el último piso y él la rodeó con sus brazos. Se dijo que lo estaba haciendo porque quería hacer que entrara en calor, pero sabía que se estaba mintiendo. La estaba abrazando porque le gustaba y no tenía ninguna prisa por soltarla.

Ella apoyó la cabeza en su pecho.

—Aún estoy enfadada contigo por haberme convertido en una asesina.

—No pareces enfadada.

—¿Qué? Esta es mi voz de enfadada.

—Pues creo que tienes que trabajar tu voz de enfadada. O también podrías dejar de estar enfadada —se preguntó si alguna vez habría sido capaz de estar más de cinco minutos enfadada con alguien—. Si sirve de ayuda, me arrastraré durante días.

—¿En qué sentido?

—En el que quieras. Si quieres un favor, ahora sería el momento perfecto para pedirlo. ¿Quieres sacrificar otra botella de mis vinos disparatadamente caros? No hay problema.

Hubo una pausa y después ella lo miró.

—Sexo —dijo sin más—. Quiero que me lleves a la cama y me des otro orgasmo.

15

Reírse es bueno para los abdominales.
Eva

Eva de pronto sintió cómo la soltó y por un momento se arrepintió de haber hablado. Debería haberse quedado en silencio y haber dejado que sucediera. Porque habría sucedido, de eso estaba segura. No la había abrazado únicamente para hacerla entrar en calor. Ahí había habido algo más.

–Te daré cualquier otra cosa, pero eso no –dijo él con tono áspero y su poderoso cuerpo se tensó al intentar contenerse.

–¿Por qué?

–Sabes por qué. Queremos cosas distintas.

–Yo quiero sexo. ¿Qué quieres tú?

Él maldijo para sí.

–Queremos llegar a lugares distintos.

–Eso no importa si al menos llegamos al orgasmo.

Lucas no se rio.

–¡Eres una romántica soñadora!

–Te preocupa que me enamore, pero no lo haré. Mírame bien –levantó la cara hacia él–. ¿Ves estrellas

en mis ojos? ¿Parezco estar sumida en una ensoña-
ción? ¿Te estoy mirando como si fueras un unicornio
dorado? No. Y eso es porque no estás mirando a una
mujer enamorada, Lucas. Estás mirando a una mujer que quiere sexo. ¿Estás dentro o fuera?

Una sonrisa rozó los labios de Lucas.

—¿Hablas en sentido figurado o literal?

—En los dos, espero.

Lucas dejó de sonreír y le acarició ligeramente la
mejilla.

—No es tan fácil controlar los sentimientos.

—¿Así que ahora estás diciendo que eres irresistible? Qué arrogante.

—Estoy diciendo que eres vulnerable. Y yo no me
aprovecho de mujeres vulnerables.

—No soy vulnerable, soy abierta. No es lo mismo.
No me asustan los sentimientos, Lucas. Esa es la diferencia entre nosotros. Los sentimientos forman
parte de la vida. Los sentimientos son el modo de
saber que estamos vivos.

Él la miró a los ojos un largo instante y cuando las
puertas del ascensor por fin se abrieron, le agarró la
mano y la llevó hasta el piso.

—Necesitas una ducha caliente para entrar en calor.

—¿Te vas a dar una ducha conmigo? —deslizó la
mano bajo su camiseta y él la agarró.

—Eva...

—Voy a seguir tu consejo sobre la ducha. Solo
espero que me acompañes —fue hacia las escaleras
mientras se desenroscaba la bufanda. La dejó caer al
suelo y después se desabrochó el abrigo a la vez que
lo miraba como lanzándole una invitación—. Sigo
temblando. Puede que muera de hipotermia si no
me calientas rápido.

—Pues entonces déjate el abrigo puesto —respondió él entre dientes mientras ella le sonreía y se lo quitaba para dejarlo sobre el respaldo de una silla.

–Tengo que quitarme esta ropa mojada –se quitó el jersey y oyó a Lucas respirar hondo–. Es la *Danza de los Siete Velos* en versión térmica.

Esperando que su deseo por ella fuera más fuerte que su fuerza de voluntad, Eva se dirigió hacia el dormitorio que había estado ocupando.

Lo deseaba y, ahora que sabía que él la deseaba también, se había cansado de reprimirse.

Lucas la siguió, pero se detuvo en la puerta y puso la mano en la jamba. Se le pusieron blancos los nudillos, como si se estuviera resistiendo a dar esos últimos pasos con los que entraría en la habitación.

–Es una mala idea.

–El buen sexo nunca es una mala idea –su ropa mojada se le pegaba a la piel y tenía los dedos tan fríos que no podía sentirlos, pero de algún modo logró desvestirse e ir hacia la ducha. Se tomó su tiempo, porque sabía que la estaba mirando.

Lo deseaba y lo había dejado claro. Con eso bastaba. No iba a suplicar.

Abrió los grifos con los dedos entumecidos y cerró los ojos. Dejó escapar un gemido de alivio cuando el calor del agua calentó su helada piel. Oyó la voz de Lucas a través de la cortina de agua.

–Los dos sabemos que esto no trata solo de sexo, Eva.

Fue como si la voz de Lucas se fundiera sobre ella, rica, como un bálsamo, y salpicada por una fortaleza que relajó la tensión de sus músculos. Su cuerpo respondió a ese profundo tono de voz y cerró los ojos porque sabía que siempre lo contaban todo en los segundos previos a que su boca se abriera e hiciera el resto.

–¿Ah, sí? –se giró y dejó que el agua le empapara el pelo y cayera sobre su piel–. ¿Cuántos orgasmos crean una relación?

–No lo sé. Estás temblando. ¿Aún tienes frío?

–No tengo frío –no tenía nada que ver con eso, pero no podía explicar cómo se sentía.

Vio cómo Lucas se desvestía y entraba en la ducha y después se derritió al sentir sus manos acariciándole la piel y los músculos de sus muslos rozando los suyos. Contuvo el aliento mientras saboreaba el erótico e íntimo contacto de su piel contra la suya. Había olvidado lo agradable que era que te acariciaran y no estaba segura de haber sentido nunca nada tan delicioso. Se dijo que todo eso lo pensaba porque había estado privada de intimidad física, pero sabía que era algo mucho más profundo.

La llevó contra la pared y el agua dejó de empaparla para ahora caerle a él sobre los hombros y por la espalda.

Con infinita delicadeza acarició sus mechones mojados y le apartó las gotas de agua de la cara. Le besó los párpados, después la mejilla y, finalmente, mientras ella sintió un nudo de excitación en el estómago, la besó en la boca.

–Eva.

Lucas susurró su nombre contra sus labios y ella cerró los ojos, hundiéndose lentamente en la profunda y cálida piscina de deseo que amenazaba con ahogarla.

Sintió la boca de Lucas trazando un camino desde su mandíbula hasta su cuello y de ahí a su hombro. La excitación se iba agudizando, y cuando él cerró los labios sobre la cumbre de su pecho, Eva gimió y hundió los dedos en los duros músculos de sus hombros.

–Ahora –una única palabra pero infundida de la premura de una orden.

Casi se esperaba que Lucas se fuera a negar, pero en lugar de hacerlo, él la agarró por las nalgas, la levantó y la atrapó entre el calor de su cuerpo y los fríos azulejos de la ducha. El agua seguía cayendo con fuerza generando una atmósfera cargada de vapor y humedad. O tal vez era la química que había entre ellos la responsable de ese tórrido y sofocante calor. Lo único que Eva sabía era que ya no tenía frío y que las partes de su cuerpo que se habían quedado entumecidas ya se habían descongelado. Ahora podía sentir con todo su cuerpo. Con su piel, con sus labios, con sus dedos. Lo besó y sintió la humedad de su piel. Lucas tenía el pelo mojado y unas gotas de agua colgaban de sus espesas pestañas. Lo sintió contra ella, brutalmente excitado.

Con la mirada clavada en la de ella, él la sujetó con más fuerza y después se adentró en su cuerpo con un movimiento lento y deliberado. Los músculos de Eva se cerraron a su alrededor y ella apoyó la cabeza sobre su hombro, agradeciendo la invasión, sintiendo sus dedos en sus nalgas mientras se adentraba más y más.

La urgencia contenida y la ardiente intimidad resultaban insoportablemente eróticas. Quería quedarse así para siempre, unida a él, conectada. Como si fueran uno.

Se encontraba mareada y sin aliento e increíblemente excitada. Intentó decir algo, intentó decirle lo que sentía, pero el único sonido que salió de entre sus labios fue un gemido. Deslizó las manos sobre sus hombros y las posó sobre sus bíceps. Notó la flexión de esos músculos mientras Lucas la sujetaba en brazos y seguía dentro de ella, manteniendo un ritmo lento y despiadado, hundiéndose más en su interior y fundiendo su boca con la suya, hasta que el placer cayó con fuerza sobre los dos.

La luz de la luna jugaba sobre la oscuridad y Lucas oyó el suave sonido de la respiración de Eva mientras dormía acurrucada a él como un gatito buscando refugio. Se había prometido que no volvería a hacerlo, que lo que había pasado después del baile fue algo excepcional. Y, sin embargo, ahí estaba. Desnudo y abrazado a ella.

Se preguntó qué tenía esa mujer que destruía su autocontrol.

Cuando estaba con ella, el deseo arrollaba la cautela.

Era una especie de encaprichamiento. Un encaprichamiento sexual que le nublaba el pensamiento. O tal vez el único problema era que no se había permitido acercarse tanto a nadie en mucho tiempo.

Fuera lo que fuera, claramente no era amor.

Por mucho que su cuerpo estuviera totalmente seducido, su corazón permanecía intacto ante cualquier cosa que hubieran compartido. ¿Helado? ¿Dañado? No lo sabía.

Eva debió de sentir algo de la tensión que lo invadía porque en ese momento se acurrucó más a él y bostezó. Sus extremidades se entrelazaban íntimamente con las suyas.

—Estás muy callado. Dime qué estás pensando.

Estaba pensando que era una mujer que buscaba y esperaba relaciones de cuento de hadas y nada de lo que ellos compartían podía terminar así. Él no sabía nada de finales felices. Lo único que sabía era que Eva quería amor y él no.

–No estoy pensando en nada.

–No es verdad. Te estás preguntando qué significa esto y adónde nos lleva.

–No nos lleva a ninguna parte, Eva.

–Porque no quieres volver a enamorarte nunca –se produjo un largo silencio–. Te crees un experto en el amor, pero ¿y si no lo eres?

–¿Estás diciendo que no quería a mi mujer?

–No, no estoy diciendo eso –su voz sonaba suave en la oscuridad–. Estoy diciendo que hay tantas formas distintas de amar como personas en el mundo. No hay dos relaciones iguales. Si las hubiera, entonces solo se habría escrito una historia de amor.

–¿Me estás diciendo que Romeo no sentía por Julieta lo mismo que Heathcliff por Cathy?

–¿Por qué siempre tienes que poner como ejemplo relaciones condenadas? Estoy diciendo que el amor es tan distinto como las personas que lo sienten. Se podría decir que el pan no es más que agua y harina, pero con unos toques sutiles puedes elaborar algo distinto cada vez. El amor no tiene por qué ser una tragedia. Puede ser algo feliz –vaciló–. ¿No crees en las segundas oportunidades?

–Fracasar en un matrimonio no es como suspender en un examen. No puedes repetirlo e intentar sacar mejor nota. Al menos, no en mi caso.

–¿Así es como lo ves? ¿Cómo un fracaso?

–Había algo fundamental que faltaba en nuestra relación. Algo que no logré darle.

–A lo mejor nadie podría haberle dado lo que necesitaba. A lo mejor lo que necesitaba era algo que solo ella podía encontrar –se detuvo–. Has decidido que no quieres volver a amar, ¿pero y si ahí fuera hay otra clase de amor para ti? ¿Uno que te eleve en lugar de aplastarte? No querrás perdértelo. La vida es demasiado corta y valiosa como para vivirla sin amor, Lucas.

¿De verdad creía eso?

Oír sus palabras le hacían creer con más fuerza que aquello estaba siendo un gran error.

–¿Cómo has podido vivir tanto tiempo sin sentirte completamente desilusionada?

–Estás dando por hecho que tú tienes razón y que yo me equivoco, pero ¿y si no soy yo quien se equivoca?

–He estado enamorado, Eva. Sé lo que es el amor.

–Sabes lo que el amor fue para ti la última vez, pero no sabes lo que podría ser. La próxima vez podría ser distinto. Piensa en ello.

No sabía si la visión de Eva de la vida lo estaba inspirando o aterrorizando.

–Lo que pienso es que vuelves a vivir en un mundo de cuento de hadas.

–Mis amigas lo llaman «el Planeta Eva». Pero se está bien en él –su voz sonó suave y entrecortada–. A lo mejor deberías venir, aunque solo fuera para unas minivacaciones.

A pesar de todas las advertencias que le lanzaba su cabeza, Eva lo hizo reír. Agachó la boca hasta sus labios y la hundió contra la cama. Era deliciosa y suculenta, como su comida.

–A lo mejor lo hago.

–Solo hay una norma: nada de maletas en el Planeta Eva. Aquí vamos ligeros de equipaje. Solo se permite bolsa de mano.

Eva no oyó el despertador en dos ocasiones y se despertó malhumorada y aturdida.

Encontró a Lucas en el cuarto de baño, afeitándose.

Tenía una toalla atada alrededor de la cintura.

–Es tarde. ¿Por qué no me has despertado?

–Porque tienes un despertar terrible y más todavía si estás cansada. Y tenías motivos para estar cansada. Has tenido una noche muy activa.

–Tú también estabas ahí, ¿lo recuerdas?

Él la miró a través del espejo.

–Lo recuerdo.

Eva dio un paso atrás, pero Lucas le agarró la muñeca.

–¿Adónde vas?

–A hacer el desayuno.

–Hoy no. Te voy a llevar por ahí. Hay un sitio a la vuelta de la esquina, el Bistró Francés. Te va a encantar –la soltó y se giró de nuevo hacia el espejo.

–Pero tu libro...

–He terminado un primer borrador. Necesito alejarme un poco del texto antes de volver a abordarlo.

–¿Lo has terminado? –estaba emocionada por él–. ¿Cuántas palabras?

–Cien mil. Pero un primer borrador no implica que el libro esté terminado.

–¿Cien mil? –Eva se sintió una debilucha–. ¡Y yo que escribo cien palabras para mi blog y me creo que lo he hecho muy bien! ¿Sueles escribir así de deprisa cuando te pones a trabajar?

–No.

–Pero esta vez estabas desesperado.

–Esta vez estaba inspirado.

Aunque Eva se había sermoneado firmemente sobre no ver más allá en su relación, las palabras de Lucas la derritieron por dentro.

–Porque soy la asesina perfecta.

Él esbozó una lenta y sexy sonrisa.

–Eres algo perfecto, aún no sé qué.

–A menos que quieras que te quite esa toalla y te haga cosas malas, creo que debería vestirme.

–Me parece buena idea. No puedo volver a practicar sexo hasta que no haya repuesto los diez millones de calorías que quemamos anoche.

Pasó una hora más hasta que por fin salieron del piso.

El Bistró Francés, en la Avenida Lexington, era un lugar acogedor e íntimo que la encandiló.

–Es como volver a estar en París. ¿Cómo es posible que no conociera este sitio?

–Vives en Brooklyn.

Estaba claro que Lucas era un cliente habitual. El local estaba lleno, pero los llevaron a una pequeña mesa junto a la ventana.

Eva se quitó el abrigo y se sentó.

–Me ha escrito Harry. Se va a quedar al perrito unos días más, pero se ha puesto en contacto con el centro de adopción de animales y están seguros de que no tendrán problema para encontrarle un hogar donde lo quieran.

–Qué bien.

Sí, estaba bien. Pero entonces, ¿por qué sentía una punzada de decepción?

Mientras se recordaba que no tenía tiempo para cuidar de un perro, miró la carta que tenía delante, pero Lucas se la quitó y se la devolvió al camarero.

Sin consultarle, pidió por los dos y Eva enarcó las cejas.

–¿Estás desarrollando tendencias controladoras?

–Tú has estado decidiendo qué comemos durante las últimas dos semanas. Ahora me toca a mí. Además, como aquí todo el tiempo y sé lo que es bueno –se recostó en su silla–. Querías ese cachorro, ¿verdad?

–No –respondió con firmeza–. No tengo tiempo. Estamos muy ocupadas levantando el negocio.

Él se la quedó mirando un largo rato, aunque no ahondó en el tema.

–¿Tienes algún evento entre ahora y Navidad?

–Un par, pero no tengo que asistir. Estoy trabajando con una empresa que se llama Delicious Eats y son geniales.

–¿Y qué pasa con la fiesta de Navidad del complejo de viviendas asistidas? ¿Vas a ir?

Eva se preguntó por qué le estaba haciendo esa pregunta.

–¿Por qué iba a ir?

–Dijiste que echas de menos ver a la gente de allí. Y probablemente ellos también te echen de menos a ti. ¿Por qué no vas?

Era una opción que no se le había ocurrido.

–No sé. Pensé en ir de visita un par de veces cuando la abuela murió, pero me resultaba tan duro... –tanteó la idea y la invadieron emociones mezcladas–. Me preocupa que ir a un sitio tan lleno de recuerdos resulte doloroso.

–O a lo mejor te haría sentirte unida a ellos. Seguro que los empleados y los residentes tienen sus propios recuerdos y puede que agradezcan compartirlos con alguien que la conocía y la quería.

El camarero apareció con café caliente y platos con huevos a la florentina y tostadas francesas.

Eva miraba la comida sin verla mientras pensaba en Tom y en todos los amigos de su abuela.

–Los he desatendido. Debería haber ido a visitarlos, pero...

–Resulta abrumador, así que llévate a alguien para que te dé apoyo moral.

–No hay nadie. Paige y Frankie están tan ocupadas que no podría ni pedírselo. Matt está trabajando en un proyecto en Long Island, así que pasa mucho tiempo allí, y Jake... Bueno, Jake es genial, pero no es la clase de chico sobre cuyo hombro lloraría.

–Iré contigo. Y, además, ya has llorado sobre mi hombro, así que eso lo tenemos superado.

Su oferta la tomó por sorpresa.

–¿Lo harías?

–Me has ayudado al estar aquí. Si yo te puedo ayudar, me gustaría hacerlo.

Se sentía conmovida y una parte de ella se preguntó por qué le habría lanzado una oferta tan generosa.

–Te acosarían. Uno de los mejores amigos de mi abuela es fan tuyo.

–Aprecio a los fans. Sin ellos, no tendría trabajo. Lo único que me hace sentir incómodo es cuando las mujeres me envían su ropa interior.

–¿Eso pasa?

–Más de lo que imaginas –le contó unas cuantas historias sobre varios incidentes que había tenido en firmas de libros y ella escuchó intrigada y divirtiéndose.

–No tenía ni idea de que ser novelista pudiera resultar tan emocionante. Deberían darte un plus de peligrosidad. Pero Tom tiene noventa años, así que no creo que corras peligro físico.

–Come –le dijo señalando al plato–. Y piensa en ello.

Ella pensó en la propuesta mientras comía y también después, mientras pasearon desde la Quinta Avenida hasta el Rockefeller Center para ver el árbol de Navidad.

–Solía venir aquí con mi abuela –se apoyó en él y observó a los patinadores, que bien abrigados contra el frío aire se deslizaban por la pista de hielo formando un torbellino de colores. Tras ellos, los rascacielos centelleaban bajo el sol del invierno-. A veces yo patinaba y ella me miraba. Ojalá estuviera aquí ahora. Echo de menos hablar con ella.

–¿De qué hablabais?

–Le pedía consejo. A veces, cuando no sé qué hacer sobre algo en concreto, cierro los ojos e intento imaginar qué me diría. ¿Te parece una locura?

–No –le alzó la cara hacia él–. ¿Qué consejo necesitas? ¿Qué le preguntarías si estuviera aquí?

Le preguntaría qué debía hacer con respecto a Lucas.

–Nada en concreto –forzó una sonrisa–. Me estoy congelando. Deberíamos volver para que puedas trabajar. Gracias por el desayuno.

16

El amor es un viaje. Lleva un mapa encima.
Paige

Lucas se rindió y dejó de intentar mantenerse alejado de ella. En parte porque su fuerza de voluntad era más débil que un hilo y, en parte, porque Eva no era alguien que valorara la distancia emocional o el espacio personal.

Era como el cachorrito que habían rescatado. Afectuosa, confiada y cariñosa.

Volvió al trabajo y durante los siguientes días se sumergió en su mundo ficticio y en sus personajes. Ocupaban su mente hasta tal punto que el mundo real se esfumaba. Sabía sin la menor sombra de duda que era el mejor libro que había escrito hasta la fecha. Ahora, por fin, casi tenía algo que estaba deseando enseñarle al mundo.

Al otro lado de las ventanas de su despacho el sol brillaba y tocaba los árboles cubiertos de nieve salpicándolos de deslumbrantes motas plateadas, como si alguien hubiera decorado el parque con purpurina especialmente para las fiestas navideñas. La gente corría por las calles con ganas de terminar las compras de Navidad. Pero Lucas no veía nada de eso.

Él escribía y reescribía, editaba el texto implacablemente, ajustando la historia, dándoles más profundidad a los personajes, puliendo la prosa. La noche se fundía con el día y él trabajaba durante periodos tan largos que, de vez en cuando, cuando alzaba la vista y veía que había vuelto a oscurecer, se daba cuenta de que se había perdido casi todas las horas del día.

De no haber sido por Eva, habría muerto de hambre o de deshidratación, pero ella aparecía a su lado a intervalos regulares con delicias nutritivas que apenas requerían que levantara las manos del teclado.

Quiches diminutas del tamaño de un bocado hechas con una crujiente masa de mantequilla y láminas de champiñones exóticos infusionados en ajo; *crostinis* con pimientos asados y queso de cabra; una ligera *mousse* de salmón ahumado y nata. Cada pieza era como un banquete de tierno sabor diseñado para comerse de un bocado pero sin comprometer el sabor y la calidad. Ahora que había probado su comida, no le costaba entender cómo el éxito de Genio Urbano había crecido tan rápidamente. Eva tenía un sentido innato para saber qué comida encajaba a la perfección en cada ocasión, tanto si esa ocasión era una boda llena de glamur o la comida para un escritor que no tenía tiempo de levantar la vista de su manuscrito.

Exceptuando esos momentos en los que le llevaba comida y bebida, Eva tenía la precaución de no molestarle, aunque de vez en cuando la oía hablando por teléfono con Paige y Frankie o cantando en la cocina mientras cocinaba.

Siempre cenaban juntos, pero después él solía quedarse trabajando hasta tarde. Fue durante una de esas sesiones de trabajo nocturnas cuando la oyó gritar.

Se levantó de la silla al instante, con el corazón acelerado y la tensión aumentada por haber estado releyendo una escena de miedo.

Abrió la puerta del dormitorio. La lamparita estaba encendida y vio a Eva sentada en la cama con su suave melena alborotada y los ojos abiertos como platos.

–¿Eva? ¿Qué pasa? –miró a su alrededor esperando encontrarse a unos asaltantes enmascarados, pero allí solo estaba Eva, temblando–. ¿Qué ha pasado?

Por un momento, ella no respondió y después se subió las sábanas hasta la barbilla.

–¿Puedes encender la luz?

–La luz está encendida.

–Me refiero a la luz del techo. Quiero más luz –le castañeteaban los dientes y él encendió todas las luces de la habitación. Después, volvió hacia la cama.

–¿Qué ha pasado?

Estaba pálida y parecía conmocionada.

–Un mal sueño.

–¿Has tenido una pesadilla? –se sentó en la cama a su lado y la llevó a sus brazos–. ¿Sobre qué?

–Estaba en la cocina cocinando para un montón de gente y... Ahora que lo pienso, no quiero hablar de ello.

Él miró la mesilla de noche.

–¿Has leído uno de mis libros?

–Me parecía que era lo más educado que podía hacer. Gran error. Se te da bien lo que haces, pero lo que haces no es para mí. No te ofendas.

Lejos de sentirse ofendido, se sintió conmovido.

–No me puedo creer que hayas leído mi libro.

–Quería saber más sobre tu obra, aunque ahora me gustaría no haberlo hecho.

Sonriendo, él la abrazó con más fuerza.

–Es ficción, cielo.

–Lo sé, pero también es aterradoramente real. No me importa leer libros de zombis y alienígenas porque no me topo con muchos en Bloomingdale's, pero el hombre de tu libro era encantador y no sé si habría distinguido que se trataba de un asesino.

–Tienes un radar excelente, ¿lo recuerdas? Habrías detectado que algo fallaba.

–Puede que no. No estoy programada para desconfiar.

–Y adoro eso de ti –ojalá no se hubiera mostrado tan expresivo, aunque ella no pareció percatarse.

Eva se frotó la frente.

–Estoy muy asustada. ¿Tú no te asustas a ti mismo cuando escribes?

–A veces, y es cuando sé que lo que estoy escribiendo es bueno.

–¿Tienes que escribir con las luces encendidas?

Lucas sonrió.

–No. Prefiero estar en la oscuridad. Así da más miedo.

–¿Alguna vez lees novelas de ficción alegres donde los personajes sigan vivos al final?

–No muy a menudo.

Ella se estremeció y miró su teléfono.

–¿Qué hora es?

–Las tres de la mañana. Estaba escribiendo. No me he dado cuenta de que era tan tarde.

–Siento haberte molestado. Será mejor que vuelvas al trabajo.

–Estaba pensando que ya es hora de irme a la cama –se levantó, se quitó la ropa, se metió bajo las sábanas junto a ella y volvió a abrazarla.

–¿Podemos dejar la luz encendida?

–¿Hablas en serio?

–Sí. Si hay un asesino en serie en la habitación, quiero verlo.

Dos días después, Eva entraba en su despacho y dejaba un paquete sobre su mesa.

–Feliz Navidad.

–¿Me has comprado un regalo? Qué amable eres, pero no hacía falta. No necesito nada.

–Eso es cuestión de opinión. Ábrelo.

Él deslizó los dedos bajo el papel y despegó la cinta adhesiva.

–Es un libro.

–No es un libro cualquiera.

Quitó el papel, levantó el libro y le dio la vuelta.

–*Orgullo y prejuicio* –la miró–. ¿Me has comprado Jane Austen?

–Tienes que descubrir otra faceta de la lectura. No todas las relaciones terminan en muerte y sufrimiento. La historia es emocionalmente compleja y, lo más importante, tiene un final feliz. Estoy intentando demostrarte que no toda la ficción tiene que terminar con todos los personajes cortados a trozos o con el corazón roto. Hay otras opciones.

Él soltó el libro.

–Eva... –dijo con tono paciente–. Escribo sobre crímenes.

–¡Lo sé! Tu libro me ha dado pesadillas –aún seguía avergonzada por haberse despertado gritando, pero había decidido que no servía de nada fingir ser alguien que no era. No quería pasar miedo mientras leía–. Gracias a ti, no voy a poder volver a dormir con la luz apagada y probablemente tampoco sea capaz de ir en taxi a ningún sitio.

–Es una novela de crímenes. La gente muere.

–¿Pero por qué no pueden resultar heridos solamente y que luego los cure un médico amable y atento?

A Lucas pareció divertirle el comentario.

–Porque entonces el libro no trataría sobre un asesino en serie.

–Podría conocer a alguien bueno y enamorarse...

–Eva –la interrumpió con delicadeza–. No leas lo que escribo. Así no te lo haré pasar mal.

–Pero a lo mejor si escribieras novelas más alegres, no tendrías una opinión tan oscura y retorcida del amor. Podrías empezar con un relato en el que nadie muera.

Lo miró esperanzada, pero él se recostó en su silla y negó con la cabeza.

–Entonces, si esto es un regalo de Navidad, supongo que tengo que pensar en el tuyo.

–No necesito nada.

–¿No le has escrito una carta a Santa Claus?

–Se la escribí hace meses. Le pedí sexo, pero no de él, sino de un tío bueno, y me lo ha traído. Y no sirve de nada que le vuelva a escribir porque desde que escribí mi última carta he sido una chica muy muy mala –se inclinó hacia delante y lo besó–. ¿Qué les hace Santa a las chicas muy malas?

–No lo sé, pero puedo decirte lo que hago yo con las chicas muy malas –se levantó y la llevó hacia él.

Ella le agarró de la camisa decidida a decirle eso en lo que llevaba pensando todo el día.

–¿Lucas?

–¿Qué?

–He estado pensando en lo que dijiste.

Lucas acercó la boca a la suya.

–¿Qué dije?

–Que debería ir al complejo de viviendas asistidas y que tú podrías venir conmigo. ¿Lo dijiste en serio?

Él se apartó.

–Claro que lo dije en serio.

–A veces la gente dice cosas que no piensa de verdad. Y esto sería demasiado. Estarías renunciando a toda una tarde y sé que estás ocupado y que es importante que termines el libro.

–Esto es más importante –entrelazó los dedos con los suyos–. ¿Te gustaría ir?

–Sí, aunque una parte de mí tiene miedo de hacer el ridículo. No he vuelto desde que murió la abuela. ¿Y si me pongo a llorar desconsoladamente?

–Entonces cantaré a gritos para disimular el ruido. Villancicos.

–Odias la música navideña –sonrió preguntándose cómo lograba hacerla sentir mejor siempre–. Háblame en serio.

–Te estoy hablando en serio –le apretó la mano–. Nadie te va a juzgar, Ev. Si lloras, lloras. Espero que no, porque no me gusta verte disgustada, pero nadie te culpará. Y si se te hace demasiado duro y necesitas marcharte, entonces pondremos alguna excusa. Déjamelo a mí. Estás hablando con un experto en evadir eventos sociales.

–Pero estás dispuesto a hacer esto por mí –miró sus manos entrelazadas y de pronto sintió un nudo en la garganta de la emoción–. ¿Por qué?

–Porque espero que te sientas agradecida y te acuestes conmigo.

–Eso no es una respuesta.

–Porque sé lo duro que es –acercó la mano de Eva a sus labios–. Y porque me importas.

–Acabarás firmando libros.

–Podré soportarlo.

17

Ama tu vida, es la única que tienes.
Eva

Annie Cooper estaba al mando de la residencia desde que había dejado su trabajo en uno de los hospitales más concurridos de la ciudad. A Lucas no le costó imaginarla dirigiendo un departamento con eficiencia enérgica y amable.

La mujer le dio un cálido abrazo a Eva.

—Te hemos echado de menos, cielo.

—Yo también os he echado de menos a todos. ¿Cómo está tu hijo?

Qué típico, pensó Lucas, que las primeras palabras que pronunció Eva fueran para preguntar por alguien. Siempre se preocupaba más por los demás que por ella.

—Está bien, gracias por preguntar. Y, por lo que he oído, tú también has estado ocupada. He leído un artículo sobre Genio Urbano.

—Debería haber venido a visitaros antes...

—Tenías otras prioridades y así debería ser. Está siendo una época apasionante para ti. Todos vemos tus vídeos de YouTube. En especial nos gustan tus barritas de dátiles, almendras y avena. Tu abuela habría estado muy orgullosa de ver lo bien que te va –Annie le estrechó la mano a Lucas–. Eva me dijo que vendría, señor Blade. Todo el mundo está muy ilusionado. No todos los días recibimos la visita de un autor famoso. Espero que pueda soportar a unos fans entusiastas. Tenemos todos sus libros en nuestra biblioteca. ¿Le importaría firmarnos algunos?

–Firmaré todo lo que quieran –Lucas estaba observando a Eva. En el trayecto había estado más callada de lo normal; su habitual charla distendida se había visto reducida a unas respuestas monosilábicas.

Annie sonrió.

–Sería maravilloso, y conozco a unos residentes que también van a traer sus propios ejemplares para que se los firme. ¿Cree que podría hacer una lectura?

La pregunta sacó a Eva de su trance.

–No estoy segura de que sea una buena idea –parecía alarmada–. Preferiría no oír nada sobre gotas de sangre o cuchillos afilados.

–Oh, el suspense es la mejor parte –dijo Annie mientras los conducía por el soleado pasillo–. El libro de Lucas fue el libro que elegimos para nuestro club de lectura de hace unos meses y a todos nos impresionó mucho que hubiera ocultado tan bien la identidad del asesino. ¡Menudo giro! Nos engañó a todos, y eso que Tom suele adivinar esas cosas antes que nadie. ¿Tú lees sus libros, Eva?

–Solo he leído uno y aún necesito terapia. Soy una cobarde –la habitual sonrisa alegre de Eva parecía un poco forzada y Lucas se acercó a ella.

Que estuviera allí demostraba que no era una cobarde.

Annie abrió una puerta.

–Todos están haciendo yoga en silla ahora mismo, pero terminarán pronto. He pensado que podríamos tomar el té en el invernadero –los llevó hasta una espaciosa sala con vistas a los jardines que conducían al río Hudson. Unos enormes ventanales aseguraban que la estancia estuviera inundada de luz natural.

–Esta era la sala favorita de mi abuela –dijo Eva mirando por la ventana y Lucas se preguntó si habría hecho mal al proponerle que fuera allí. Era consciente de que perfectamente se le podría acusar de hipocresía. ¿Qué había hecho él por acercarse a la gente tras la muerte de Sallyanne? Nada. Por otro lado, las circunstancias eran distintas. El abismo entre la imagen que tenía la gente de lo sucedido y la realidad era tan enorme que no había sabido cómo salvarlo. Había hecho que la comunicación con las personas que los habían conocido como pareja se hubiera vuelto falsa e inútil. Las condolencias de los demás le habían raspado los sentimientos como lija sobre la piel, y ese era otro factor que había contribuido a su autoimpuesto aislamiento cada vez que se acercaba el aniversario de su muerte.

Annie acercó unas sillas a la ventana.

–Nuestro chef ha hecho minihamburguesas de pavo.

–Y yo he hecho pasteles –Eva pareció animarse un poco al levantar las bolsas que Lucas y ella habían sacado del coche.

–Entonces reuniré a las tropas mientras tú lo preparas todo.

Lucas le quitó las bolsas a Eva y las llevó a la mesa.

–¿Estás bien?

–Estoy bien.

Si Eva no hubiera estado semanas viviendo en su piso, lo cual le había permitido conocer todos sus estados de ánimo, tal vez lo habría engañado. Sabía que estaba mintiendo, pero no había mucho que pudiera hacer al respecto estando allí, rodeados de gente.

Se maldijo por haberle propuesto hacer la visita.

—Podríamos poner alguna excusa y marcharnos.

—Eso sería muy grosero. ¿Me puedes ayudar a colocar los pasteles?

Había hecho *cupcakes* y todos, individualmente decorados con meticulosa atención y al detalle, eran obras de arte.

Lucas observó el intrincado diseño de uno de ellos.

—¿Estudiaste Arte en la facultad?

—No. Soy un desastre pintando —colocó los pasteles en un plato—. Cocinar es lo único que se me da bien.

—Creo que se te dan bien muchas cosas —le dio otro plato—. Estás dirigiendo un negocio de éxito en la ciudad de Nueva York. ¿Sabes cuántas empresas nuevas se van al traste en esta ciudad?

—No lo quiero saber. Aunque ya que asustar a la gente es tu habilidad especial, probablemente esa sea tu intención.

—Yo jamás querría asustarte.

Ella giró la cabeza y lo miró.

—Lucas...

—Puedes hacerlo, cielo —le dijo en voz baja, solo para ella, y Eva lo miró agradecida.

—Esos pasteles tienen un aspecto delicioso —dijo Annie al reunirse con ellos y entonces ya no hubo oportunidad de seguir hablando porque los residentes empezaron a llegar y pronto Eva se vio rodeada por los amigos de su abuela. Su calidez y amabilidad atraía a la gente y él se fijó en que se tomaba su tiempo para hablar con todo el mundo incluyendo a nuevos residentes a los que no conocía.

La tarde pasó rápidamente y en un momento determinado la atención se centró en él, que diligentemente firmó una montaña de libros y respondió a lo que le parecieron un millón de preguntas.

Conoció a Tom, que parecía estar muy pendiente de todo lo que decía.

–A mi mujer también le encantaban tus libros. Solíamos comentarlos. Hablar de libros es una de las cosas que más echaba de menos cuando murió. Una conversación con una mujer vivaz es la mejor estimulación mental, ¿no crees? Lo echo de menos.

Eva se sentó a su lado.

–Deberías volver a casarte, Tom.

Tom le lanzó una pícara sonrisa.

–¿Me estás proponiendo matrimonio? Porque en mi época eso lo hacía el hombre.

–Estás anticuado. Hoy en día las mujeres perseguimos lo que queremos. Me casaría contigo mañana mismo, pero te volvería loco porque soy muy desordenada y tengo un carácter terrible por las mañanas –se inclinó para darle un beso en la mejilla y el hombre le apretó la mano con cariño.

–Hace sesenta años no te me habrías escapado. Soy un hombre que reconoce el oro cuando lo ve. Algún hombre con sentido común te atrapará pronto –levantó la mirada y Lucas tuvo la incómoda sensación de que parte de ese comentario iba dirigido a él.

¿Habría adivinado que tenían algún tipo de relación?

No dijo nada al respecto porque se recordó que Tom se entrometía en la vida de Eva del mismo modo que su abuela se entrometía en la suya.

–¿Cuánto tiempo estuvo casado?

–La primera vez, veinte años.

–¿La primera vez?

Tom se encogió de hombros.

–¿Qué puedo decir? Me gusta estar casado. Martha y yo nos conocimos el primer día de colegio. Le quité el lazo de la coleta y ella me pegó con su cartera. En ese momento supe que sería la única mujer para mí. Cuando murió... y, por cierto, fue por causas naturales, así que no lo relaciones con ninguna de tus novelas..., pensé que ahí acababa todo. No creía que un hombre pudiera tener suerte dos veces en la vida, pero yo la tuve. Conocí a Alison en un grupo de lectura. Me fijé en ella porque era la única a la que no le gustó el libro que estábamos leyendo y no le dio miedo defender su postura y decirlo. Le pedí que se casara conmigo una semana después porque cuando sabes que estás enamorado, no hay razón para esperar. Sé que a Martha le habría gustado.

A Eva se le empañaron los ojos.

–Es una historia preciosa, Tom.

Tom le apretó la mano.

–Tu abuela estaría muy feliz si pudiera verte ahora. Dirigiendo tu propia empresa y enamorada de un hombre joven y guapo.

–No estoy enamorada, Tom. ¿Quién ha dicho que lo esté? –las mejillas se le pusieron del color de las cerezas–. ¿De quién iba a estar enamorada?

Tom miró a Lucas, y este decidió que, definitivamente, hacer esa visita no había sido una de sus mejores ideas. Era como una visita a su abuela pero multiplicada por mil.

–Os he visto a Lucas y a ti hablando junto a los pasteles.

–Me estaba ayudando. Somos amigos.

–Bien. La amistad es la parte más importante de cualquier relación. Por mucho que prendáis fuego a las sábanas, si no hay un vínculo de amistad, no tenéis nada.

Eva miró a Lucas totalmente avergonzada y él decidió que lo mejor era intervenir antes de que Tom encontrara a alguien que los casara allí mismo.

–Eva está trabajando para mí ahora mismo. No hay nada más.

Tom le lanzó a Lucas una prolongada mirada que decía que no se creía ni una palabra.

–Hay gente que no cree que uno se pueda enamorar más de una vez. Yo lo hice dos. Soy la prueba viviente de que es posible.

Lucas se ahorró la respuesta porque en ese momento el chef y dos de los empleados de cocina entraron en la sala con bandejas llenas de minihamburguesas de pavo. Eva se puso de pie y fue a supervisar.

Antes de que Lucas pudiera seguirla, Tom se le acercó.

–Esa chica es especial.

Lucas no estaba dispuesto a discutírselo a pesar de que mostrar su acuerdo lo metería en más problemas.

–Sí que lo es.

Tom se levantó de su silla.

–Es fácil desarrollar apegos cuando se está solo. Es fácil malinterpretar sentimientos.

–Es cierto, pero aunque Eva es una romántica, es muy equilibrada y sensata en lo que se refiere a las relaciones.

Tom lo miró fijamente.

–Estaba hablando de ti.

El anciano se alejó y se reunió con el resto de residentes que se estaban sirviendo la comida.

Lucas miró a Eva, al otro lado de la sala. ¿Qué había querido decir Tom? No era él el que estaba solo, era ella. ¡Maldita sea! Había estado perfectamente feliz encerrado en soledad en su ático hasta que había aparecido ella.

Firmó dos libros más y después se reunió con los demás para probar las minihamburguesas y los pasteles.

Después de comer, convencieron a Eva para cantar mientras Tom la acompañaba al piano.

Para cuando volvieron a casa, ya había oscurecido.

–Lo siento. Qué situación tan incómoda –dijo Eva. Su voz sonó amortiguada por la bufanda que aún llevaba puesta–. La actitud de Tom ha sido algo embarazosa.

–Es muy protector contigo. Quiere que seas feliz, eso es todo –y estar con él no la haría feliz, de eso estaba seguro. No a largo plazo. Las palabras de Tom habían sido un buen recordatorio de que Eva no era una mujer que pudiera sentirse satisfecha con una relación superficial y fugaz. Todo en ella era profundo. Sus sentimientos, sus esperanzas y sus expectativas.

Y aunque creía que se equivocaba en muchas cosas, incluyendo su ridícula visión de cuento del amor y del matrimonio, no quería ser él el que se lo demostrara. Sería como atrapar una mariposa y romperle las alas. Durante las últimas semanas había llegado a admirar su firme optimismo. No quería averiguar qué haría falta para romperlo.

Además, el hecho de que Tom se hubiera casado dos veces no cambiaba nada. Por él, como si se hubiera casado seis.

Él lo había hecho una vez y ahí terminaba todo.

Que te rompieran el corazón una vez en la vida ya era suficiente. Pero ahora mismo, Eva era la vulnerable, no él. Él se protegía tanto que estaba hecho a prueba de balas.

–Mi abuela y Tom eran grandes amigos. Has sido muy amable al jugar al billar con él –Eva esperó mientras él abría la puerta del piso–. Y por dejarlo ganar.

–No le he dejado ganar. Me ha dado una paliza –no añadió que le había estado prestando más atención a ella que al juego.

Eva entró en la cocina y encendió las luces. Había algo distinto en ella. Había perdido su energía habitual.

–Es un tipo interesante. ¿Teníais preparada esa conversación sobre lo de enamorarse dos veces en la vida?

–No –ella se giró dándole la espalda para servirse un vaso de agua–. No lo había visto desde que murió mi abuela y, además, fuiste tú el que se ofreció a acompañarme –bajó el vaso–. Lo que ha dicho tampoco ha sido para tanto, Lucas. No forma parte de una conspiración. Cree en el amor, eso es todo. Y claro que cree, porque lo ha experimentado dos veces. Cuando hemos vivido algo, no tenemos ningún problema para creer en ello.

–Nunca he dicho que yo no creyera en ello, solo que no quería volver a vivirlo. Pero Tom sí quiere –se preguntaba por qué Eva no lo estaba mirando–. Creo que, si pudiera, te convertiría en su tercera mujer.

–A lo mejor ahí está la respuesta. Debería casarme con Tom –dio un trago de agua y soltó el vaso. Pero seguía sin mirarlo.

–¿Qué pasa? –a Lucas le preocupaba que hubiera algo que no le estuviera contando.

–Nada. ¿Tienes hambre?

–No. En la fiesta he comido suficientes carbohidratos como para pasar un mes en Alaska –la siguió hasta la cocina y le puso la mano en el hombro–. Quiero saber qué te pasa por la cabeza.

En lugar de relajarse y acercársele, ella se mantuvo rígida.

–La echo de menos, solo es eso –su pelo le rozó la barbilla y él le acarició la espalda con delicadeza.

–¿Preferirías no haber ido hoy?

–No –se apartó y siguió sin mirarlo.

–¿Alguien ha dicho algo que te haya disgustado? –podría haber pasado durante alguno de los momentos en los que no había estado a su lado.

–No. Todos han sido encantadores. Le he prometido a Annie que volveré pronto. Pero ahora tengo trabajo que hacer y seguro que tú también después de haber perdido toda una tarde por mí –agarró su bolso y su teléfono y subió las escaleras.

Él se la quedó mirando con frustración. Eva no era una persona que ocultara bien sus sentimientos y por eso verla intentarlo con todas sus fuerzas le inquietaba.

–Eva...

Ella se detuvo en lo alto de las escaleras.

–Gracias por acompañarme. Me ha gustado hablar con ellos y me ha venido bien hablar sobre mi abuela. Me ha ayudado. Pensé que me haría echarla más de menos, pero no. Me ha hecho sentirme mejor.

Él frunció el ceño. Si se sentía mejor, ¿por qué parecía tan absolutamente triste?

Eva cerró la puerta del baño con cerrojo y se sentó en el borde de la bañera.

Estaba enamorada de Lucas.

Tom lo había visto al instante, así que ¿por qué ella no?

Había dado por hecho que enamorarse sería entrar lentamente en una cálida piscina. No había contado con algo tan brusco, con una zambullida en un agua tan impactantemente profunda que la había dejado sin aliento y desorientada. Todo se había descontrolado. Se sentía aterrorizada y entusiasmada y al mismo tiempo no tenía duda de que era real, de que lo que estaba sintiendo era algo profundo y permanente que el tiempo no borraría.

Solo hacía unas semanas que lo conocía y no quería enamorarse de él. No era sensato. A él no le interesaba tener otra relación seria. Había visto lo incómodo que se había sentido cuando Tom le había mencionado que había estado enamorado dos veces.

Y tampoco se podía decir que ella no fuera capaz de tener una relación solo por diversión, porque eso sí que lo podía hacer, pero...

Tragó saliva mientras recordaba la reconfortante calidez de la presencia de Lucas cuando habían entrado en el invernadero. Recordó cómo la había abrazado cuando había llorado, cómo había estado a su lado en el baile, ferozmente protector. Cómo había escuchado sus cháchara y se había reído con sus observaciones. Cómo había saboreado su comida.

Él era todo lo que había querido siempre y mucho más.

Gruñó y se cubrió la cara con las manos.

¿Y ahora qué?

Buscó el teléfono en el bolso. Le temblaba la mano.

–¿Paige? Creo que tengo un problema.

–¿Estás embarazada?

–¿Por qué «problema» siempre tiene que significar «embarazo»?

–No lo sé, me ha salido sin más. Dime qué pasa. ¿Le has tirado vino tinto sobre el sofá blanco? ¿Le has borrado el libro por accidente?

–Estoy enamorada de él. Y si me dices «te lo dije», te cuelgo.

Paige no lo dijo.

–¿Hay alguna posibilidad de que él sienta lo mismo?

–Ninguna.

–¿Estás segura?

Eva pensó en lo decidido que estaba Lucas a no volver a enamorarse nunca más.

–Estoy segura. No está en su lista de deseos.

Le dolía el pecho.

Le dolía el cerebro.

Lucas tenía razón. El amor no era un cuento de hadas. Era complicado y doloroso.

–¿Sabe lo que sientes?

–Aún no. Pero, como ya sabes, no se me da bien ocultar mis sentimientos. No estoy segura de qué debería hacer.

Hubo una pausa.

–Puedes dejar el trabajo si quieres. Pon la excusa de que estamos ocupadas y que te necesitamos.

–No. Si empiezo un trabajo, lo termino. Este trabajo significa mucho para nosotras –pero esa no era la única razón. Quería que Lucas terminara su libro. Sabía lo importante que era para él, y, si el hecho de que ella estuviera allí lo ayudaba a hacerlo, entonces se quedaría–. Ya estoy enamorada, así que quedarme no va a empeorar eso. Lo único que me preocupa es que lo va a descubrir.

–¿Y tan malo sería que lo hiciera?

–Sería bastante incómodo. ¡Joder! –exclamó dejándose caer en la bañera.

Había querido amar profundamente y ahora lo estaba haciendo.

Lo que no había querido era enamorarse de un hombre al que no le interesaba arriesgar su corazón una segunda vez.

Ese era el giro final.

Esa era para ella la idea de una historia de terror.

18

Menos es más, a menos que se trate de amor o de chocolate.

Eva

Si fuera sensata, probablemente habría intentado distanciarse.

Creía que era posible enamorarse más de una vez, ¿pero y si eso nunca sucedía? ¿Y si esa era la única experiencia de amor real que iba a tener en toda su vida? Por si lo era, quería aprovecharla al máximo. Pero cada momento que pasaban juntos estaba teñido de patetismo, marcado por un matiz de tristeza, porque sabía que iba a terminar.

Ahora que Lucas había terminado el borrador, no tenía tanta prisa y había reducido esas descabelladas sesiones de trabajo durante las que a veces ni siquiera parecía tener tiempo para respirar.

La sorprendió llevándola a la Ópera Metropolitana a ver *El Cascanueces* y en todo momento ella le agarró la mano con la visión empañada por las lágrimas mientras veía los copos de nieve y al Hada del Azúcar y recordaba todas las veces que su abuela la había llevado a verla cuando era niña.

Lucas se le acercó.

–Te estoy imaginando con un tutú rosa diminuto y unas mallas. Seguro que eras una monada.

–Era una monada, pero un poco torpe. Fui la única Hada del Azúcar que se tropezaba con sus propios pies. No sabía que a ti también te gustara el *ballet*.

–No me gusta.

–¿Entonces por qué estamos aquí?

–Porque sé que a ti te gusta.

Se sintió profundamente conmovida, no solo porque hubiera hecho eso por ella, sino porque la había escuchado y había almacenado esa información cuando le había contado que era algo que solía hacer con su abuela.

–Para ser un cínico arrogante, puedes ser muy considerado. Y, como recompensa, luego me voy a disfrazar y voy a bailar para ti.

Él bajó la mirada hasta su boca.

–Preferiría que te desnudaras y bailaras para mí.

A él no le importaba que fuera una desordenada o que tuviera un carácter terrible por las mañanas. A ella no le importaba que se encerrara a trabajar durante largos espacios de tiempo.

Un día, Lucas salió del despacho con una mirada cargada de furia y ella se quedó paralizada, preguntándose qué había pasado.

–¿Tienes un bloqueo?

–¿Has estado en mi despacho?

–Sí. No estabas, pero te he dejado un plato de galletas y un té de hierbas sobre el escritorio.

–Me has cambiado el manuscrito.

–¿Cómo dices? –preguntó Eva con los ojos abiertos de par en par e intentando parecer inocente–. No sé de qué me hablas.

–Mientes fatal. No puede haber dos agentes del fbi abrazándose.

–¿Por qué no? ¿Qué tiene de malo apoyar a tus compañeros de trabajo? Yo creo que eso los hace más humanos. Han presenciado algo horrible.

–Eva, estoy escribiendo una historia de terror.

–Bueno, pues ahora es un poco menos terrorífica. De nada.

Él se pasó la mano por la nuca y la miró exasperado.

–Eva...

–¿Qué? He leído unas cuantas páginas y está claro que esos dos tienen química, así que he pensado que tal vez podrían juntarse y enamorarse. ¿Qué tiene de malo intentar incluir algo de felicidad en tu libro?

–Has matado la tensión.

–¿Sí? –para alguien que no lidiaba bien con la tensión, sonó como un elogio–. Bien.

–No está bien, Eva. No está bien.

–Eso es cuestión de opinión.

–¿Quieres que escriba novelas de suspense felices?

–Podría ser un nuevo género. Podría ser un gran éxito.

–Mi carrera estaría acabada.

–No seas dramático.

Y así, continuaron con la charla.

Solían hablar de sus gustos en música, libros y películas.

Ella lo obligó a sentarse a ver *Mientras dormías* y, a cambio, vio *La ventana indiscreta*, aunque se estuvo tapando los ojos la mayor parte de la película y después insistió en dormir con la luz encendida.

Lucas empaquetó una luz nocturna y se la dio como regalo de Navidad adelantado.

–No necesito una luz nocturna.

–Siempre duermes con la luz encendida.

–Solo desde que te conocí.

Después, cuando Eva le dijo que iba a terminar las compras navideñas, él se ofreció a acompañarla.

–Puedes ayudarme a elegir algo especial para mi abuela –le dijo Lucas. Fue la única razón que dio cuando Eva intentó averiguar por qué se sentía dispuesto a enfrentarse a las multitudes.

La tormenta de nieve había pasado dejando calles nevadas y un perfecto cielo azul. De no ser por el viento cortante y el frío glacial, con ese cielo y ese sol habría parecido que estaban en el Mediterráneo. Eva se cubrió más con su abrigo y le dio la mano.

Lucas se la agarró con fuerza y juntos caminaron por la Quinta Avenida, pasando por delante de relucientes escaparates que, iluminados con luces diminutas, contaban distintas historias. Fueron hasta el Rockefeller Center para admirar el imponente árbol de Navidad y después se dirigieron al Bryant Park y curiosearon por los puestos que se habían instalado para la temporada navideña.

Eva había estado entreteniéndose mirando joyas, artículos de artesanía y comida local y le lanzó a Lucas una mirada de disculpa.

–¿Estás aburrido? Seguro que ir de compras conmigo es tu nueva definición del «terror».

Él le agarró las bolsas.

–No se me dan bien las compras de Navidad. Si me puedes ayudar en eso, entonces te deberé una deuda impagable.

–Ya me debes una. Gracias a mí, no te vas a pasar de la fecha de entrega. Soy un milagro andante. Por cierto, ¿qué tal te ha ido el trabajo esta mañana?

–Bien. Estoy con la última lectura. Mañana se lo enviaré a mi agente y a mi editor. Gracias a ti. Y tienes razón. Eres un milagro.

–A lo mejor podríamos olvidarnos de las compras. Podría llevarte a casa y obrar unos cuantos milagros más –se acurrucó a él cuando Lucas le echó el brazo sobre los hombros, y deseó que estar con él no le resultara tan fácil–. Pero no nos podemos marchar hasta que hayamos encontrado el regalo perfecto para Mitzy –volvió hacia el puesto y Lucas la soltó con reticencia.

–No tengo ni idea de cómo es un regalo perfecto.

–Para eso me tienes a mí.

Pasaron varias horas hasta que estuvieron de vuelta en el piso. Después de dejar los paquetes en el vestíbulo, fueron directos al dormitorio.

Al instante, sus bocas se fundieron en una. El hecho de que ambos supieran que su tiempo juntos estaba llegando a su fin añadía un toque de desesperación a cada encuentro.

Eva sabía que quedaba poco tiempo. Unos días más y tal vez no volvería a verlo nunca. Unos cuantos días más y entonces Lucas jamás sabría lo que sentía en realidad.

Tenía esas palabras en la cabeza mientras él le hacía el amor lentamente, prolongando el momento hasta que estuvo casi gritando de deseo. Una y otra vez la llevó al límite y la mantuvo ahí, pendiendo en un estado de desesperación y sin aliento. Y ya que sabía que nunca habría un buen momento para decir lo que quería decir, tal vez lo mejor era decirlo directamente, porque si lo suyo iba a terminar y nunca le decía lo que sentía, siempre lo lamentaría.

—Te quiero —le susurró al cuello y notó cómo se quedó quieto—. Te quiero, Lucas.

Él posó la boca sobre la suya, haciéndola callar. Sus dedos se enroscaron en su pelo con más fuerza y sus comedidos movimientos se intensificaron y se volvieron más urgentes.

No dejó de besarla, como si temiera que fuera a repetir esas palabras si lo hacía.

Eva no las repitió, pero le demostró lo que sentía arqueando su cuerpo y con la delicada caricia de su mano.

Lo sintió temblar y hundirse más en su interior; la erótica fuerza de cada uno de sus movimientos la arrastraba hacia el orgasmo más intenso de su vida. Gritó y lo sintió estremecerse sobre ella cuando él también llegó al clímax y siguió abrazándola y besándola hasta que se sintió mareada de placer.

Después se quedó allí tumbada, quieta, debilitada por el placer, inmovilizada por el peso de su cuerpo y por la increíble sensación de intimidad que le producía estar con Lucas.

Quería que durara para siempre.

Era su primer amor y deseaba que fuera el último, pero si esto era todo lo que podían llegar a tener, entonces lo aceptaría.

Fue a la mañana siguiente cuando notó el cambio en él.

La calidez, el humor y la cercanía habían desaparecido. Ahora su actitud ante ella era simplemente... educada.

Lo observó aturdida y por dentro se desplomó como un ascensor con un fallo mecánico.

—¿Lucas?

–Lo que hay entre nosotros ha pasado a una zona a la que nunca quise que llegara.

No se había esperado que fuera tan directo ni que pronunciara esas palabras todavía.

Había estado esperando que hubiera más tiempo, a pesar de saber que no lo había.

Quería que dejara de hablar. No quería oír lo que iba a decir porque sabía que eso marcaría el final.

–¿Lo dices porque te he dicho que te quiero? Te he asustado.

–Nos conocemos desde hace un mes, nada más.

–Y ha sido el mejor mes de mi vida. Lo que importa de una relación no es la duración, Lucas, sino la profundidad. ¿Nunca te has preguntado por qué hay gente que lleva años juntos sin casarse y después uno conoce a otra persona y se casa con ella al mes?

El rostro de Lucas carecía de toda expresión.

–¿Me estás proponiendo matrimonio?

–¡No! Estoy diciendo que en el último mes hemos pasado más tiempo juntos que la mayoría de la gente en seis meses saliendo. Y te quiero. Me niego a mentir sobre ello –vio la tensión clavada en sus hermosos rasgos.

–Esto no puede pasar, Eva.

–Estás diciendo que no te importo.

–Me importas. Pero tú quieres un cuento de hadas y yo jamás podría darte eso.

–¡Oh, Lucas! –sintió un torrente de tristeza y, mezclada con eso, frustración por el hecho de que no lo entendiera–. Lo del cuento de hadas no es por el Príncipe Azul ni por los unicornios mágicos. Es por el amor. Lo que quiero es amar a alguien y que me amen. Para mí, eso es el cuento de hadas.

–El amor no es lo que tú crees.

–No es lo que «tú» crees. El amor no es una maldición, Lucas. Es un regalo –respiró hondo y después se arriesgó. ¿Por qué no? Llegados a ese punto, no tenía nada más que perder–. Te estoy ofreciendo ese regalo. Todo mi corazón, para siempre.

Él palideció por completo.

–Eva...

–Te quiero y sé que ha sido una locura decir esas palabras después de tan poco tiempo, pero sé que esto es real y que está bien. Estamos bien. Me haces feliz. Contigo nunca he sentido que tuviera que fingir u ocultar lo que estaba sintiendo. Puede que haya sido una relación corta, pero ha sido la relación más sincera y real que he tenido nunca –intentó explicarse–. A veces, cuando sales con alguien, tardas mucho tiempo en ver quién es esa persona en realidad. Eso no nos ha pasado a nosotros. Te ha importado lo que sentía. Solo estando contigo me he dado cuenta de lo agotador que es fingir estar bien todo el tiempo cuando en realidad no te sientes nada bien. Y no lo digo por mis amigos, lo digo por mí. Era yo la que me presionaba para estar siempre feliz y positiva. Contigo no he sentido que tuviera que hacerlo. Gracias a ti, me siento mejor de lo que me he sentido en un año. Pero ya he hablado mucho, ahora es tu turno.

Lucas tenía gesto de preocupación y la mano que se pasó por el pelo parecía estar temblándole.

–No sé qué decir.

La invadió la decepción.

–Esperaba que dijeras algunas cosas, pero esa no es una de ellas.

Él se pellizcó el puente de la nariz y bajó la mano.

–Dices que te hago feliz, pero ¿durante cuánto tiempo? ¿Cuánto duraría? ¿Qué pasará cuando te despiertes una mañana y descubras que ya no te hago feliz? No quiero ser yo quien mate tu optimismo o tus ilusiones. No quiero esa responsabilidad.

–Pues entonces no las mates. Dime que tú también me quieres y pasaremos el resto de nuestras vidas haciéndonos felices.

–¿De verdad crees que es tan sencillo?

–Creo que puede serlo si lo permites.

–No estoy de acuerdo.

Se sentía como si le hubieran aplastado el corazón.

Reuniendo la poca fuerza que le quedaba, se puso recta y dijo:

–Jamás pensé que fueras un cobarde.

–¿Te digo que te estoy protegiendo y me llamas cobarde?

–Los dos sabemos que la persona a la que estás protegiendo eres tú. Sé que querías a Sallyanne. Sé que sufriste mucho, y que sigues sufriendo, y sé que fue complicado. Entiendo que quieras protegerte, pero no es necesario, Lucas, porque lo que tenemos es muy valioso y yo jamás lo dañaría.

–Pero a lo mejor yo sí.

–No –Eva suavizó el tono de voz porque sabía lo que le estaba pasando por la cabeza–. Tú no lo harías y creo que en el fondo lo sabes, pero te da demasiado miedo admitirlo –obligando a sus cansadas piernas a cruzar la habitación, se alejó de él y fue hacia las escaleras.

–¿Adónde vas?

–A recoger mis cosas.

–¿Te marchas? –preguntó con voz áspera–. ¿Te marchas?

«Solo si no me detienes».

–¿Para qué me voy a quedar, Lucas? El trabajo está terminado. He hecho eso para lo que me has pagado. Solo hay otra razón para quedarme, pero tú no quieres que lo haga –estaba a medio camino de las escaleras cuando la voz de Lucas la detuvo otra vez.

–¡Espera!

La esperanza lucía dentro de ella como una vela que había temblado por el roce del viento pero que no había llegado a apagarse del todo. Se giró lentamente y con el corazón acelerado.

–¿Qué?

–Quédate un poco más.

–¿Y después qué? –cuando él no respondió, ella, agotada, siguió subiendo las escaleras–. En esta vida hay muchas cosas por las que estoy dispuesta a luchar. Mis amigos, mi trabajo, mi futuro, pero no voy a luchar por tu corazón, Lucas. Si no me lo puedes dar por propia voluntad, no lo quiero.

19

Haz que la vida sea como un entrenamiento. Mantente flexible.

Frankie

Abatida, Eva caminaba por la Quinta Avenida cuando sintió otro copo de nieve.

Levantó la cabeza al cielo y cerró los ojos.

Movida por un impulso, entró en la Catedral de San Patricio, un oasis de calma y paz en la zona más concurrida de Nueva York.

Su abuela la había llevado allí muchas veces, pero era la primera vez que entraba desde su muerte.

Recordarlo fue doloroso y se sentó en uno de los bancos. Admiró la impresionante arquitectura y las vidrieras.

El coro estaba cantando y sus claras voces llenaban el inmenso espacio.

Se le hizo un nudo en la garganta, tan enorme que le impedía tragar.

Había estado segura de que la amaba, pero Lucas no lo había dicho. Tal vez se había equivocado. Tal vez había dejado que sus esperanzas y sueños le impidieran ver la realidad.

Pensó en todas las cosas que había aprendido desde que había estado con él.

–No tenías razón en todo, abuela –murmuró–. Está bien ser el sol, pero a veces también está bien ser la lluvia. Para una vida buena y equilibrada se necesitan las dos cosas.

Eso se lo había enseñado Lucas.

Era la primera persona con la que había sido totalmente abierta y sincera y eso, junto con el sexo, era lo que más iba a echar de menos.

Siempre había pensado que lo peor que le podía pasar era no llegar a enamorarse nunca, pero había descubierto que era muchísimo peor enamorarse de alguien que no quería tu amor.

–Feliz Navidad, abuela –susurró–. Te echo de menos.

Se quedó sentada un rato más, le puso una vela a su abuela y volvió a casa por calles nevadas y en un metro abarrotado de familias cargadas con paquetes e ilusionadas con la Navidad.

Paige estaba en una recepción con Jake, y Frankie y Matt estaban volviendo de un trabajo en Connecticut, lo cual significaba que tendría el apartamento para ella sola.

Sola. Sin embargo, esta vez no era su soledad lo que le preocupaba, sino la de él.

Lucas.

Abrió la puerta del apartamento, dejó las bolsas junto a la puerta y se tiró en el sofá sin molestarse en quitarse el abrigo.

¿Qué estaría haciendo ahora que había terminado el libro? Ya no tenía excusas para seguir escondiéndose. ¿Con quién compartiría sus pensamientos y sus secretos? ¿Se pasaría el resto de su vida sin revelar la verdad sobre su esposa fallecida solo para proteger a la familia de Sallyanne?

***

–¿Entonces estarás con nosotros en Navidad? Va a venir tu hermano. Bien sabe Dios lo complicado que es teneros a los dos en la misma habitación al mismo tiempo. Lucas, ¿me estás escuchando? ¿Por qué estás mirando por la ventana?

Lucas se giró e intentó prestarle a su abuela toda su atención, pero lo único que tenía en la cabeza eran esos inquietantes momentos en los que Eva le había dicho que lo quería. ¿Cómo había pasado? Había levantado barreras y ella las había atravesado.

–Lo siento. ¿Qué has dicho?

–He dicho que me voy a casar con un cantante de ópera de veintiún años y que me mudo a Viena.

–Me alegro –pensó en la noche en la que Eva había llorado. ¿Estaría llorando ahora? La culpa lo devoraba.

Se había marchado. Eva se había marchado. Le había dicho que lo quería. Había expuesto su corazón y le había ofrecido todo.

Y después se había marchado.

Respiró hondo admitiendo la verdad. Se había marchado porque él no le había dado ninguna razón para quedarse. ¿Y por qué iba a hacerlo? El amor no podía ser así de sencillo, ¿verdad? No podía ser tan sencillo y simple como Eva hacía que pareciera.

–¿Lucas? –le preguntó su abuela con delicadeza–. Siempre me encanta verte, pero ¿para qué vienes si no me vas a hablar? ¿Me vas a decir qué te preocupa o te vas a quedar ahí mirando por la ventana?

–No pasa nada. Te he comprado un regalo de Navidad –le entregó un paquete cuidadosamente envuelto–. Puedes abrirlo ahora si quieres. No tienes que esperar a mañana.

Su abuela lo dejó sobre la mesa.

—A menos que el regalo sea que le has pedido matrimonio a Eva, puede esperar a mañana.

—¿Pedirle matrimonio? —Lucas se tensó—. Eso no va a pasar.

—¿Porque eres un tonto testarudo?

—Porque no estoy enamorado —incluso mientras pronunciaba esas palabras notó que algo no encajaba; como cuando te pones un abrigo que no es de tu talla.

Su abuela lo miró pensativa.

—¿Te apetece un trozo de tarta?

¿Ya? ¿No le iba a decir nada más? ¿Primero estaba hablando de amor y al segundo estaba hablando de tarta?

—¿Has estado haciendo repostería?

—Ha sido Eva.

—¿Ha estado aquí?

—¿Por qué estás tan sorprendido? Mi relación con ella es anterior a la vuestra, Lucas.

—¿Cómo la has visto? ¿Parecía disgustada? —no estaba seguro de cuál quería que fuera la respuesta. Si estaba disgustada eso significaba que él la había disgustado, pero si no lo estaba, entonces significaba que no le importaba lo que había pasado; que lo que le había dicho no lo había dicho en serio.

El amor no podía ser tan simple. Su abuela agarró las gafas y se las puso sobre la nariz.

—¿Le has dado motivos para estar disgustada?

Mil motivos, pero de ninguna manera le iba a contar a su abuela los detalles íntimos de su vida por mucha tarta de chocolate que le hubiera dado cuando era pequeño.

—Está viviendo un momento difícil. Su abuela murió el año pasado.

–Lo sé. Hemos hablado de ello a menudo, pero los dos sabemos que esa no es la razón por la que está disgustada ahora.

Lucas se sentía como si estuviera sentado en el estrado.

–¿Te ha...?

–¿Hablado de vuestra relación? No mucho. Tampoco ha hecho falta. Todo lo que siente se le refleja en la cara. Eva es una persona deliciosamente sencilla. El modo en que habló de ti me dijo todo lo que necesitaba saber. Es una pena que sus sentimientos no sean correspondidos –se quitó las gafas y las limpió con cuidado–. ¿Ese es el problema? ¿Te sientes culpable? Porque no deberías. Ningún hombre debería sentirse culpable por no amar a una mujer. No es algo que puedas sentir o dejar de sentir a tu antojo. Ahora mismo, Eva está disgustada, pero es una chica especial y pronto encontrará a otra persona.

¿Otra persona?

Era una posibilidad con la que no había contado.

–¿Qué quieres decir? –tenía la boca tan seca que apenas podía hablar y el corazón le palpitaba con fuerza contra el pecho como si lo estuviera golpeando por ser un idiota.

–¿No creerás que una chica como Eva va a estar sola mucho tiempo, verdad? Es la persona más generosa y dulce que he conocido. Pronto un hombre afortunado se dará cuenta de eso y no la dejará escapar. No me sorprendería que Eva sea una de esas personas que se casan al instante, sin esperar. Sabe lo que quiere y confía en sus propios sentimientos. Y tiene valor. Así que no tienes que preocuparte, de verdad. Y ya que no la amas, seguro que te sentirás aliviado cuando se enamore de otro –lo miró fijamente–. De pronto te has puesto un poco pálido. ¿Te has pasado toda la noche trabajando otra vez? Qué hábito tan poco saludable. Ahora que tienes el libro terminado, deberías tomarte algo de tiempo libre.

Cacahuete le rozó el tobillo y Lucas lo levantó mientras pensaba en la noche en la que Eva y él habían rescatado al cachorro en el parque.

Su abuela tenía razón. Una mujer como ella seguiría adelante con su vida. No pasaría muchas noches llorando por él. Resurgiría.

Amarlo le había producido una herida, pero no una herida de muerte. Ella no dejaría que lo fuera.

Solo imaginarla con otra persona le hacía querer golpear algo.

¿Y si daba con alguien que no entendiera lo sensible que era? ¿Alguien que se aprovechara de esa generosa naturaleza o que destrozara sus sueños?

Su abuela le estaba ofreciendo una porción de tarta, una cuidada elaboración de bizcocho esponjoso y ligero, nata y fresas frescas. El pastel le hizo pensar en una piel cremosa y en unos labios color rubí. En suavidad y sedosidad y en el olor del champú de Eva.

Por educación, cortó un pedazo de tarta y dio un bocado, pero descubrió que no tenía apetito.

Bajó el plato y la porcelana tintineo contra la mesa.

—Joder, abuela, Eva tiene la cabeza llena de sueños. Ve el mundo como un lugar luminoso y lleno de sol.

Su abuela rescató el tenedor antes de que cayera al suelo.

—Yo la veo como una mujer que saca lo mejor de todo y que sabe lo que quiere. No tiene nada de malo tener sueños, Lucas, y menos si tienes el valor de seguirlos. Ella lo hace.

«Te quiero».

Eva tenía ese valor. Había expuesto sus sentimientos sin vacilar a pesar de no tener la garantía de que fueran a ser correspondidos.

–No puedo ser lo que quiere que sea.

Su abuela dio otro sorbo de té.

–¿Estás seguro de que estás pensando en Eva y no en Sallyanne?

Él la miró, instintivamente a la defensiva.

–¿Qué quieres decir?

–Sallyanne era una mujer complicada y lo que tuvisteis te hizo pensar que todas las relaciones son complicadas. Tenía problemas, pero ninguno de sus problemas tenía que ver contigo. No puedes solucionarlo todo y no puedes hacer que una persona sea como tú quieras que sea.

Le latía el corazón con fuerza. No había hablado del tema con su familia. Nunca.

–Cuando murió, no dejaba de pensar que debía de haber algo que tendría que haber hecho de otro modo.

–Y te torturaste con eso –respondió su abuela asintiendo con una mirada comprensiva–. ¡Cuántas veces deseé que hablaras conmigo! Me mataba verte guardándote todo ese dolor dentro.

–No quería destruir la imagen que el mundo tenía de ella. A pesar de todo, la quería.

–Y ella a ti, aunque no sabía cómo manejar ese amor.

–Al final yo ya no sabía lo que quería de mí.

Su abuela sonrió y soltó la taza.

–Creo que lo que Sallyanne quería, y lo que querría si estuviera aquí ahora, era que fueras feliz. Tal vez a veces la vida y el amor en realidad son así de simples.

***

—Cuéntanoslo todo —Paige sirvió tres copas de vino y Eva se sentó en el sofá.

Matt y Jake estaban jugando al póquer con un par de amigos entre los que se encontraba Daniel, el hermano de las gemelas, así que Paige, Frankie y Eva tenían el apartamento para ellas solas.

—Estoy enamorada de él —no veía sentido a mentir ni a andarse con rodeos. Estaba agitada por dentro y nunca se le había dado bien ocultar sus sentimientos.

Paige levantó su copa.

—¿Y?

—Y nada. Eso es todo.

—¿Él no siente lo mismo?

Eva miró el líquido rojo rubí de su copa mientras recordaba la noche en la que había abierto una de las botellas más valiosas de Lucas.

—No lo sé. Creo que es posible que sí, pero no quiere sentirlo, así que nunca va a admitirlo. Lo quiero. Creo que me quiere. Debería ser sencillo.

—Lo voy a matar —Frankie soltó la copa sobre la mesa con un golpe y agarró la botella—. No tengo tu dulzura, así que no tendré ningún problema en encontrarle y arrancarle los huesos uno a uno.

Eva se estremeció.

—Qué bien te habrías llevado con él. ¿Por qué estás tan enfadada?

—No estoy enfadada.

—No te había visto con una actitud tan peligrosa desde que el ex de Roxy se presentó aquí y casi le rompiste el brazo. ¿Qué he hecho que te haya molestado?

—Nada. No has hecho nada. Es por él —Frankie,

que por un momento parecía estar a punto de estallar, alargó la mano–. Dame tu teléfono.

–¿Por qué?

–Tú dámelo.

–No hasta que me digas por qué lo quieres.

–Alguien tiene que decirle que es un gilipollas y, ya que tú eres demasiado amable, voy a tener que decírselo yo –Frankie chasqueó los dedos–. Dámelo.

–Ni hablar. ¿Qué te pasa? Esto me está doliendo a mí, no a vosotras.

–Te equivocas. Si algo te duele a ti me duele a mí, y odio que me duela algo. ¡Qué mierda! –Frankie se sentó en la silla a su lado–. De todas nosotras, tú eres la única cuya relación debería haber fluido sin problemas. Deberías haber danzado hacia el horizonte con el hombre de tus sueños y subidos en dos unicornios.

Eva sonrió entre lágrimas.

–Nunca he visto a un unicornio bailar.

Frankie abrió las manos.

–Y yo nunca he visto un unicornio, así que eso prueba mi argumento.

–¿Podemos volver a la realidad? –preguntó Paige tomando las riendas con tacto–. Frankie, Eva tiene razón, es problema suyo.

–¿Estás diciendo que no le puedo partir el cuello? Jake y yo podríamos hacerle pedazos.

–Nosotras no hacemos las cosas así –respondió Paige rellenándole la copa a Eva.

–No puedes obligar a alguien a amarte –dijo Eva–. Las cosas no funcionan así.

–Lo cual demuestra lo que siempre he sabido, que enamorarse es una mierda –Frankie se bebió la copa de un trago–. Llénala, Paige. Quiero hacer un brindis.

–¿Estás segura de que no has tomado suficiente?

–Ni siquiera he empezado –empujó la copa y esperó a que Paige la rellenara–. De acuerdo, levantad las copas. Primero vamos a brindar por nuestro éxito empresarial. ¡Menuda aventura! Por Genio Urbano –levantó la copa bien alto y Paige y Eva hicieron lo mismo.

–Por Genio Urbano.

Las tres bebieron y Frankie levantó la mano.

–No he hecho más que empezar. Por nosotras, por lograr no acabar matándonos a pesar de tener estilos distintos.

Eva parecía algo dudosa cuando le preguntó:

–¿Has querido matarme?

–Levanta la copa, joder.

Obedientemente, Eva lo hizo.

–Por la amistad –continuó Frankie–. Porque la amistad verdadera supera las diferencias. Yo prefiero leer una novela de misterio y tú una de amor, pero no pasa nada. Te perdono por tener un gusto tan raro.

Eva enarcó las cejas.

–Gracias.

–¡Por la amistad eterna! –Frankie levantó la copa al aire y Paige sonrió.

–Creo que será mejor que este sea nuestro último brindis porque, si no, te vas a levantar con dolor de cabeza por la mañana y es Navidad.

–Una más –Frankie agarró la botella y rellenó las copas–. Por tenernos las unas a las otras, pase lo que pase –miró a Eva y su expresión se suavizó–. Por la hermandad.

Paige levantó la copa.

–Por la hermandad.

La puerta se abrió y Matt y Jake entraron discutiendo sobre si Jake había hecho trampas o no.

–Que hayas perdido no significa que yo haya hecho trampas –dijo Jake cerrando la puerta con el pie–. Tienes que aprender a ser mejor perdedor.

–No me importaría perder si de verdad hubiera perdido, pero te he ganado y... –Matt se detuvo y miró a Eva–. ¿Qué ha pasado? ¿Pasa algo?

Su preocupación la conmovió.

–Nada.

–Tú no lloras por «nada».

–Llora por películas románticas –dijo Jake colgando su chaqueta–. Así que, técnicamente hablando, eso es nada.

Frankie puso los ojos en blanco.

–Cierra la boca, Jake. No todo el mundo es tan insensible como tú.

–No soy insensible. He llorado por algunas películas porque quería salir huyendo. Además, ¿desde cuándo te has convertido en Doña Sensible?

Matt los ignoró.

–¿Eva?

–No pasa nada. Frankie ha dicho algo agradable, eso es todo.

No iba a deprimirse y no iba a quejarse. Lucas no quería amor y ella no podía hacer nada al respecto. Nada, excepto seguir adelante con su vida.

Ahora fue Jake quien enarcó las cejas.

–¿Nuestra Frankie? Eso no es propio de ella.

Frankie lo miró.

–Si no fueras a casarte con mi amiga, te haría pedazos.

–En una pelea, ganaría yo. Puede que seas cinturón negro de kárate, pero yo peleo sucio.

–¡Ya basta! Estamos en Navidad. Nadie discute en Navidad y nadie se pelea –Paige miró a la puerta–. ¿Dónde está Daniel?

–Se ha ido a casa para estar con su familia. Incluso él se toma un descanso y deja de seducir a mujeres en Navidad.

Eva se sentó, reconfortándose con el cálido ambiente y las bromas de sus amigos.

Amistad eterna, pensó. No solo con Frankie y Paige sino también con Jake y Matt. Ya no se sentía como si estuviera sola en una isla desierta. Se sentía protegida, rodeada, conectada, y amada.

–Quiero hacer un brindis –dijo levantando su copa–. Por la familia. Se puede nacer en una o adoptar una, pero de cualquier modo, la familia es lo mejor. Gracias por ser la mía.

Se hizo un momento de silencio.

Después, Jake fue el primero en hablar.

–Sigue así y me harás llorar incluso a mí –le quitó a Paige la copa de entre los dedos y la levantó–. Por la familia. No se puede vivir ni con ella ni sin ella.

–Por la familia –dijo Eva.

–Por la familia –dijeron Frankie y Matt al unísono.

–Vuelve a robarme el vino –dijo Paige con tono agradable– y pronto descubrirás cómo se vive sin ella.

20

Los finales de cuento son como las personas. Cada uno es único.

Eva

Romano's estaba abarrotado y Eva arrastró su pena hasta la cocina para ayudar a Maria, la madre de Jake.

Habían decidido ofrecer un menú del día para que resultara más sencillo servir a tanta gente y ya que Eva había ayudado a diseñarlo, no necesitó instrucciones. Maria le había sugerido que se sentara con sus amigos a disfrutar de la comida, pero Eva agradecía cualquier cosa que le hiciera dejar de pensar en Lucas.

De no haber sido Navidad, encantada se habría pasado el día en la cama con la cabeza bajo las sábanas.

Si su abuela hubiera estado viva, habría ido a verla y se lo habría contado todo, y la abuela habría conseguido hacer que se sintiera mejor y más fuerte. Pero ahora tenía que hacerlo sola.

Se sentía agotada y peligrosamente cerca de echarse a llorar.

Sería otro día de Navidad durante el que tendría que esforzarse por no derrumbarse.

¿Qué estaría haciendo Lucas? ¿Estaría solo o al menos se habría reunido con su abuela?

–¿Qué tal, cielo? –Maria tenía las mejillas coloradas por el calor del horno y por llevar horas corriendo por la cocina.

–Genial –respondió Eva y, al ver la mirada de Maria, añadió–: Vale, no tan genial. Una parte de mí, la parte estúpida y soñadora, creía que a Lucas le importaba. Lo creía de verdad.

–A lo mejor es así.

–No lo suficiente –Eva agarró una cabeza de ajo–. Además, ¿quién se enamora en un mes? Es una locura, ¿verdad?

–¿Lo es?

–Paige y Jake se conocen de toda la vida y también Frankie y Matt.

–Hay más de una forma de enamorarse, cielo, y por lo que parece, Lucas y tú teníais conexión.

–Sí –apática, Eva miró el ajo que tenía en la mano–. Le conté cosas. Me contó cosas. Supongo que pensé... –se detuvo–. Da igual. Lo superaré.

–No llores. Es importante que hoy no tengas los ojos rojos.

–Lo sé, es Navidad y no debo arruinarle el día a nadie.

–Es en tu día en lo que estoy pensando –Maria le quitó el ajo–. Te conozco. Vas a querer tener buen aspecto. Ve a ponerte un poco de pintalabios.

–¿Por qué? –preguntó Eva aturdida–. No creo que a un pedazo de carne y a una bandeja de patatas asadas les vaya a importar si llevo o no pintalabios –todo el mundo a su alrededor parecía ilusionado y lleno de energía y eso hizo que se sintiera aún peor.

–Te alegrarás de haberlo hecho –Maria se acercó y le dio un gran abrazo–. Tu abuela estaría muy muy orgullosa, cielo. Y ahora tenemos que sacar la carne del horno o se carbonizará.

Eva no creía que su abuela se hubiera sentido orgullosa de verla soltando lágrimas por la cocina como un nubarrón, pero no dijo nada y se centró en cocinar. Para ella, trabajar en la cocina era una especie de terapia. Cortaba, picaba y salteaba como si tuviera la mente funcionando con el piloto automático.

La cocina de Maria era una máquina bien engrasada en la que Eva encajaba bien y donde se sentía relajada. En ella no tenía que pensar demasiado.

–¿Ev? –Frankie apareció en la puerta e intercambió con Maria una mirada de complicidad–. ¿Puedes salir? Tenemos algo para ti.

–¿No puede esperar? Estoy sirviendo comida para ochenta y tengo carne... y pastel –se enorgulleció de sonar fuerte a pesar de no sentirse así. Sacó del horno una bandeja de crepitantes patatas–. Creía que los regalos los daríamos más tarde.

–Este regalo no se puede envolver –la voz de Frankie sonó rara. Entre petulante y emocionada–. Te va a encantar.

–No hay nada que quiera.

–¿Puedes salir aquí y dejar de discutir? –Frankie la miró–. No se me dan bien estas situaciones tan misteriosas.

–Pero tengo que hacer una reducción de vino tinto.

–Lo haré yo. Si me bebo la mitad del vino tinto, así se reduce, ¿no? –le dio un empujón–. Yo seré la mano derecha de Maria.

–Y yo me ocupo de esto –añadió Maria quitándole de las manos la bandeja de patatas y señalándole la puerta con la cabeza–. Ve.

Eva estaba a punto de preguntar qué pasaba cuando Paige entró en la cocina.

–Espera. No te muevas –llevaba el bolso de Eva, lo abrió y metió la mano en busca de maquillaje–. Estate quieta.

–De verdad que no tengo ni idea de qué está pasando. ¿Es que a todos os parece que estoy hecha una pena? Primero Maria me dice que me tengo que poner pintalabios y ahora...

–Deja de hablar. No puedo hacerte el maquillaje mientras mueves la cara –Paige le hizo un miniretoque y la transformó con un toque experto de colorete y una pasada de pintalabios–. Lista. Estás increíble –chasqueó los dedos y Jake apareció con el abrigo de Eva.

Ella lo agarró, aturdida.

–Ojalá alguien me dijera qué está pasando.

–Es una sorpresa –dijo Paige y después sonrió–. Feliz Navidad a la mejor amiga que una chica podría tener.

–Oye, yo soy la mejor amiga que una chica podría tener –dijo Frankie sacudiendo motas de harina del vestido de Eva–. Vamos, ve. Tu carruaje te espera.

–¿Mi carruaje? ¿Habéis estado bebiendo? Porque os habéis vuelto locos todos –preguntándose qué habrían planeado, Eva dejó que la sacaran de la cocina y la llevaran hacia la zona del restaurante.

Durante un instante de locura había llegado a preguntarse si Lucas estaría allí, si podría ser la sorpresa de la que estaban hablando, pero no había rastro de él y la intensidad de la decepción que sintió la impactó.

De pronto vio a Matt sonriéndole desde la puerta del restaurante y a Roxy mirándola con expresión soñadora mientras sujetaba a la pequeña Mia, que no dejaba de saltar en sus brazos.

Al verlos a todos tan emocionados, no quiso herir sus sentimientos y les devolvió la sonrisa intentando no pensar en Lucas.

Fuera lo que fuera lo que habían planeado, se mostraría encantada. Seguro que podía lograrlo, ¿verdad?

—Llámanos luego —Paige la llevó apresuradamente hacia la puerta y Eva soltó un grito ahogado cuando el gélido frío le golpeó la cara.

—Joder, qué frío —había un taxi esperando con el motor en marcha y junto a la puerta abierta estaba...

—¿Albert? —confusa, Eva lo miró y Frankie la empujó hacia el coche.

—Es más un taxi que un carruaje, pero estamos en Nueva York. Al menos es amarillo. Si te bebes una botella de vino, podrías llegar a creerte que es una calabaza. Aquí tienes, Albert. El reparto está entregado, tal como prometimos. El resto depende de ti. No dejes que te discuta.

Albert abrazó a Eva y después la metió en la calidez del taxi.

—Cuéntanos qué tal va todo —dijo Paige antes de que Albert cerrara la puerta y el conductor arrancara.

—¿Qué tal va qué? —Eva se giró en el asiento para poder ver a Albert—. ¿Qué está pasando? ¿Por qué no has pasado a comer?

—Volveré para comer cuando haya hecho mi parte.

—¿Cuál es tu parte?

—Primero, debo darte esto —le entregó un paquete plateado con un lazo y ella lo miró, confundida.

—No tengo ni idea de qué está pasando —miró la tarjeta y reconoció la letra de Lucas.

Me has dado un libro y ahora te devuelvo el favor.

–¿Es un regalo de Navidad de Lucas? –miró a Albert, que se limitó a sonreír y a mirar por la ventana.

–¿No te encanta Nueva York cuando nieva?

–¿Me ha comprado un libro? –abrió el envoltorio y un fino ejemplar cayó sobre su regazo. En la portada había una sencilla ilustración de una pareja caminando de la mano.

Lo abrió y volvió a ver la letra de Lucas en la solapa.

Espero que disfrutes de la historia.

Empezó a leer y no levantó la mirada hasta que el taxi se detuvo en la Quinta Avenida.

–¿Eva?

Agradecida de tener una excusa para dejar de leer, cerró el libro, aún algo aturdida.

–¿Tiffany's? ¿Qué estamos haciendo aquí, Albert? No abren el día de Navidad.

–Pues parece que están dispuestos a hacer una excepción por una persona especial. Entra. Te están esperando.

–No sé qué... –la puerta se abrió y miró al hombre que estaba allí de pie–. ¿Lucas?

Se olvidó del libro que llevaba en la mano. Se olvidó de todo. Le temblaban las rodillas y le golpeteaba el corazón; por eso supo que pasaría mucho tiempo hasta que lograra olvidarse de Lucas, si es que algún día llegaba a hacerlo. ¿Qué quería? Una cosa era ser valiente delante de sus amigos y otra muy distinta era actuar delante de él.

Llevaba su abrigo negro largo y, a juzgar por las

ojeras que tenía, no había dormido desde que se había marchado.

Se tropezó al bajar del taxi y después se giró hacia Albert.

–¿No vas a bajar?

–No. Ya he hecho mi parte. El resto depende de ti –saludó a Lucas con la mano–. Vuelvo a mi comida de Navidad. Maria me está guardando un sitio en la mesa.

–¿Has conocido a Maria? ¿Me dejas sola?

–Maria y yo hemos hablado unas cuantas veces en la última semana. Y no estás sola, cielo. Alguien como tú jamás se verá sola. Feliz Navidad, Eva –cerró la puerta y ella se quedó en la acera agarrando el libro y temblando mientras el taxi desaparecía en dirección a Brooklyn.

¿Y ahora qué?

–¿Eva? –oyó la voz de Lucas tras ella–. ¿Puedes pasar antes de que nos congelemos todos?

–¿Todos? –se giró despacio, emocionalmente exhausta–. No sé qué está pasando.

–Si entras, lo descubrirás.

Sin soltar el libro, cruzó la acera y contuvo un gemido cuando él la abrazó.

–¡Oh! Un abrazo –no se atrevía a pensar que fuera algo más. No se atrevía a preguntarse por qué estaban en la puerta de su joyería favorita.

–¿Te ha gustado mi regalo?

–¿Qué regalo?

–El libro.

Se mordió el labio preguntándose cómo de sincera debía ser. Le había hecho un regalo y debía darle las gracias. Por otro lado...

–¿Sinceramente? No lo he terminado aún, pero lo que he leído me ha asustado un poco. Ya sabes que no me llevo bien con las cosas de miedo –y añadió corriendo–: Así que no te ofendas.

–¿Miedo? –él parecía asombrado–. No da miedo, es una historia de amor.

–¿Una historia de amor? –lo miró, confusa, y después volvió a mirar el libro–. Pero... Le venda los ojos, la lleva a una habitación oscura y cierra todas las puertas con llave. Me aterraba que fuera a matarla. He dejado de leer.

–Le venda los ojos para que nada estropee la sorpresa.

–¿La sorpresa de estar encerrada en una habitación oscura?

–La habitación es una joyería. Se suponía que era romántico –dijo entre dientes–. Si hubieras seguido leyendo, habrías visto cómo le pedía matrimonio.

–¿Cómo? ¿Poniéndole un cuchillo en el cuello? –y de pronto se echó a reír, a reír tan fuerte que apenas podía hablar–. Me parecía algo sacado de una película de miedo y... –se detuvo cuando una terrible sospecha tomó forma en su cabeza–. Lucas, ¿estás...? ¿Has escrito tú esto? En la portada no aparecía el nombre del autor.

–Sí. Lo he escrito para ti –se pasó los dedos por el pelo y siguió hablando con la voz áspera, cargada de emoción–: Querías que escribiera algo donde todo el mundo tuviera un final feliz.

–Habría sido feliz con una historia en la que todo el mundo viviera. Ese habría sido un buen comienzo.

–Te he escrito una historia de amor. Es lo más complicado que he escrito en mi vida. Creía que había hecho un buen trabajo. Había un anillo de diamantes y... –tragó saliva–. Mierda. Lo he estropeado. Lo he hecho todo mal, ¿verdad?

Había intentado escribirle una historia de amor.

La había escrito para ella.

Eran muchas las cosas que le quería decir, pero tenía el corazón a punto de estallar.

–Oh, Lucas...

–No te ha gustado nada. Lo he estropeado todo.

–Creo que deberías ceñirte a lo que se te da mejor escribir. El terror.

–Quería que te encantara.

–Me encanta que lo escribieras para mí. De verdad que me encanta eso.

–No me puedo creer que lo haya estropeado. Esperemos que haga bien lo importante –murmuró para sí.

Ella frunció el ceño.

–¿De qué estás hablando? ¿Qué es lo importante?

En lugar de responder, la hizo pasar a la tienda y Eva parpadeó, deslumbrada por las luces. Había otras dos personas en el establecimiento, un hombre y una mujer, ambos sonriendo y manteniendo una discreta distancia.

–¿Qué estoy haciendo aquí, Lucas? ¿Qué está pasando? Parece que todo el mundo forma parte de un gran plan menos yo. ¿Y qué tiene que ver Albert en todo esto?

–Cuando le conté mi plan, me quiso ayudar. Como también me han ayudado tus amigos, mi abuela y Maria. Frankie me amenazó con destruirme si te hacía daño. No sé cómo has podido pensar que estabas sola en el mundo. Tienes un anillo de protección que hasta el presidente envidiaría.

–Pero...

–Eva, tengo mucho que decir, así que solo por esta vez me vas a dejar hablar sin interrumpirme.

–Sí, pero...

Él le cubrió los labios con los dedos. Le brillaban los ojos.

–Olvídate de la venda en los ojos, te voy a amordazar si no dejas de hablar. Intento hacer esto bien y me estás distrayendo.

–Ya me callo –mantuvo la boca cerrada, pero el corazón y la cabeza le iban a mil por hora. ¿Qué quería decirle?

–Voy a ir directo a la parte importante y dejaré el trasfondo para luego. Mucha gente te quiere, cielo –le acarició la mejilla con el pulgar–. Y yo soy uno de ellos.

Ella apenas se atrevía a respirar.

–¿Me quieres?

–Sí, y probablemente debería estar usando un lenguaje florido... Joder, el lenguaje es mi trabajo, pero ahora mismo me da tanto miedo decir algo equivocado que me parece más seguro limitarme a algo sencillo. Te quiero.

–Pero no querías volver a enamorarte. El amor te parece algo complicado y agotador.

–Alguien muy sabio me dijo que hay tantas formas de amor como gente en el planeta. Y resulta que tenía razón –le puso la mano en la nuca y acercó la boca a la suya–. Hay muchas cosas que quería decirte, pero estas buenas personas ya han renunciado a parte de su día de Navidad por mí, así que no vamos a hacerles esperar más.

–¿Esperar a qué? Ni siquiera sé qué estamos haciendo aquí –le daba vueltas la cabeza. ¿La amaba?

Una sonrisa volvía a reflejarse en la mirada de Lucas.

–¿Qué te dice tu radar infalible?

Estaban en una joyería. En la icónica joyería neoyorquina. Sin embargo, no se atrevía a sacar conclusiones.

–Creo que mi radar está roto. Vivo en el Planeta Eva, ¿lo recuerdas?

–Tu radar es perfecto.

–No lo sabes. No sabes qué estoy pensando.

–Sé cómo funciona tu mente.

–Soy previsible.

–Eres adorable. Te quiero, cariño, y estamos aquí porque cuando un hombre sabe que está enamorado, no tiene sentido esperar. Tom me lo ha enseñado. Y la abuela. Me ha recordado que el abuelo y ella se casaron a las cuatro semanas de conocerse.

–Eso era distinto. Había una guerra. Todo tenía que suceder rápido.

–Estuvieron casados sesenta años y el abuelo le puso el anillo al cabo de dos semanas. Yo he esperado un poco más.

A Eva le daba vueltas la cabeza.

–¿Un anillo? ¿Quieres comprarme un anillo?

–Deberías haber terminado la historia. Así habrías sabido cómo acaba.

–Tengo la sensación de que si hubiera terminado de leer tu historia, habría acabado yendo a terapia.

–Vamos a olvidarnos de la historia –sonriendo, bajó la cabeza y volvió a besarla con delicadeza–. Espero que me dejes acompañarte al Planeta Eva. Viajo solo con bolsa de mano y creo que conozco las normas del lugar.

A Eva le iba a explotar el corazón.

Estaba sucediendo.

Estaba sucediendo de verdad.

Lucas. Su Lucas.

Las lágrimas se le acumularon en la garganta.

–¿Estás seguro? Solo una cierta clase de persona puede sobrevivir en el Planeta Eva.

–Una persona con suerte –Lucas extendió la

mano y, discretamente, el hombre le entregó una pequeña caja–. Sé que esto es apresurado, y podemos esperar todo lo que quieras, pero quiero que te cases conmigo, Ev –sacó el anillo de la caja, se lo puso en el dedo y le agarró la mano.

Ella miró el anillo y el corazón se le encogió.

–¿Quieres que nos casemos?

–Sí. Te quiero y cuando volvamos a casa podré decirte exactamente cuánto, pero ahora mismo, para que estas pobres personas puedan volver con sus familias, dime sí o no.

–Sí. Claro que sí –era una respuesta sencilla–. Sabes que te quiero. Ya te lo dije y no he cambiado de opinión. Nada me haría cambiar de opinión.

–Contaba con ello –sin soltarle la mano, les dio las gracias a los dos empleados de la tienda y llevó a Eva hacia la puerta.

–Eh... ¿Vamos a robar el anillo? Porque no tengo ninguna prisa por volver a ver a tus amigos de la policía. No eran muy sonrientes.

–Está todo arreglado.

–¿Ya te has ocupado tú? Es impresionante. Si hubiera dicho que no, ¿te habrían devuelto el dinero?

–Sabía que no dirías que no. No eres la clase de persona que se enamora y desenamora.

Pasearon por la Quinta Avenida. Se agarraban con fuerza y la nieve fresca crujía bajo sus pies. Ella sentía el peso del anillo en su dedo y la firmeza de los dedos de Lucas sobre los suyos.

–¿Cuánto has tenido que pagar para abrir la tienda el día de Navidad?

–Me ha costado menos que la botella de vino que te bebiste.

Eva se sonrojó al recordarlo.

–Me dio un buen dolor de cabeza.

–Eso suele pasar cuando te bebes la botella entera de un trago.

–¿Me perdonas?

–¿Me perdonas tú a mí? –se detuvo y la giró hacia él. Todo lo que sentía se lo estaba demostrando con la mirada.

–¿Perdonarte por qué?

–Por darle la espalda a lo que me ofreciste tan generosamente –le apartó el pelo de la cara con delicadeza–. Cuando me dijiste que me querías, me quedé aterrorizado. Me aterrorizaba hacerte daño, me aterrorizaba que me hicieran daño...

–Lo entiendo –el frío se coló bajo su abrigo, pero Eva apenas lo notaba.

–Llevaba tres años viviendo en la oscuridad y entonces apareciste tú, con tu sonrisa de alto voltaje y tu deslumbrante personalidad, e iluminaste todos los rincones oscuros de mi vida. Toda mi vida cambió aquella noche. Tú la cambiaste. Hiciste que quisiera volver a enamorarme. Joder, si hasta pudiste hacerme creer en cuentos de hadas –tomó su rostro entre sus poderosas manos y la besó.

Ella le devolvió el beso y lo rodeó por el cuello.

–Me vas a hacer llorar.

–Creía que eras una soñadora. Creía que lo que querías no existía y lo seguí pensando hasta que te alejaste de mí. Aquel fue el momento en el que me di cuenta de que quería formar parte de tus sueños, quería compartir mi vida contigo, todo, lo bueno, lo malo, lo que diera miedo y lo emocionante. Te quiero, Eva –le susurró contra los labios–. Eres la persona más amable, dulce y fuerte que he conocido nunca y no me puedo creer que seas mía.

Eva tenía el corazón tan colmado que apenas podía hablar.

–Yo también te quiero. Mucho.

Unos copos de nieve le cayeron en el pelo y en el abrigo como si fuera confeti y él se los sacudió con delicadeza y le agarró la mano.

–Vamos dentro.

Cuando entraron en el piso, ella se detuvo y miró a su alrededor para contemplar el ya familiar lugar. Estaba tan feliz que apenas podía respirar.

–Debería llamar a mis amigos para decírselo.

–Lo saben. ¿Cómo, si no, crees que he podido convencerlos para que me ayuden? Se negaban a subirte al taxi y mandarte al centro de la ciudad a menos que les asegurara que te iba a dar el final de cuento que te mereces. Son muy protectores.

–¿Entonces lo sabían antes que yo? –sin soltar el libro, Eva se quitó las botas y el abrigo.

–No en detalle. Solo saben que te quiero. Por cierto, Frankie me lanzó algunas amenazas espantosas que sin duda usaré en algún libro en algún momento. Esa chica tiene una mente retorcida.

–Tenéis mucho en común –lo agarró por las solapas del abrigo–. Creía que me querías, pero te vi tan decidido a alejarme de ti...

–Mi relación con Sallyanne era volátil e impredecible. A veces era emocionante, pero la mayor parte del tiempo resultaba agotadora. Di por hecho que el amor era así, pero entonces te conocí y me enseñaste algo distinto –le acarició la suave curva de su mejilla–. Me enseñaste que el amor no tenía por qué hacerte sentir como si estuvieras en medio de una batalla o perdido en un laberinto intentando encontrar la salida en la oscuridad.

–Sé que la querías, Lucas. Jamás querría que fingieras que no era así.

–Sí que la quise, pero lo que tú y yo tenemos es

distinto. Y en eso no voy a mentir. Es tan distinto que, para empezar, no lo reconocí. Creía que el amor era algo oscuro y complicado y entonces entraste en mi vida con tu luz y tu optimismo. No sabía que el amor pudiera ser tan simple y sencillo. Querías un sueño y yo pensé que jamás podría cumplirlo. No podía soportar la idea de que otra relación se derrumbara a mi alrededor. Pero entonces me di cuenta de lo que supondría no tenerte en mi vida. Si me aceptas, prometo pasar cada día del resto de mi vida intentando cumplir tus sueños.

A ella se le llenaron los ojos de lágrimas.

–Los sueños no son reales y yo quiero algo real. Te quiero a ti, al hombre que eres en realidad. Ni a uno mejor ni a uno distinto. No me puedo creer que hayas escrito un libro en el que los personajes sobrevivan –seguía agarrando el libro y él se lo quitó de entre los dedos con delicadeza.

–Deberíamos librarnos de esto. Hay que editarlo a fondo.

–No –Eva lo recuperó–. Lo quiero conservar así, tal como está. Es el mejor regalo que me han hecho en la vida y es todo mío.

–No has leído el final.

–¿Viven los dos?

Él esbozó una lenta sonrisa.

–Sí.

–Es todo lo que necesito saber, aunque espero que su final de cuento incluya mucho sexo ardiente. Y con respecto a esa parte en la que él le venda los ojos... –estrechó la mirada–. A lo mejor podríamos recrear esa escena en el dormitorio.

A Lucas se le iluminó la mirada.

–No es mala idea. Resulta que eres muy buena editora.

–Eso creo –se puso de puntillas y lo rodeó por el cuello–. Porque es importante probar esas cosas para ver si funcionan en la vida real. ¿Qué opinas?

–A mí me parece que es el final perfecto.

La levantó en brazos y la subió por las escaleras.

UNA NOCHE SIN RETORNO

SARAH MORGAN

1

Era la noche del año que más temía.

Lo había intentado todo para escapar: fiestas salvajes, alcohol, mujeres, trabajo, pero había descubierto que daba igual lo que hiciera o con quién lo hiciera, el dolor era el mismo.

Había elegido vivir su vida en el presente, pero el pasado era parte de él y lo llevaba a todas partes. Era un recuerdo que no desaparecía, una herida que no curaba, un dolor profundo. No había manera de escapar, por eso necesitaba un sitio en el que estar solo y emborracharse.

Había ido de su oficina en Londres a la finca en Oxfordshire por el privilegio de estar solo. Por una vez, su móvil estaba apagado y seguiría apagado.

La nieve caía sin cesar sobre el parabrisas y la visibilidad era prácticamente nula. A cada lado de la carretera se acumulaban montones de nieve, una trampa para los conductores nerviosos o inexpertos.

Lucas Jackson no era nervioso o inexperto, pero estaba de un humor de perros. El aullido del viento sonaba como el alarido de un niño y tuvo que apretar los dientes.

Nunca había sentido tal alegría al ver los leones de piedra que guardaban la entrada de la finca.

Pasó frente al lago, helado y convertido en una pista de patinaje para los patos, y luego cruzó el puente sobre el río que señalaba la llegada al castillo Chigworth.

Esperó sentir una oleada de satisfacción al pensar que era de su propiedad, pero como siempre, no sintió nada. Había aceptado tiempo atrás que no era capaz de sentir como sentían los demás. Había cerrado a cal y canto esa parte de sí mismo y no era capaz de volver a abrirla. Lo que sí experimentó al mirar el magnífico edificio fue admiración por algo que satisfacía al matemático y arquitecto que había en él. Las dimensiones de la estructura eran perfectas, el labrado de la piedra había atraído el interés de historiadores de todo el mundo.

Saber que estaba preservando una parte de la historia le hacía experimentar cierta satisfacción profesional, pero en cuanto al lado emocional, no sentía nada.

Quien hubiera dicho que la venganza era un plato que se servía frío estaba equivocado. Él la había probado y no sabía a nada. Y esa noche no le interesaba el significado histórico del castillo, solo su aislamiento. Estaba a varios kilómetros de cualquier sitio habitado y eso era lo que quería. Lo último que necesitaba esa noche era contacto humano.

Había luz en las habitaciones del piso de arriba y Lucas frunció el ceño porque le había dado instrucciones a todo el personal para que se tomaran la noche libre. No estaba de humor para tener compañía.

Cruzó el puente sobre el foso y pasó bajo el arco

que daba al patio de entrada. Se le ocurrió entonces que si no hubiera salido temprano de la oficina no habría podido llegar. Sus empleados podrían haber limpiado el camino que llevaba al castillo, pero para llegar hasta él había que atravesar varias carreteras comarcales a las que aún no habrían llegado las palas quitanieves.

Pensó entonces en Emma, su leal ayudante, que se había quedado hasta tarde en la oficina para ayudarlo a preparar su próximo viaje a Zubran, un país del Golfo Pérsico rico en petróleo. Afortunadamente, ella vivía en Londres y solo tenía que tomar el metro.

Lucas recorrió los metros que lo separaban de la puerta y entró en el oscuro vestíbulo. No había ama de llaves que le diese la bienvenida, ningún empleado. Solo él...

Las luces se encendieron de repente.

–¡Sorpresa! –escuchó un coro de voces.

Cegado, Lucas se quedó inmóvil, atónito.

–¡Feliz cumpleaños... para mí! –Tara se acercó, moviendo las caderas–. Sé que prometiste darme mi regalo el próximo fin de semana, pero no podía esperar. Lo quiero ahora.

Lucas miró los famosos ojos azules y no sintió nada.

–¿Qué estáis haciendo aquí?

–Celebrando mi cumpleaños –respondió Tara, haciendo un puchero–. Te negaste a ir a mi fiesta, así que decidí traerla aquí.

–¿Cómo habéis entrado?

–Tu ama de llaves nos abrió antes de irse. ¿Por qué no me habías invitado antes? Me encanta este sitio, es como un decorado de cine.

Lucas miró alrededor. El vestíbulo, con sus magníficos cuadros y tapices, había sido decorado con globos, serpentinas y hasta una tarta de cumpleaños. Las botellas de champán sobre una antigua consola parecían reírse de él.

Su primer pensamiento fue que tendría que despedir al ama de llaves, pero entonces recordó lo persuasiva que podía ser Tara Flynn cuando quería algo. Era una maestra manipulando a los demás y sabía que la enfadaba no poder manipularlo a él.

–Hoy no es un buen día para mí, Tara. Ya te lo dije.

Ella se encogió de hombros.

–No sé qué te pasa, pero tienes que animarte. Venga, te olvidarás de todo en cuanto hayas tomado una copa. Bailaremos un rato y luego subiremos a tu habitación...

–Marchaos –la interrumpió Lucas.

Los amigos de Tara, gente a la que no conocía y a la que no quería conocer, se miraron sorprendidos.

La única persona que no parecía afectada era la propia Tara, que no tenía un ego particularmente frágil.

–No digas tonterías. Es una fiesta sorpresa.

Una sorpresa que Lucas no agradecía. Solo Tara podría organizar una fiesta sorpresa para celebrar su propio cumpleaños.

–Márchate y llévate de aquí a tus amigos.

La expresión de la modelo se endureció.

–Hemos venido en un autocar alquilado que no volverá hasta la una.

–¿No has mirado por la ventana? Están cortando las carreteras por la nevada, así que no vendrá ningún autocar a la una. Llama y di que vengan a buscaros en quince minutos o tendréis que quedaros a dormir aquí. Y te aseguro que no lo pasaríais bien.

Tal vez fue su tono, tal vez que miraba de unos a

otros con gesto airado, pero por fin parecieron entender que hablaba en serio.

El hermoso rostro de Tara, el rostro que había aparecido en docenas de revistas, se volvió rojo de humillación y furia. Sus ojos de gata brillaban, pero lo que vio en los suyos debió asustarla, porque palideció de repente.

–Muy bien –murmuró–. Nos iremos a otro sitio y te dejaremos solo. Ahora entiendo por qué tus relaciones no duran nada. El dinero, el cerebro y cierta habilidad en la cama no pueden compensar que no tengas corazón, Lucas Jackson.

Él podría haberle dicho la verdad: que su corazón había sido irreparablemente herido. Podría haberle dicho que la frase «el tiempo lo cura todo» era falsa y él era la prueba viviente. Podría haber descrito el alivio que sentía al saber que tal vez no curaría nunca porque un corazón roto no podía volver a romperse.

Había algo latiendo dentro de su pecho, cierto, pero lo único que hacía era llevar la sangre de un lado a otro, permitiendo que se levantase de la cama cada mañana para ir a trabajar.

Podría haberle contado todo eso, pero no habría servido de nada, de modo que se dirigió a la escalera de caoba. Esa noche, las proporciones y el diseño de la majestuosa escalera no le daban ninguna satisfacción. Solo era un medio para escapar de la gente que había invadido su santuario. Sin esperar a que se marchasen, empezó a subir los peldaños de dos en dos para llegar a su dormitorio, en la torre.

Le daba igual haber quedado como un ogro. Le daba igual haber roto otra relación. Lo único que le importaba era que pasara esa noche. Era un hombre frío, un adicto al trabajo. Y no le importaba.

***

Impaciente, Emma intentaba concentrarse para no salirse de la carretera. Era viernes por la tarde y debería estar en casa, disfrutando con Jamie. En lugar de eso, estaba persiguiendo a su jefe por una carretera helada y después de una semana imposible eso era lo último que necesitaba. Ella tenía una vida o debería tenerla. Desafortunadamente, trabajaba con un hombre para quien no existía el concepto de una vida fuera del trabajo.

Lucas Jackson no parecía entender que sus empleados tenían otras cosas que hacer, y no servía de nada hablarle de sentimientos porque carecía de ellos.

Sus vidas eran tan diferentes que a veces, cuando llegaba al magnífico edificio de cristal donde estaba el gabinete arquitectónico de Jackson y Asociados, sentía como si estuviera entrando en otro planeta. Era un edificio futurista, un tributo al diseño más contemporáneo y eficiente, construido para aprovechar la luz y la ventilación natural. Era un edificio que representaba la visión creativa y el genio de un hombre: Lucas Jackson.

Pero la visión creativa y el genio requerían concentración y determinación, y esa combinación daba como resultado un hombre muy difícil. Más una máquina que un ser humano, pensó, mientras guiñaba los ojos para concentrarse en la nevada carretera.

Cuando empezó a trabajar para él, dos años antes, no le había importado que nunca mantuvieran conversaciones personales. No quería ni esperaba eso cuando estaba trabajando y, además, lo único que no haría nunca era enamorarse de su jefe. Pero sí se había enamorado del trabajo, estimulante e interesante. Y Lucas, a pesar de todo, era un buen jefe.

Tenía mala fama, pero además de ser inteligente, creativo y profesional, le pagaba un salario generoso. Y le gustaba trabajar en el gabinete de arquitectura que había diseñado algunos de los edificios más famosos del Estado.

Sin duda, Lucas era un genio. Eso era lo positivo. Lo negativo, que el trabajo era lo único importante en su vida y, por lo tanto, debía serlo en la vida de la gente que trabajaba para él.

Como esa semana, por ejemplo. Los preparativos para la inauguración oficial del *resort* Zubran Ferrara, un hotel ecológico e innovador en las cálidas aguas del Golfo Pérsico, habían hecho que todos en el gabinete anduvieran de cabeza.

Ella había logrado permanecer despierta gracias a la cafeína, y ni una vez se había quejado ni había dicho que a las dos de la mañana debería estar durmiendo y no en la oficina.

Lo único que la hacía seguir adelante era pensar en el viernes, el comienzo de sus vacaciones. Veía ese momento como veía la meta un corredor de maratón, como la luz al final del túnel.

Y entonces había empezado a nevar. Había nevado durante toda la semana y el viernes la ciudad estaba cubierta de nieve. Emma había estado todo el día mirando por la ventana, viendo cómo otros empleados salían de la oficina para ir a sus casas. Como ayudante personal de Lucas, tenía autoridad para decirle a los demás empleados que podían irse, pero ella había tenido que permanecer allí. Lucas no parecía haber notado la tormenta de nieve que transformaba Londres en una postal navideña. Cuando lo mencionó, él no había respondido siquiera. Pero cuando por fin pudo marcharse vio una carpeta sobre su escritorio... era la carpeta que había reunido para su viaje a Zubran e incluía documentos que necesitaban su firma.

Al principio, no podía creer que lo hubiera olvidado, porque Lucas nunca olvidaba nada. Era la persona más eficiente que había conocido, y cuando, por fin tuvo que admitir que, por una vez, su jefe había olvidado algo precisamente aquel viernes helado, se enfrentó con un dilema.

Había intentado ponerse en contacto con él por el móvil, pero lo tenía apagado. Intentó enviar un mensajero, pero ninguna empresa de mensajería quería aventurarse por carreteras comarcales con esa nevada.

Y por eso estaba allí, en una carretera cubierta de nieve y sin cruzarse con ningún otro coche, en dirección a la casa de campo de Lucas Jackson.

Emma guiñó los ojos para ver a través de la neblina blanca. No le importaba trabajar muchas horas, pero su única regla era no hacerlo los fines de semana y, por alguna razón, tal vez sus buenas referencias, su carácter pausado y paciente o que las seis ayudantes anteriores a ella se hubieran despedido, Lucas Jackson había aceptado. Aunque hubiera hecho más de un cáustico comentario sobre su «loca vida social».

Si se hubiera molestado en preguntar sabría que ella no llevaba una «loca vida social» y que las únicas fiestas que conocía eran las que veía en las revistas o en televisión. Sabría que después de trabajar horas y horas en el gabinete, un fin de semana perfecto era levantarse tarde y pasar tiempo con Jamie. Lucas debería saber todo eso, pero no lo sabía porque nunca se había molestado en preguntar.

Emma miró la carpeta sobre el asiento, como si así pudiera teletransportarla hasta su propietario.

Desgraciadamente, no había ninguna posibilidad y lo único que podía hacer era llevarla personalmente.

La inauguración del *resort* en Zubran era el evento más esperado del año, y Emma había sentido cierta envidia mientras hablaba con Avery Scott, la propietaria de la empresa que iba a organizar el evento. Por lo que le había dicho, las celebridades invitadas disfrutarían de un gran banquete en una tienda beduina instalada al efecto, con bailarinas haciendo la danza del vientre, adivinos, cetreros...

Y la noche terminaría con los que prometían ser los fuegos artificiales más fabulosos vistos jamás.

Así era como Cenicienta debió sentirse cuando supo que no iría al baile, pensó.

Temblando de frío porque la calefacción de su coche no funcionaba como debería, levantó el cuello de su abrigo, imaginándose bajo el sol de Zubran, rodeada de palmeras... En aquel momento, las mujeres en la lista de invitados estarían eligiendo qué meter en la maleta para aparecer guapísimas en las fiestas. Emma se apartó el pelo de la cara con una mano enguantada. No tenía que mirarse al espejo para saber que ella no se parecía a esas mujeres. Y le daba igual. Lo único que quería era volver a su casa antes de medianoche. Si seguía nevando, Jamie y ella pasarían las vacaciones en casa.

Estaba haciendo lo posible para que el coche no patinase cuando sonó su móvil.

Pensó que por fin Lucas habría escuchado sus mensajes, pero no era su jefe sino Jamie, que la esperaba una hora antes.

–¿Dónde estás? –parecía preocupado y Emma se sintió desleal por desear estar en Zubran de fiesta.

–He salido tarde de la oficina. Lo siento, te he dejado un mensaje.

–¿Cuándo llegarás a casa?

–Puede que tarde un rato porque aún estoy en la carretera. Tengo que llevarle unos papeles a mi jefe, así que no me esperes levantado –Jamie no dijo nada y Emma supo que estaba enfadado–. Tenemos todo el fin de semana para estar juntos y luego toda la semana, pero esta noche tengo que trabajar. Ya sabes que normalmente no trabajo los fines de semana, pero es una emergencia. Lucas se ha dejado una carpeta importante en la oficina y tengo que llevársela.

Cuando cortó la comunicación, Emma maldijo a Lucas Jackson con palabrotas que no solía usar.

¿Por qué no se había acordado de la carpeta? ¿Y por qué tenía el móvil apagado? Intentó concentrarse en la carretera. Le dolían los ojos y lo único que quería era dormir y dormir.

Pero compensaría a Jamie de algún modo. Tenían más de una semana para estar juntos. Dos semanas enteras mientras su jefe estaba en Zubran, de fiesta bajo las estrellas del desierto. Y no sentía celos, para nada.

Por fin encontró la entrada de la finca, con dos leones de piedra a cada lado de la verja. La finca era tan amistosa como su propietario, pensó, irónica. Cuando por fin llegó al final de una interminable carretera propiedad privada rodeada de árboles, le dolía la cabeza y pensaba que se había equivocado de camino.

¿Dónde estaba la casa? ¿Una sola persona era propietaria de tantas hectáreas de tierra? Los faros del coche iluminaron un puente y cuando tomó un recodo del camino, por fin la vio: no era una casa de campo sino un castillo. Un castillo de verdad, con un foso, que debía llevar siglos allí.

–Hasta tiene torres –murmuró, asombrada.

Estaban cubiertas de nieve, pero salía humo de una de las chimeneas y había luz en una de las torres, en la parte izquierda del edificio...

Emma estaba boquiabierta. No sabía que la casa de campo de Lucas fuera un castillo. Él, un arquitecto famoso por sus diseños contemporáneos, era propietario de una imponente fortaleza construida siglos atrás.

Mientras ella vivía en un apartamento en una de las peores zonas de Londres, con una ventana desde la que se veían las vías del tren y donde cada mañana la despertaban los aviones que aterrizaban en el aeropuerto de Heathrow.

No, la suya no era una idílica residencia, pero aquella sí debía serlo. Tanto espacio, pensó, sin poder evitar una punzada de envidia. Alrededor del castillo había un enorme jardín, en aquel momento cubierto de nieve, pero lo imaginó en primavera, lleno de flores. Debía ser precioso. De repente, sus ojos se llenaron de lágrimas y se preguntó por qué. Tampoco era perfecto. Estaba completamente aislado y mientras atravesaba el puente sobre el foso sintió como si fuera la única persona en la Tierra. En la entrada de carruajes vio el coche de Lucas, casi cubierto de nieve. De modo que estaba allí, con el móvil apagado.

Quitó la llave del contacto y se quedó inmóvil un momento, esperando que su corazón volviese a latir a un ritmo normal. Cuando por fin se recuperó, tomó la carpeta del asiento.

Dos minutos, se prometió a sí misma mientras bajaba del coche. Dos minutos y volvería a la carretera.

Pero en cuanto salió del coche resbaló y cayó al suelo, golpeándose la cabeza. Se quedó inmóvil un momento y luego, furiosa y dolorida, se dirigió a la puerta, sus zapatos hundiéndose en la nieve.

Pulsó el timbre y dejó el dedo allí unos segundos, disfrutando de esa pequeña rebelión. Pero nadie respondió y la nieve seguía cayendo sobre su cabeza, colándose por el cuello del abrigo. Temblando de frío, volvió a pulsar el timbre, sorprendida de que nadie abriese la puerta. En un sitio tan grande debía haber montones de empleados. Además, Lucas era notoriamente intolerante con la ineficacia. Alguien iba a recibir una seria reprimenda.

Después de llamar al timbre por tercera vez, Emma empujó la puerta sin esperar que se abriera... pero se abrió. No sabía si debía entrar o no. Entrar en casa ajena sin invitación no era su costumbre, pero tenía que entregarle a Lucas esa carpeta.

–¿Hola? –Emma empujó la puerta, temiendo que saltase alguna alarma, pero no saltó y la empujó un poco más. Las paredes del vestíbulo estaban forradas de madera, con cuadros y enormes tapices, y una fabulosa escalera que parecía sacada de una película romántica–. ¿Hola? –repitió, cerrando la puerta para que no escapase el calor.

Pero entonces vio varias botellas de champán, globos, serpentinas. Y una tarta.

Debían estar celebrando una fiesta en algún sitio... pero no oía ruido alguno. Al contrario, el silencio era abrumador. Casi esperaba que alguien saliese de detrás de una cortina para darle un susto.

Pero no pasaba nada, se dijo. Solo era una casa. Una casa muy grande, sí, pero allí no había nada amenazador. Y no estaba sola, porque la puerta estaba abierta. Lucas debía estar en algún sitio con un montón de gente.

Rezando para que ningún perro guardián se lanzase a su yugular, empujó una puerta de caoba. Tras ella había una biblioteca con estanterías llenas de libros forrados en piel...

–¿Lucas?

Tampoco estaba allí. Emma asomó la cabeza en todas las habitaciones del primer piso y después puso un pie en el primer peldaño de la escalera. Pero no podía buscarlo por toda la casa, era ridículo. Recordando la luz que había visto en una de las torres, decidió aventurarse por un pasillo alfombrado hasta llegar a otra pesada puerta de caoba.

–¿Lucas? –volvió a llamarlo, mientras daba unos golpecitos con los nudillos.

Pero tras la puerta no había una habitación sino una escalera de caracol, y subió por ella hasta llegar a una habitación circular con ventanas en todas las paredes. La chimenea estaba encendida y por el rabillo del ojo vio una enorme cama con dosel cubierta por un edredón de color verde musgo. Pero su atención estaba concentrada en el sofá porque allí, tumbado con una botella de champán en la mano, estaba su jefe.

–¡He dicho que te vayas! –su tono furioso hizo que Emma diese un paso atrás. Jamás en los dos años que llevaba trabajando para él le había hablado de ese modo.

Era evidente que estaba borracho y resultaba tan raro verlo así que su primera reacción fue de sorpresa. Pero mientras ella había arriesgado su vida yendo allí, él estaba pasándolo bien. Había apagado el teléfono no porque estuviera trabajando, sino porque tenía intención de emborracharse. Y, además, tenía la cara de decirle que se fuera.

Ella era una persona paciente, pero la situación empezaba a sacarla de quicio.

«He dicho que te vayas».

De modo que no hablaba con ella. Recordó entonces los globos y la tarta abandonados en el vestíbulo...

–Lucas, soy yo, Emma.

Él abrió los ojos y en ellos vio un brillo de furia. El hombre al que ella conocía era una persona elegante y bien educada que llevaba trajes de chaqueta italianos y camisas hechas a medida. Pero en aquel momento parecía... furioso. Llevaba la camisa desabrochada, dejando al descubierto una mata de vello oscuro, y no se había afeitado.

–Soy yo –le dijo, intentando calmarse–. Emma.

El silencio se alargó durante tanto tiempo que pensó que Lucas no iba a responder.

–¿Emma? –repitió por fin.

Le temblaban las manos, pero era absurdo. Había trabajado con él durante dos años y era un jefe exigente, pero nunca había sido amenazador o violento.

–Llevo horas llamándote. ¿Por qué has apagado el móvil?

–¿Quién te ha dejado entrar?

–Nadie. La puerta estaba abierta...

–Dime una cosa, Caperucita, ¿tienes por costumbre atravesar el bosque cuando el lobo anda suelto?

Los ojos azules se clavaron en los suyos y, sintiendo que se ahogaba, Emma levantó una mano para soltar el pañuelo que llevaba al cuello. Tal vez era por su tono, tal vez por el brillo de sus ojos, pero su corazón latía como loco.

–He llamado al timbre, pero no ha respondido nadie.

–Pero has entrado de todas formas.

–Si hubieras contestado al teléfono no habría tenido que venir hasta aquí.

–He apagado el móvil y no he respondido al timbre porque no quiero ver a nadie –replicó Lucas.

Esa fue la gota que colmó el vaso.

–¿Crees que he recorrido unas carreteras cubiertas de nieve solo para verte? He venido aquí, en lugar de irme a mi casa, para traer una carpeta que te habías dejado en el despacho, una carpeta que necesitas para mañana.

–¿Mañana? –murmuró él, como si no entendiera.

–Sí, mañana –repitió Emma, exasperada–. Son los papeles para la reunión con Ferrara. ¿Te suena? –le espetó, dejando la carpeta sobre una mesa–. Bueno, aquí te la dejo. Ya me darás las gracias cuando estés sobrio.

Lucas dejó la botella de champán en el suelo.

–¿Has venido hasta aquí para traerme la carpeta?

–La necesitas y ninguna empresa de mensajería quería venir hasta aquí con esta nevada.

–Podrías habérsela dado a Jim.

Jim era su chófer.

–Jim se ha ido a Dublín a pasar las Navidades.

¿Por qué no recordaba eso? ¿Qué le pasaba?

–Así que has decidido traérmela personalmente –Lucas la miraba de arriba abajo, como si estuviera viéndola por primera vez.

–Y ya que el gesto no es agradecido, empiezo a desear no haberlo hecho.

–Tienes... sangre en la frente y el pelo mojado. ¿Qué te ha pasado?

Emma sacó un pañuelo del bolso. ¿Tenía sangre?

–Resbalé cuando bajaba del coche –respondió. Mientras restañaba la sangre, se le ocurrió pensar que estaban solos en el castillo. Estaba a solas con él en la oficina muchas veces, pero la situación era completamente diferente–. Me marcho, te dejo con tu fiesta –dijo luego, preguntándose dónde estarían los invitados.

–Ah, sí, mi fiesta –Lucas soltó una amarga carcajada–. Vete, Emma. Alguien como tú no debería estar aquí.

Ella estaba a punto de darse la vuelta, pero sus palabras la detuvieron.

–¿Alguien como yo? Imagino que quieres decir alguien que no pertenece a tu círculo social.

–No quería decir eso, pero da igual.

–No da igual. He arriesgado el cuello para venir a traerte una carpeta que tú ni siquiera recordabas necesitar y unas palabras de agradecimiento serían lo más apropiado. No olvides tus buenos modales.

–Yo no tengo buenos modales. Ni siquiera soy bueno –replicó él, con un tono amargo que la sorprendió.

–Lucas...

–Vete de aquí, Emma. Vete y cierra la maldita puerta.

2

¿Cómo podía ser tan desagradecido, tan grosero...? Emma bajó la escalera echando humo por las orejas.

«Vete de aquí, Emma».

Esas palabras se repetían en su cabeza, haciendo que caminase a toda velocidad.

Pues muy bien, se iba y cuanto antes mejor.

Se consolaba a sí misma pensando que al menos ella tenía la conciencia tranquila. Había ido hasta allí para llevarle la carpeta, de modo que nadie podría acusarla de no ser profesional. A partir de aquel momento, y en cuanto llegase a casa, disfrutaría de sus vacaciones.

Sus pasos hacían eco en el magnífico vestíbulo, pero no había ni rastro de los invitados y se preguntó si la fiesta habría terminado.

«¡He dicho que te vayas!».

¿A quién le habría dicho eso?

Emma abrió la puerta y dio un paso atrás al notar el frío.

En los pocos minutos que había estado allí, había

nevado con tal fuerza que sus pisadas habían sido borradas.

Se acercó al coche para apartar la nieve del parabrisas. El puente que había cruzado para llegar allí estaría cubierto de nieve y las carreteras...

Estaba a punto de colocarse tras el volante cuando la nieve que se había acumulado sobre el capó del coche la hizo pensar en la tarta. Y al pensar en la tarta se dio cuenta de que nadie la había tocado. Estaba entera.

«He dicho que te vayas».

No era asunto suyo, pensó, mientras giraba la llave de contacto. Tal vez no le gustaban los dulces, tal vez...

–¡Maldita sea! –Emma apagó el motor y apoyó la cabeza en el respaldo del asiento.

Lucas le había dicho que se fuera y si tuviese un poco de sentido común, eso haría. Lentamente, volvió la cabeza para mirar la puerta. Había dicho que quería estar solo y eso era lo que debería hacer: dejarlo solo. Los problemas de Lucas Jackson no eran asunto suyo.

Lucas miraba fijamente las llamas de la chimenea. Estaba borracho, pero no tanto como le gustaría, porque el dolor era tan profundo como siempre.

Se levantó del sofá para acercarse a la cesta donde guardaba los troncos para la chimenea y sacó uno.

–No deberías hacer eso. Si no tienes cuidado, quemarás el castillo –la voz femenina llegaba desde la puerta y Lucas se preguntó si estaría alucinando.

Emma estaba allí, otra vez. Tenía las mejillas rojas del frío, el pelo cubierto de nieve. No sabía si en sus ojos había un brillo de desafío o de furia, pero era evidente que no estaba de buen humor.

–Te he dicho...

–Sí, ya sé lo que me has dicho –lo interrumpió ella–. Y de manera muy grosera, además. Si es así como le hablas a todo el mundo, no me extrañaría nada que te quedases completamente solo.

–Eso es lo que quiero, estar solo –replicó Lucas–. Pensaba haberlo dejado bien claro.

–Y así es.

–¿Entonces qué haces aquí?

–Metiendo las narices en tus asuntos por razones egoístas –respondió Emma mientras se quitaba los guantes–. Estoy a punto de empezar mis vacaciones y no quiero pasarlas preocupándome de que te hayas roto la cabeza en plena borrachera.

–¿Por qué te molestaría eso?

–Porque no quiero quedarme sin empleo.

–No te preocupes, no voy a romperme la cabeza. Aún no estoy tan borracho.

–Por eso no puedo marcharme. Cuando dejes de emborracharte podré irme tranquila. Mientras tanto, no quiero tener tu muerte sobre mi conciencia.

–No voy a matarme, así que puedes irte con la conciencia tranquila. Y si tienes un poco de sentido común, lo harás ahora mismo.

–No me iré hasta que me expliques por qué parece como si hubiera habido una fiesta en el piso de abajo, pero tú estás aquí solo.

–A pesar de que eso es lo que quiero, no estoy solo. Tú estás aquí y, francamente, no entiendo por qué. Si te respetases a ti misma deberías darme un puñetazo y presentar tu renuncia.

–Eso solo pasa en las películas –replicó Emma–. En la vida real nadie puede permitirse el lujo de dejar un trabajo y solo un millonario podría sugerir algo así –temblando, Emma desabrochó su abrigo y se acercó a la chimenea–. Y el respeto significa cosas diferentes para cada persona. Reaccionar dramáticamente no es mi estilo, pero si dejase solo a alguien que tiene problemas no podría respetarme a mí misma.

–Emma...

–Y aunque es cierto que te faltan ciertas características humanas, como una conciencia, sueles ser un jefe razonable, de modo que sería una estupidez por mi parte presentar la renuncia. En cuanto a darte un puñetazo, yo no he pegado a nadie en mi vida. Además, tengo las manos heladas y no podría hacerlo –Emma flexionó los dedos mientras Lucas la miraba con gesto exasperado.

Aparentemente, el dinero y el éxito no podían comprarlo todo.

–¿Te gusta tu trabajo? –le preguntó él–. En ese caso, voy a darte una orden directa: márchate o estás despedida.

–No puedes despedirme. Sería un despido injustificado y, además, ahora mismo no estamos trabajando. Lo que haga con mi tiempo libre es asunto mío, no estamos en la oficina.

–Nunca trabajas los fines de semana, ¿por qué has decidido trabajar precisamente este viernes? –replico él–. Imagino que tendrás algún sitio al que ir. ¿Qué pasa con tu emocionante vida social? ¿Por qué no te vas a casa con Jamie?

Emma lo miró, sorprendida.

–¿Cómo sabes lo de Jamie?

–Te he oído hablar con él por teléfono.

–Pues no te preocupes, me iré a casa en cuanto me haya asegurado de que estás bien.

–Estoy bien, ¿no lo ves?

–No tienes que hablar entre dientes y, además,

no lo veo. Sé que no tienes costumbre de beber y que aquí está pasando algo raro. ¿Por qué nadie ha cortado la tarta?

–¿Perdona?

–La tarta que hay abajo. Nadie se ha molestado en cortarla –le explicó Emma–. Y saliste de la oficina unos minutos antes que yo, así que no ha habido tiempo para organizar una fiesta... ah, ya lo entiendo, era una fiesta sorpresa y les has dicho que se fueran.

–No todas las sorpresas son buenas. Y ahora que lo sabes todo, ya puedes marcharte –dijo Lucas, sarcástico.

–Imagino que serían Tara y sus amigos –su expresión dejaba bien clara cuál era su opinión sobre la mimada modelo–. No debería haberte dejado solo.

–Yo le pedí que se marchase.

–Pues no debería haberte hecho caso. ¿Cuál era la ocasión?

–Su cumpleaños.

Lucas vio que entreabría los labios. Unos labios suaves, sin carmín. Llevaba la misma falda gris que había llevado a la oficina ese día, con una camisa blanca y un jersey marrón bajo un abrigo empapado. Tenía un aspecto sencillo, sobrio, pero Emma siempre vestía de ese modo. Con el pelo bien recogido, apartado de la cara con un prendedor para que no la molestase mientras trabajaba.

–¿Tara ha organizado una fiesta sorpresa en tu casa para celebrar su cumpleaños?

–Ya le había dicho que esta no era una buena noche para mí, pero Tara no acepta una negativa.

–¿Por qué?

Lucas hizo un gesto de impaciencia.

–Porque es una mujer, supongo.

–Quiero decir por qué no es una buena noche para ti. Por qué insistes en estar solo y por qué quieres emborracharte. ¿Es algo relacionado con el trabajo? ¿Tiene que ver con la inauguración del *resort* en Zubran?

–¿Por qué crees que tiene algo que ver con el trabajo?

–Porque es lo único que te importa –respondió Emma.

Lucas la miró en silencio durante unos segundos y luego se volvió para echar el tronco en la chimenea.

Era lógico que Emma pensara eso, pero no tenía ni idea.

Y era mejor así. Lo último que quería era compasión.

–No deberías estar aquí.

–Pero estoy aquí y tal vez podría ayudarte.

Lo miraba directamente a los ojos, sincera, directa. Una mujer con un corazón inocente que no parecía saber lo falso y cruel que podía ser el mundo.

Lucas siempre evitaba a las mujeres como ella porque no había sitio en su vida para la inocencia.

–No puedes ayudarme –le dijo.

Su relación había sido siempre estrictamente profesional. Para él, los negocios y el placer no se mezclaban nunca y pensaba que Emma era de la misma opinión.

–¿Estás disgustado con Tara? ¿Es eso? En estos dos años nunca has tenido una relación seria con ninguna mujer y había llegado a la conclusión de que no son más que un accesorio para ti...

Era un comentario tan perceptivo que si no estuviera de tan mal humor, Lucas se habría reído.

–Tal vez sea así o tal vez no me conoces en absoluto –le dijo, dando un paso adelante.

–No me intimidas –le advirtió Emma–. Estoy intentando ayudarte.

–Y yo no quiero tu ayuda. Ni la tuya ni la de nadie –replicó él.

Diciéndose a sí mismo que estaba haciéndole un favor, Lucas puso una mano en la pared, al lado de su cara. Solo se oía el crepitar de los leños y su jadeante respiración. La luz de la luna se colaba por la ventana y su pelo olía a flores, a humo y a nieve.

Entonces experimentó algo, una respuesta primitiva, poderosa y totalmente inapropiada.

Los ojos de Emma estaban clavados en él. Parecía sorprendida, atónita incluso. Y era lógico. También él estaba sorprendido por la oleada de deseo y por el férreo control que debía ejercer sobre sí mismo para no hacer lo que deseaba hacer.

En unos segundos, su relación había cambiado por completo. Las barreras se habían derrumbado.

No eran jefe y empleada sino hombre y mujer.

No había esperado eso y no lo quería. Ni esa noche ni con aquella mujer. Era el champán, pensó, maldiciéndolo. No solo porque hubiera una línea que no cruzaba nunca con una empleada sino porque lo que él tenía que ofrecer no era lo que Emma quería.

No confiaba en sí mismo teniéndola tan cerca y estaba a punto de dar un paso atrás cuando ella se adelantó.

–Te dejo hasta que se te pase.

Intentaba disimular, pero Lucas había notado un temblor en su voz. Estaba inquieta, tal vez incluso la había asustado un poco, y esa era su intención, ¿no? Quería que se fuera.

Entonces, ¿por qué en esos segundos, mientras se dirigía a la puerta, estaba notando cosas que no había notado antes? Como por ejemplo que su pelo era del mismo tono castaño que las paredes de caoba. Se preguntó entonces por Jamie, el hombre con el que vivía...

Lo único que sabía era que estaba con él desde que empezó a trabajar en el gabinete dos años antes y eso confirmaba lo que sabía de ella: Emma creía en el amor.

Y pensando eso, alargó la mano para tomar la botella de champán.

Por segunda vez esa noche, Emma bajó al vestíbulo. La diferencia era que en aquella ocasión temblaba de arriba abajo.

Desde el día que empezó a trabajar para él había intentado no pensar en Lucas Jackson como un hombre. Era su jefe, el hombre que pagaba su salario. Por supuesto, se había dado cuenta de lo atractivo que era y del éxito que tenía con las mujeres. Al fin y al cabo, era ella quien le pasaba las llamadas, y le pasaba muchas, pero nunca se había dejado afectar por él. Era un poco como admirar un cuadro de lejos, algo que nunca sería suyo.

Y entonces, de repente, había aparecido una oleada de deseo que no quería sentir.

Ella era feliz haciendo su trabajo y volviendo a casa con Jamie y no quería poner eso en peligro. No podía permitírselo. Especialmente, cuando se trataba de un ser humano tan egoísta y grosero como Lucas Jackson.

Un cuerpazo y un gran cerebro no compensaban sus defectos. No le importaba nadie, y eso era muy poco atractivo. Además, el incidente en la torre había sido provocado por la bebida, nada más. Estaba intentando amedrentarla y lo había conseguido.

Pero no pensaba marcharse. De ningún modo iba a dejarlo solo en ese estado.

Intentando olvidar cómo lo había mirado, Emma llegó al final de la escalera. La fiesta sorpresa le había disgustado, o tal vez ya estaba disgustado cuando llegó al castillo. En cualquier caso, era la primera vez que lo veía borracho.

Pero mientras quitaba los globos y las serpentinas recordó algo... no era la primera vez que lo veía borracho, sino la segunda. La primera vez fue el año anterior y también había nevado, así que debía ser la misma época del año.

Se había quedado en la oficina hasta muy tarde pensando que estaba sola, pero cuando pasó frente al despacho de Lucas lo vio allí, tirado en el sofá, con una botella de whisky vacía a su lado.

Estaba dormido y había decidido no despertarlo, pero lo tapó con una manta y asomó la cabeza un par de veces en el despacho mientras seguía con su trabajo.

Probablemente él no sabía quién lo había hecho, pero ninguno de los dos volvió a mencionar el incidente.

Había sido en esa misma época del año, pensó entonces. Tal vez incluso el mismo día. Lo recordaba porque todos los años tomaba vacaciones la misma semana.

¿Era una coincidencia que volviese a estar borracho? Probablemente. Diciembre era una época del año en la que todo el mundo tenía derecho a divertirse.

Después de retirar las serpentinas pinchó los globos y los tiró a una papelera. Solo quedaba la tarta y las copas vacías.

Suspirando, miró hacia la escalera. Aquella era

una situación imposible. Si se marchaba estaría preocupada toda la noche y si se quedaba Lucas volvería
a gritarle.

Además, podría pensar que se quedaba por otra
razón. Lucas Jackson tenía demasiada experiencia con
las mujeres como para no haberse dado cuenta de su
reacción. Su única esperanza era que estuviera demasiado borracho.

Emma miró por la ventana y comprobó que seguía nevando con fuerza.

Se quedaría media hora más, decidió. Iría a ver
cómo estaba Lucas y después se marcharía y lo dejaría solo.

3

Lucas se dio una ducha de agua fría. Estaba borracho, pero en lugar de embotados, que era su intención, sus sentidos parecían más alerta que nunca. Estaba pensando cosas que no debería pensar y la culpa era del champán. Afortunadamente, Emma se había marchado, porque de no ser así tal vez habría sentido la tentación de buscar otra forma de olvido.

Lucas suspiró, disgustado consigo mismo. ¿Desde cuándo imaginaba a su ayudante desnuda? Nunca, jamás, ni una sola vez en los dos años que llevaban trabajando juntos. Pero, de repente, esa imagen lo atormentaba.

Le habría gustado quitarle el prendedor del pelo para dejarlo caer sobre sus hombros. Habría querido enredar sus dedos en los sedosos mechones y mantenerla cautiva mientras buscaba sus inocentes labios para ver si allí encontraba la cura que estaba buscando.

Mascullando una maldición, cerró los ojos y se apoyó en las baldosas de la pared, dejando que el agua cayera sobre su cabeza.

Emma trabajaba para él y quería que siguiera siendo así. No había sido fácil encontrar a una buena ayudante personal, un papel que requería multitud de tareas.

Emma, con sus serios ojos castaños y su increíble habilidad para hacer varias cosas a la vez sin quejarse. Emma, que trabajaba sin descanso y jamás se molestaba por sus cambios de humor. Era su dedicación al trabajo lo que la había llevado allí esa noche.

Era una joya y él le había gritado. Peor aún, la había asustado.

Lucas volvió a mascullar una palabrota, preguntándose si recordaría enviarle flores cuando estuviera sobrio. La ironía era que nunca enviaba flores a las mujeres, Emma lo hacía por él. Pero tendría que hacer algo, porque lo último que deseaba era perderla.

Con un poco de suerte, los dos podrían fingir que no había pasado nada.

Después de secarse, intentó ponerse la toalla a la cintura, pero no era capaz de controlar sus dedos y cuando cayó al suelo dejó escapar una risotada de frustración. Demasiado borracho para ponerse una toalla, pero no demasiado borracho para olvidar.

Nunca estaba demasiado borracho para olvidar.

El dolor estaba anclado entre sus costillas como un pedazo de metralla que ningún cirujano podía extraer. Nada mermaba ese dolor.

Suspirando, volvió al dormitorio y se detuvo de golpe al ver a Emma.

Por un momento pensó que era un espejismo, una imagen que su cerebro había conjurado.

–Dios mío... –Emma se tapó los ojos con una mano–. Lo siento, lo siento. ¿Qué haces desnudo? No puedo creer... qué vergüenza.

Fue esa vergüenza lo que por fin penetró en su embotado cerebro.

Lucas no quería moverse porque no confiaba en sí mismo. De repente, lo único que quería hacer era tirarla sobre la cama y explorar una forma diferente de sobrellevar esa noche. Quería que ella derritiese el frío que sentía por dentro. Quería su calor y todo lo que había de real en ella.

En lugar de estar rodeado de fantasmas, quería contacto humano, carne y piel.

Emma.

Apretando los puños, Lucas intentó canalizar toda su energía para permanecer de pie.

—Pensé que te habías ido.

—No, solo había bajado para quitar los globos y darte un poco de tiempo... —Emma suspiró, sin apartar la mano de sus ojos—. ¿Estás decente?

—Por favor, no exageremos. Parece como si no hubieras visto nunca un hombre desnudo.

Había visto a Jamie, ¿no?

—No tengo por costumbre ver a mi jefe desnudo —protestó ella—. Nunca he pensado en ti como un hombre. Al menos, hasta ahora... por favor, ponte algo.

En otras circunstancias, Lucas hubiera soltado una carcajada, pero en lugar de hacerlo entró al vestidor para buscar un albornoz. Cualquier beneficio de la ducha fría había desaparecido al verla y el deseo se mezclaba con la certeza de que aquella era la única mujer a la que no podía tener.

Tenía que apagar su ardor como fuera. Por borracho que estuviera, aquello no podía pasar. Emma Gray era la última mujer en el mundo a la que quería ver como una mujer.

—Imagino que has vuelto para decirme que no puedes marcharte debido a la nevada.

–No tengo ni idea. No he intentado marcharme –Emma seguía teniendo los ojos tapados y Lucas suspiró mientras le abrochaba el cinturón del albornoz.

–Ya estoy decente.

Al menos, por fuera. Sus pensamientos eran menos que decentes, pero mientras ella no pudiera leerlos no habría ningún problema.

Tenía que distanciarse, se dijo.

–Si puedes marcharte, ¿por qué sigues aquí? Te fuiste hace media hora.

–Ya te he dicho que he estado quitando los globos y las serpentinas. Imaginé que no querrías verlos. Además, estaba preocupada por ti –Emma apartó la mano de sus ojos y, al verlo en albornoz, se relajó un poco–. Me preocupaba que siguieras bebiendo y te golpeases la cabeza o algo igualmente horrible.

–¿Te preocupa perder tu puesto de trabajo?

–Por supuesto... y posiblemente también mi conciencia. Quiero dormir bien esta noche.

Distraído por el brillo de sus ojos, a Lucas le costaba trabajo concentrarse.

–Tal vez esté más borracho de lo que creía, porque no lo entiendo. ¿Por qué tendrías eso sobre tu conciencia?

–Porque yo sería la última persona que te hubiera visto con vida. Pero si estás lo bastante sobrio como para darte una ducha, imagino que ya puedo irme –dijo ella, volviéndose hacia la ventana.

–¿Por qué no me miras?

–Porque aún no me he recuperado de la sorpresa. Ver desnudo a tu jefe no es algo que ocurra todos los días y puede que necesite recurrir a terapia –Emma se aclaró la garganta–. Bueno, es hora de que me marche.

–No vas a ir a ningún sitio.

–¿Cómo que no? Ya estás bien, de modo que no tengo por qué...

–¿No has visto cómo nieva?

La tensión en el ambiente crecía por segundos y la chimenea encendida, la cama con dosel, la nieve reflejada por la luna, creando una luz fantasmal sobre el lago, no ayudaban nada.

La ironía era que Lucas nunca había seducido a una mujer allí. A excepción de la inesperada aparición de Tara, ninguna mujer lo había visitado en Chigworth.

Pero Emma estaba allí y era evidente que lamentaba su decisión de no haberse ido antes.

–No pasa nada, conduciré con cuidado. Las palas quitanieves estarán trabajando ya, así que no hay ningún problema.

–¿Tú sabes lo lejos que está la autopista? Primero tendrías que recorrer varias carreteras comarcales y dudo mucho que las palas quitanieves hayan llegado hasta aquí.

–Lo intentaré de todos modos.

–Puede que yo esté borracho, pero no tanto como para no darme cuenta de que sería un riesgo innecesario. Llámame egoísta, pero no quiero pasar el resto de la noche intentando localizar tu cadáver ni tener que buscar otra ayudante. No soporto el proceso de entrevistas.

Emma esbozó una sonrisa.

–Ah, entonces es eso, ¿no? No quieres ninguna molestia.

–Soy el tipo más egoísta del mundo, ya lo sabes.

«Así que no me mires así con tus preciosos ojos castaños. No me demuestres que te importo un bledo».

Pero ya lo había hecho, ¿no? En cuanto descubrió

que alguien había organizado una fiesta que no deseaba se había molestado en retirar las pruebas.

–Ha sido una tontería por mi parte venir aquí.

–No, no lo ha sido –como no podía dejar de mirarla, Lucas se acercó a la chimenea y le dio la espalda–. Agradezco mucho tu dedicación. Es una pena que hayas elegido precisamente esta noche.

No dijo lo que era obvio: que si no fuera por lo que esa noche representaba para él, no habría olvidado la carpeta en la oficina.

–Lucas...

–Mira, esto es lo que vamos a hacer –la interrumpió él–. Estás helada, así que voy a calentar un poco de sopa. Mientras tanto, date una ducha caliente y ponte lo que encuentres en mi vestidor. Nada te quedará bien, pero tú eres una persona práctica y seguro que sabrás improvisar. Colgaremos tu ropa frente a la chimenea y estará seca por la mañana.

–Lucas, no puedo...

–Voy a encender la chimenea en una de las habitaciones de abajo, así que estará calentita cuando te vayas a dormir –sin mirarla, Lucas se dirigió a la puerta–. Hay toallas en el baño.

Emma debería haber discutido, pero una mirada a la ventana la convenció de que tenía razón. En la media hora que había estado limpiando globos parecía haber caído una tonelada de nieve. La decisión de quedarse o no ya no estaba en sus manos. No podría conducir con esa tormenta, de modo que tendría que quedarse allí a pasar la noche cuando lo único que quería era volver a casa con Jamie.

Era una pena que Lucas no fuese gordo, pensó. Un jefe gordo y feo hubiera sido mucho más fácil de olvidar que un jefe con unos abdominales como una tableta de chocolate y...

Emma cerró los ojos, recordándose a sí misma que un cuerpazo no era lo más importante en un hombre.

Y no tenía sentido pensar en lo que debería haber hecho, porque ya estaba allí.

Resignada a lo inevitable, sacó el móvil para llamar a Jamie. Era una llamada que temía hacer y suspiró, aliviada, cuando saltó el buzón de voz. Después de dejar un breve mensaje explicando la situación y prometiendo llamar por la mañana, se quitó los zapatos mojados y los dejó frente a la chimenea.

Temblando, se quitó el abrigo y lo colocó sobre el respaldo de una silla antes de entrar en el vestidor.

A pesar de que el castillo debía tener varios siglos, el baño era moderno y sonrió mientras llenaba la bañera. Ella nunca se bañaba. Normalmente, se duchaba a toda prisa... en realidad, todo lo hacía de manera rápida y eficiente. Cuando por fin pudo meterse en el agua suspiró de placer, disfrutando del momento, tan cansada después de una semana de trabajo que no se atrevía a apoyar la cabeza en el borde de la bañera por temor a quedarse dormida.

Se soltó el pelo y estuvo un rato con los ojos cerrados, pero pensar que Lucas podría aparecer de repente hizo que saliera del agua unos minutos después. Envuelta en una toalla, asomó la cabeza en la habitación y, aliviada al no verlo allí, entró en el vestidor y buscó algo que ponerse. Cualquier cosa con tal de estar decente.

Encontró una camisa blanca que le quedaría grande y buscó un pantalón de chándal o de pijama, pero Lucas no parecía tener nada de eso.

Iba a cerrar el último cajón cuando notó algo duro bajo sus dedos... una fotografía en un marco de plata.

Preguntándose por qué tendría una fotografía guardada allí, Emma la tomó y contuvo el aliento.

No estaba guardada allí por accidente sino escondida por alguien que no quería verla.

–¿Emma? –la voz de Lucas desde la habitación hizo que diera un respingo, pero cuando iba a guardar la fotografía en el cajón él apareció en la puerta del vestidor.

Y al ver la fotografía que tenía en la mano, el cambio fue inmediato; su repentina palidez enfatizando las oscuras sombras bajo sus ojos.

Y Emma supo inmediatamente que lo que tenía en la mano era la fuente de esas sombras. Le gustaría poder consolarlo, ¿pero cómo iba a hacerlo si no sabía por qué debía consolarlo? ¿Y cómo iba a hablar de algo tan personal con alguien con quien nunca hablaba de temas personales? La naturaleza de su relación cambiaría para siempre.

Pero ya había cambiado, pensó. Aunque no dijese nada, sabía que Lucas tenía una vida personal, que era mucho más que el hombre al que ella conocía. Y eso era peor, mucho peor que verlo desnudo. Mucho más íntimo.

Y él también parecía pensar eso, porque el brillo burlón en sus ojos azules había desaparecido cuando clavó la mirada en su escote. Emma levantó la mano instintivamente hacia el nudo de la toalla, aunque estaba firmemente atado.

–Estaba buscando algo que ponerme, no quería cotillear entre tus cosas –dijo por fin, dejando la fotografía en el cajón–. Lo siento mucho. No sabía que... me dijiste que buscase algo que ponerme y... en fin, no sabía lo que guardabas en los cajones.

Lucas seguía mirándola con expresión helada y Emma no sabía qué hacer o decir.

De modo que, al final, anunció lo más obvio:

–Tienes una hija. Y se parece mucho a ti.

En cuanto lo dijo se dio cuenta de que había cometido un error. El silencio se alargó de tal modo que estaba a punto de murmurar una disculpa cuando por fin Lucas respondió:

–Tuve una hija –empezó a decir–. Hoy hace cuatro años de su muerte y fue culpa mía. Mi hija murió por mi culpa.

4

Emma había encontrado la fotografía; la fotografía que él no podía ni mirar.

Lucas se quedó frente a la ventana, de espaldas a la habitación con el corazón encogido. Sentía como si le hubieran arrancado varias capas de piel dejándolo en carne viva.

Y no sabía cómo calmar el dolor.

Era un hombre que se enorgullecía de su autocontrol y, sin embargo, no era capaz de controlar lo que sentía, de modo que apretó los puños y cerró los ojos.

Desde el vestidor podía oír un frufrú de tela mientras Emma se vestía.

Debía haber encontrado algo que ponerse, pero estaba tomándose su tiempo y entendía por qué. Su expresión se le había quedado grabada. El impacto de su cruda confesión la había sorprendido más que verlo desnudo.

Había visto una parte de él que no le mostraba a nadie, una parte que guardaba fieramente para sí mismo. Le daba igual que lo hubiera visto sin ropa, pero no que hubiera visto la fotografía, y estaba seguro de que Emma estaba tan sorprendida como él.

Qué ironía, pensó, que solo así hubiera conseguido la soledad que necesitaba. No tenía duda de que ella lo dejaría en paz a partir de ese momento. Las opciones eran quedarse en una habitación del primer piso o en su propia versión del infierno, y no tenía duda de cuál sería su decisión.

Estaba tan seguro que fue una sorpresa escuchar sus pasos tras él.

—¿Es así todos los años? ¿Te encierras para beber? ¿Eso te ayuda a soportar la noche?

Lucas no se dio la vuelta.

—Nada me ayuda.

—Ya veo.

No quería su compasión, y la rechazó porque no la merecía.

—Agradezco mucho que me hayas traído la carpeta, pero tu trabajo ha terminado. Tu responsabilidad no se extiende a otros aspectos de mi vida –le dijo. Sabía que su tono era seco y brutal, pero no le importaba–. He encendido la calefacción en una de las habitaciones de abajo y he dejado allí una bandeja de comida.

—¿Y tú qué vas a hacer?

Lo que hacía siempre: poner un pie delante de otro y seguir viviendo como podía.

—Yo estoy bien. Cómete la cena mientras está caliente.

—En lugar de intentar soportar esto solo, podrías probar a hacer algo diferente.

Emma había puesto una mano sobre su hombro y él tuvo que hacer un esfuerzo para no apartarse. Era muy valiente, pensó. De no serlo, no habría recorrido unas carreteras heladas para llegar hasta allí.

–Deberías irte ahora mismo.

–Y tú deberías encontrar la manera de soportar esta noche sin beber hasta caer borracho.

–¿Y qué sugieres? –Lucas se volvió, despacio, para mirarla a los ojos. Llevaba una de sus camisas blancas, que caía hasta medio muslo, mostrando unas piernas tentadoras.

Nunca se había fijado en las piernas de su ayudante, pero eran fabulosas. Claro que siempre llevaba serios traje de chaqueta, nada provocativo.

Tal vez de manera intencionada si aquello era lo que ocultaba tras las faldas por debajo de la rodilla.

Lo inapropiado de ese pensamiento casi lo hizo reír.

Debería sentir gratitud, algo inofensivo, pero lo que sentía en aquel momento era crudo, poderoso y amenazaba con quemar cualquier cosa a su paso.

Y Emma pareció darse cuenta. Lo vio en sus ojos y en cómo apartó la mano de su hombro.

Lucas esbozó una cínica sonrisa.

–Deberías ser más específica cuando sugieres alternativas, o tu generosidad podría ser mal interpretada. Especialmente cuando solo llevas una camisa.

–Tú sales con modelos. ¿Esperas que crea que ver a tu ayudante con una camisa despierta tu libido? No lo creo –Emma intentaba bromear, pero se había puesto colorada–. No estás tan desesperado.

–Tal vez lo esté –replico él, con voz ronca–. Tal vez esté tan desesperado que me da igual lo que haga esta noche o con quién lo haga. Y tal vez tú estés en el peor sitio posible, Emma.

Notó que ella parecía tener miedo a respirar para no romper el delicado equilibrio que había entre los dos en ese momento. Siempre le había parecido una persona fuerte, pero la fina seda de la camisa revelaba un cuerpo esbelto y frágil.

Y alguien tan frágil no debería confiar en él. Ya lo había demostrado una vez, ¿no?

Ese pensamiento fue como un jarro de agua fría.

¿Tan desesperado estaba que se arriesgaría a hacerle daño a una de las mejores personas que conocía?

–Deberías irte. Vete a tu habitación y cierra la puerta.

Pero Emma no se movió.

–No pienso dejarte así.

–Deberías haberte ido hace horas, cuando te lo pedí. Entonces no estaríamos en esta situación.

–Me alegro de no haberlo hecho. No deberías estar solo esta noche.

–¿Te preocupa tu puesto de trabajo?

–No, me preocupas tú.

–No lo entiendes –Lucas dio un paso adelante, pero el suave perfume de su piel amenazaba con hacerle perder el control–. Debo estar solo, es la única manera.

–Tal vez en lugar de alcohol lo que necesitas es charlar con un amigo.

–¿Un amigo? –repitió él, sarcástico–. ¿Crees que estoy pensando en amistad ahora mismo?

–No, no lo creo –dijo Emma–. No soy tonta, pero sé que estás sufriendo y que quieres dejar de sufrir. Quieres descansar de ese dolor y yo lo he devuelto a la vida al sacar esa fotografía. Lo siento mucho.

–No tienes razón para sentir nada. Vete, por favor.

–Podemos encontrar otra manera de solucionar esto.

No debería sorprenderle que fuera tan obstinada, porque lo había demostrado muchas veces en la oficina.

–No vamos a hacer nada, Emma. Y en cuanto a la amistad de la que hablas, yo no tengo amigos. Tengo gente que trabaja para mí y gente que quiere algo de mí.

Su crudo análisis no pareció sorprenderla. Tal vez no era tan ingenua como creía.

–No todo el mundo es como Tara Flynn.

–Tal vez Tara haya sido sensata. Tal vez se ha dado cuenta de que no era seguro quedarse aquí.

El pelo se le había secado, cayendo en oscuras ondas sobre la camisa blanca. Pero el fuego de la chimenea hacía que la tela fuese casi transparente, delineando las curvas de su cuerpo, y de repente le costaba trabajo hacer lo que debía hacer e insistir en que se fuera.

–Es verdad que trabajo para ti, pero es un error pensar que solo es un acuerdo económico. Te conozco desde hace dos años y estuve contigo el año pasado, cuando te bebiste una botella de whisky en la oficina, aunque dudo que lo recuerdes.

Lucas recordó entonces la manta que alguien había colocado sobre él...

Había sido Emma. Era algo a lo que había dado muchas vueltas en los últimos doce meses y ya tenía su respuesta.

Emma.

–Deja de beber, Lucas. Lo has intentado y no sirve de nada. Vamos a encontrar otra forma de superar esta noche... y antes de que hagas otro comentario cáustico debo decir que hay miles de opciones y que ninguna de ella hará que nos sintamos avergonzados por la mañana.

–¿Qué opciones?

–Podríamos jugar al ajedrez, por ejemplo.

–¿Jugar al ajedrez?

No se daba cuenta de que la camisa era casi transparente a la luz de la chimenea. No debía darse cuenta o no estaría allí, mirándolo con tanta confianza.

–Juego muy bien al ajedrez –insistió Emma–. La partida podría acabar en lágrimas, te lo aseguro. Las tuyas, por supuesto –añadió, intentando esbozar una sonrisa–. No tienes que inventar excusas. Si te da miedo jugar conmigo, lo entiendo. Siempre podemos jugar al Scrabble, pero te advierto que soy una jugadora despiadada.

¿Despiadada? Lucas estuvo a punto de reír. Emma no sabía lo que significaba ser despiadado.

–¿Esas son tus sugerencias para distraerme? ¿El ajedrez y el Scrabble?

–También podríamos jugar al Monopoly.

–¿Crees que es sensato jugar al Monopoly con un arquitecto?

–¿Por qué no? Si fueras contratista o agente inmobiliario tal vez me pondría nerviosa, pero un arquitecto que solo es capaz de hacer bonitos dibujos... –Emma se encogió de hombros–. No me asustas. ¿Entonces qué, el ajedrez, el Scrabble o el Monopoly? ¿Quieres jugar o no?

Sí, quería jugar.

Pero a ninguno de los juegos que había sugerido. El juego al que quería jugar era mucho más peligroso. Quería jugar con fuego, quería besarla, quitarle la camisa y buscar el olvido de la forma más básica posible para un hombre. Y quería hacerlo una y otra vez hasta que no pudiera pensar en nada. Hasta que olvidase. Hasta que el dolor fuese ahogado por otras sensaciones.

¿Por qué no? Nada más funcionaba. Nada más lo había ayudado nunca.

Y entonces recordó que Emma era intocable.

–Nunca he conocido a nadie que me ganase al ajedrez, y no se me ocurre nada peor que jugar con dinero de juguete –le dijo, sin mirarla–. He dejado un plato de sopa en tu habitación y estará enfriándose. Si quieres algo más, hay de todo en la nevera.

Después de eso le dio la espalda, pero cuando esperaba que saliera de la habitación, Emma lo abrazó por la cintura.

–No sé qué pasó, pero sé que no fue culpa tuya. Lo sé. Ella no murió por tu culpa.

Algo dentro de Lucas se rompió.

–Tú no sabes nada –replicó, volviéndose tan violentamente que Emma tuvo que apartarse–. No sabes de qué estás hablando y tienes que dejarme solo.

Su actitud era tan aterradora que Emma debería haber dado un paso atrás, pero no se movió.

–No voy a dejarte solo.

–¿No? Pues solo hay una distracción que me interese en este momento. ¿Estás dispuesta, Emma? –de alguna forma, sus manos se habían enterrado en la melena oscura, los suaves mechones acariciando sus muñecas.

Sin pararse a pensar, tomó su boca en un beso duro y exigente, empujado no solo por el deseo sino por la desesperación, por una primitiva necesidad de librarse de la agonía que lo tenía poseído. Se sentía atraído por su calor, como si estar cerca de ella pudiera derretir el frío de su corazón. Como si algo en ella pudiese curarlo, aunque todo lo demás había fracasado.

Siguió besándola egoístamente, empujado por el dolor y por la necesidad de buscar el olvido de cualquier forma. La sentía temblar y no sabía si era de frío o por alguna otra emoción. No pensaba con claridad, lo único que sabía era que quería aquello y lo quería de inmediato. Y que a menos que Emma lo parase, él no iba a hacerlo.

Sin dejar de acariciar su pelo, usó la mano libre para desabrocharle el albornoz y, cuando ella le echó los brazos al cuello la dejó sobre la alfombra, frente a la chimenea. Una parte de él, una parte distante que apenas tenía voz en esa locura que lo envolvía, le decía que parase, que pensara en ella... pero no quería pensar en ella, no quería pensar en nada.

No estaba interesado en una lenta seducción.

Con manos temblorosas le quitó la camisa, dejándola desnuda. La oyó exhalar un gemido, pero intentó olvidarlo mientras abría sus piernas.

–Lucas... –Emma susurró su nombre y él levantó la cabeza, mirándola como a través de una neblina.

El calor de la chimenea le había dado color a sus mejillas. O tal vez era el bochorno por la intimidad con que la tocaba. En cualquier caso, le ofrecía su cuerpo en una sinuosa y sensual invitación, como un escape erótico para su dolor.

Pero incluso en medio de esa neblina recordó sacar el preservativo que llevaba en el bolsillo del albornoz.

La besó como un hombre hambriento y luego deslizó la mano por su cuerpo, perdiéndose en sus curvas, sus caricias crudas y explícitas, el deseo tan poderoso que apartaba cualquier otra emoción, cualquier otro pensamiento. Era como una droga que cuanto más consumía mejor le hacía sentir.

Había perdido el control y lo sabía. Lo sabía mientras abría sus piernas y la oía contener el aliento. Lo sabía mientras metía la mano bajo su cuerpo para levantarla un poco y lo sabía mientras entraba en ella, empujado por una urgencia desesperada que no lo permitía dar marcha atrás.

Su calor lo envolvió; un calor mil veces intensificado por la estrechez de su cuerpo. Sentía cada espasmo de la manera más íntima. Nunca jamás había experimentado algo así.

–Emma... –Lucas quería parar un momento, hacer que durase, pero no podía. A través de la neblina de su cerebro la oyó murmurar su nombre y sintió que clavaba los dedos en su espalda. Tal vez debería haber susurrado suaves palabras, pero ya no podía ser suave.

Estaba ciego y sordo a todo lo que no fuera su propio deseo.

Sintió sus músculos internos cerrándose y se dejó llevar por el instinto, crudo y primitivo, cada embestida un gesto de masculina posesión. Su aroma lo mareaba y la suavidad de su piel hacía que perdiese la cabeza.

La tomó avariciosamente, enterrándose en ella más y más y, durante unos segundos, solo sintió placer. Mientras su cuerpo se vaciaba, también lo hizo su cerebro. Vaciándose de todo salvo de aquella mujer.

Tardó un momento en volver a la realidad, pero por fin vio de nuevo el fuego de la chimenea y a la mujer que lo abrazaba. No era cualquier mujer, era Emma.

Emma, su ayudante. La dulce Emma, que merecía mucho más que un revolcón de una noche con un egoísta como él.

Cerrando los ojos, se apartó de ella para tumbarse de espaldas sobre la alfombra, sintiendo asco de sí mismo, preguntándose qué locura lo había poseído.

Más alcohol hubiera sido una opción mejor; al menos habría despertado por la mañana sin tener que disculparse.

Y tendría que pagar por ello, pensó. Había un precio para todo y aquel podría ser muy alto.

Emma despertó sola en la enorme cama. La primera luz de la mañana entraba por la ventana y del fuego de la chimenea que había caldeado su noche de amor con Lucas solo quedaban unas brasas.

La angustia y la agonía de la noche anterior solo eran un frío recuerdo, pero no todo estaba olvidado.

Emma se tumbó de espaldas para mirar el dosel de la cama.

Se sentía increíblemente bien. Y culpable. Le parecía tan extraño que la mejor noche de su vida hubiera sido la peor noche para Lucas.

Para él no había sido especial. No había tenido nada que ver con ella, aunque hubiera pronunciado su nombre en el calor del momento. No era tan ingenua como para creer que había algo personal. Para él, solo había sido un escape temporal. Le había ofrecido una distracción de su dolor cuando más lo necesitaba. Era su empleada...

De repente, Emma sintió una oleada de pánico.

Se había acostado con su jefe. ¿Cómo era posible?

Era absurdo, estúpido, insensato.

¿Cómo podía haber estado tan loca? Ella era una profesional y nunca había saltado esa línea divisoria...

Emma saltó de la cama con piernas temblorosas y tomó la ropa que había dejado secándose frente a la chimenea. Temiendo que Lucas apareciese en cualquier momento, se vistió a toda prisa, tarea nada fácil porque le temblaban las manos. Cuando sacó el móvil del bolso vio que eran las ocho de la mañana y que había dos llamadas perdidas de Jamie.

«Ay, Jamie».

La felicidad que había sentido al despertar desapareció de repente, dejando en su lugar un momento de pánico.

¿Qué había hecho?

Dejando escapar un gemido, se sentó sobre el borde de la cama.

–Esto parece un caso de arrepentimiento matinal.

Emma dio un respingo al escuchar la voz de Lucas desde la puerta.

Aquella era una situación con la que no había tenido que enfrentarse nunca y no sabía qué hacer.

Cuando lo miró, se le encogió el estómago. Era tan atractivo. No solo guapo sino apuesto y tan deliciosamente sexy como un chico malo, sin afeitar y con ese mechón de pelo que caía sobre su frente. ¿Era tan malo desear no haberse levantado de la cama? ¿Era tan malo desear haber despertado juntos?

El sexo con él había sido inolvidable.

Y ese era el problema.

Lucas era su jefe y Emma tuvo que ignorar el ridículo deseo de presentar su renuncia para si ver si la relación entre ellos podía ir a algún sitio. Pero esa sería una locura impulsiva y ella no era así. Ella tenía responsabilidades, compromisos. Siempre había tomado decisiones sensatas y lo más sensato en ese momento era olvidar la noche anterior para siempre. Tenía que olvidar los detalles de la vida personal de Lucas y seguir viéndolo como su jefe.

La cuestión era cómo iba a hacerlo.

Se preguntó entonces si Lucas estaría haciéndose

la misma pregunta, pero una mirada a su rostro le dijo que no era así. No había ni sombra de duda o inseguridad. Nada sugería que la noche anterior hubiera tenido importancia para él. Las salvajes emociones que lo habían empujado unas horas antes habían desaparecido y Lucas Jackson volvía a ser el mismo de siempre, sus secretos enterrados bajo capas de autodisciplina.

Ella, sin embargo, se sentía emocional y físicamente destrozada.

Emma recordó los fuertes músculos masculinos. Recordaba lo que había sentido al tocarlo y ser tocada por él. Le parecía extraño haber pensado que era vulnerable, porque no había nada débil en aquel hombre. No habían hablado de su problema. Lo único que sabía era que se culpaba a sí mismo por la muerte de su hija. No conocía los detalles y, a juzgar por su expresión, él no tenía intención de contárselos.

Aquel era el hombre al que conocía, el Lucas Jackson al que trataba todos los días. Y ese hombre era su jefe.

De modo que solo había una cosa que hacer.

Emma se levantó despacio, como si tomándose su tiempo pudiese encontrar algo que decir. Y él parecía estar esperando, sosteniendo su mirada durante tanto tiempo que tuvo que tragar saliva.

–Buenos días... –no se le ocurría nada más original y se aclaró la garganta, pensando que era imposible portarse de manera normal cuando aquel hombre, su jefe, conocía su cuerpo íntimamente–. Tengo que hacer una llamada de teléfono y luego me marcharé.

Lo último que quería era hablar sobre lo que había pasado, de modo que fue un alivio que él no dijese nada. Pero la miraba como si estuviera esperando una respuesta. Nerviosa, tuvo que darse la vuelta para buscar sus zapatos.

–Jamie estará preocupado por mí. Me ha llamado esta mañana, pero tenía el móvil apagado.

–¿Seguro que estará preocupado?

–Pues claro. Le dije que llegaría tarde, pero no sabía que no volvería a casa.

–¿Y cómo se va a sentir cuando sepa que te has acostado conmigo? –la pregunta pilló a Emma por sorpresa.

–Evidentemente no voy a contarle eso.

Él esbozó una sonrisa irónica y Emma clavó los ojos en su boca. La misma que la había besado la noche anterior hasta hacer que perdiese la cabeza, la misma que la había acariciado hasta hacerla temblar...

–Tendrás que aprender a no ponerte colorada o se dará cuenta.

Emma apretó los labios. Era irritante ponerse colorada cuando él parecía tomarse lo que había ocurrido la noche anterior con total indiferencia. Nada de palabras románticas ni caricias, ninguna transición de lo apasionado a lo profesional. Y tal vez debería agradecerlo, pensó. Le hubiera gustado desaparecer con su dignidad intacta, pero sabía que no había muchas posibilidades.

–Jamie no piensa como tú.

–¿Y si lo adivinase?

–¿Por qué iba a adivinarlo? No es algo de lo que tenga intención de hablar con él.

–Y, sin embargo, es la persona con la que vives.

–Pero no voy a contarle que me he acostado contigo.

–Yo no soy un experto en relaciones, pero imagino que esa sería una conversación muy incómoda –asintió él, como si estuvieran en la oficina, hablando de algún proyecto–. Y si es así como quieres hacerlo, me parece bien. Pero me gustaría hacerte una pregunta antes de volver a temas más prácticos.

–¿Qué pregunta?

–Si tienes tan buena relación con Jamie, ¿por qué te has acostado conmigo?

5

Fascinado, Lucas vio que el rostro de Emma se encendía. Todo en ella era fresco e inesperado. O tal vez él se había vuelto cínico y duro como el pedernal. Demasiado para alguien como ella.

Si las circunstancias fueran diferentes, tal vez la conversación que estaban a punto de tener sería otra, pero no podía cambiar lo que sentía. O más bien, lo que no sentía.

Si no lamentase ya la locura que lo había empujado a acostarse con ella lo lamentaría en aquel momento, porque era demasiado fácil adivinar lo que sentía. Estaba escrito en su cara.

Para ella había sido importante, y si había algo que él no buscase en una relación era importancia. Seguramente era el peor hombre con el que podía haberse encontrado durante una tormenta de nieve. Y tal vez lo sabía porque había girado la cabeza y solo podía ver su perfil... sus mejillas coloradas, la curva de sus largas pestañas mientras concentraba la mirada en el paisaje nevado que los aislaba tanto como el foso.

Dependía de él solucionar aquello.

—Emma —empezó a decir, con voz ronca. No quería que malinterpretase lo que había ocurrido entre ellos. No quería que buscase algo que no iba a encontrar allí—. ¿Emma?

Ella se volvió, desconcertada.

—¿Qué?

—Jamie —dijo él—. Llevas al menos dos años con él, de modo que debe ser algo serio.

Ella lo miraba como si fuera un extraterrestre.

—Me parece que hay un pequeño malentendido.

Lucas no entendía por qué. Estaba hablando bien claro.

—Si llevas dos años con él, Jamie es alguien que te importa mucho —insistió, con tono cínico. Aunque él no era quién para juzgar las relaciones de los demás. ¿Qué sabía él de relaciones sentimentales? Tanto como del amor, nada.

Alguien como él no debería tocarla. No debería haberla tocado la noche anterior y no debería hacerlo en aquel momento.

—En realidad, llevamos juntos nueve años... básicamente toda su vida. Jamie es mi hermano pequeño.

Lucas tardó un momento en entender.

¿Hermano? ¿Jamie era su hermano?

—¿Qué?

—No sé de dónde has sacado que Jamie era mi pareja.

—Te he oído hablando por teléfono con él muchas veces... —Lucas se pasó una mano por el pelo—. ¿Tu hermano?

—Sí.

—¿Cómo puedes tener un hermano de nueve años?

—Te lo puedes imaginar.

–Pero tú tienes...

–Veinticuatro –lo interrumpió Emma–. Bienvenido al mundo de las familias complicadas. Jamie vive con mi hermana y conmigo... o más bien vive con mi hermana y yo me reúno con ellos los fines de semana. Vivimos en un pueblo a las afueras de Londres.

–Pero tú vives en la ciudad.

–Durante la semana –dijo Emma–. Los viernes vuelvo a casa y me ocupo de Jamie para que Angie, mi hermana, pueda tener un poco de tiempo libre. Compartimos la custodia de mi hermano, pero podríamos decir que yo soy el cabeza de familia.

De repente, Lucas entendió la regla de no trabajar los fines de semana. Y también se dio cuenta de lo equivocado que había estado sobre su ayudante.

–Pensé que no querías trabajar los fines de semana porque tenías una gran vida social.

–Porque me has confundido con Tara –replicó ella–. Yo soy una persona normal y hago la vida de una persona normal. Una vida que me gusta mucho, por cierto, pero nada de fiestas. La mía es una existencia bastante rutinaria.

Lucas estaba sorprendido.

–Cuidar de un hermano pequeño no es una existencia rutinaria, es un gran sacrificio por tu parte.

–No es ningún sacrificio. Yo me considero muy afortunada por tener una familia, y me gustaría que viviéramos juntos toda la semana. La verdad es que me siento un poco sola de lunes a viernes.

Él asintió con la cabeza.

–Pero si te sientes sola, ¿por qué no vives con ellos? ¿Por qué vives en Londres?

–No podemos pagar un apartamento de tres dormitorios en Londres y yo no puedo trabajar fuera de la ciudad porque los salarios son más bajos, así que hemos llegado a un compromiso –Emma se colocó un mechón de pelo detrás de la oreja–. Angie es profesora sustituta y no tiene que trabajar todos los días, así que el acuerdo funciona bien. O, al menos, funcionaba.

–Quieres decir hasta que te quedaste atrapada aquí por culpa del egoísta de tu jefe.

–No, no quería decir eso. Es que últimamente... bueno, da igual. Nada de eso importa.

–¿Por qué no me lo habías contado? No sabía que fueras responsable de un niño. De haberlo sabido no te habría hecho trabajar tantas horas.

–No había nada que explicar. Me pagas por hacer mi trabajo y tienes derecho a esperar que esté bien hecho. Y no necesito marcharme temprano durante la semana. Vivo en una habitación alquilada en el sur de Londres y no hay mucho a lo que volver.

–¿Dónde vives exactamente?

Cuando se lo dijo, Lucas no se molestó en disimular su sorpresa.

–De haberlo sabido no te habría hecho trabajar hasta las doce de la noche.

–Siempre me pagas un taxi, así que no es problema.

–Pero tienes que ir del taxi al portal...

–En general, el taxista espera hasta que he entrado en el edificio, así que no pasa nada.

Pero sí pasaba algo. No porque le hubiesen robado el bolso o la hubieran atacado en la calle, sino porque él estaba a punto de empeorar la situación ya que no iba a hacerle promesas de futuro, al contrario.

Lo que habían compartido era el equivalente sexual de un atropello.

–Tenemos que hablar de lo que pasó anoche –su

tono era más seco de lo que pretendía, y ella parecía tan incómoda como si le hubiera pedido que posara desnuda para él.

Aunque prácticamente lo había hecho la noche anterior, pensó, recordando su piel dorada a la luz de la chimenea, sus curvas, una sensual invitación y un bálsamo para un hombre que buscaba el olvido.

Ya no tenía que preguntarse qué había bajo su ropa.

Lo sabía y tenía que borrarlo de su mente.

–Prefiero no hacerlo. Solo dime si quieres que escriba la carta ahora mismo o te la envíe por email.

Lucas intentó dejar de pensar en su cuerpo desnudo para concentrarse en la conversación.

–¿Qué carta?

–Mi carta de renuncia. Si tienes un ordenador portátil podría escribirla ahora mismo.

–¿De qué estás hablando? ¿Por qué ibas a renunciar?

–Porque es la única opción.

–Una opción que yo no estoy dispuesto a aceptar –replicó Lucas, sorprendido por su repentino enfado. Normalmente, su problema no era ocultar sus emociones sino mostrarlas–. No sé por qué lo sugieres siquiera cuando llevas cinco minutos diciéndome cuánto te gusta tu trabajo y cuánto necesitas el dinero. No vas a renunciar y no hay nada más que decir.

–Eso es algo que decidiré yo, no tú.

–Estás pensando tomar esa decisión por razones equivocadas.

–¿De verdad crees que podemos seguir trabajando juntos después de lo que pasó anoche?

–Lo creo porque lo que ocurrió anoche no volverá a ocurrir –respondió Lucas. Era mejor dejar las cosas claras desde el principio, pero si esperaba que Emma mostrase su disgusto se llevó una sorpresa.

–Lo sé, pero saberlo no hace que sea más fácil trabajar juntos. Me sentiría incómoda y, como parece que tú prefieres las cosas claras, también lo seré yo: no puedo creer que me haya acostado con mi jefe. No puedo creer que haya sido tan insensata.

–¿Por qué te culpas a ti misma? No sé lo que pasó ayer, pero fuera lo que fuera fue culpa de los dos.

–Tú no sabías lo que hacías, pero yo sabía perfectamente lo que estaba haciendo. O debería haberlo sabido.

Lucas recordó lo pálida que estaba cuando llegó y la pesadilla que debió ser para ella llegar hasta allí.

También él sabía lo que había hecho, pensó Lucas. Aprovecharse de una mujer que en cualquier otra circunstancia no se hubiera acercado a un hombre tan amargado como él.

–Fue culpa mía –insistió Emma–. Tú estabas roto de dolor y yo no supe manejar la situación.

–Eso no es verdad.

–Me dijiste que me fuera y yo no te hice caso. Fue muy arrogante por mi parte pensar que podía ayudarte. Ahora me doy cuenta de que no podía hacerlo.

–Pero me ayudaste –dijo él. Y era cierto. Durante unos minutos, frente a la chimenea, el dolor había cesado. ¿Pero a qué precio?–. Te debo una disculpa.

–¿Por qué?

–Por utilizarte –respondió Lucas, con brutal sinceridad.

–Yo no lo veo así.

–Pero así fue y quería preguntarte... anoche no estaba en mis cabales y no sé si fui brusco contigo. ¿Te hice daño?

–No, al contrario, me gustó mucho. Ser deseada

de ese modo... ay, Dios mío, no puedo creer que haya dicho eso –Emma se tapó la cara con las manos–. Me muero de vergüenza.

–¿Por qué?

–Este tiene que ser el momento más embarazoso de mi vida. Por favor, si eres una buena persona acepta mi renuncia y así no tendré que volver a verte.

Había algo tan enternecedor en sus palabras que si la situación no fuera tan seria habría sonreído.

–Tendremos que vernos todos los días y será mejor que te acostumbres –Lucas apartó sus manos de la cara–. Y voy a abochornarte un poco más preguntando cuándo fue la última vez que te acostaste con alguien.

–Esa es una pregunta demasiado personal.

–Un poco, sí. ¿Cuándo?

–No lo sé, hace tiempo.

Eso confirmó sus peores miedos.

–¿Por qué?

–Conocer gente no es tan fácil como en las películas. Durante la semana estoy trabajando y antes de trabajar para ti... bueno, entonces sí había alguien en mi vida –admitió Emma–. Pero no salió bien y casi me alegro, porque aunque creía estar enamorada de él, al final no era amor.

–A ver si lo he entendido: conociste a ese tipo en la universidad y cuando intentó meter la mano bajo tu falda le diste una patada. Después de eso, ya no podía darte hijos.

Ella soltó una carcajada.

–Algo así.

–¿Estabas en la universidad, pero no le diste una patada?

–Fue algo más mundano y no fue en la universidad. Entonces no tenía tiempo para los chicos –Emma se volvió hacia la ventana–. Tenía catorce años cuando mi madre quedó embarazada y cuando mis compañeras empezaban a maquillarse y a salir con chicos yo tenía que ayudar en casa con Jamie.

–¿Por qué? ¿Dónde estaba tu madre?

–Murió –respondió Emma–. ¿De verdad quieres saber la historia?

–Sí –respondió Lucas, sorprendiéndose.

–Nosotros nunca hablamos de cosas personales.

–Pero lo estamos haciendo ahora. Creo que ya hemos sobrepasado lo que la gente consideraría el punto sin retorno –bromeó él–. Quiero saber qué pasó.

–Mi padre nos dejó cuando yo era pequeña, pero mi madre mantuvo una relación con otro hombre y el resultado fue Jamie. Su padre también nos abandonó y mi madre murió de una embolia poco después del parto –Emma apoyó la frente en el cristal de la ventana–. Murió cuando Jamie tenía apenas unos días y fue muy duro para mi hermana y para mí.

Lucas intentó imaginar a una cría de quince años corriendo a casa para atender a un recién nacido cuando ella misma era una niña.

–¿Cómo os las arreglasteis?

–Mis abuelos fueron a vivir con nosotros durante un tiempo, pero fue horrible.

–¿Por qué?

–Porque se quedaron horrorizados cuando mi madre les dijo que estaba embarazada y se portaron muy mal con ella –Emma se aclaró la garganta–. Luego, cuando murió, su actitud hacia Jamie fue muy cruel. Lo culpaban por la muerte de mi madre... lo veían como un error y una carga insoportable. Decían que mi madre había destrozado la vida de toda la familia y que si nos quedábamos con Jamie estaríamos tirando las nuestras por la ventana. Querían que lo diéramos en adopción, aunque era su nieto. ¿Te lo puedes creer?

Lucas sintió una presión familiar en las sienes.

Sí, podía creerlo.

—Pero tu hermana y tú os negasteis a dar a Jamie en adopción.

—Fue un momento muy difícil. Mi hermana y yo decidimos consultar con un abogado y, después de una larga y complicada batalla con la que no quiero aburrirte, conseguimos la custodia del niño.

—¿Larga y complicada?

Seguramente más que eso, pensó, turbado al pensar en dos adolescentes peleando con sus abuelos para quedarse con su hermano.

—Debíamos demostrar que éramos capaces de cuidar de Jamie y, afortunadamente, había algo de dinero del seguro de mi madre. Mi hermana renunció a sus planes de ir a la universidad y en lugar de eso se convirtió en profesora asistente.

—¿Y tus abuelos?

Emma se frotó la frente con expresión resignada.

—Digamos que la nuestra es una relación tensa. Intentamos llevarnos bien por Jamie, pero las cosas no salen siempre como uno quiere.

Lucas lo sabía muy bien.

—No sabía que tu vida fuese tan complicada. Nunca me habías contado nada.

—¿Por qué iba a hacerlo? Mi vida privada no tiene nada que ver con el trabajo.

—Y, sin duda, ese hombre que era el amor de tu vida te dejó porque tenías que cuidar de un niño.

—No, en realidad le dejé yo. Edward me presionaba para que viviera mi vida y no parecía entender que Jamie es parte de mi vida. En cuanto a estar enamorada... –Emma se encogió de hombros–. Durante un tiempo pensé que lo estaba, pero no era así. Yo nunca podría amar a nadie que tuviese una actitud tan egoísta.

–¿Y desde entonces no has salido con nadie?

–Estoy todo el día trabajando y tengo por norma no salir con compañeros de oficina... lo cual me lleva al principio de esta conversación. Lucas, tienes que aceptar mi renuncia.

–No –dijo él–. No insistas, no voy a hacerlo.

–No podremos trabajar juntos después de esto.

–Pues claro que sí.

–No podré mirarte a la cara el lunes sabiendo que... en fin, ya sabes.

–Solo ha sido una noche, Emma.

–No tienes que decirlo tantas veces, ya lo sé. Y no tienes que asustarte, tampoco yo quiero una relación.

–Si no estás interesada en una relación, no veo cuál es el problema –dijo él–. Podemos seguir como hasta ahora. Nada ha cambiado.

–Salvo que yo te he visto desnudo y tú me has visto desnuda. Trabajar contigo todos los días sería muy embarazoso –replicó Emma, apartando la mirada.

Lucas se encontró observándola atentamente. Llevaba dos años trabajando para él, pero nunca la había visto en realidad.

O tal vez no había querido verla.

–Entonces, olvídalo. Y olvídalo pronto porque me temo que voy a tener que pedirte algo.

Ella se volvió, mirándolo con cara de sorpresa.

–¿Qué?

–Quiero que retrases tus vacaciones hasta el martes.

–¿Qué? No, de eso nada. No puedes hacer eso...

–Claro que puedo.

–Son mis vacaciones.

–Puedes tomarte vacaciones, pero unos días más tarde.

–¿Pero por qué? La semana que viene estarás en Zubran.

–Necesito que vengas conmigo.

Había tomado la decisión al despertar, cuando revisó los documentos de la carpeta y se dio cuenta de lo que tenía por delante. Por razones personales, hubiera sido mejor despedirse de ella, por razones profesionales la necesitaba a su lado.

Emma lo miró, boquiabierta.

–¿Quieres que vaya contigo a Zubran? ¿Al desierto?

–Desierto, costa, palmeras, arena y sol. Todo eso que no vas a encontrar en un invierno inglés. Ni en un verano inglés –dijo Lucas. No había esperado que se negase, porque Emma nunca discutía sus órdenes. Normalmente, anticipaba todas sus necesidades con una eficacia indiscutible–. Y aunque estarás trabajando la mayor parte del tiempo, también habrá ratos para ir a la piscina... sola, claro.

–¿Te importaría dejar de repetir que solo ha sido una noche y que no va a repetirse? Lo sé perfectamente. Es muy desagradable, como si de repente creyeras que me he convertido en una acosadora.

–Solo intentaba explicarte que vamos a trabajar, pero también podrás relajarte –mientras lo decía, Lucas se preguntó si conocería el significado de esa palabra. Parecía que desde muy joven su vida había estado llena de responsabilidades–. La reunión es mañana y la fiesta el domingo por la noche. Entre tanto, tengo que hacer entrevistas y quiero que las coordines.

–Ya sé que tienes una reunión, por eso te traje la carpeta. Y también sé lo de la fiesta. No he hablado de otra cosa con Avery Scott durante seis meses y puedo recitar de memoria la lista de invitados y los platos que se servirán.

–Por eso precisamente te necesito conmigo.

–¿Que vaya contigo a la fiesta? Pensé que me necesitabas para las reuniones.

–He recibido un email del grupo Ferrara esta mañana. Vamos a hablar sobre la construcción de otro hotel en Sicilia porque han encontrado una parcela que les interesa y quieren que les dé ideas.

–Sí, muy bien, pero no entiendo por qué quieres que vaya a la fiesta. No tengo nada que hacer allí.

–Es una oportunidad para mostrar nuestro trabajo, hablar con posibles clientes, responder preguntas sobre la estructura y el diseño del hotel... no puedo ir solo.

–Podrías llevar a Tara.

–Tara y yo hemos roto.

–Ah, lo siento.

Pero Lucas no lo sentía. Rompía relaciones frecuentemente y ni una sola vez lo había lamentado.

Pero, a juzgar por su expresión, ella lo lamentaba por los dos.

–¿Estabas enamorado de Tara?

–No –respondió Lucas–. Y ella no estaba enamorada de mí. Salgo con mujeres que no están interesadas en el amor porque eso no es algo que yo pueda ofrecer.

–Debo admitir que no parece que te haya roto el corazón.

–Yo no tengo corazón, Emma. No te hagas ilusiones.

–Lo estás haciendo otra vez.

—¿Qué?

—Advirtiéndome, como si tuvieras que recordarme constantemente que lo de anoche no va a repetirse.

—Te pido disculpas. No volveré a decirlo.

—Me alegro, porque te aseguro que a mí me gustaría volver atrás, como si lo de anoche no hubiera ocurrido nunca. Solo quería saber que no estabas disgustado por lo de Tara.

—No estoy disgustado.

Y tampoco estaba acostumbrado a que la gente se preocupase tanto por él. Por eso no le contó que había recibido un mensaje de Tara pidiendo disculpas y suplicando que la llevase a la fiesta. No le contó que después de lo que había pasado la noche anterior no habría llevado a Tara aunque fuese la última mujer en el planeta. No le contó que nunca se disgustaba cuando rompía una relación.

No le contó que le faltaba algo.

—Tara se llevará una desilusión. Imagino que le habría gustado conocer a toda esa gente tan famosa.

En una sola frase había descrito a Tara Flynn.

—Seguramente.

—Pero sigo sin entender por qué me necesitas a mí. Los dos sabemos que en un sitio lleno de mujeres guapas tú no estarías solo ni cinco minutos.

—No estaré solo, tú estarás conmigo.

—Por favor, no me pidas esto. No solo por lo que pasó anoche sino porque mi familia me espera en casa. Angie tiene planes para esta noche y Jamie me necesita.

—Yo también —dijo Lucas—. Viniste hasta aquí porque sabías que esos papeles eran importantes y también sabes lo importante que es esa inauguración.

—¿Vas a aprovecharte de mí porque soy profesional? Eso no es justo. Jamie toma parte en una obra navideña y voy a estar en su colegio el miércoles pase lo que pase.

–Muy bien. Volveremos a Londres en el jet el miércoles por la mañana, pero estarás agotada porque la fiesta acabará muy tarde.

–¿Se te ha ocurrido pensar que esto podría ser un error? Yo no voy a fiestas... la última vez que tomé una copa fue en casa de los vecinos, en Nochebuena.

–Eso da igual.

–Pero no tengo nada que ponerme.

Lucas pensó en ella a la luz de la chimenea, el pelo extendido sobre la alfombra... pero no debía pensar en eso.

–No te estoy pidiendo que te presentes a un concurso, solo que estés a mi lado durante la fiesta. Además, la gente habla contigo antes de hacerlo conmigo y para mucha gente tú eres el primer contacto en la empresa. Quiero que te conozcan.

Emma suspiró.

–No puedo creer que me pidas eso. No es razonable.

Lucas pensó que lo mejor era que estuviese enfadada con él. Con un poco de suerte, el enfado suplantaría a otra emoción, más peligrosa, y la verdad era que la necesitaba en Zubran.

–Yo nunca he dicho que fuese razonable.

–No, desde luego. Eres despiadado, egocéntrico y frío como el hielo.

–Todo eso es verdad –Lucas no perdió el tiempo disculpándose ni le contó por qué era así.

–Yo no sé nada sobre Zubran. Ni siquiera sé muy bien dónde colocarlo en el mapa.

–Es un sultanato, un país próspero y progresista debido a la influencia del príncipe heredero. Mal es

muy inteligente y carismático. Las mujeres lo adoran y a ti también te gustará, así que puedes relajarte.

–¿Mal?

–El diminutivo de Malik.

–¿Tratas al príncipe con tanta familiaridad?

–Fuimos juntos a la universidad –respondió
Lucas.

–Pero yo no conozco a esa gente y no sabría de
qué hablar con ellos. Por favor, dime que tiene una
simpática esposa.

–No, aún no. Y es un tema espinoso, te aconsejo
que no lo menciones.

–¿Por qué? ¿Está divorciado? ¿Quiere una esposa
y no puede encontrarla?

–Hay alguien en su vida, pero... –Lucas no terminó la frase, sabiendo que no había nadie menos
capacitado que él para hablar de relaciones–. Digamos que el deber para Mal es más importante que la
devoción. Y, siendo el príncipe heredero de Zubran,
supongo que es normal.

–¿No puede casarse por amor? –la inocente pregunta lo hubiera hecho sonreír si las circunstancias
fueran diferentes.

–No, no puede. Y probablemente gracias a eso,
cuando encuentre una esposa adecuada la unión
será un éxito.

Emma inclinó a un lado la cabeza.

–Pero yo voy a ser un fracaso en esa fiesta porque
no sabré de qué hablar con esa gente. Además, no sé
nada sobre la política de Zubran. ¿Y si dijera algo inapropiado?

Cualquier otra mujer de su círculo se hubiera muerto antes que reconocer que una fiesta de ese estilo estaba por encima de sus capacidades.

–No dirás nada inapropiado. Y si lo haces... –Lucas se encogió de hombros– Mal y yo somos amigos, así que me dejaría pagar una fianza para sacarte de la cárcel.

Emma hizo una mueca.

–Tendré que llamar a mi hermana. Angie tiene a Jamie toda la semana y confía en mí para poder hacer su vida los viernes y sábados. Se llevará un disgusto cuando le diga que tengo que irme.

–Y, sin embargo, eres tú quien trabaja horas y horas para llevar dinero a casa –Lucas no siguió, al ver que Emma fruncía el ceño. ¿Quién era él para criticarla? Él no sabía absolutamente nada de las familias, de modo que no podía dar consejos o hacer críticas de ningún tipo–. Dile que volverás el miércoles con un buen cheque por tu trabajo. La verdad es que no hubieras podido volver hoy de todos modos. Las carreteras alrededor del castillo están imposibles y las palas quitanieves solo pasarán por aquí cuando hayan terminado de limpiar la autopista.

–¿No puedes pedirles que vengan antes? –la inocente fe de Emma en su poder e influencia casi le hizo sonreír.

–Podría contratar gente para que limpiase la finca, pero hay muchos kilómetros de carretera y no puedo hacer milagros.

–¿Entonces cómo vamos a ir al aeropuerto?

–Un helicóptero vendrá a buscarnos –sabiendo por instinto cuándo debía presionar y cuándo retirarse, Lucas se dirigió a la escalera–. Llama a tu hermana. Nos vemos en la cocina... yo haré el desayuno.

–Muy bien, la llamaré –murmuró ella–. Pero me va a matar. Mientras no te importe tener eso sobre tu conciencia...

Lucas decidió no recordarle que él no tenía conciencia.

No fue una conversación fácil, tal vez porque por primera vez en la vida no estaba siendo sincera con su hermana.

–¿Te has quedado a dormir en casa de tu jefe? ¿Estás loca? ¿Es que no has escuchado ninguno de mis consejos? –el tono de Angela era seco y Emma sintió que le ardía la cara al imaginar su reacción si supiera la verdad.

–No me ha quedado más remedio. Las carreteras estaban cubiertas de nieve. Angie, ¿te acuerdas de un proyecto del que te hablé hace poco, el *resort* de Zubran?

–Sí, claro, ha salido en las noticias. Dicen que es una estructura fabulosa y que tu jefe es un genio, pero nadie cuenta que le importan más los edificios que las personas. Recuerda eso, Emma. Tu jefe es un mujeriego sin corazón, incapaz de mantener una relación seria con nadie.

No era incapaz, sencillamente no quería. Había sufrido tanto que no estaba dispuesto a arriesgarse de nuevo.

–¿A qué hora crees que llegarás a casa? –le preguntó Angie.

–Por eso te llamo –Emma cerró los ojos–. Tengo que irme con él a Zubran. No sabes cuánto lo siento… pero te compensaré, lo prometo.

–¡No puedes hacerme eso! Esta noche tengo la fiesta de los profesores.

–Lo sé –asintió Emma–. Voy a llamar a Claire para pedirle que se quede con Jamie, así podrás salir.

–¿Claire?

–¿Por qué no? Es mi mejor amiga y adora a Jamie. Lo siento, Angie, sé que no lo esperabas, pero solo serán unos días. Lucas me necesita.

–¿Ahora, de repente? ¿Qué estás haciendo?

–Mi trabajo, estoy haciendo mi trabajo.

–¿Seguro que es solo trabajo?

–Pues claro –respondió Emma–. Sé lo que piensas y te equivocas.

–Lucas Jackson es rico, guapo y soltero. ¿Me estás diciendo que nunca lo has visto como un hombre?

–Es mi jefe y lo miro como tal.

Además, no siempre había sido soltero. Había habido una mujer en su vida con la que tuvo una hija, la niña que había perdido. Su aversión al compromiso no era la actitud de un frívolo, sino la de un hombre que había cerrado su corazón.

–Deja de preocuparte por mí. Siento mucho lo del fin de semana, pero no puedo evitarlo.

–No, claro que no. Tienes que ir urgentemente al otro lado del mundo mientras yo tengo que quedarme con Jamie.

–¡No digas eso! –fue Emma quien levantó la voz en esa ocasión–. No digas que tienes que quedarte con él. Jamie podría oírte y sé que no lo dices de corazón.

–Puede que sí. A ti te da igual, tú vives toda la semana en Londres mientras yo tengo que quedarme en casa con un niño que no es hijo mío.

Acostumbrada a los exabruptos de su hermana, Emma respiró profundamente.

–Llamaré a Claire para que se quede con él y tú puedas ir a esa fiesta. Pero, por favor, ve a darle un abrazo a Jamie.

–Esta mañana se ha portado fatal y no me apetece darle un abrazo.

Emma tuvo que morderse la lengua. Sabía que

quería a Jamie, pero su hermana estaba amargamente resentida por el impacto que el niño había tenido en sus vidas.

–¿Has elegido lo que vas a ponerte esta noche? –le preguntó, para cambiar de tema.

–El vestido rojo que me puse las navidades pasadas.

–¿El que lleva esa tira de encaje? Te queda fenomenal. Espero que conozcas a un chico guapísimo.

–Aunque lo conociera, saldría corriendo en cuanto supiera que soy responsable de un niño de nueve años –replicó Angie–. Bueno, tengo que hacerle el desayuno... y por cierto, gracias por hacer tortitas el sábado pasado, ahora no quiere otra cosa.

–Se hacen enseguida, mujer. Nosotros las hacemos juntos. Jamie hace la mezcla y yo...

–Jamie organiza un jaleo enorme en la cocina y yo tengo que trabajar el doble –la interrumpió su hermana–. Y hablando de trabajo, voy a darle la noticia de que la hermana buena no vendrá a casa este fin de semana.

–Yo no soy la hermana buena –replicó ella, dolida. Si hubiera visto lo que había pasado por la noche frente a la chimenea, sabría que eso no era cierto en absoluto–. Tú también eres buena, Angie. Lo que pasa es que estás cansada y es comprensible.

–Deja de ser tan razonable.

Emma se mordió los labios.

–Volveré el martes. Que lo pases bien en la fiesta.

Angela exhaló un suspiro.

–Lo siento –murmuró–. Me estoy portando como una bruja.

Sí, pensó Emma, a veces.

–Te has llevado una desilusión, pero prometo que cuando vuelva te compensaré.

–¿Qué vas a ponerte para esa fiesta tan elegante?

–No tengo ni idea. Supongo que tendré que comprarme un vestido.

–Dime que no estás soñando con ser Cenicienta.

Emma miró la cama con dosel y las cortinas de terciopelo. Luego miró la alfombra frente a la chimenea...

Durante unas horas se había sentido como una mujer deseable, irresistible incluso. Ni la hermana de nadie, ni la ayudante de nadie, solo una mujer. Pero cerró los ojos, intentando apartar de sí tal pensamiento.

–¿Puedo hablar con Jamie?

–Está en la ducha –respondió Angie–. Le he dicho que podía ir a casa de Sam a jugar. Imaginaba que tardarías en llegar y no quería que estuviera horas y horas delante de la ventana.

–Dile que lo quiero mucho y que lo llamaré más tarde.

–¿Debo recordarte que los romances en la oficina solo dan problemas?

–No tienes que recordármelo, ya lo sé.

–Si pierdes tu trabajo...

–No voy a perder mi trabajo.

Después de cortar la comunicación, Emma se sentía deprimida. Entendía por qué Angela se portaba de ese modo, pero resultaba difícil lidiar con su airada actitud.

No se le ocurría nada peor que perder su trabajo, pero tampoco imaginaba nada más horrible que pasar unos días con Lucas después de lo que había pasado.

Lo que necesitaba era espacio y tiempo para aclarar sus ideas. Tenía que convencerlo para que la dejase ir.

¿Pero cómo iba a hacerlo? ¿Qué haría que Lucas Jackson quisiera alejarse de una mujer? La respuesta apareció casi inmediatamente y Emma esbozó una sonrisa.

Sí, pensó. Eso.

6

Emma fue a buscar a Lucas, intentando sacudirse el sentimiento de culpa que ensombrecía casi cada conversación con su hermana.

Lo encontró en una cocina que parecía sacada de una revista de decoración. De hecho, el castillo podría ser un sitio acogedor, pensó. Debería estar lleno de niños y perros.

¿Lo habría comprado con ese propósito?

No dejaba de hacerse preguntas, pero todas eran de naturaleza personal y su relación con Lucas debía ser lo menos personal posible, de modo que intentó apartarlas de su cabeza. Además, él no respondería a pregunta alguna. La revelación de la noche anterior se la había arrancado solo porque tenía la fotografía en la mano.

Lucas levantó la cabeza al oírla entrar, y Emma se dio cuenta de que estaba a la defensiva.

—Mientras estaba arriba he pensado en lo que pasó anoche.

—¿Y bien?

—Sé que no quieres escuchar esto, pero... creo que

te quiero –Emma se preguntó si le habría dado a la frase un tono demasiado dramático–. Completa, totalmente, con todo mi corazón y para siempre. Estaba guardándome para el hombre ideal y me he dado cuenta de que ese hombre eres tú. Es horrible sentir esto, pero es lo que siento. No sé qué pasaría si estuviéramos juntos un par de días... imagino que no podría evitar echarte los brazos al cuello y besarte a cada momento.

Lucas guiñó los ojos.

–Déjate de dramas, quiero que vayas conmigo a Zubran.

–Pero te quiero. Loca, apasionadamente.

–Da igual cuánto «me quieras». No volverás a casa hasta que el trabajo esté terminado.

Emma se dejó caer sobre una silla.

–Sabes que eres muy poco razonable, ¿verdad?

–Exigente sí, poco razonable no.

«Exigente».

Había sido exigente cuando prácticamente la tiró sobre la alfombra de la habitación y la desnudó. Había sido exigente cuando le hizo el amor...

Emma intentó desesperadamente no pensar en ello.

–¿Sabes que cuando una mujer dice que te quiere parece como si fueran a sacarte una muela? Pues voy a decírtelo cada cinco minutos, hasta que me ruegues que vuelva a casa.

–Tienes un sentido del humor muy retorcido.

Lucas se había remangado el jersey y la mirada de Emma cayó sobre sus fuertes antebrazos, recordando cómo la había abrazado por la noche...

Aquello era imposible. Totalmente imposible.

–¿Café?

–Sí, gracias.

–¿Qué ha dicho tu hermana?

–Se ha mostrado encantada –Emma tomó un sorbo de café–. Ha dicho algo así como: «genial, no quería salir y pasarlo bien, así que haz lo que quieras y no te preocupes por mí».

Lucas esbozó una sonrisa.

–Veo que no se lo ha tomado demasiado bien.

–No, pero le he estropeado el fin de semana, así que lo comprendo. Depende de mí para poder salir con sus amigos.

–Tiene que haber otras opciones, algún pariente, una niñera.

–No tenemos parientes y nunca hemos contratado niñeras. Yo solo veo a Jamie los fines de semana y no quiero llegar a casa para marcharme enseguida.

–¿Esas son tus palabras o las de tu hermana?

Emma dejó la taza sobre la mesa. Para ser alguien que decía no estar interesado en los demás, era increíblemente perceptivo.

–Las de mi hermana, pero tiene razón. Angie pensaba ir a una fiesta esta noche, así que he hablado con una amiga para que vaya a cuidar de Jamie. Pero no lo he hecho nunca, y la verdad es que no me gusta.

–Durante la semana tienes que atenderme a mí y los fines de semana tienes que cuidar de Jamie y de tu hermana. ¿Y tú?

–¿Yo qué?

–¿Cuándo lo pasas bien, cuándo piensas en ti misma?

–Yo quiero mucho a mi familia –respondió Emma. Sabía que estaba juzgando a Angie y no quería que lo hiciera porque, en realidad, era más duro para su hermana que para ella.

–¿Angie siempre te hace sentir culpable?

–No es culpa suya. Llevar una familia es complicado... bueno, ya sabes.

Después de decirlo se arrepintió. Tal vez nunca había tenido una familia... en la fotografía estaba con una niña, pero no había una tercera persona. Claro que esa tercera persona podría haber sido quien hizo la foto.

Se preguntó entonces quién sería. ¿Alguien a quien amaba o una extraña?

Sintiendo frío de repente, Emma se levantó para mirar alrededor.

Si le hubieran pedido que diseñase su cocina ideal, habría sido aquella. Tal vez hubiera añadido algún toque femenino, flores recién cortadas en el jarrón azul que había sobre el alféizar, por ejemplo, o fruta en el cuenco sobre la mesa. Pero serían toques pequeños, sin mucha importancia.

Podía imaginar a Jamie haciendo los deberes en la mesa mientras ella mezclaba los ingredientes para una tarta. Podía imaginarse a sí misma encendiendo velas para una cena íntima...

Podía imaginar a Lucas, oscuro y peligroso, tirado en un sillón mientras le hablaba de lo que había hecho aquel día.

–¿Te gusta mi cocina? –la voz de Lucas interrumpió sus pensamientos.

–Estoy planeando lo que voy a hacer cuando me mude –bromeó ella–. Unos toques femeninos aquí y allá... flores, tazas con corazoncitos. Y, por supuesto, te diría que te quiero cada minuto hasta que te acostumbrases.

–Ya.

–¿Siempre pones esa cara de susto cuando alguien te dice «te quiero»?

–No tengo ni idea. Nadie me lo había dicho antes.

–¿Nunca? ¿Ninguna de las mujeres con las que has salido?

–No.

–¿Por qué?

–Porque las hubiera dejado inmediatamente. No salgo con ese tipo de mujeres.

¿Y la madre de su hija? ¿No había estado enamorado de ella? Las preguntas daban vueltas en su cabeza, pero no las hizo en voz alta.

¿De verdad iba a fingir que nunca lo había encontrado guapo? No sería cierto. Desde el principio le había parecido increíblemente atractivo, pero era su jefe y no estaba a su alcance. Además, ni una sola vez en los dos años que llevaba trabajando para él había dado indicación alguna de que se hubiera fijado en ella como mujer.

Pero la situación había cambiado, ¿no? Y por eso se sentía tan incómoda. Tal vez sería diferente cuando estuvieran con más gente, pero estar solos era tan... íntimo.

Y seguían siendo extraños. Íntimos extraños.

No podía deshacer lo que había hecho y en aquel momento sabía cosas que no había sabido antes. Sabía que tenía una hija a la que había querido mucho y que se culpaba de su muerte.

Sabía que estaba dolido.

Decía no tener corazón, pero ella sabía que no era cierto. Tenía un corazón, pero uno roto. Y sin conocer la historia, sabía por intuición que estaba equivocado. Él no podía ser responsable por la muerte de su hija.

–¿Emma?

Ella dio un respingo.

–Perdona. ¿Qué decías?

–Te he preguntado si tienes hambre –Lucas había abierto la nevera y Emma se encontró mirando el movimiento de sus músculos bajo el jersey negro, sintiendo una oleada de calor que la dejó sin aliento.

–Hambre es decir poco –murmuró–. Ahora mismo podría comerme un camello. Y supongo que tal vez tendré que hacerlo si insistes en llevarme a Zubran.

–Yo estaba pensando más bien en una tortilla –Lucas se volvió y sus ojos se encontraron. La tensión entre ellos era como algo vivo.

–Sí, una tortilla estaría bien. ¿Dónde puedo encontrar un cuenco?

–¿Crees que necesito ayuda?

–Lo siento, es la fuerza de la costumbre. Normalmente suelo cocinar en casa y estoy enseñando a Jamie... es una de las cosas que hacemos juntos los fines de semana. Los sábados hacemos tortitas para desayunar y la semana pasada hicimos pizza. Hoy íbamos a hacer una tarta navideña... –estaba hablando por hablar, para llenar el silencio–. Por tu culpa no habrá tarta navideña, pero no tienes por qué sentirte culpable.

–No me siento culpable –Lucas sacó una caja de huevos de la nevera.

Se había duchado, pero seguía sin afeitarse y la sombra de barba le daba aspecto de bucanero. Emma recordaba el roce de esa barba sobre su piel, el calor de su boca, la caricia de sus dedos...

Lo recordaba todo y aquello no podía ser.

Lo único que quería era poder estar en la misma habitación y no sentir aquello. Quería hablar con él sin pensar en lo que le había hecho con esa boca.

Quería mirarlo sin pensar en sexo.

Que él no estuviera pasando por el mismo tormento era mejor, se dijo, mucho mejor. Al menos uno de los dos estaba cuerdo.

Pero cuando Lucas apartó la mirada supo que no. Él sentía lo mismo y hacía lo posible por disimular.

Saber eso hizo que le temblasen las manos y se agarró a la taza como si fuera un salvavidas, con el corazón latiendo al galope.

–Háblame de este sitio. No esperaba que fueras el dueño de un castillo.

–¿Por qué no?

–Tú eres todo cristal, acero y diseño contemporáneo y esto debió ser construido por Enrique VIII –Emma parloteaba frenéticamente para disimular, pero Lucas sabía perfectamente lo que pasaba por su cabeza.

Y no iba a hacer nada al respecto.

Su autodisciplina era legendaria.

Salvo la noche anterior.

La noche anterior había perdido el control.

–Es anterior a Enrique VIII, pero con algunas reformas. Y es cierto que me gusta el diseño moderno y las técnicas y materiales modernos, pero eso no significa que no me gusten los edificios antiguos. La historia de este sitio es asombrosa. Además, no es solo mío –le dijo, mientras echaba los huevos en un cuenco y los batía como si fuera un experto–. Cuando salió al mercado, Mal, Cristiano y yo lo compramos. Es propiedad de una empresa que abrimos juntos.

–¿Mal, el príncipe? ¿Y Cristiano Ferrara, el propietario de la cadena de hoteles?

–Eso es –Lucas echó los huevos en la sartén–. Cuando hayamos terminado la restauración lo convertiremos en un exclusivo hotel.

–Ah, qué buena idea.

Emma sabía que tenía amigos poderosos, pero hasta aquel momento no había entendido cuánto.

–Ni siquiera sabía que vendieran castillos. ¿Cómo te enteraste?

–Le había echado el ojo hace tiempo.

–¿De quién era? Debió ser muy triste tener que vender un sitio como este.

El cambio en él fue visible e inmediato. Su rictus se endureció y Emma se dio cuenta de que había dicho algo equivocado.

–Fue construido por un mercader en el siglo XIV –respondió– y permaneció en la familia hasta que el último de sus miembros se gastó todo el dinero en los casinos.

–Qué horror –Emma miró alrededor, intentando imaginar lo que habría sentido esa persona al perder el castillo–. Perder algo que ha pertenecido a tu familia durante siglos... pobre hombre.

–Ese pobre hombre era un egoísta, una miserable excusa de ser humano que usaba su dinero y su posición para conseguir lo que quería, así que no te compadezcas de él, porque no lo merece. ¿Más café?

Ella lo miró, sorprendida. Era la primera vez que lo veía tan agitado.

–¿Quién era?

Lucas echó la tortilla en un plato.

–Mi padre. ¿Quieres más café o no?

–¿Tu padre?

–Eso es. Mi madre trabajaba para él. Dejó la universidad y empezó a catalogar una biblioteca que mi padre tenía prácticamente abandonada pensando que era el trabajo de sus sueños.

–¿Tu madre llevaba la biblioteca del castillo? –Emma no salía de su asombro.

–Trabajó durante quince años y tuvieron una aventura, pero él quería casarse con otra mujer, una con los apellidos adecuados. Así que mi madre perdió el trabajo, su casa y al hombre del que estaba enamorada. En mi opinión fue una suerte, pero ella no lo veía de ese modo.

Era la primera vez que hablaba de sí mismo, la primera vez que intercambiaba una confidencia con ella.

–De modo que tu madre tuvo una aventura con el jefe –murmuró Emma.

–Si estás haciendo la conexión que creo, te aseguro que no hay ningún parecido. La suya fue una larga relación supuestamente basada en el amor y la confianza, mientras la nuestra...

–No hace falta que termines la frase –lo interrumpió ella–. Ya te lo he dicho diez veces: no espero que se repita lo de anoche.

–¿Seguro?

Emma no iba a confesarle que no podía dejar de pensar en él. Y tampoco podía admitir que no era sexo en lo que estaba pensando. Cuanto más sabía sobre Lucas Jackson, más cambiaba su opinión sobre él. Ya no le parecía el jefe frío y distante, sino un hombre con un triste pasado.

–Me encanta mi trabajo y nunca haría nada que lo pusiera en peligro. Si quieres que sea sincera, no puedo permitírmelo. Y tampoco estoy en posición de mantener una relación con nadie ahora mismo. No hay sitio para un hombre en mi vida. Aparte de que tú eres demasiado amargado y retorcido para mí.

Lucas pareció a punto de decir algo, pero Emma no quería que lo dijera. Quería que dejase de hablar porque cuanto más cosas revelaba sobre sí mismo más personal se volvía la relación.

–De modo que tu madre quedó embarazada. ¿Y entonces qué pasó? –le preguntó, sin embargo.

–Que mi padre anunció que iba a casarse con otra mujer. No le hubiera importado tenerla como amante, pero no podía tener una amante con un hijo.

–De modo que tu madre se marchó de aquí.

–Mi madre nunca hubiera dejado su trabajo, así que mi padre tuvo que encontrar otra manera de librarse de ella –Lucas se sentó frente a ella y tomó el tenedor–. La acusó de robar unos libros. No solo la humilló públicamente sino que arruinó cualquier posibilidad de que encontrase otro trabajo. Hizo que lo odiase y la hizo odiarme a mí porque yo era el culpable de todo.

Emma tragó saliva.

–¿No podía haberlo denunciado o algo así? ¿No pidió ayuda?

–No sé qué pasó por su cabeza, tal vez habló con algún abogado, no tengo ni idea, pero en cualquier caso no sirvió de nada. Lo único que sé es que mi infancia fue horrible. Vivíamos en la habitación más pequeña que puedas imaginar... solo tenía una ventana que daba a una pared y nunca había luz –Lucas frunció el ceño–. Yo no podía entender por qué el arquitecto había puesto una ventana frente a una pared y fue entonces cuando empecé a soñar con hacer edificios llenos de luz.

–¿Tu padre nunca te reconoció?

–No, jamás. Y la ironía es que nunca tuvo más hijos, de modo que yo era su único heredero. ¿No te parece justicia poética? Él quería una familia y la tragedia es que la tenía, pero no quiso reconocerla. Pero no estás comiendo. ¿No te gusta la tortilla?

Emma estaba tan concentrada en la historia que había olvidado comer.

–¿Lo conociste?

–Cuando mi madre descubrió que no tenía herederos decidió que yo merecía ser reconocido como tal –Lucas hizo una mueca–. O tal vez esperaba que mi padre me aceptase y recuperar su puesto aquí.

–¿Viniste a verlo?

–Sí, pero no porque quisiera su cariño sino para decirle lo que pensaba de él. Y su respuesta fue que le daba igual, que el castillo Chigworth nunca sería mío. Tenía trece años y estaba tan furioso que le di un puñetazo... Y luego le dije que no lo necesitaba para nada porque tarde o temprano el castillo sería mío. Mi padre soltó una carcajada. Que un chico tan flaco y tan poca cosa lo amenazase... pero no reía el día que firmamos la escritura de compraventa. Cristiano Ferrara fue quien hizo la oferta, de modo que mi padre no sabía quién lo había comprado hasta que estuvo vendido. Aunque le habría dado igual, no estaba en posición de rechazar la oferta. Pero no me hubiera extrañado que quemase el castillo para que no cayera en mis manos.

–¿Cuándo fue eso?

–Hace ocho años. Entonces yo tenía veintiséis y mi carrera estaba empezando a despegar.

–La galería de arte en Roma.

Él enarcó una ceja.

–¿Has leído mi biografía?

–Trabajo para ti, es mi obligación –respondió Emma–. Además, envío tu biografía a posibles clientes todos los días.

Con esa frase le recordaba la naturaleza de su relación y el ambiente cambió por completo.

–Sí, claro –asintió él–. Y por eso tienes que venir conmigo a Zubran, porque sabes todas esas cosas –murmuró, frío y distante, mientras sacaba el móvil del bolsillo–. Estoy esperando un mensaje de Dan.

Dan era su piloto y Emma solía hablar con él a menudo.

–¿El aeropuerto está abierto?

–Sí –respondió él–. Han limpiado una de las pistas y, según el informe meteorológico, no habrá más nieve por hoy. El helicóptero vendrá a buscarnos en una hora... imagino que tienes tu pasaporte.

La conversación había pasado de personal a profesional en un segundo, pero Emma no dijo nada. Lo sorprendente no era que dejase de hablar de su pasado sino que lo hubiera hecho. Estaba abriéndole una parte de sí mismo que siempre mantenía escondida y empezaba a verlo de otro modo. Sabía mucho más que el día anterior y sospechaba que a Lucas le gustaría que no fuera así.

Pero iba a olvidarlo, se juró a sí misma, y seguiría trabajando como si no hubiera pasado nada.

–Llevo mi pasaporte –asintió. Lo llevaba siempre en el bolso porque en alguna ocasión Lucas le había pedido que fuese con él a Roma o a París sin previo aviso, pero siempre volvían a Londres en el mismo día–. No tengo ropa e imagino que no hay tiempo para ir a mi casa.

–No, no hay tiempo. Iremos de compras mañana, antes de la reunión. Son siete horas de vuelo, así que será de noche cuando lleguemos e imagino que te irás a dormir temprano... ya que anoche no dormiste mucho.

Emma sabía que no debía reaccionar ante esa frase. Debía tratar lo que había pasado con la misma informalidad que lo hacía él.

–Pero en Zubran las tiendas serán muy caras.

–Avery podrá aconsejarte.

–Conozco a Avery y sé que su presupuesto y el mío son muy diferentes.

–No te preocupes por eso, lo pagaré yo.

–No, de eso nada –protestó ella, levantándose–. Por si no te has dado cuenta, yo no soy Tara.

–Lo cargaré a la cuenta de la empresa porque es un asunto de trabajo, Emma. No te lo ofrezco porque nos hayamos acostado juntos.

Lucas había olvidado por un momento que la suya era una relación profesional y lo lamentaba, Emma estaba segura. Porque lo personal y lo profesional se habían mezclado y ya no había forma de separar ambas cosas.

–Gracias por aclararlo, pero no necesito que me compres nada.

Él la miró en silencio durante unos segundos, con un brillo cínico y cansado en sus ojos azules.

–Ahora mismo, que te compre o no te compre un vestido es el menor de nuestros problemas, ¿no te parece?

Creía que aquello no tenía remedio, pensó Emma. Pero, decidida a demostrar que podían hacerlo, que no iba a pasar nada, irguió los hombros.

–Yo no tengo ningún problema. ¿Y tú?

Zubran era un sultanato del Golfo Pérsico rico en petróleo, de modo que Emma había esperado arena. Lo que no había esperado era la fascinante mezcla de dunas doradas, montañas y costa. Mirar el paisaje desde la ventanilla del jet privado era una distracción... además, no había nada que pensar. Trabajaba para él y si quería seguir haciéndolo tenía que calmarse.

La ayudó mucho que desde que subieron al avión de la empresa Lucas hubiera vuelto a ser el de siempre, concentrado en el trabajo y nada más.

Solo eran unos días, se decía a sí misma. Un par de días y volvería a casa. Después, solo tendrían que verse en la oficina y todo sería más fácil.

–Abróchate el cinturón, estamos a punto de aterrizar –murmuró Lucas.

–Lo sé, estaba mirando el paisaje. Pero esperaba ver un gran desierto.

–Zubran tiene muchos kilómetros de costa y los turistas vienen a bucear, por eso he incorporado el fondo del mar en el diseño del hotel.

Emma vio un catamarán bailando sobre las olas mientras el avión aterrizaba.

–¿El hotel está muy lejos del aeropuerto?

–A media hora. Los Ferrara nunca construyen hoteles en grandes ciudades, ya lo sabes. Les gusta el aire fresco y la vida sana –respondió Lucas, levantándose del asiento–. Bueno, vamos a ver si mi hotel sigue en pie.

El corto paseo hasta la limusina que los esperaba en la pista dejó claro que tendría que ir de compras. El jersey que llevaba era perfecto para el invierno inglés, pero en Zubran hacía mucho calor y estaba empezando a sudar.

A la izquierda de la autopista, las dunas pasaban del dorado al rojo a medida que se ponía el sol y a la derecha, las cálidas aguas del océano Índico brillaban como un millón de joyas sobre una alfombra de terciopelo azul.

El cambio de clima le parecía algo surrealista después de la nevada del día anterior y, sabiendo que en cuanto saliera del coche se derretiría, Emma miró su reloj.

–¿Crees que tendré tiempo para comprar algo de ropa? Necesito algo que no sea de lana.

–No, esta noche no. Le he pedido a Avery que

comprase algo y lo dejase en tu habitación, pero mañana irás con ella de compras. Después de la reunión podrás echarte una siesta, si quieres.

–¿Echarme una siesta? ¿Ahora tengo tres añitos?

Lucas disimuló una sonrisa.

–Mañana será un día muy largo.

–No necesito descansar, la adrenalina me pondrá en marcha –Emma sintió un cosquilleo de emoción.

¿Era patético emocionarse porque iba a ir a una fiesta? Debería estar pensado: «qué aburrimiento, trabajar cuando debería estar de vacaciones».

Pero en lugar de eso pensaba: «yupi, una fiesta».

Claro que no era cualquier fiesta, sino la fiesta más esperada del año, una a la que muchísima gente se pegaba por acudir.

Perdida en sus pensamientos, no se dio cuenta de que habían dejado la autopista hasta que levantó la mirada y allí, delante de ella, levantándose directamente sobre el mar, vio una preciosa estructura de cristal en forma de caracola.

Por supuesto, había visto los planos y la maqueta del hotel, pero eso no la había preparado para verlo de cerca.

–Vaya.

–¿Después de tanto trabajo tu respuesta es «vaya»? Esperemos que mañana el público muestre un poco más de entusiasmo.

–He dicho «vaya» porque no encontraba palabras, no porque no sienta entusiasmo. Además, no creo que mi aprobación signifique mucho para ti.

–Tal vez sí –Lucas lo había dicho en voz baja y Emma se volvió para mirarlo, con el corazón acelerado.

«Profesional, debes ser profesional».

–En ese caso, debes saber que me parece fabuloso. No debe ser fácil diseñar un hotel que está entre el mar y el desierto.

–A pesar de estar cerca del desierto, puede hacer mucho frío por las noches, aunque no tanto como en Oxfordshire. La circulación del aire y la humedad eran un reto, además del tipo de suelo, pero al final ha salido bien.

En la entrada del hotel fueron recibidos por una preciosa joven vestida de uniforme.

–Bienvenido, señor Jackson. Espero que haya tenido un viaje agradable –la joven miró a Emma–. Bienvenida al *resort* Ferrara de Zubran. Soy Aliana, la directora de relaciones públicas. Espero que su estancia aquí sea agradable, pero si necesita algo, cualquier cosa, solo tiene que pedirlo.

Miraba a Lucas al decir eso y, a juzgar por su expresión, podría pedir cualquier cosa, pensó Emma, sintiendo una oleada de celos totalmente inapropiada.

–Aliana, te presento a Emma Gray, mi ayudante.

–Encantada –a pesar de la sonrisa, estaba claro que la joven consideraba que «ayudante» era sinónimo de otra cosa–. Síganme, por favor. Ya tenemos la suite preparada y el señor Ferrara me ha pedido que le diera un mensaje.

–¿Un mensaje?

La joven se aclaró la garganta.

–El mensaje es: «Dile que se alojará en la suite presidencial y que si hay goteras nunca volveré a trabajar con él». Esas fueron sus palabras, yo solo repito el mensaje. Y estoy segura de que no habrá ninguna gotera, señor Jackson.

Mientras recorrían el vestíbulo del hotel y bajaban por una pequeña pendiente, Emma estaba a punto de preguntar por qué iba a tener goteras la suite presidencial. Pero entonces Aliana marcó un código que abría unas puertas de cristal y se encontró en la sala más hermosa que había visto nunca.

–¡Estamos bajo el agua! –exclamó, al ver peces de colores nadando frente a ella–. Es asombroso, como estar dentro de un acuario.

No había visto eso en el proyecto... o tal vez sí, pero no había reparado en ello. Siempre estaba tan ocupada que no tenía tiempo de apreciar lo innovador del trabajo de Lucas.

–No está todo bajo el agua, solo esta sala –dijo él, volviéndose hacia la joven–. Pero le dije a Cristiano que él debía ocupar esta suite.

–El señor Ferrara ha venido con toda su familia, incluyendo sus hijas pequeñas, y el equipo de seguridad ha decidido que la suite Coral era mejor para ellos porque está más cerca de la piscina. Y, después de todo, usted es el invitado de honor, ya que ha diseñado el hotel.

–Ya veo –Lucas dejó el maletín en el suelo–. ¿Y cuándo llegará el príncipe?

–Su alteza quería reunirse con ustedes para cenar, pero ha tenido que atender a una delegación de Al Rafid, de modo que vendrá mañana a la fiesta. Como sabe, muchos miembros de casas reales y celebridades mundiales se reunirán en el hotel –sonriendo, la joven le entregó un objeto que parecía un mando de televisión–. Todo está controlado por medio de la voz... pero no tengo que decírselo a usted, claro.

Emma estaba tan ocupada mirando de un lado a otro que apenas escuchaba la conversación, pero eso no le pasó desapercibido. Nunca había estado en un sitio tan lujoso. El uso del cristal la hacía sentir como si estuviera dentro del agua y la decoración reflejaba el mar, con suaves sofás de piel azul y el suelo cubierto por alfombras de temas marinos.

–¿Controlado por medio de la voz? –repitió cuando la joven los dejó solos–. ¿Qué está controlado por medio de la voz?

–Las luces, las persianas, la seguridad, el estéreo. Puedes hacerlo todo sin levantarte de la cama.

–Entonces si digo: «música» –las notas de una sonata de Chopin llenaron la habitación–. ¡Qué maravilla!

Lucas reaccionó enarcando una ceja.

–Puedes pedir la canción que hayas programado. Y también puedes subir y bajar el volumen solo con decirlo. Bueno, cámbiate de ropa, voy a llevarte a cenar.

Era lo último que Emma esperaba que dijese. Desde que subieron al avión, Lucas había intentando mantener cierta distancia, alejarse de ella. Aparte de sus confesiones en la cocina, su relación había vuelto a ser la de jefe y secretaria.

Pero iban a cenar juntos en aquel sitio tan romántico cuando el sol empezaba a ponerse...

Debería decir que no.

–No tengo nada que ponerme.

–Avery acaba de enviarme un mensaje confirmando que ha enviado ropa a tu habitación. Y vendrá a buscarte mañana para ir de compras.

–Pero...

–Seguro que habrá comprado algo decente para esta noche, no te preocupes.

Emma no estaba pensando en eso. Estaba pensando en la cena con él.

–¿Tú crees que es buena idea?

–¿A qué te refieres?

–A cenar juntos.

–Pues claro que sí –respondió él, mientras miraba su móvil–. El restaurante es la parte más compleja de la estructura y quiero ver si el resultado ofrece la experiencia que pretendía cuando lo diseñé.

¿La experiencia que pretendía?

Emma se quedó inmóvil, horrorizada al ver que había estado a punto de hacer el ridículo. Lucas no quería cenar con ella a la luz de las velas, solo quería ver el resultado de su trabajo.

Respiró profundamente, intentando disimular su decepción.

–¿Ocurre algo?

–No, nada, voy a cambiarme.

«Ya está bien», pensó mientras iba a su habitación. «Ya está bien».

Lucas no podía haberlo dejado más claro. ¿Dónde estaban su orgullo y su sentido común? A partir de aquel momento iba a pensar en él como su jefe y nada más. De ese modo, no solo conservaría su puesto de trabajo sino también su cordura.

7

La situación era diez veces más delicada de lo que había anticipado. Había visto su expresión cuando dijo que iban a cenar juntos y, de inmediato, supo que era un error. Emma quería que la cena fuese algo más. A pesar de sus advertencias, seguía esperando que fuese algo más. Y él, que rompía el corazón de las mujeres con frecuencia sin que le importase un bledo, no quería romper el suyo.

Pero lo había hecho y Emma se había ido a su habitación. Y no se había movido de allí desde entonces.

Murmurando una palabrota, Lucas se pasó una mano por el cuello, preguntándose si estaría llorando. Y pensar eso lo turbó de una manera sorprendente.

¿Debería llamar a su puerta? Avery Scott era más que eficiente, de modo que el problema no sería la ropa. ¿Por qué tardaba tanto?

Como no quería empezar otra conversación personal, que solo empeoraría la situación entre ellos, decidió darle unos minutos más.

Inquieto, paseó por el salón de la suite y encendió

la televisión para ver las noticias. Así tendrían algo que hablar durante la cena.

–Estoy lista –al escuchar la voz de Emma tras él, Lucas disimuló un suspiro de alivio al notar que era el tono de la mujer que conocía.

Pero cuando se dio la vuelta comprobó que no lo era. Aquella no era su ayudante.

Le había dado instrucciones a Avery para que le comprase ropa adecuada, pero no se había molestado en explicar que debía ser cómoda y práctica, no seductora. Él veía la cena como una oportunidad para hablar de trabajo, repasar el horario de las entrevistas y todos los demás detalles, de modo que esperaba un vestido oscuro y sobrio, algo que no llamase mucho la atención. Pero en lugar de eso, Emma había aparecido con un vestido rojo que no era ni discreto ni sobrio y que parecía acariciar sus curvas. Unas curvas que él recordaba con toda claridad porque lo habían excitado de inmediato y de una forma sorprendente.

Sabiendo que tenía un problema, Lucas respiró profundamente.

–No sabía que Avery iba a comprar algo tan... rojo. Debes estar furiosa.

Él estaba furioso y se preguntó si Avery lo habría hecho a propósito. No sería la primera vez que intentaba enredarlo con alguna mujer.

–¿No te gusta?

–No es muy práctico.

–Solo vamos a sentarnos para cenar, no tiene que ser práctico –Emma, sin darse cuenta del trabajo que le costaba apartar la mirada, se pasó las manos por las caderas–. No es lo que yo hubiera elegido, pero es muy bonito. Lo que no entiendo es cómo Avery sabía mi talla... ah, se lo has dicho tú.

Si eso le daba vergüenza, no lo demostraba.

Lucas apretó los dientes. En lugar de ruborizarse, parecía encantada. Y verla pasar las manos por sus caderas hacía que recordase cómo lo había hecho él mismo unas horas antes. Pero si había algo más peligroso que acostarse una vez con una mujer era acostarse dos.

–Si no te encuentras cómoda, puedo pedir al hotel que te suban otro vestido.

–¿Para qué? Además, no quiero ofender a Avery cuando por fin voy a conocerla en persona. Llevamos meses hablando por teléfono y nos hemos hecho amigas, pero aún no nos hemos visto –Emma se colocó un bolsito al hombro–. Solo es un vestido, Lucas. No veo por qué va a molestarte a ti si no me molesta a mí.

Pero a él sí le molestaba.

Y mucho, pero no podía decirle eso sin que la conversación tomase un giro que estaba decidido a evitar.

–Si estás cansada y quieres cenar en tu habitación, lo entenderé.

–¿Cansada? No, en absoluto. Estoy deseando ver el restaurante y, además, no recuerdo la última vez que salí a cenar. Ya sé que es una cena de trabajo, no te preocupes –se apresuró a decir–, pero estoy deseando comer algo que no haya cocinado yo misma.

Su entusiasmo era encantador, y Lucas no quería sentirse encantado. Todo eso era nuevo para él.

–En ese caso, vamos. Tenemos mesa reservada. ¿Puedes caminar con esos tacones?

Llevaba unos zapatos hechos para seducir, no para caminar. Antes de la noche anterior nunca hubiera imaginado a Emma con unos zapatos como esos, pero debía reconocer que servían para mostrar unas piernas fabulosas.

–Pues claro que puedo. He estado practicando en mi habitación. Mira –Emma empezó a caminar, haciendo un gesto de triunfo–. ¿Lo ves? Lo hago perfectamente. Todo es cuestión de apoyar el peso del cuerpo en la parte adecuada del pie.

Su piel brillaba, sus ojos brillaban, todo en ella brillaba... Y entonces tropezó con la alfombra y cayó sobre él. Con rápidos reflejos, Lucas puso una mano en su hombro, clavando los dedos en su carne. Ese simple roce lo llevó a la noche anterior y, de repente, la deseaba de nuevo. Deseaba sus labios, su calor, su increíble cuerpo.

Sus bocas estaban peligrosamente cerca y él estaba a punto de hacerlo.

Furioso consigo mismo por ser tan débil, estaba a punto de apartarse bruscamente cuando ella lo hizo con toda tranquilidad.

–Vaya, lo siento. Creo que necesito practicar un poco más –sin mirarlo, se ajustó el bolso al hombro–. ¿Nos vamos?

Después de guardar el móvil en el bolso, Avery Scott se quitó los zapatos y se tumbó en el sofá en una sala privada de la exclusiva boutique.

–Perdóname, pero conozco bien estas fiestas y sé que si no me los quito tendré ampollas antes de que acabe la noche. Esta es mi última oportunidad de sentarme, así que cuéntame mientras esperamos a que te traigan la ropa. Cuéntamelo todo.

–¿De verdad tienes tiempo para esto? –Emma se sentó a su lado, pensando que era muy agradable tener compañía femenina. Su vida era tan frenética que no tenía tiempo para hacer amistades.

–Pues claro que sí. ¿Te gustaron los zapatos?

–Me encantaron, pero era un poco como caminar con los pies en la boca de un cocodrilo.

Avery rio.

–Eran divinos, sí.

–Es muy amable por tu parte venir conmigo, ¿pero no tienes un millón de cosas que hacer antes de la fiesta?

–Tengo gente y sé delegar. Pero ahora olvídate de los zapatos y dime qué tal te quedaba el vestido.

–Precioso... demasiado precioso. Lucas me miraba como si quisiera seducirlo.

–¿Y lo hiciste?

–No, claro que no.

–Ah, vaya. ¿Quieres hablar de ello?

–No, pero digamos que esta noche no me pondré un vestido rojo –Emma estaba bromeando, pero no tenía ganas de reír. Daba igual lo que hiciera, la relación entre ellos nunca volvería a ser la misma de antes–. Trabajo para él y necesito este trabajo, pero he metido la pata.

–¿Por qué has metido la pata?

–No quiero hablar de ello, pero vamos a elegir un vestido para no llamar tanto la atención.

–Mmm. Cuéntame qué pasa.

–Déjalo, no quiero cargarte con mis problemas.

–Se me da fenomenal solucionar los problemas de los demás, son los míos con los que no puedo hacer nada. Y tú no eres la primera mujer que se acuesta con su jefe.

Emma dejó escapar un suspiro, pero no se molestó en negarlo.

–Es un cliché horrible...

Y antes de que se diera cuenta de lo que estaba haciendo, le contó todo. Desde el viaje por las carreteras cubiertas de nieve al sexo sobre la alfombra y la bronca con su hermana. Lo que no mencionó fue a la hija de Lucas o que su padre no lo hubiera reconocido.

–Vaya –exclamó Avery, levantándose del sofá–. Llevas una vida llena de responsabilidades durante tanto tiempo y, de repente, una noche nevada, te sueltas el pelo. Qué romántico.

–No es romántico, es embarazoso e inconveniente. Y no todo en mi vida son responsabilidades, no es eso. Yo adoro a Jamie.

–No he dicho que no lo quieras, pero la verdad es que siempre lo has puesto a él por delante de ti misma. Eres muy diferente a las mujeres con las que Lucas suele relacionarse.

–¿Qué quieres decir?

–Que tú tienes los pies en la tierra y Lucas siempre evita a las mujeres como tú –Avery sonrió–. Y habéis pasado la noche juntos, qué interesante.

–No es interesante –insistió Emma–. De hecho, yo creo que más bien está aterrado. Cree que me he enamorado de él.

–Y es verdad.

–No, no estoy enamorada de él.

–Por eso te acostaste con él –insistió Avery–. Así que lo has asustado... pues estoy deseando verlo, nunca he visto a Lucas Jackson asustado.

–Está tan asustado que se pasó todo el día dejando claro que no iba a repetirse. Y estaba enfadado de verdad.

–Eso explica su reacción ante el vestido rojo.

–No, no es eso. Pensó que era demasiado frívolo.

–¿Tú crees? –su móvil empezó a sonar y Avery sonrió mientras lo sacaba del bolso–. Perdona un momento...

Mientras ella resolvía problemas de luces y fuegos artificiales, Emma pensó en lo serio de su situación. No estaba enamorada de Lucas. Sería una locura enamorarse de un hombre incapaz de amar. Su jefe, además.

Cuando la vio con el vestido rojo, Lucas había vuelto a ser el hombre distante de siempre y la cena había sido formal y aburrida.

No podían volver atrás y tampoco parecían capaces de seguir adelante.

–Bueno, ¿dónde estábamos? –Avery volvió a guardar el móvil en el bolso–. Ah, sí, estabas diciendo que el vestido le pareció muy sexy.

–Yo no he dicho eso. He dicho que no le gustó.

–Le gustó demasiado.

–Trabajo para él y quiero seguir haciéndolo, pero tengo que dejar de sentir lo que siento.

Avery se encogió de hombros.

–Un hombre como Lucas Jackson aparece una vez en la vida. Si quieres un consejo: quédate con el sexo y busca otro trabajo. Problema resuelto.

Emma la miró, perpleja.

–Yo nunca elegiría el sexo por encima de la seguridad económica. Tú no lo entiendes...

–Soy hija de madre soltera, así que lo entiendo perfectamente. No estoy sugiriendo que tires tu vida por la ventana, pero me parece que este no es el trabajo para ti de todas formas.

–¿Por qué no?

–Tienes que encontrar algo más cerca de tu casa para poder tener una vida normal. Tal vez esto es lo que te hacía falta para dejarlo.

–¿Un trabajo más cerca de casa? –repitió Emma–. Aunque buscase otro trabajo, no cambiaría nada. Lucas no quiere saber nada de relaciones.

–Lo primero que debes hacer es descubrir si está

interesado de verdad, así que esta noche te pondrás un vestido de escándalo.

–Entonces pensará que quiero seducirlo.

–Si no intentas seducirlo, no tiene por qué pensarlo. Ponte el vestido, pero pórtate como lo haces siempre –sugirió Avery–. Si bailas, hazlo con otros hombres. Si hablas, hazlo con otras personas. Si no le interesas, le dará igual. Si le interesas... bueno, entonces ya veremos.

–No, no veremos nada. ¡Es mi jefe! Me paga bien y me gusta mi trabajo.

–Yo también pago bien y soy un encanto –replicó Avery–. Podrías trabajar para mí. Me da igual dónde vivas mientras hagas lo que tienes que hacer. Bueno, venga, vamos a empezar a probarte vestidos.

Incapaz de mostrar entusiasmo, Emma asintió con la cabeza.

–Después de su reacción ante el vestido rojo, lo mejor será algo un poco más discreto. Tal vez de color beis.

–Sí, claro, o un saco de patatas –bromeó Avery–. Nada de beis. He elegido un conjunto azul marino para la reunión de esta tarde, pero olvídate de vestir como una monja.

–Yo no...

–Y mientras esperamos que traigan los vestidos que he elegido puedes contarme algo sobre Lucas, aparte de que estás loca por él. ¿Qué hay detrás de ese atractivo rostro?

–Es un hombre muy inteligente, con mucho talento. Y es una suerte trabajar para él.

–No es eso lo que me interesa. Lo que quiero saber es por qué no ha sentado la cabeza. ¿Te das cuenta de que de todas las mujeres con las que ha salido hasta ahora su relación más larga ha sido contigo?

–Yo no soy una de sus novias, soy su ayudante.

–Antes de que tú llegases, sus ayudantes se despedían en menos de seis semanas, pero tú te quedaste. Eso tiene que significar algo.

–Significa que necesito el trabajo.

–O que te has convertido en alguien importante para él.

El corazón a Emma le dio un vuelco.

–Solo porque le hago la vida más fácil en la oficina.

–¿De verdad? ¿Entonces por qué te ha traído aquí?

–Porque Tara y él han roto y necesitaba una acompañante.

–¿Y crees que Lucas Jackson no hubiera podido encontrar acompañante aquí? Vamos, Emma, quería estar contigo. Y me alegro mucho de que haya dejado a la pesada de Tara –Avery sirvió dos vasos de agua y le ofreció uno–. Tara se emborrachó en una de mis fiestas hace un año y tuvimos que sacarla del local antes de que se desnudase en la pista de baile...

La dependienta entró con varios vestidos, pero Avery los descartó todos después de un rápido vistazo.

–Vi uno azul en la pasarela de Milán el mes pasado, ese sería perfecto.

Cuando mencionó el nombre del diseñador, la joven salió del probador para buscarlo.

–¿Recuerdas todos los vestidos de todas las colecciones?

–No, solo los que llaman mi atención. Los demás se me olvidan –Avery se levantó cuando la joven volvió a entrar con un vestido azul noche de seda–. Este es. Si no tuviera vestido para la fiesta lo habría comprado para mí misma. Te quedará perfecto.

–¿Cuánto vale? –preguntó Emma.

Avery puso los ojos en blanco.

–¿Qué más da? Venga, pruébatelo. Este vestido convierte a cualquier mujer en una diosa.

–Lucas no quiere una diosa, quiere una ayudante que sea profesional.

–Serás una diosa cuando haya terminado contigo –le aseguró Avery, mirando a la dependienta–. Por favor, tráiganos más agua. Es algo que tengo que hacer antes de una fiesta: hidratarme.

–Ahora mismo –respondió saliendo del probador.

–Ve a cambiarte y, mientras lo haces, explícame cómo te concentras mientras trabajas con Lucas. Yo me tumbaría sobre el escritorio gimiendo: «hazme tuya».

–¡Avery!

Riendo, Emma apartó la cortina.

–Lo digo en serio.

–Por las mañanas siempre está de mal humor, así que intento no hablar con él antes de que haya tomado una taza de café.

–A mí gustan los ogros –bromeó Avery–. ¿Ya te lo has puesto?

–Casi –sorprendida porque la charla estaba animándola un poco, Emma pasó las manos por la tela–. Creo que me queda un poco estrecho.

Avery apartó la cortina y asomó la cabeza.

–Lucas, Lucas, menudo problemón tienes. Casi me da pena.

Emma rio, nerviosa.

–¿No crees que me queda un poco estrecho?

–Te queda perfecto. ¿Te has mirado al espejo?

–No, aún no, pero...

–Entonces, mírate –Avery le dio la vuelta y Emma se llevó una mano al corazón.

–Dios mío.

–Eso mismo pienso yo. Y la espalda es...

–No tiene espalda –Emma sintió un escalofrío de pánico–. No parezco yo misma.

–Sí lo pareces, pero mucho más guapa –Avery levantó su pelo con una mano–. Debes llevar el pelo recogido, así fantaseará con soltarlo y verlo caer por tu espalda desnuda.

–¡No quiero que Lucas fantasee conmigo! ¡Estamos intentando volver a la normalidad, no empeorar la situación! De verdad, tienes que dejar de decir esas cosas.

Y ella tenía que dejar de pensar en la noche anterior. Tenía que dejar de pensar en Lucas como un hombre y recordar que era su jefe.

Tenía que...

–Lucas Jackson es un hombre muy interesante y ya es hora de que salga con una mujer decente y no con una de esas frívolas que solo están interesadas en su dinero y sus contactos. Voy a pedir que te peinen y te maquillen en la habitación... –Avery sacó el móvil y empezó a enviar mensajes–. ¿Tienes diamantes?

–Claro que no –respondió Emma.

–Pues esta noche los tendrás. Ese vestido pide diamantes a gritos. La joyería del hotel te prestará algo. Sonríe –Avery le hizo una foto con el móvil que luego envió a alguien–. Así podrán decidir qué te quedaría mejor.

–Por favor, para –protestó Emma–. Esta noche voy a trabajar, no a lucirme. Se supone que debo hablar con los invitados sobre los proyectos de Lucas.

–Nunca he entendido por qué una mujer no puede estar guapa mientras trabaja –murmuró Avery–. Pero sospecho que Lucas Jackson no ha estado tan interesado en una mujer en mucho tiempo, tal vez nunca, y deberíamos aprovecharlo.

Emma se sentía atrapada. No podía contarle a su amiga que Lucas se había acostado con ella para soportar una noche terrible. Avery se había hecho una impresión equivocada y ella estaba perdiendo el control.

–No está interesado, de verdad.

–Claro que lo está. Se fijó en el vestido rojo, ¿no? Pues los hombres solo se fijan en lo que lleva una mujer cuando quieren acostarse con ella.

–¡Avery!

–¿Qué? Estás muy guapa y mereces llevar un collar de diamantes –insistió su amiga.

–No quiero llevar nada valioso. ¿Y si me lo robasen?

–¿Quieres que te haga una estimación del dinero que tienen los invitados a la fiesta?

–No hace falta. Imagino que el príncipe tendrá una fortuna.

–Desde luego.

–¿Está casado?

La sonrisa de Avery desapareció.

–Como tú, el príncipe de Zubran pone el deber por encima de la devoción. Solo que en su caso piensa casarse con una aburrida princesa virgen que su padre ha elegido para él. No sé cuál de los dos me da más pena.

–¿Cómo sabes eso? –Emma la miró, guiñando los ojos–. Oh, no, el príncipe y tú...

–Sí, pero hace tiempo –Avery intentó sonreír–. Nuestro futuro sultán necesita una princesa obediente y, como te puedes imaginar, yo no soy así. Y aunque pudiese obedecer alguna vez, que lo dudo, no soy precisamente virgen.

Emma no se dejó engañar por el tono burlón.

–Estás enamorada de él.

–No, nunca sería tan tonta como para enamorarme de un hombre al que no le gusta que discuta con él. De hecho, nunca he sido tan tonta como para enamorarme de nadie. Bueno, vamos a buscar unos zapatos para ti.

–En serio, este vestido es un poco exagerado –dijo Emma–. Solo soy la ayudante de Lucas y quiero seguir trabajando con él. Todo es tan complicado...

–Bienvenida al mundo real. Todo es complicado y el amor? mucho más. ¿Por qué crees que yo intento evitarlo? Nada como el amor para complicar la vida de una persona.

–Yo no estoy enamorada de Lucas –insistió Emma.

–Pues entonces, voy a darte un consejo –dijo Avery con tono amable mientras la ayudaba a quitarse el vestido–. Si no quieres que la gente piense que estás enamorada, intenta que tu cara no se ilumine como una bombilla cuando alguien pronuncia su nombre. No, espera, no te pongas la ropa que traías. Este conjunto azul es perfecto para la reunión.

Solo era una atracción física, se decía Emma. Lucas le gustaba, por supuesto, pero no estaba enamorada.

–¿Y tú? ¿Ha habido alguien después del príncipe? Debes conocer hombres guapos todos los días.

–Sí, es cierto. Desgraciadamente, suelo desear lo que no puedo tener –en los ojos de Avery había un brillo de tristeza, pero se encogió de hombros–. ¡Qué se le va a hacer!

–Pero si sientes algo por él, esto debe ser horrible para ti. ¿Por qué aceptaste organizar la fiesta de inauguración?

–Por orgullo –respondió su amiga–. Si hubiera

rechazado la oferta, pensaría que me ha roto el corazón, y no quiero que piense eso. Así que iré a la fiesta y le demostraré que su egoísta actitud no me afecta para nada.

Pero Emma no estaba convencida.

–Debes sentirte fatal.

Avery volvió a encogerse de hombros.

–No es nada que un par de bonitos zapatos no puedan curar. Eso y el dinero que llegará a mi cuenta dentro de unos días gracias a una fiesta que nadie olvidará nunca. Esto es un negocio y, además, me gusta sacarle dinero a los ricos.

Emma sintió admiración por su amiga.

–Me haces sentir culpable por quejarme tanto. Y si tú puedes fingir que no pasa nada, también puedo hacerlo yo. Pero dime cómo.

–Siendo fabulosa –respondió Avery–. Demuéstrale que lo pasas de maravilla sin él y si es demasiado para ti, envíame un mensaje de texto y nos encontraremos en los lavabos. Así podremos llorar juntas sobre el inodoro.

Más distraído de lo que debería, Lucas intentaba concentrarse mientras Cristiano Ferrara le hablaba de sus objetivos para el próximo hotel en Sicilia.

Frente a él, Emma tomaba notas con su habitual eficiencia. Su pelo estaba recogido en un severo moño y aquel día llevaba un sobrio vestido azul marino.

Había dicho que su relación seguiría siendo profesional y eso era lo que estaba haciendo, de modo que no debería preocuparse.

Pero estaba preocupado.

En el pasado siempre había logrado dividir su

vida y Emma entraba en la categoría de trabajo, pero de repente esas categorías empezaban a parecerle borrosas. En lugar de concentrarse en el trabajo, estaba concentrado en ella y notaba cosas que no había notado antes. Por ejemplo, que escuchaba atentamente todo lo que se decía. No se le escapaba nada, por eso era tan profesional.

Él solía salir con mujeres que estaban pendientes de su aspecto físico y del efecto que ejercían en los hombres, pero Emma no era así. Al contrario.

Él, sin embargo, sí estaba pendiente. Nunca antes había tenido problemas para olvidar a una mujer después de pasar una noche con ella. Y no era solo algo físico sino mucho más que eso. Que se hubiera quedado en el castillo cuando podría haberse marchado, que se hubiera negado a dejarlo solo aunque tenía responsabilidades en casa...

Que se hubiese molestado en quitar las serpentinas y los globos, intuyendo que lo molestaban, que lo hubiese cubierto con una manta el año anterior...

Él no estaba acostumbrado a la compasión de los demás. Había llegado donde estaba por sí mismo, sin necesidad de nadie.

Y de repente...

Una sola noche, pensó, enfadado. Una sola noche y no era capaz de concentrarse en nada desde entonces.

Su cuerpo estaba en permanente estado de excitación y en cuanto a su cerebro...

–Iré a ver la parcela –empezó a decir, al ver que su amigo esperaba una respuesta– y después haré un primer boceto.

Había sido un error llevarla a Zubran. Estaba convencido de que todo seguiría como si nada hubiera pasado, pero no era así.

Cristiano enarcó una ceja, sorprendido.

–¿Alguna idea inicial? ¿Algún concepto nuevo? Normalmente, tienes ideas incluso antes de que yo haya encontrado una parcela.

Normalmente su cerebro funcionaba perfectamente, pero no era el caso en aquel momento.

–Quieres que construya un hotel a la sombra del volcán más activo de Europa, así que tendremos que analizar el suelo y considerar los posibles efectos de la actividad volcánica. No es un proyecto normal, Cristiano. La calidad del aire podría estar afectada, así que habrá que hacer un diseño más creativo.

Siguieron hablando sobre el hotel mientras Emma tomaba notas y, seguramente, enviando emails al mismo tiempo. Era tan eficiente como de costumbre. Nada quedaba sin hacer, no olvidaba un detalle.

–Ve a Sicilia lo antes que puedas –estaba diciendo Cristiano–. ¿Por qué no pasas unos días con nosotros? Venga, mezcla el trabajo con el placer por una vez.

«Mezcla el trabajo con el placer».

Ya había hecho eso, pensó Lucas, con devastadoras consecuencias. Creyó que sería fácil dejar atrás esa noche, como había hecho tantas veces, pero en aquella ocasión era diferente.

–Emma buscará un día en la agenda.

Ella esbozó una sonrisa, pero para Cristiano, no para él, y Lucas sintió una oleada de rabia porque no lo había mirado ni una sola vez durante la reunión.

Que su reacción fuese ilógica no cambiaba nada. Y tampoco que Cristiano fuese un hombre felizmente casado o que la sonrisa de Emma fuera meramente amistosa. Nada justificaba esa repentina punzada de celos. Era una respuesta primitiva, extraña en él e inapropiada, dado que Emma era su empleada.

Cuando terminó la reunión, ella le preguntó por su mujer y sus hijos y Lucas apretó los dientes cuando el siciliano sacó el móvil para mostrarle fotografías de los niños.

Era típico de Emma saberlo todo sobre todo el mundo, por eso era tan buena en su trabajo. No se le escapaba una cara, una fecha.

Lucas se levantó, intentando disimular su irritación.

–Si hemos terminado, tenemos que empezar con las entrevistas.

Trabajo, pensó. La respuesta era enterrarse en el trabajo como había hecho siempre y esperar que el atuendo que Emma hubiera elegido para la fiesta fuese menos provocativo que el vestido rojo de la noche anterior.

8

Emma se quedó en su habitación hasta el último minuto, ensayando frente al espejo: fría y serena. Así debería mostrarse esa noche.

Avery había enviado al peluquero y al maquillador a la habitación mientras Lucas estaba haciendo entrevistas y esperaba que estuviese de mejor humor, porque durante la reunión parecía a punto de explotar.

Un golpecito en la puerta hizo que diera un respingo.

—¿Emma? —escuchó la voz de Lucas—. Han traído un collar para ti. ¿Estás lista?

Sí, estaba lista. O tan lista como podría estarlo.

Respirando profundamente, abrió la puerta... y se quedó inmóvil. La chaqueta blanca del esmoquin fue una sorpresa. Sabía que llevaría esmoquin, pero no había esperado algo tan caprichoso como una chaqueta blanca. Y el contraste con su pelo negro la hizo contener el aliento.

Era tan elegante, tan masculino, tan inalcanzable. A pesar de sus buenas intenciones se le hizo un nudo en el estómago y, para calmarse, concentró su atención en la caja que tenía en la mano.

–Espero que no sea nada demasiado llamativo.

Lucas la miró de arriba abajo. Sin duda había hecho lo mismo con mujeres mucho más guapas que ella y, a pesar de eso, Emma no podía dejar de mirarlo. A aquel hombre a quien le habían dicho que no era nada y había logrado llegar a la cima por sí mismo.

Había esperado una sonrisa amable, tal vez algún elogio, pero ni siquiera sonreía. Al contrario, su expresión era seria y cuando clavó en ella sus ojos azules sintió que se mareaba.

La situación pedía a gritos una broma, algo para romper la tensión, pero no se le ocurría nada.

–¿Puedo verlo? –preguntó, señalando la caja.

–Claro.

Si quería conservar su puesto de trabajo tenía que portarse como lo haría en cualquier otra circunstancia.

Probablemente Lucas pensaba que se había vestido para él y tenía que demostrarle que no era así.

–Me siento incómoda llevando algo tan valioso... –Emma abrió la caja y dejó escapar una exclamación–. ¡Es precioso!

Era un collar de zafiros y su corazón dio un vuelco al imaginar lo que habría sentido si un hombre se lo hubiera regalado. Un hombre que la amase, claro.

Matando esos pensamientos de raíz, estaba a punto de sacarlo de la caja cuando Lucas lo hizo por ella.

–Espera, date la vuelta.

Al notar que contenía el aliento recordó que el vestido tenía un enorme escote en la espalda...

Cerró los ojos y esperó, deseando que la abrazase

como había hecho dos noches antes, en el castillo. Quería esa urgencia, esa pasión... y luego se sintió culpable porque sabía que esa urgencia y esa pasión no tenían nada que ver con ella.

Lucas rozó su cuello con los dedos mientras le ponía el collar y ese mero roce aceleró su corazón. Incluso de espaldas a él, la atracción era tan fuerte que agradeció que no pudiera ver su cara porque estaba segura de que se daría cuenta. Tenía que fingir que su relación no había cambiado, cuando había cambiado por completo...

–La reunión ha ido bien, ¿no? –preguntó, por hablar de algo–. Es la primera vez que veo a Cristiano Ferrara en persona, aunque he hablado por teléfono con él muchas veces.

–Le has caído muy bien.

Emma se dio la vuelta para tomar el chal y sonrió, intentando disimular su agitación.

–Bueno, ya estoy lista.

Desde que salieron del hotel quedó claro que aquella iba a ser una fiesta como ninguna otra. El camino estaba flanqueado por antorchas y lo que parecían millones de diminutas lucecitas hasta llegar a una espectacular carpa. Emma sintió una oleada de emoción porque nunca había estado en una fiesta así.

–Es increíble –murmuró.

Lucas la miró con el ceño fruncido, pero no sabía qué había hecho para ponerlo de mal humor.

–Avery Scott es muy buena en su trabajo.

–¿Buena? No soy buena, soy la mejor –escucharon una voz tras ellos.

Lucas sonrió y esa sonrisa hizo que Emma contuviera el aliento. Describirlo como apuesto sería hacerle una injusticia, pensó.

–Avery –Lucas la saludó con un beso en la mejilla–. Te has superado a ti misma esta vez. Muchas gracias.

–De nada –dijo ella, levantando su copa–. Que lo paséis en grande... y no olvides decírselo a tus amigos, mientras sean ricos y puedan pagarme –Avery le hizo un guiño a Emma–. Me encanta ese vestido. ¿Qué te parece, Lucas? ¿Soy buena en mi trabajo o soy un genio?

–Ten cuidado –le advirtió él, en voz baja.

–No la pierdas, vale mucho –replicó Avery.

–Es la mejor ayudante que he tenido nunca y no pienso perderla.

–No me refería a eso y tú lo sabes, no seas obtuso. Bueno, espero que lo paséis bien –dijo Avery, levantando la voz.

–A Emma no le gustan las fiestas.

–Emma no va a fiestas –lo corrigió ella–. Pero esta le va a encantar porque la he organizado yo.

En ese momento sonó un ruido sobre sus cabezas y todos miraron el helicóptero que estaba aterrizando a unos metros de la carpa.

–Parece que ha llegado el príncipe.

El cambio en Avery fue inmediato. De repente, perdió la burbujeante sonrisa.

–Si me perdonáis, el deber me llama.

Sin mirar el helicóptero, se alejó sobre sus imposibles tacones y Emma no sabía si debía seguirla o no.

–Mal y ella tuvieron una relación –empezó a decir Lucas–, pero no es buena idea hablar de ello.

–Por supuesto.

–Ah, aquí llega. Sonríe, es un príncipe.

Rodeado de guardaespaldas, Mal tenía una presencia impresionante...

Charlaron como viejos amigos, pero Emma se

dio cuenta de que era a Lucas a quien escuchaba, no al príncipe. Era Lucas a quien estaba mirando, deseando volver a sentir el calor de sus labios, de sus manos...

Desesperada, giró la cabeza. Estaba obsesionada con un hombre al que no podía tener.

¿Era así como se sentía Avery?

¿También Avery estaba enamorada de un hombre que no podía amarla? El príncipe no parecía angustiado o preocupado. No emitía ninguna señal de que aquella fiesta fuese un problema para él.

Pero entonces, cuando la mujer que lo amaba se volvió para mirarlo, vio que se quedaba completamente inmóvil.

Emma, que entendía la importancia de la responsabilidad y el deber, sintió compasión por ellos.

Pero, aunque era cierto que tenía una responsabilidad hacia Jamie, el niño era su hermano y lo quería mucho. Y no era culpa de Jamie que no tuviera una vida social. Él nunca le había exigido nada.

Pero Angie sí.

Había dejado que su hermana dirigiese su vida. Angie esperaba que se hiciera cargo de Jamie durante los fines de semana y ella había aceptado porque lo adoraba y porque... porque tenía miedo a enfrentarse con Angie.

A Jamie no le importaría quedarse de vez en cuando con una niñera, pero su hermana la haría sentir culpable. Eso tenía que cambiar y tenía que ser ella quien lo cambiase.

Estaba allí, con un vestido espectacular que la hacía sentir bella porque alguien la había convencido, pero podría haberlo hecho ella misma. No acudiría a fiestas como aquella, pero sí podría salir más y conocer gente. Podía hacerlo y lo haría. Hablaría con su hermana para decirle que las cosas tenían que cambiar.

Lucas la tomó del brazo para presentarle a un invitado, de modo que se obligó a sonreír, aunque el único pensamiento coherente que formaba su cerebro era «te deseo». Charló con miles de personas y siguió sonriendo hasta que le dolieron las mejillas. Todo el mundo quería hablar con Lucas Jackson, incluso parecían hacer cola para saludarlo.

Y luego, por fin, entraron en la carpa, con miles de lucecitas que parecían joyas. Había una orquesta. Quería compensar todos esos años en los que no había bailado y se volvió hacia Lucas con los ojos brillantes.

–¿Podemos bailar?

Él la miró, sorprendido.

–Podemos, pero yo no bailo.

Emma iba a insistir cuando él se volvió para hablar con otro invitado y pensó que no lo necesitaba. De hecho, bailar sola sería lo mejor. La música era tan maravillosa que se acercó a la pista de baile, sintiéndose ridículamente libre.

Sexo, pensó, mientras se dejaba llevar por la música. Eso era algo que había hecho porque quería, porque le había parecido bien en ese momento, como bailar. Y bailaba porque no podía no hacerlo, con la música envolviéndola. Sonreía, levantando los brazos, disfrutando.

–Me alegra ver que te sueltas el pelo de vez en cuando.

Era Carlo, el enigmático abogado de Cristiano Ferrara, al que había conocido por la tarde.

Emma siguió bailando con él, intentando no pensar en Lucas.

Intentando no buscarlo con la mirada.

***

Era culpa suya.

Era él quien había insistido en llevarla a Zubran, él quien la había enviado a comprar un vestido para la fiesta, de modo que no podía culpar a nadie si ese vestido provocaba pensamientos indecentes.

Se había negado a bailar con ella porque sabía que la situación se complicaría más y el resultado era que Emma se había puesto a bailar con Carlo, el abogado de los Ferrara, un hombre muy apuesto. Lucas tenía que hacer un esfuerzo sobrehumano para no sacarla de la pista.

Se decía a sí mismo que solo estaba bailando, como muchos otros invitados, pero entonces la orquesta empezó a tocar una canción lenta y Carlo la tomó por la cintura. El baile ya no era impersonal sino muy personal.

Lucas miraba la mano de Carlo en la espalda desnuda de Emma, esa espalda que había estado distrayéndolo toda la noche. Y, de repente, casi sin pensar en lo que hacía, se abrió paso entre la gente hasta llegar a su objetivo. Si le hubieran pedido explicaciones por su comportamiento no habría podido darlas. Nunca antes había querido apartar a una mujer de los brazos de otro hombre, pero lo hizo en ese momento sin la menor vacilación.

–Es mi turno –era una orden y Carlo asintió con la cabeza antes de soltar a Emma.

–Tal vez nos veamos más tarde –murmuró.

–Más tarde, Emma estará ocupada. Pero gracias por cuidar de ella mientras yo estaba charlando con mis clientes.

Luego la tomó por la cintura y la apretó contra su torso antes de que Emma pudiera poner objeciones.

Por un momento, pensó que iba a apartarse, pero luego se dejó llevar como había hecho con Carlo... aunque era diferente, porque ellos ya se conocían íntimamente. Ese reconocimiento estaba allí y, con él, los recuerdos. Ya no era solo un baile.

Estaban rodeados de gente y, sin embargo, parecían estar solos.

–Has sido muy grosero con él.

–Me pediste que bailara.

–Eso fue antes y dijiste que no.

–He cambiado de opinión.

–¿No podías haber esperado?

No, no podría haber esperado, y saber eso lo turbó, porque los impulsos incontrolables no tenían sitio en su ordenada vida.

–Estaba portándose de manera inapropiada.

–Solo estábamos bailando. ¿Qué hay de inapropiado en eso?

La imagen de la mano de Carlo en su espalda estaba grabada en su mente.

–Para ser alguien que dice odiar las fiestas pareces estar pasándolo muy bien.

–Lo estoy pasando muy bien, pero nunca he dicho que odiase las fiestas, solo que no suelo ir a ninguna. Tal vez por eso estoy pasándolo tan bien. Pensé que eso te agradaría.

–¿Por qué?

Emma suspiró.

–Pensé que era lo que querías.

Era una respuesta lógica y sensata, pero lo que Lucas sentía no era ni lógico ni sensato. Notando que la gente los miraba con curiosidad, la tomó de la mano.

–Vámonos de aquí.

–¿No podrías ir un poco mas despacio? –protestó ella cuando salieron de la carpa–. Sigo siendo una aficionada en esto de los tacones –Emma tiró de su mano, pero Lucas no la soltó hasta que estuvieron bajo el cielo estrellado.

Entonces lo miró, claramente desconcertada. También él estaba desconcertado.

–¿Crees que bailar es poco profesional por mi parte? Te pregunté si podía hacerlo y dijiste que sí. Las reuniones han terminado y...

–No ha sido poco profesional.

–¿Entonces?

–Déjalo, Emma.

–¿Por qué voy a dejarlo? Me has sacado de la pista de baile porque estás disgustado y quiero saber por qué. Desde que me pusiste el collar pareces enfadado –Emma jugaba con el collar, nerviosa–. Entiendo que lamentas lo que pasó la otra noche, pero yo ya lo he olvidado. En serio, no tienes que preocuparte. Es cierto que no sabía si podría seguir trabajando contigo, pero he descubierto que puedo. Sé que puedo.

Pero él no estaba tan seguro.

–De modo que has bailado con Carlo porque querías demostrarme que lo que pasó hace dos noches no afectará a nuestra relación.

–No creo que eso importe ya.

–Deberías tener cuidado con Carlo.

–Por favor, Lucas, es el abogado de los Ferrara. He hablado con él por teléfono muchas veces y me parece una persona muy agradable.

–¿Por qué? ¿Porque es guapo? ¿Porque es encantador? Tú no tienes experiencia con los hombres.

Emma lo miró como si estuviera cuestionando su cordura.

–Carlo creció con los hermanos Ferrara y son amigos de toda la vida, de modo que deben haber visto alguna buena cualidad en él. Tal vez tú juzgues a la gente con demasiada severidad y, dado tu pasado, nadie te culparía por ello.

–O tal vez tú eres una ingenua.

–Estaba bailando, no proclamando mi amor por él. ¿No crees que estás exagerando un poco?

Lucas se pasó una mano por el cuello.

–Yo conozco a los hombres mejor que tú y sé lo que estaba pensando.

–Aunque tuvieras razón, ¿por qué te importaría eso? Has dejado claro que nuestra relación seguirá siendo la misma de siempre, de modo que todo esto es irrelevante. No tienes que vigilarme ni cuidar de mí, Lucas. Ese no es tu papel –Emma hizo una pausa cuando una pareja pasó a su lado–. Además, no deberíamos hablar aquí.

–Tienes razón. Vamos a algún sitio donde nadie nos moleste.

Sabiendo que actuaba de manera irracional, Lucas volvió a tomar su mano para llevarla al hotel, caminando a tal velocidad que Emma estuvo a punto de tropezar.

–Espera un momento, no podemos marcharnos así. Hay gente esperando para hablar contigo...

–Me da igual.

–No me lo estás poniendo nada fácil.

–Eso también me da igual.

–¿Dónde vamos?

–A algún sitio donde no nos moleste nadie.

Poco después llegaron a la suite.

–Deberíamos...

–Tal vez parece un ser humano decente hasta que las circunstancias lo convierten en otra cosa.

Ella parpadeó, desconcertada. Y entonces se dio cuenta de que ya no estaba hablando de Carlo, sino de sí mismo. Estaba hablando sobre lo que había pasado entre ellos dos noches antes.

–Lucas...

–Y cuando eso ocurra, tal vez tú no veas las señales porque no las viste conmigo, ¿recuerdas? No supiste cuándo marcharte aunque te lo pedí. Y entonces ya no pudiste pararlo –su voz se había vuelto ronca y Emma se quedó sin aliento porque no sabía que sus sentimientos fueran tan intensos.

Pensaba que era ella sola.

–Podría haberte parado, pero no quise hacerlo.

–¿Por qué? ¿Tan generosa eres que estabas dispuesta a acostarte conmigo para ayudarme a soportar la noche?

–Porque te encuentro muy sexy. Podría haberme ido, sí, pero decidí no hacerlo. Podría haberte parado, pero decidí no hacerlo, y me alegro, porque fue algo especial. No solo especial... –Emma tragó saliva– fue la experiencia más excitante de mi vida y no lo lamento. De hecho, volvería a hacerlo.

–¿Lo harías? –le preguntó él, mirándola a los ojos.

–Sí.

Los dos se movieron al mismo tiempo. Emma le echó los brazos al cuello y él enredó los dedos en su pelo mientras se besaban ansiosamente.

–Me prometí a mí mismo que no volvería a hacerlo...

–Y yo me alegro de que rompas esa promesa.

–Es un error... soy un egoísta.

–No puede ser egoísta si yo también lo deseo. Y lo deseo, Lucas. Te deseo a ti.

Él dejó de luchar. Tomó su cara entre las manos y le devolvió el beso, tomando todo y exigiendo más. La besaba con experiencia, con pasión, pero ella puso una mano en su torso y lo empujó hacia atrás. Lucas cayó sobre la cama y, antes de que tuviera tiempo de recuperarse, Emma se colocó sobre él, sujetando sus brazos encima de la cabeza y sonriendo al ver su atónita expresión.

–Hace cuarenta y ocho horas eras una chica inexperta que se ponía colorada.

–¿Y bien? Tengo mucho tiempo que compensar. Ahora, cállate y bésame como me besaste la otra noche.

Lucas pasó las manos por su espalda.

–El vestido es precioso, pero tienes que quitártelo.

Sonriendo, Emma soltó sus manos y se echó hacia atrás.

–Es una pena quitarse un vestido tan bonito.

–A mí no me parece una pena.

El vestido acabó en el suelo y, de repente, estaba en los brazos de Lucas otra vez. Él la besaba, ansioso, mientras ella le quitaba la ropa hasta dejarlo desnudo, hasta que no había nada entre ellos más que la verdad y los sentimientos.

Había un brillo fiero en sus ojos azules, el mismo que debía haber en los suyos porque deseaba aquello más de lo que había deseado nada en toda su vida.

Tal vez siempre lo había deseado, desde el día que entró en la oficina y lo vio detrás de su escritorio, remoto e intocable.

Lucas la dejó explorarlo a placer hasta que no pudo aguantar más y la sujetó por las caderas, levantándola un poco para ponerla en contacto con su erección.

Emma contuvo el aliento mientras entraba en ella, sintiendo el poder de su deseo, el increíble deseo que los consumía a los dos. Sin soltarla, Lucas se enterró hasta el fondo y ella se mordió los labios.

Nada importaba, ni el futuro ni el pasado, solo el presente, y se dejó llevar por él hasta llegar al clímax.

No dejaron de besarse ni un momento, compartiéndolo todo, hasta que pensó que moriría de placer.

Lucas se quedó inmóvil, abrazándola, preguntándose por qué no sentía el deseo de marcharse como le ocurría siempre.

—¿Cómo se llamaba? —preguntó Emma en voz baja.

—Elizabeth. Le puse el nombre de la madre de mi padre, su bisabuela. Quiero pensar que si ella hubiera vivido la habría reconocido como bisnieta. En cualquier caso, quería que Elizabeth supiese quién era.

—Tu padre se negó a reconocerte, pero tú creaste un vínculo de todas formas. Además, es un bonito nombre —Emma se quedó en silencio un momento—. Sé que no quieres hablar de ello, pero pasase lo que pasase, no fue culpa tuya. No debes culparte.

—Estás haciendo un juicio sin conocer los hechos.

—No conozco los hechos, pero te conozco a ti y sé que no fue culpa tuya.

Lucas la miró en la oscuridad.

—No debes tener fe en mí. Fui un padre horrible.

—Eso no es verdad.

—¿Cómo lo sabes?

—Porque yo no tuve padre. O más bien tuve un padre que no estaba interesado en serlo. Se marchó de casa cuando nació mi hermana, pero volvió unos meses después... mi madre me contó que me tuvo a mí en un intento de arreglar la relación. No sé por qué pensó que un hombre que no había querido saber nada de su primera hija querría volver a ser padre —Emma suspiró—. Se marchó por segunda vez cuando mi madre aún estaba en el hospital. Nunca lo conocí.

–Imagino que no debió ser fácil para ti.

–Fue más duro para mi hermana y mi madre. Para mi hermana sobre todo, porque siempre creyó que su marcha tenía algo que ver con ella. Pero no era verdad, era problema de él. Y tú no eres así, de modo que no me digas que fuiste un mal padre.

–Yo no me marché, pero fue como si lo hubiera hecho –murmuró Lucas–. Estaba nevando... como la otra noche. Yo había estado trabajando hasta tarde, intentando terminar un proyecto. Como solía trabajar muchas horas, Elizabeth siempre estaba dormida cuando llegaba a casa, pero era yo quien la levantaba por las mañanas y desayunábamos juntos porque Vicky nunca se levantaba antes de las once. Esa mañana, desayunamos juntos, como siempre. No hubo nada diferente... no podrías imaginar las veces que he repasado ese momento, intentando recordar si vi algo raro, pero no recuerdo nada fuera de lo normal. Le hice una tostada y la corté en forma de casa porque así era como le gustaba.

Emma sonrió.

–Seguro que le haría mucha ilusión.

–Le gustaba mucho que hiciese la chimenea... –Lucas tragó saliva–. Prometí llevarla al parque por la tarde y luego la llevé al colegio. Había dejado una nota para Vicky, diciéndole que volvería a casa antes de que ella se fuera a la fiesta. Siempre tenía alguna fiesta a la que ir.

–¿Tú no ibas con ella?

–No me apetecía ir a un sitio en el que no conocía a nadie. Quería estar con mi hija y pensaba salir temprano de la oficina, pero antes de hacerlo recibí una llamada de su profesora preguntándome cómo estaba. Aparentemente, se había puesto enferma en el colegio y habían llamado a Vicky para que fuese a buscarla –Lucas hizo una pausa para respirar–. Cuando la llamé para saber qué había dicho el médico, me respondió que no había conseguido cita, así que había metido a la niña en la cama para que durmiese un rato. Y en ese momento, no sé por qué, yo supe que era algo serio. Lo único que quería era volver a casa, pero las carreteras estaban cubiertas de nieve...

–Debió ser horrible para ti. Imagino que te sentirías impotente.

–Fue horrible, sí. Tenía que ir muy despacio, sabiendo que mi hija estaba enferma. Volví a llamar a Vicky para pedir que la llevase al hospital, pero ella me dijo que estaba exagerando y que, además, tenía que irse a la fiesta, que si yo hubiera estado en casa aquello no habría pasado...

–Qué horror.

–No iba a dejar que algo tan insignificante como tener a su hija enferma le impidiese ir a la fiesta –dijo Lucas, sin poder disimular su amargura–. Dejó a Elizabeth sola con una niñera que era poco más que una adolescente y yo llamé a una ambulancia. Llegué al mismo tiempo que el médico, pero en cuanto entré en casa supe lo enferma que estaba mi hija. Estaba gritando... los gritos eran terribles... –recordarlo era tan doloroso que tuvo que cerrar los ojos–. Vimos que tenía una erupción en la piel y el médico le puso un antibiótico, pero ya era demasiado tarde. Era un brote de meningitis y no se recuperó.

–Dios mío –Emma lo abrazó con fuerza–. Pero no veo por qué te culpas a ti mismo por ello.

–¿Quieres que te haga una lista de razones? Si no me hubiera ido a trabajar esa mañana, si la hubiera llevado al médico en lugar de dejarla con Vicky, si hubiese vuelto del trabajo antes, mi hija seguiría viva.

–No lo sabes con certeza.

–Pero tampoco sé lo contrario y vivir con eso es un infierno.

–Cuando te fuiste a trabajar no sabías que la niña estuviera enferma.

–No, claro que no. No había ninguna señal.

–¿Entonces cómo ibas a saberlo, Lucas? Y tampoco sabías que Vicky fuese a portarse como lo hizo.

–Debería haberlo imaginado, porque Vicky tenía sus prioridades muy claras. No quiso tener a Elizabeth, como mi madre no me quiso a mí, y me dejó muy claro que tener un hijo no afectaría a su modo de vida.

–Qué pena. Tanto para Elizabeth como para Vicky, que nunca supo lo maravilloso que es querer a alguien más que a ti mismo –Emma puso una mano en su torso–. Y qué triste para ti porque intentaste formar una familia. Pero no fue culpa tuya.

–Yo dejé a Vicky embarazada, eso fue culpa mía. Confié en ella, confié en que fuera responsable y debería haber imaginado que no sería así.

–¿Cómo va a ser culpa tuya que otra persona ponga sus necesidades por delante de las de su hija?

–Yo sabía cómo era Vicky.

–Te defraudó, pero fue culpa de ella, no tuya.

–Aunque tengas razón, da igual. Lo único que importa es que mi hija murió porque yo no hice lo que debería haber hecho. No pude protegerla y ese era mi deber.

–Te equivocas –insistió Emma, su tono cargado de sinceridad.

–Agradezco lo que intentas hacer, pero eres tú quien se equivoca. No sabes de lo que estás hablando.

–Sí lo sé. Vi la fotografía y vi el cariño con que la mirabas y cómo te miraba ella. Tu hija no estaba decepcionada contigo, estaba encantada. No la defraudaste.

–De haber hecho lo que tenía que hacer, Elizabeth estaría viva. Tal vez no la miré lo suficiente mientras desayunábamos, tal vez debería haberme dado cuenta de que le pasaba algo. Tal vez otro padre se hubiera dado cuenta.

–Tienes que perdonarte. Tienes que aceptar que no fue culpa tuya, que no pudiste hacer nada, que fuiste un buen padre y que ni siquiera el mejor padre del mundo puede proteger a sus hijos de todo. A veces ocurren cosas horribles en la vida y no es culpa de nadie. Uno tiene que seguir adelante como buenamente pueda.

–Yo he seguido adelante, tengo una empresa que funciona.

–Pero no tienes una familia.

–No quiero una familia –dijo él–. Lo intenté y fracasé, no quiero volver a repetirlo. Y, desde luego, no quiero la responsabilidad de otro hijo.

Emma apoyó los labios en sus hombros.

–Debió ser horrible perder a tu familia. No te atreves a querer porque quisiste una vez y perdiste a la persona que querías.

Lucas tomó su mano para besarle la muñeca.

–No quiero hacerte daño. No quiero que sientas nada por mí.

–¿Y si fuera demasiado tarde? ¿Y si ya sintiera algo por ti?

–Es el sexo lo que te hace decir eso.

–¿De verdad? No lo sé, porque no es algo que haga a menudo.

–Por eso precisamente. Las relaciones íntimas

despiertan todo tipo de sentimientos, pero son pasajeros.

–He sentido algo por ti desde el principio, tal vez esa sea la razón por la que estoy dispuesta a trabajar tantas horas –Emma respiró profundamente y Lucas cerró los ojos, deseando que no dijera lo que temía estaba a punto de decir.

–No, por favor.

–¿No quieres que lo diga? El problema es que te quiero, Lucas. Y no lo digo porque desee que tú lo digas también sino porque quiero que sepas lo que siento. Sé que no te gusta oírlo, pero...

–Nadie me lo había dicho nunca.

Emma lo miró, sorprendida.

–¿Y Vicky?

–Vicky nunca me quiso. Le gustaba estar conmigo porque tenía dinero y amigos influyentes. Pero tampoco yo la amaba.

–Porque cerraste esa parte de ti mismo cuando eras pequeño –murmuró ella–. Pero eres querido, Lucas, y tú puedes querer también.

–¿Eso es lo que estás esperando? Porque si es así, pierdes el tiempo –dijo él, con voz ronca–. No puedo decir que te quiero y no voy a hacer falsas promesas. Para mí solo es sexo, no puede ser nada más –estaba siendo brutal porque tenía que serlo.

Esperaba que Emma se levantase de la cama, pero no lo hizo.

En lugar de eso, lo besó.

–Entonces, será mejor que aprovechemos estos días.

El martes por la mañana, Lucas estaba despierto cuando oyó un golpecito en la puerta. Se levantó de la cama sin hacer ruido y se puso unos vaqueros y una camiseta antes de abrir.

Era Cristiano y llevaba de la mano a su hija pequeña, Gia.

–Siento molestarte tan temprano, pero tenemos una crisis familiar. Mi hija mayor, Chiara, ha resbalado y se ha dado un golpe en la cabeza.

–Vaya, lo siento mucho.

–Laurel y yo vamos a llevarla al hospital, pero necesitamos que alguien se quede con Gia unas horas.

Lucas miró a la hija de su amigo, que le sonreía con expresión inocente.

–En el hotel hay un servicio de guardería. Te daré el número...

–Laurel no quiere dejar a la niña en la guardería con gente a la que no conoce. Y tampoco yo.

–Entonces, pídeselo a un amigo.

–Eso es lo que estoy haciendo –respondió Cristiano–. Te lo estoy pidiendo a ti.

Lucas tuvo que aclararse la garganta antes de hablar.

–Tienes que dejar a la niña con alguien en quien puedas confiar.

–Por eso he llamado a tu puerta, amigo –insistió Cristiano–. Laurel y yo no confiaríamos en nadie más. ¿Te importaría quedarte con ella? Solo serán unas horas.

Era un voto de confianza, pero él era la última persona a la que debería pedirle algo así.

Lucas miró los curiosos ojitos oscuros de Gia, idénticos a los de Cristiano. La conocía, por supuesto, y ella lo conocía a él. Había estado en su bautizo, en sus cumpleaños y en varias fiestas organizadas por los Ferrara. La había visto crecer, pero siempre a distancia, sin ninguna responsabilidad.

–No, no puedo...

Antes de que terminase la frase, Cristiano puso a la niña en sus brazos. Pesaba tan poco, era tan ligera, tan frágil que Lucas la sujetó con fuerza casi sin darse cuenta de lo que hacía.

El pánico lo ahogaba porque sabía con toda certeza que no podía hacer eso. No confiaba en sí mismo. Le temblaban los brazos y, tal vez por intuición, la niña le echó los bracitos al cuello.

–Quiero ver los peces –le dijo, señalando la pared de cristal del salón, sin darse cuenta de que él estaba ahogándose.

Lucas tenía miedo de moverse, pero Gia tiraba de su camiseta, insistente, hasta que la llevó a la pared del salón. Encantada, puso la manita en el cristal, como intentando tocar lo que estaba viendo, absorta con los peces.

–*Grazie mille* –dijo Cristiano–. Volveré a buscarla en cuanto pueda.

Lucas iba a decir que no podía hacerlo, pero su amigo ya estaba saliendo, dejándolo a solas con la niña.

Emma estaba en el dormitorio, conteniendo el aliento mientras escuchaba detrás de la puerta, haciendo un esfuerzo para no intervenir. Pero ese era el plan que había sugerido Cristiano y ella estaba de acuerdo.

¿Cómo lidiaría Lucas con la situación?

Había notado la angustia en su voz mientras hablaba con su amigo, había sentido su dolor y tenía un nudo en la garganta porque sabía lo difícil que era para él.

El instinto le decía que corriese a ayudarlo, pero

Cristiano le había hecho prometer que no lo haría, de modo que se quedó donde estaba, escuchando a Gia hablar sobre los peces.

Cristiano le había dicho que si algún niño podía devolverle la confianza, ese niño era Gia, una cría extrovertida y alegre, fascinada por todo lo que había a su alrededor y nada tímida o cobarde. Otro niño llamaría a su papá a gritos, pero Gia parecía absolutamente cómoda.

Sin duda, algún día llevaría el negocio familiar, pero por el momento estaba haciéndose cargo de Lucas, diciéndole a qué quería jugar y exactamente cómo quería hacerlo.

–He traído rotuladores y pinturas de colores, así que podemos dibujar los peces del acuario. Y quiero que me dibujes una casita para mi jardín de casa. Mi papá dice que dibujas edificios.

–No creo que...

–Ah, se me olvidaba decir «por favor» –lo interrumpió la niña–. Por favor, por favor.

–Bueno, está bien. Dibujaremos la casa juntos.

–¿Podemos poner un acuario como el tuyo? Así podré cobrar a la gente por entrar y ver a los peces.

Emma se tapó la boca para disimular una risita, preguntándose si la visión comercial estaría en la genética de los Ferrara.

Le gustaría ver la expresión de Lucas, pero no quería estorbar en un momento tan importante para él. La cuestión era si la confianza de Gia sería suficiente para restaurar la de Lucas.

Para no dejarse llevar por la tentación, Emma se encerró en el cuarto de baño y estuvo una hora relajándose en la bañera, dispuesta a salir de ella al galope si Lucas la llamaba.

Pero no la llamó.

Después de bañarse se secó el pelo y se vistió. No podía seguir escondida por más tiempo, y cuando entró en el salón los encontró tomando un helado que habían pedido al servicio de habitaciones. En el suelo, a su lado, había varios folios llenos de dibujos.

Emma enarcó una ceja.

–Parece que lo estáis pasando bien.

–Estamos dibujando –dijo Gia–. Lucas ha pedido helados por teléfono. Lucas me ha dibujado una casa y yo lo he ayudado.

Lucas, Lucas, Lucas. La niña repetía el nombre una y otra vez.

Emma se puso en cuclillas al lado de la niña para mirar los dibujos.

Como la mayoría de los arquitectos, Lucas solía usar un programa informático para trabajar... aquel día había tenido que usar lápices, pero el dibujo era muy detallado.

–Está orientada al norte –dijo él–. No había razón para no hacerla bien. Y es un alivio saber que aún puedo usar un lápiz.

A Emma se le hizo un nudo en la garganta. Lucas Jackson había diseñado edificios emblemáticos, pero había algo enternecedor en la atención que había puesto en ese proyecto. Una sola mirada le dijo que Gia Ferrara iba a tener la casa más bonita que hubiera tenido niña alguna.

La niña terminó su helado y se tumbó sobre la alfombra, absorta con el proyecto, sin entender el significado de aquel encuentro.

–¿Puedo pintarla?

–Claro que sí –respondió Lucas.

–¿Podemos hacer una chimenea?

Él estudió el dibujo.

–¿Cómo no se me había ocurrido antes? Una chimenea quedaría perfecta. ¿Dónde crees que debemos colocarla?

—Aquí —Gia señaló un lado del tejado.

—Buena idea. Si algún día quieres trabajar en mi gabinete, solo tienes que decírmelo.

—Parece que habéis estado muy ocupados —sonriendo, Emma se sentó a su lado—. Un desayuno muy sano, por cierto.

—Un helado no va a hacerle daño, solo es un día. Ademas, acabo de pedir tostadas... Gia, deberías mover la chimenea un poquito a la izquierda.

Mientras lo veía ayudar a la niña, Emma se preguntó si se daría cuenta de lo natural que era con ella. En algún momento había olvidado su angustia y se había concentrado en mantenerla ocupada. Y mostraba tal cariño por ella, tal paciencia...

Cuando llegó el camarero con las tostadas, fue Lucas quien extendió la mantequilla... y luego hizo una puerta y dos ventanas.

—¡Qué bonita! —exclamó Gia—. Es una tostada casita. Tienes que enseñar a mi papá a hacerlas.

Lucas miró el plato, tragando saliva.

—Ah, se me ha olvidado decir «por favor» otra vez —Gia hizo un puchero—. Por favor, Lucas, no te enfades conmigo.

—No estoy enfadado, cariño —se apresuró a decir él—. Me alegro mucho de que te guste la tostada, de verdad.

—Es la mejor tostada del mundo. Voy a comerme la chimenea y luego la puerta.

Por encima de la cabeza de la niña, las miradas de Emma y Lucas se encontraron brevemente.

—Gia, no te he presentado a mi amiga Emma. Vas a jugar con ella un rato porque yo tengo que...

—No puedes marcharte —lo interrumpió ella—. La casita no está terminada aún.

–Gia...

La niña metió en su boca un trocito de tostada.

–¿Más?

–No –respondió Lucas, con voz ronca–. No quiero más.

–Has olvidado darme las gracias –dijo la inteligente Gia–. Pero no te preocupes. A mí a veces se me olvida también.

Él respiró profundamente.

–Sí, a veces uno lo olvida.

–No importa –Gia se sentó en sus rodillas–. Me gusta jugar contigo. Es divertido y tú no me dices cuándo se me olvida decir «por favor». ¿Vamos a jugar esta tarde otra vez?

Emma se dio cuenta de que Lucas estaba conteniendo el aliento.

–Sí –respondió por fin–. Esta tarde jugaremos un rato. Además, pronto iré a Sicilia para hablar de un nuevo hotel con tu padre. Si quieres, podría construirte la casita entonces.

–¡Sí! –exclamó la niña, echándole los brazos al cuello.

Emma se dio la vuelta, fingiendo recoger rotuladores del suelo para disimular su emoción.

Le había hecho una tostada como las que solía hacerle a su hija y había prometido construirle la casita. Era un progreso, ¿no?

Era demasiado pronto para estar segura, pero sabía que la idea de Cristiano había sido un éxito. Le había confiado a su amigo su más preciada posesión y esa confianza podría empujar a Lucas a dar el siguiente paso.

Y también ella tendría que darlo. En cuanto volviese a casa, debía mantener una sincera conversación con su hermana.

Sabiendo que era hora de marcharse, Emma se disculpó y volvió a su habitación para hacer la maleta.

–Ha llegado esto para ti –Lucas estaba en la puerta de su habitación, con un sobre en la mano y los ojos clavados en la maleta–. ¿Te marchas?

–Quiero pasar tiempo con Jamie. ¿Gia se ha ido ya?

–Cristiano acaba de venir a buscarla. Aparentemente, Chiara está bien.

Emma bajó la mirada, temiendo que viera la verdad en sus ojos. A Chiara no le pasaba nada; solo esa excusa habría hecho que Lucas se quedase con Gia.

–¿Si te pidiera que te quedases otro día, lo harías? –le preguntó él entonces.

–¿Hay trabajo urgente?

–No hay nada urgente. Te pido que te quedes por mí.

Emma cerró los ojos. Sería tan fácil engañarse pensando que sus sentimientos iban a cambiar, pero no se haría eso a sí misma. Ni a él.

–Tengo que irme, Lucas.

–Un día más.

–No puedo.

Los dos se quedaron en silencio, un silencio tenso.

–Es la mejor decisión. Nos vemos en la oficina, después de Navidad. ¿No vas a abrir la carta?

–No es para mí, es para ti. Y no es nada de trabajo.

–¿Para mí?

De espaldas, Emma lo oyó abrir el sobre.

–Es tu carta de renuncia –dijo Lucas–. Pensé que ya habíamos llegado a un acuerdo sobre eso. Sabes que no hay necesidad de que dejes el trabajo.

–No había necesidad la primera vez, pero ahora sí, porque estoy enamorada de ti.

Lucas apretó los labios.

–Sobre eso...

–Si vas a decirme que no sé lo que siento, ahórratelo –lo interrumpió ella–. Te he hablado de mi padre, pero nunca te he hablado de mi madre.

–¿Tu madre?

–Mi madre tenía un gran talento para enamorarse de hombres que no la amaban a ella. Se convencía a sí misma de que ellos acabarían amándola. Lo hizo con mi padre y lo hizo también con el padre de Jamie, su jefe. Jamie es hijo del jefe de mi madre –Emma sacudió la cabeza–. Y no la quería.

–Emma...

–No digas una palabra. Tú no sabes cuánto me gustaría creer que puedo seguir trabajando para ti, que lo que siento no es un problema, pero yo sé que no sería así. Tendría que verte todos los días sin decirte lo que siento. Tendría que hablar con otras mujeres por teléfono sabiendo que sales con ellas... no pienso vivir mi vida esperando. No me haré eso a mí misma.

Lucas se acercó a la ventana que daba a la piscina y cuando el silencio se alargó, una pequeña burbuja de esperanza empezó a nacer en su corazón.

Y así era como empezaba todo, pensó. Si se quedaba, siempre sería así, siempre estaría haciéndose ilusiones, buscando significados ocultos en cada palabra, en cada gesto.

Lucas irguió los hombros, esos hombros fuertes y anchos que ella conocía tan bien.

–No será fácil reemplazarte.

Y así, de repente, la esperanza murió. El dolor era tan fuerte, tan agudo, como si le clavara un puñal en el pecho.

Se preguntó si su madre habría sentido eso y,

si era así, cómo había podido levantarse cada mañana.

–No te preocupes por eso. Fiona Hawkings, que trabaja con John en contabilidad, es la persona que necesitas. Es muy competente y no está ni remotamente interesada en una relación. Iba a ocupar mi sitio durante las vacaciones, de modo que ya sabe lo que tiene que hacer. Y si hubiera algún problema puede llamarme por teléfono.

–¿Ya has buscado a alguien que ocupe tu puesto?

–Si hubiera tenido un accidente alguien tendría que reemplazarme, así que no debes preocuparte.

–¿Y tú? ¿Te parece sensato dejar tu trabajo sin tener otro?

–No es sensato, pero lo sería menos quedarme porque cada día sería más difícil tomar la decisión. No te preocupes por mí, Lucas, encontraré trabajo enseguida. Pero buscaré algo cerca de casa porque quiero pasar más tiempo con Jamie. Y también quiero ir a bailar, conocer gente.

–¿Tu hermana lo aprobará?

–Probablemente no –asintió ella. Y decírselo era algo que temía–. He evitado esa conversación porque me resultaba difícil, pero tengo que hacerlo.

–Hablando de evitar cosas porque son difíciles... ¿fue idea tuya traer a Gia?

Ella negó con la cabeza.

–De Cristiano.

–Ah, claro.

–Crees que nunca te han querido, Lucas, pero te equivocas. Tal vez tu familia no te quiso, pero tienes amigos que te quieren. Cristiano, Laurel, Mal, todos te quieren como si fueras un hermano. Y Gia te adora.

Lucas la miró a los ojos.

–Y tú.

–Yo también, sí. Pero yo no te quiero como un hermano –intentando no pensar en ello, Emma tomó la maleta–. No voy a usar el jet. Ya no trabajo para ti, así que he reservado billete en un vuelo regular.

–Por favor, usa el jet –Lucas parecía enfadado, pero sabía que era porque estaba cambiando de planes sin contar con él. Le gustaba controlarlo todo y que ella se marchase era un problema porque temía que su negocio sufriera.

–Adiós, Lucas –se despidió–. Sé amable con Fiona y contigo mismo.

Y luego, sin mirar atrás, se dirigió a la puerta.

–Mantendré libre tu puesto de trabajo durante un mes, por si cambiases de opinión –dijo él entonces–. En caso de que tu hermana te lo ponga difícil.

–No tienes que hacerlo. Cuando se lo explique, lo entenderá.

9

–¿Que has dejado tu trabajo? –exclamó Angie–. Dios mío, ¿estás loca?

–No, no estoy loca. Era la decisión más sensata –respondió Emma. Era la única decisión que podía tomar y se aferró a eso ante el tono de censura de su hermana–. No te preocupes, Angie, encontraré otro trabajo. Y, por favor, cálmate o asustarás a Jamie.

–¿Asustar a Jamie? ¿Y yo qué? ¿No crees que yo esté asustada? No gano lo suficiente para que vivamos los tres y ya tengo suficientes responsabilidades.

–No espero que tú te hagas cargo de mí. Ya te he dicho que encontraré otro trabajo. He llamado a un par de personas...

–¿Y por qué no lo hiciste antes de dejar el trabajo? ¿Por qué lo has hecho así, de repente? ¿Qué ha pasado? –su hermana paseaba por la pequeña cocina, pero se detuvo de repente, clavando sus ojos en ella–. Ah, ya lo sé, te has acostado con él, ¿verdad? Te has acostado con tu jefe.

Que Angie lo redujese todo a un sórdido encuentro con su jefe la disgustó más de lo que hubiera podido imaginar.

De repente, le gustaría tener una relación diferente con su hermana, una relación de confianza en la que pudiera expresar sus sentimientos. Pensó entonces en la charla que había tenido con Avery, deseando que fuera así con su hermana. La ironía era que había sido más sincera con Lucas que con ella.

–Encontraré otro trabajo, eso es todo lo que necesitas saber.

Pero Angie no estaba escuchándola.

–¿Te has acostado con tu jefe sabiendo lo que le pasó a mamá?

–Yo no soy mamá, soy diferente.

–¿Por qué eres diferente? No me lo digas: te has enamorado de él y crees que dejando tu puesto podréis mantener una relación. ¿Crees que va a aparecer aquí de repente para pedir que te cases con él? Dios mío, eres igual que ella. Una soñadora.

Emma estaba temblando.

–No lo soy y no es eso lo que espero. No me parezco nada a mamá y no quiero seguir hablando de esto porque no me escuchas.

No quería ni pensar cómo sería su vida sin Lucas. Solo había pasado un día y el dolor era insoportable.

Pero su hermana siguió:

–Tenías un trabajo estupendo y lo has tirado por la ventana. Pareces haber olvidado tu responsabilidad hacia Jamie. Lucas Jackson no quiere formar una familia, todo el mundo lo sabe.

–Dada su experiencia, no es de extrañar. Y se supone que tú eres mi familia, Angie –le espetó Emma, dolida–. Se supone que me quieres y deseas lo mejor para mí. En lugar de eso, me culpas por todo y solo piensas en ti misma.

Su hermana la miró, perpleja.

–Porque te quiero, por eso estoy tan disgustada.

–No, estás disgustada porque temes el impacto que esto pueda tener en tu vida. Te da igual que yo sea feliz o no. Te da igual que esté enamorada de Lucas y que no volver a verlo me rompa el corazón. Todo eso te da igual.

–¿Estás enamorada de él?

–Sí, pero no te preocupes, yo no soy como mamá. Por eso he dejado el trabajo. Sé que Lucas no me quiere y no voy a quedarme con él esperando que se enamore de mí algún día. No puede amarme porque le rompieron el corazón...

Angie sacudió la cabeza.

–¿Quién?

–Eso da igual. No debería haber dicho nada... –Emma se dio la vuelta para salir de la cocina, pero Angie la abrazó como no lo había hecho antes.

–Lo siento, no sabía que estuvieras enamorada de él. Yo sé lo que sufrió mamá... –su hermana lloraba de tal forma que apenas podía hablar–. Siento mucho lo que estás pasando, de verdad, pero le prometí a mamá que cuidaría de ti y de Jamie, que no dejaría que nada malo os pasara... y siento que he fracasado por completo. No quería hacerte daño, solo quería protegerte.

Enma se dio cuenta de que era cierto, que el peso de la familia había recaído sobre los hombros de su hermana mayor.

–La vida es así, no se puede controlar. Y no has fracasado, al contrario. Has tenido que renunciar a muchas cosas para que pudiéramos ser una familia y no me sorprende que a veces estés enfadada. No serías humana si no lo estuvieras, pero todo eso va a cambiar. Voy a buscar un trabajo cerca de casa para poder cuidar de Jamie y tú podrás volver a la universidad.

–No puedo hacer eso. Tengo que trabajar.

–Has permitido que yo hiciera el trabajo que me gusta y ahora es tu turno. La vida no tiene por qué ser un sacrificio continuo, Angie. Tal vez no sea posible tenerlo todo, pero podemos mejorar.

Jamie entró corriendo en la cocina y se detuvo de golpe al verlas abrazadas.

–¿Qué pasa? ¿Por qué lloráis?

–Por nada, por nada –Angie se apartó, secando sus lágrimas disimuladamente–. Solo estábamos abrazándonos como dos hermanas que se quieren.

Jamie miraba de una a otra con gesto de curiosidad y Emma lo abrazó, incluyéndolo en el círculo, agradecida por tener una familia.

–Me alegro de volver a casa. Os he echado de menos –decidida a no llorar, le revolvió el pelo a su hermano–. Siento mucho haber tardado tanto.

–Da igual –dijo el niño–. He estado en casa de Sam, que tiene un cachorrito, y he jugado con el Lego que me mandó Lucas.

Emma frunció el ceño.

–¿El Lego que ha enviado Lucas?

–Es la nave de *La guerra de las galaxias*. Llegó el día que te fuiste a ese país tan raro.

–¿Lucas te ha enviado un Lego? ¿Había una nota o algo?

Jamie se dedicó a echar cereales en un cuenco, sin entender la importancia de ese regalo.

–Sí, pero era muy corta. Solo decía que sentía mucho que tú no estuvieras en casa y que podía jugar con el Lego hasta que volvieras. ¿Puedo echarme azúcar?

–No –respondieron Angie y Emma a la vez.

–Es un regalo muy generoso –murmuró ella después.

Angie le hizo un gesto de advertencia.

–Un detalle, nada más. No empieces a ver cosas donde no las hay.

–Sí, tienes razón.

Pero durante los días siguientes se dio cuenta de lo difícil que era matar la esperanza. Cada vez que sonaba el teléfono contenía el aliento, pero Lucas no la llamó.

El esfuerzo de sonreír la dejaba agotada cuando por dentro estaba desolada, y debía notarse, porque Angie se mostraba más cariñosa que nunca. O tal vez su relación había cambiado. Desde luego, hablaban más, y Emma la había convencido para que se apuntase a unos cursos de la universidad local.

Dos días después, recibió una llamada de Cristiano Ferrara ofreciéndole un puesto de trabajo.

–Sé que has dejado el gabinete de Lucas –le dijo, su acento siciliano más pronunciado por teléfono– y no quiero que te contrate otro. Puedes trabajar desde tu casa... o encontraremos una oficina para ti, lo que prefieras. Me da igual dónde estés, necesito una persona en Reino Unido.

Emma escuchó mientras le explicaba en qué consistiría su trabajo, con un salario tremendamente generoso. Le gustaría preguntarle por Lucas. Quería saber si estaba bien, si trabajaba demasiado, si había cambiado desde que cuidó de Gia.

Pero no lo hizo porque sabía que no tenía derecho a hacerlo.

Y aceptó el trabajo sin dudar, tal vez porque de ese modo seguiría unida a Lucas.

No, no era eso. Sería una estúpida si no aceptase una oferta tan interesante en el grupo Ferrara.

Especialmente, con el salario que le ofrecía Cristiano.

Acordaron verse después de Año Nuevo y Emma cortó la comunicación preguntándose por qué no se sentía más feliz.

Angie lanzó un grito de alegría cuando le dio la noticia y Jamie se mostró encantado al saber que viviría allí todo el tiempo.

Pero Emma no se imaginaba trabajando para alguien que no fuera Lucas Jackson.

Esa tarde, mientras Jamie y Angie estaban de compras y ella arreglaba un poco la cocina, sonó el timbre.

Y cuando abrió la puerta, vio a Lucas al otro lado, con varios papeles en la mano. Su Lamborghini rojo llamando la atención de los niños del barrio.

–¿Puedo pasar?

Emma lo miraba, boquiabierta, conteniendo el deseo de echarse en sus brazos. Era tan guapo, pensó, mirando el pelo negro que rozaba el cuello de su abrigo de cachemir. Guapo y serio.

–Pensé que estabas en Zubran.

–No, ya no. ¿Vas a dejarme entrar o tenemos que hablar en la puerta?

El corazón de Emma dio un vuelco. Se decía a sí misma que lo que iba a decir no era lo que ella esperaba, que no debía hacerse ilusiones. Sería algo relacionado con el trabajo.

–Puedes entrar, pero no sé si tu coche estará seguro.

–Me da igual el coche –Lucas pasó a su lado, rozándola sin querer, y ella cerró la puerta.

–Has perdido peso.

Emma irguió la barbilla, recordando los consejos de Avery.

–Es la ropa que llevo, me hace más delgada. ¿Qué llevas en la mano? –le preguntó luego–. Si es un contrato, olvídalo. Ya tengo trabajo.

–Lo sé, con Cristiano. Y me alegro mucho.

Emma pensó que el estrecho pasillo de la casa no era el mejor sitio para estar atrapada con un hombre tan alto como Lucas. Quería mantener las distancias, pero no había suficiente espacio.

–¿Tú le pediste que me diera trabajo?

–Yo no puedo decirle a Cristiano Ferrara a quién debe contratar, solo le dije que estabas disponible y él es un hombre muy listo. Sabía que te ofrecería el puesto de inmediato.

Había algo nuevo en él, en sus ojos. Pero Emma no podría decir qué era.

–No has venido a pedirme que vuelva a la oficina.

–No quiero que sigas trabajando para mí. Fiona lo hace muy bien, tenías razón.

–Ah, me alegro –dijo Emma, aunque no era cierto del todo.

–Yo también, porque no quiero seguir siendo tu jefe.

Ella lo miró, extrañada.

–¿Por qué no?

–Eres una chica inteligente, así que imagino que debería ser obvio.

Emma se llevó una mano a la garganta. No quería, no podía hacerse ilusiones.

–¿No vas a decir nada? Nunca te habías quedado sin palabras.

–Si no quieres que trabaje para ti... esos papeles que llevas en la mano no serán un contrato.

–No, claro que no –Lucas se los ofreció y Emma vio que eran dibujos de una casa, dibujos hechos por un niño.

–¿Gia ha hecho esto?

–No, los hice yo cuando tenía seis años y vivía en una diminuta habitación con una mujer que no me quería.

Emma se quedó sin aliento.

Su madre. Estaba hablando de su madre.

–¿La dibujaste tú?

–En un habitación con una ventana que daba a una pared. Para bloquear esa imagen soñaba con la casa en la que quería vivir cuando fuese mayor. Me prometí a mí mismo que un día la construiría y, para no olvidarlo, la dibujé. Este es el dibujo.

–Lo guardaste.

–Sí, lo guardé porque no quería olvidar de dónde venía.

Emma tragó saliva, emocionada.

–¿Por qué me lo has traído?

–Porque ya es hora de que construya esa casa –respondió él–. He hecho casas para mucha gente, pero nunca una para mí mismo, porque un hogar significaba una familia y me he apartado de eso por razones que tú conoces. Ni siquiera cuando vivía con Vicky construí una casa. Vivíamos en una que ella eligió y que yo pagué, un sitio que no significaba nada para mí. Pero ahora estoy listo para construir algo especial y lo que quiero saber es... –Lucas vaciló, mirándola a los ojos– si tú querrías vivir conmigo.

Los papeles que Emma tenía en la mano cayeron al suelo.

–¿Yo?

–Sí, tú. Porque una casa solo es un edificio. Es la gente la que lo convierte en un hogar, y eso es lo que quiero, un hogar. No tiene que ser exactamente como los dibujos –Lucas se inclinó para tomar los papeles del suelo–. Tú puedes ayudarme a mejorarla. Y Jamie también, seguro. Había pensado construir una casa de invitados para tu hermana, así podrá tener su propia vida, pero seguir siendo parte de la nuestra.

–¿Parte de nuestra vida? –repitió Emma.

Si había tenido miedo antes, en aquel momento estaba aterrorizada. Temía estar imaginando lo que decía o que todo fuera un sueño, cosa de su imaginación. Temía engañarse como se había engañado su madre.

–No entiendo lo que me estás pidiendo. No entiendo lo que dices.

Lucas dejó los papeles sobre una mesita.

–Te estoy pidiendo que te cases conmigo, Emma. Te estoy pidiendo que vivas conmigo para que podamos ser una familia. Y te estoy diciendo que te quiero.

Ella cerró los ojos, incapaz de creerlo.

–Pero tú no puedes amar, es lo único que no puedes hacer. No quieres hacerlo.

–He descubierto que estaba equivocado sobre esa parte de mí mismo. Aparentemente, sí puedo amar –Lucas tomó su cara entre las manos–. Te quiero, Emma, y quiero estar contigo para siempre. Puedo construir una casa para nosotros, pero tienes que ayudarme a convertirla en un hogar. Eso es algo que yo no sé hacer, pero tú sí. Nunca había conocido a nadie como tú, tan leal, tan decidida. Esa noche, en el castillo, te dije que te fueras, pero no lo hiciste.

–¿Cómo iba a dejarte? Estaba preocupada por ti.

–Pero yo fui increíblemente grosero contigo.

–Estabas roto de dolor –Emma tocó su cara con los dedos, incapaz de creer que estuviese diciendo que la amaba–. Me quedé porque quise hacerlo.

–Y el año pasado también te quedaste.

–Solo te cubrí con una manta. No sabía qué hacer.

–Cerraste la puerta del despacho para que nadie me viera, me llevaste un café bien fuerte por la mañana y no me pasaste ninguna llamada, sin hacerme preguntas, sin presionarme.

–Porque sabía que no querrías hablar de ello. Y ahora que sé lo que pasó, entiendo lo que sufrías.

–Y ese dolor no desaparecerá nunca –asintió Lucas–, pero pasar tiempo contigo ha hecho que vea las cosas de manera diferente, que me mire a mí mismo de manera diferente. Y luego Cristiano y tú organizasteis ese plan para que tuviese que quedarme con Gia...

–Fue idea de Cristiano. A mí preocupaba que tal vez fuera demasiado, pero él estaba decidido a hacer algo y me hizo prometer que no saldría del dormitorio.

Lucas la miró con los ojos brillantes.

–Y me dejaste solo con la niña.

–Esperaba que te dieras cuenta de que podías hacerlo y recuperases la confianza. Y así fue.

–Sí, es cierto. Así fue.

–Nunca me has contado qué fue de Vicky. ¿Os divorciasteis?

–En realidad, nunca nos casamos. En cuanto descubrí que estaba embarazada quise casarme con ella, pero Vicky no quería comprometerse.

–¿Por qué?

–No quería que la vieran como una madre, se sentía demasiado joven para eso. Lo único que nos mantenía juntos era Elizabeth, y tras su muerte nos separamos. Lo último que he sabido es que vive en Australia, pero no seguimos en contacto.

–Lo siento.

–No lo sientas, es lo mejor para los dos. La nuestra nunca fue una relación de verdad, ese era el problema. Yo me decía a mí mismo que no quería volver a intentarlo, pero esa noche en el castillo... –Lucas bajó la cabeza para rozar sus labios en un beso lleno e ternura–. Pensé que solo había sido una noche, pero no fue así.

–Y yo pensé que eso era lo que tú querías, pero cuando llegamos a Zubran empecé a hacerme preguntas. Tu reacción ante el vestido rojo... pensé que estabas enfadado, pero Avery tenía otra opinión.

Lucas sonrió.

–Avery es muy astuta.

–Fue ella quien me convenció para que lo pasara bien en la fiesta, y eso es lo que hice. No imaginaba que ocurriría nada, pero te enfadaste cuando bailé con Carlo...

–Me puse celoso –la corrigió él–. No estoy orgulloso de ello, pero así fue. Al verte con él me di cuenta de que nuestra relación había cambiado para siempre. Nunca había sentido nada así y me daba miedo.

–Yo no tenía intención de enamorarme de mi jefe, pero esa noche decidí que prefería buscar otro trabajo si tenía que hacerlo.

–No puedo creer que hayas sacrificado tanto para ayudar a tu familia –Lucas la apretó contra su corazón–. Cuando pienso en las veces que te he hecho trabajar hasta la madrugada, sin saber que volvías sola a una habitación alquilada...

–Me gustaba trabajar hasta tarde, probablemente porque me encanta estar contigo.

–Soy el peor jefe del mundo.

–No, eso no es verdad. Eres un jefe estupendo.

–Tú trabajas sin parar durante toda la semana y luego vuelves aquí para atender a tu familia, no porque tengas que hacerlo sino porque quieres hacerlo. Nunca he conocido a nadie tan leal –Lucas sacudió la cabeza–. Si quieres que sea sincero, ni siquiera creía que existiera alguien así. Eres muy especial, Emma.

–No soy especial, soy una persona normal. Hay millones como yo en el mundo.

–No, eso no es verdad. Además, la única persona que me interesa eres tú. Y como soy terriblemente egoísta, te quiero solo para mí. Quiero estar unido a ti por un documento legal, quiero que lleves mi anillo de compromiso en el dedo y saber que no me dejarás aunque te vuelva loca.

–Yo no te dejaría nunca –Emma recordó entonces su inestable infancia y pensar eso hizo que lo abrazase con más fuerza–. Tienes muchísimo talento y has construido tantas cosas, pero nunca has tenido una base sólida en tu vida. No debe preocuparte que te deje porque no pienso hacerlo. Nunca te dejaré, te quiero demasiado.

–Lo sé y sé que soy muy afortunado. Eres la persona más leal y cariñosa que conozco –Lucas enterró los dedos en su pelo–. Aceptaste un trabajo en Londres porque de ese modo podías ayudar a tu familia, aunque eso significara no vivir con ellos durante la semana. Nunca había conocido a nadie tan generoso como tú.

–No soy tan altruista –murmuró ella, apoyando la cabeza en su pecho–. Me encanta mi trabajo... o al menos me encantaba estar contigo. Ha sido horrible no verte estos días.

–Ahora podrás verme cuando quieras y no trabajarás para mí. Pero no has respondido a mi pregunta.

–¿Qué pregunta?

–Te he preguntado si querías casarte conmigo y estaría bien que me dieras una respuesta.

Emma sentía como si estuviera en las nubes.

–Pensé que la respuesta era evidente. Ya te he dicho que te quiero, así que la respuesta es sí, por supuesto. Un sí enorme, gigante.

Lucas metió la mano en el bolsillo del abrigo y le mostró una cajita, de la que sacó un precioso solitario de diamantes.

–Te he comprado esto para que no cambies de opinión.

Emma lo miró, boquiabierta.

–Es enorme.

–Quiero que otros hombres vean a distancia que eres mía.

Ella rio mientras se lo ponía en el dedo.

–Seguramente podrían verlo desde Zubran. Es tan... –se sentía abrumada y no por el anillo sino por el sentimiento que había tras él–. Es precioso, pero me da miedo llevar algo tan valioso. Necesitaría un guardaespaldas.

–Me tienes a mí –Lucas levantó su mano para llevársela a los labios–. Voy a construir una casa en la que podrás guardarlo, pero mientras tanto, ¿qué te parecería llevar a toda la familia a Sicilia de vacaciones?

–¿Sicilia?

–Le debo a cierta niña una casita en el jardín. Es un precio pequeño por todo lo que ha hecho por mí –respondió él, con voz ronca, y Emma parpadeó para controlar las lágrimas.

–Me parece que ir a Sicilia sería maravilloso.

TÍTULOS PUBLICADOS EN TIFFANY

Sarah Morgan
(Noches de Manhattan y La jungla del deseo)

Sherryl Woods
(Otra vez el amor y Seduciendo al enemigo)

Mayte Esteban
(La chica de las fotos; Comer y amar, todo es empezar
y Con suerte... en Navidad)

Susan Mallery
(Dos almas gemelas y Seducida por el millonario)

Brenda Novak
(Un completo desconocido y La otra mujer)

Claudia Cardozo
(Magia peligrosa y A contraluz)

Diana Palmer
(Huida hacia un sueño y Flor de deseo

Claudia Cardozo
(La melodía del silencio y Renacer entre brumas)

Christine Rimmer
(El regreso de la princesa, La dulce espera y
Unidos por el destino)

Tiffany

Dos 2 en 1 uno

Sarah Morgan

El ático de la Quinta Avenida

Eva, una romántica empedernida, adoraba todo lo que tuviera que ver con la Navidad. Ese año probablemente habría pasado las fiestas sola, así que cuando le ofrecieron cuidar un ático espectacular en la Quinta Avenida, no dejó escapar la oportunidad. Lucas Blade, el popular autor de novela negra, estaba viviendo una pesadilla. Con una fecha de entrega y el aniversario de la muerte de su mujer aproximándose, se había aislado en su ático acompañándose únicamente de su dolor. Pero cuando la tormenta de nieve del siglo dejó a Eva atrapada en su piso, Lucas empezó a abrirse a la magia que ella traía consigo…

Una noche sin retorno

Fiestas, mujeres, interminables horas de trabajo…, nada ayudaba al famoso arquitecto Lucas Jackson a escapar de su oscuro pasado. Cuando llegó al castillo de su propiedad en medio de una tormenta de nieve, lo único que buscaba era el olvido… Emma Gray tuvo que llevar personalmente unos documentos importantes a su jefe en medio de la tormenta, y nunca hubiera esperado que ese lado oscuro del serio y reservado Lucas pudiese generar tan primitiva, poderosa e inapropiada reacción.

N.º 170

BIANCA.

*Le agradaba saber que
ella no era inmune a él...*

PERDIDA
EN EL PASADO

MAGGIE COX

N.° 3091

El corazón de Ailsa latía con desenfreno. No estaba en absoluto preparada para el impacto de encontrarse frente a frente con los inolvidables rasgos de Jake Larsen. La única diferencia era la cruel cicatriz que atravesaba la mejilla de su exesposo y que, en cierto modo, acrecentaba su atractivo y le recordaba a Ailsa la terrible tragedia que los había separado...

Jake había pensado que vería a Ailsa tan solo durante unos minutos, no que se quedaría incomunicado varios días con ella en su casa debido a un fuerte temporal de nieve. Sin embargo, cuanto más tiempo pasaba con Ailsa, más le parecía que la esposa que perdió cuatro años atrás se convertía en la mujer que estaba decidido a conquistar...

¡YA EN TU PUNTO DE VENTA!